| PREMIUM LABEL. op. 007

# 계모인데, 딸이
# 너무 귀여워

이 책은 (주)에이템포 미디어가 저작권자와의 계약에 따라 발행한 것으로 저작권법의 보호를 받는 저작물입니다.
본서의 내용을 무단 전재 및 무단 복제하는 것을 금합니다. 작가와 협의하여 인지는 생략합니다.

이 도서의 국립중앙도서관 출판시도서목록은 서지정보유통지원시스템 홈페이지(http://seoji.nl.go.kr)와 국가자료공
동목록시스템(www.nl.go.kr/kolisnet)에서 이용하실 수 있습니다. (CIP제어번호: CIP2020046802)

# 계모인데
# 딸이 너무 귀여워

이르 장편소설

PREMIUM
LABEL

# CONTENTS

# 계모인데, 딸이 너무 귀여워

Romance Fantasy
crescendo

사랑하는 나의 아이에게

# 6

## 사랑하는 나의 아이에게

나는 고개를 틀어 방 안을 둘러보았다. 창밖으로 마른 나뭇가지가 흔들리고 있었다. 남아 있는 이파리도 얼마 없는 참인데, 바람이 한 차례 지나가자 나뭇잎이 우수수 떨어져 내렸다.

요즘 들어 궁이 조용하게 느껴지는 건 점점 겨울이 가까워져서 그런 걸까? 아니면······.

"노마, 클라라가 언제쯤 돌아온다 그랬지?"

"오늘이나 내일쯤 올 것 같다고 서신이 왔습니다. 늦어도 이번 주 안으로는 올 것입니다."

"그래. 얼른 오면 좋겠다."

클라라가 휴가를 신청한 지 어느새 2주가 흘렀다. 매일 재잘재잘 떠들던 아이가 사라지니 궁이 휑하게 느껴졌다.

"조부께서 빨리 쾌차하시면 좋겠는데. 노마, 너네 집은 괜찮아?"

"네. 다행히 저희 집에는 녹색 물건이 별로 없었습니다."

겨울이 찾아올 때쯤 녹색병 역시 자취를 감추기 시작했다. 셀레 그린을 사용한 물건들을 태우느라, 곳곳에서 피어오르는 연기 기둥을 쉽게 볼 수 있다고 들었다.

병의 원인, 그리고 처방법도 널리 알려졌지만 쉽게 녹색병을 떨쳐 내지 못한 사람들도 있었다. 예를 들면 본디 몸이 쇠약했던 노약자들. 클라라의 할아버지가 그런 사람이었다. 하필이면 할아버지가 제일 좋아하는 색이 녹색이었다던가.

취향이 사람을 죽이게 될 줄 누가 알았겠어. 때문에 클라라는 만약의 사태를 대비하여 휴가를 내고 집으로 돌아간 참이었다. 그리고 벌써 보름이 넘었다.

"별일 없었으면 좋겠는데……. 음?"

나는 입을 다물었다. 복도 쪽에서 다급하게 누군가가 뛰어오고 있었다. 앗, 이 채신머리 없고 반가운 발소리는?

익숙한 발걸음 소리에 몸을 일으킨 순간, 문이 벌컥 열렸다.

"저 왔어요, 왕비님!"

"클라라!"

클라라가 망토를 펄럭이며 안으로 들어섰다. 도톰한 망토를 두르고 있었으나, 추위 때문인지 뺨이 희끗하게 굳어 있었다.

"와아앙, 왕비님 보고 싶었어요! 노마 님도요!"

클라라가 들어오자마자 분위기가 확 살아났다. 방방 뛰면서 온몸으로 반가움을 표시하니 나도 덩달아 웃고 말았다.

"잘 다녀왔어? 별일 없었지?"

"네! 별일 없었어요."

휴, 다행이다. 평소처럼 해맑은 얼굴을 보니 안심이 되었다. 노마 역시 나랑 같은 마음인 것 같았다.

평소 같으면 뛰어다니지 말라고 잔소리를 했을 텐데. 오랜만에 본 터라 노마도 클라라가 퍽 반가운 눈치였다.

"조부께서는 다 나으신 거야?"

"네! 아니, 애초에 딱히 안 아프셨던 것 같은데요. 무지 멀쩡하시더라고요. 아픈 걸 핑계 삼아 부르셨나 싶을 정도로요."

"할아버님이 클라라가 보고 싶으셨나 봐."

"어휴. 제가 보고 싶은 게 아니라, 제가 결혼하는 걸 보고 싶어 하시는 것 같던데요."

클라라가 망토를 끄르며 대수롭지 않게 말했다. 결혼? 클라라가? 결혼하기엔 좀 이르지 않나? 내 기억으론 이제 클라라가 18살인가 그랬는데……. 으음, 내 눈에는 아직 애인데. 결혼이라니.

이 나라에서는 16살부터 어른 대접을 해 주니, 딱히 이른 건 아니지만. 아직도 적응이 안 된다.

다소 심란해진 나와 달리 클라라는 열심히 수다를 떨기 바빴다.

"오랜만에 집에 가니까, 부모님과 이모님이 약혼하라고 성화지 뭐예요. 초상화를 몇 개나 가져온 거야, 대체."

클라라는 부루퉁해진 얼굴로 툴툴거렸다. 어지간히 시달린 모양인가 보네.

"클라라, 결혼하기 싫어?"

"네. 딱히 하고 싶지는 않아요."

오? 예상 밖인데? 이렇게 단호하게 싫어할 줄이야. 연애랑 결혼에 엄청 관심이 많던 아이라 좀 놀랐다. 매번 나랑 세이블리안이 잘 되길 바랐고, 다른 하녀나 시녀의 연애 상담도 잘해 주니 말이다.

가만히 이야기를 듣던 노마가 말을 꺼냈다.

"의외네. 연애에 관심이 많은 줄 알았는데."

노마도 그 지점이 의아한 모양이었다. 그 말에 클라라가 쯧쯧, 하고 혀를 차며 검지를 좌우로 흔들었다.

"그래서 정략결혼이 싫은 거예요. 초상화만 보고 인생의 반려를 정해야 한다니! 전 멋진 연애를 하고 싶다고요."

클라라는 연극적으로 양손을 깍지껴 잡고는, 무언가에 홀린 듯 허공을 바라보았다.

흠. 좋은 연기다. 사실 얘는 배우가 되어야 하는 게 아닐까. 그러다 이번에는 노마 쪽으로 몸을 틀었다.

"그나저나 노마 님. 노마 님은 집안에서 결혼하라고 하지 않아요?"

갑작스레 자신에게 화두가 돌아오자, 노마는 당황하는 눈치였다. 겉으로 보기에는 나이가 제법 있어 보이지만, 노마도 아직 20대 초반이니 결혼 이야기를 듣곤 하겠지. 그녀가 헛기침하며 말했다.

"가끔 소식은 들어오지만, 급하지는 않아. 그래도 언젠가는 해야겠지."

"노마 님은 어떤 사람이 취향이에요?"

"집안에서 정해 주는 사람이랑 해야지."

"에이~ 솔직히 말해 보세요!"

두 사람이 아웅다웅하는 모습을 보고 나는 쿡쿡 웃었다. 그런 한 편으로는 기분이 좀 묘해졌다.

클라라도 노마도 언제까지고 내 옆에서 시녀 일을 할 수는 없을 것이다. 언젠가는 두 사람도 결혼을 하겠지. 블랑슈도 언젠가는 결혼을 해서 이 궁을 떠나갈까? 외동딸이니까 데릴사위를 들일지도.

어라? 그러고 보니.

나는 문득 원작 『백설공주』를 떠올렸다. 결말에서 공주와 결혼하는 것은 이웃 나라 왕자였지. 독사과를 먹고 가사 상태에 빠진 공주님에게 왕자님이 입맞춤을 하자…….

어머나! 공주님이 잠에서 깨어났어요! 그리고 두 사람은 행복하게 살았답니다.

하지만 나는 당연히 블랑슈에게 독사과를 먹일 생각이 없다. 그렇다면 왕자는 어떻게 되는 거지?

사실 원작 왕자랑 만나게 되더라도 찜찜하긴 하다. 어렸을 때는 별생각 없이 읽었지만, 지금 생각해 보면 싸한 구석이 있다. 백설공주의 아름다움에 이끌려 키스를 했다는데……. 잠이 든 사람에게 키스를 했어도 이상하고, 죽은 사람에게 키스를 했어도 이상하다.

어쨌거나 처음 본 사람한테 다짜고짜 키스하는 놈은 마음에 안 든다. 우리 블랑슈가 잠든 사이에 어떤 놈이 동의도 없이 입을 맞춘다면…….

으아악! 용서 못 해! 아직 얼굴도 보지 못한 왕자 때문에 분노가 일던 와중, 한 시녀가 안으로 들어왔다.

"왕비님. 모이즈 님께서 알현을 요청하십니다."

모이즈 경이? 또 웬일로 온 거지. 이번에도 잔소리하려고 그러는 건가. 요즘 좀 잠잠하기는 했지.

"들어오시라 그래."

시녀가 모이즈 경을 데리러 나가자, 클라라와 노마도 눈치 빠르게 자리를 비켜 주었다.

모이즈 경이 두 사람과 스쳐 지나가며 안으로 들어왔다. 그가 고개를 꾸벅 숙였다.

"몸은 좀 괜찮으십니까, 아비게일 님."

"덕분에요."

나는 앉으라는 듯 시선을 주었다. 그가 착석을 한 뒤 희미하게 미소를 띠었다.

"녹색병에서 무사히 회복하셔서 다행입니다. 이번에 아비게일 님께서 녹색병의 원인을 찾아냈다 들었습니다. 굉장하시군요."

오늘은 잔소리하러 온 게 아닌가 보네? 한결 마음이 편해졌다. 단순한 위문인 모양이었다.

"굉장할 것 없어요. 우연히 찾아낸 것뿐인걸요."

"우연이라 해도 굉장한 일입니다. 지금 궁내에서 아비게일 님의 명현함을 칭송하는 목소리가 커지고 있습니다. 잘된 일이죠."

흠흠, 사실 나도 건너 건너 듣긴 했다. 이번에 내 이미지가 좀 좋아졌다던데. 해피 엔딩으로 한 발자국 더 다가간 것 같아 기쁘다.

흐뭇한 마음으로 칭찬을 듣고 있는데, 어느새 모이즈 경의 얼굴에서 미소가 사라졌다. 벌써 칭찬 타임이 끝난 건가? 평소처럼 사무적이고 강직한 얼굴이 된 모이즈 경이 말을 이어 나갔다.

"아비게일 님의 영향력이 강해지셨으니, 발언권도 강해지셨겠죠."

"음…… 뭐 예전보다야 그렇겠죠."

"그런 아비게일 님의 능력을 믿고, 감히 부탁드리고 싶은 일이 있습니다."

"부탁?"

칭찬이 본론이 아니었나 보다. 나한테 뭘 시키려고 이러는 거지? 모이즈 경이 잠시 주저하다, 진중한 눈빛으로 말했다.

"아비게일 님께서 세이블리안 전하를 설득해 주셨으면 합니다."

◇

회의실로 들어온 햇빛이 하품처럼 길게 늘어졌다. 태양이 이제는 제법 서쪽으로 기울어, 일광이 대신들의 눈을 찔렀다.

긴 테이블의 상석에 앉은 세이블리안의 표정은 엄하게 굳어 있었다. 맞은편에서 들려오는 새된 목소리가 적막을 찢었다.

"전하, 이대로 가만있을 수는 없습니다! 이렇게 수비적으로 나설 것이 아니라, 먼저 공격에 나서야 합니다."

그 말을 꺼낸 것은 스토크 공작이었다. 노기 때문에 목덜미까지 핏줄이 서 있었다.

"인어들로 인해 동부가 큰 피해를 입었습니다. 이대로 방관하면 놈들이 또 습격을 할 것입니다."

몇 사람은 그에 동조한다는 듯 고개를 끄덕였고, 몇은 불쾌한 낯을 하고 있었다. 밀러드는 후자였다. 그가 불퉁하게 말했다.

"지금 인어를 우리 쪽에서 공격하면 전쟁 선포밖에 더 됩니까?"

"그렇다고 이대로 늘 당하고만 살겁니까?"

오늘 회의가 길어지고 있는 원인은 인어들 때문이었다. 동부의 바다를 지나던 배가 습격을 당해, 어떻게 대응할 것인지로 이야기가 늘어지고 있었다.

대신들은 묵묵히 두 사람의 이야기만 듣고 있었다. 사실 인어들이 공격을 했다는 사실 자체는 딱히 놀랄 만한 일이 아니었다.

수백 년 전, 인간은 이종족을 상대로 전쟁을 감행했었다. 마력이 있는 이종족을 노예로 삼으려 했던 것이었다. 인간에게는 마력의 축복이 허락되지 않았으나 수가 많았고, 이종족은 강대한 마법을 사용할 수 있지만 수적으로 열세였다. 때문에 전쟁은 지지부진하게 이어지다 양쪽에게 막대한 피해만 남긴 채 종결되어 버렸다.

그 이후 그 어떤 종족도 인간에게 우호적이지 않았다. 인어도 그중 하나일 뿐. 더군다나 네르겐의 동부는 바다와 맞닿아 있었다. 바다는 인어의 영역이다. 그렇다 보니 인어들과 대립이 일어나지 않을 수가 없었다.

인어들은 주로 암초 지대에 접근한 어선을 침몰시키곤 했다. 그로 인해 동부민들은 인어를 경계했지만, 인어의 영역이 어디인지 알기에 부러 접근하지 않았다. 때문에 동부 쪽의 피해는 규모가 크지 않았다. 다만 이번에는 사태가 좀 달랐다.

"외국에서 네르겐으로 들어오던 무역선이 침몰하지 않았습니까! 이대로라면 교역에 큰 지장이 생길 겁니다!"

무역선 자체만으로도 큰 손해인데, 그 안에 실려 있던 교역품을 모두 잃었다. 금액으로 따지자면 꽤 큰 액수. 게다가 스토크 가문의 소유였기 때문에 공작이 길길이 날뛰는 중이었다.

"전하께서도 그리 생각하지 않으십니까? 그 비린내 나는 놈들이 뭐라고 우리 왕국이 참아야 합니까!"

손을 대면 화상이라도 입을 것처럼 울분을 토해내는 공작과 달리, 세이블리안은 그저 침착했다.

"확실히 동부 지역이 위험에 노출되어 있기는 하오."

제 뜻에 동의하는 말이라, 공작은 일순 의기양양한 표정이 되었다. 뒤에 이어지는 말을 듣기 전까지는.

"하지만 이상하군. 이제껏 인어들로 인해 무역선이 침몰한 경우는 없었을 텐데. 간혹 밀항을 하느라 인어들의 영역을 지나친 배들만 빼면."

촌부의 어선조차 인어의 영역을 안다. 하물며 수많은 재물을 옮기는 무역선이 그것을 모를 리 없다.

"스토크 가문의 무역선은 경로를 벗어난 곳에서 침몰했다. 그 이유를 설명할 수 있나? 스토크 공작."

공작의 얼굴이 북해의 바다 마냥 얼어붙었다. 그가 더듬거리며 말했다.

"저, 그것이……. 아마 항해사가 길을 잘못 든 모양입니다."

"공작 가문에서 고용한 일등 항해사가 실수라……."

비꼬는 어조가 아니라 더욱 섬뜩했다. 세이블리안이 다른 대신을 보며 말했다.

"현재 스토크 가문의 소유 외의 무역선이 침몰한 사례가 보고되었나?"

"없습니다."

"동부에 파견된 군대에서 증원을 요청했나?"

"그 역시 없습니다."

"그렇다면 지금 당장 우리 쪽이 공격을 감행할 이유는 없을 것 같군. 대신 군대를 더 보내 수비를 더욱 철저하게 하게."

세이블리안은 그렇게 말하며 자리에서 일어났다. 회의가 파할 분위기였다. 아직 안건이 남아 있었기에, 한 대신이 다급히 말했다.

"전하, 이번 신년제에 대한 대책은 어찌할까요."

"급한 것은 아니니 나중에 논의하도록 하지."

세이블리안이 옷매무새를 다듬으며 시계를 힐끗 보았다.

"아비게일과 블랑슈와 식사를 해야 해서, 더 이상 시간을 지체할 수 없군."

식사가 시작되기까지 30분 정도가 남아 있었다. 대신들이 황당하다는 얼굴이 되었으나, 떠나가는 세이블리안을 붙잡을 수는 없었다.

길쭉한 다리로 성큼성큼 걸어 나가는 세이블리안의 뒷모습에서 희미한 초조함이 느껴졌다.

하필이면 회의실과 식당까지 제법 거리가 있었다. 혹시라도 늦는 것은 아닐까 싶어 뛰듯이 걸었다. 그 뒤를 따르는 시종도 덩달아 종종걸음을 칠 수밖에 없었다.

20분은 걸리는 거리를 10분도 안 돼 주파한 세이블리안은 서둘러 식당에 들어섰다. 그때, 까르륵 웃는 목소리들이 들려왔다.

"앗! 아바마마, 오셨나요."

"어서 오세요, 전하."

무언가 즐겁게 이야기를 나누던 모녀가 세이블리안을 바라보았다. 그 모습을 보자 세이블리안의 입가가 풀어졌다. 마치 손바닥 위에 올려 둔 작은 얼음이 조용히 녹아내리는 것처럼.

"늦게 와서 미안하구나, 블랑슈. 늦어서 미안합니다, 아비게일."

"우리가 일찍 온 것뿐인걸요."

아비게일이 대수롭지 않다는 듯이 웃었다. 그 미소가 좋았다. 세이블리안은 두 사람을 보며 물었다.

"무슨 이야기를 하고 계셨습니까?"

"아. 오늘 블랑슈와 같이 산책을 하다 다람쥐를 발견했는데요."

"무척 귀여웠어요!"

블랑슈가 눈을 반짝이며 말했다. 다람쥐에게 쿠키를 나눠주었다는 사소한 이야기를 무척이나 열정적으로 들려주었다. 딱히 정무에는 도움이 되지 않는 이야기다. 시간 낭비인 회화일 뿐인데도 그는 이루 말할 수 없는 아늑함을 느꼈다.

대답은 하지 않았지만 다정한 시선으로 블랑슈를 바라보았다. 그러다 문득 그는 시선을 느꼈다. 아비게일이 그를 바라보고 있었다.

"무슨 일 있으십니까, 아비게일?"

"아, 아니에요. 아무것도."

아비게일은 별일 아니라는 듯 가만히 웃었다. 세이블리안은 살짝 고개를 기울였다가 이내 다시 블랑슈를 바라보았다.

열심히 이야기를 하는 블랑슈, 귀 기울여 그 이야기를 듣는 세이블리안. 두 사람을 보며 아비게일은 속으로 작게 한숨을 내쉬었다.

블랑슈가 약혼을 할 수 있도록, 세이블리안을 설득해 달라던 모이즈의 목소리가 자꾸 떠올랐다.

"어휴. 그 쨱쨱대던 놈, 가 버리니 속이 다 시원하네."

베리테가 흐뭇한 표정이 되어 말했다. 요 며칠 본 것 중에 가장 기뻐 보이는 얼굴이었다.

"유리새를 돌려준 게 그렇게 좋아?"

"어. 무지."

며칠 전까지만 해도 주위에서 감미롭게 들려오던 새의 울음소리는 더 이상 없었다.

유리새는 원래 주인인 레이븐에게 돌아갔다. 원래 돌려줄 생각이

기도 했고, 베리테가 워낙 유리새를 싫어해 병상에서 일어나자마자 반납하였다.

"으휴, 질투쟁이."

"딱히 질투한 거 아냐. 그냥 그 녀석이 귀찮게 굴어서 그런 거지."

유리새는 처음 베리테를 봤을 때부터, 그를 견제하듯 거울을 공격하곤 했다. 그 때문인지 베리테도 좋아하지 않았고. 내심 둘이 친해질 줄 알았는데 조금 아쉬웠다.

"휴, 나란 여자. 마도구들에게조차 이렇게 인기가 많다니. 피곤하네."

나는 그런 식으로 농담을 던졌다. 레이븐에게 유리새를 돌려줄 때, 새가 구슬프게 울던 것이 떠올랐다. 날 좀 많이 따르긴 했지.

레이븐도 선물을 돌려받자 짐짓 아쉬운 눈치였다. 하지만 이 이상 선물을 받기도 뭐하니까.

"그래도 그 유리새가 노래는 정말 잘 불렀는데, 아쉽다. 듣고 있으면 피로가 풀리는 느낌이었는데."

"내가 불러 줘?"

"아니. 괜찮아. 마음만 받을게."

지난번에 베리테의 노래를 들었는데……. 음. 역시 노래는 전문가에게 맡기기로 했다.

"하아, 그나저나 고민이네. 어떻게 해야 하지."

"고민? 블랑슈 약혼 문제 때문에 그러는 거야?"

"응. 그거."

나는 시무룩해져서 괜히 담요를 매만졌다. 모이즈 경이 내게 시한폭탄을 던지고 간 뒤로 내내 머리가 아팠다.

세이블리안의 나라, 네르겐은 인간의 왕국 중 가장 강성한 나라이다. 그러다 보니 네르겐과 연을 맺으려는 외국들이 수두룩했다. 아비게일의 고향, 크로넨버그도 마찬가지.

아비게일과 세이블리안이 결혼해서 연결고리가 생겼지만, 아마 그걸로는 부족했나 보다. 그래서 모이즈 경은 내게 세이블리안을 설득해 달라고 부탁했다. 아비게일의 조카와 블랑슈의 약혼을 성사시켜 달라고.

"그냥 모이즈 경 도와주면 되는 거 아냐? 블랑슈가 네 조카랑 결혼하면, 너로서는 좋은 일이잖아."

"응. 그렇긴 한데……."

크로넨버그의 공주인 아비게일로서는 모이즈 경의 말을 따르는 것이 맞다. 블랑슈와 아비게일의 조카가 결혼을 하면 국가 간의 결속은 더욱 돈독해지겠지. 하지만…….

"솔직히 세이블리안을 설득하기 싫어. 정략결혼이잖아."

게다가 누가 온다 한들 블랑슈가 아깝다! 아비게일의 조카가 좋은 사람이면 모르겠지만, 딱히 그런 것도 아니다. 자기 잘난 맛에 사는 허풍선이었던 것 같은데. 게다가 블랑슈보다 나이도 한참 많다.

"공주인 이상 정략결혼을 할 확률이 높잖아. 어떤 상대가 와야지 블랑슈가 안 아까운데?"

베리테의 물음에 나는 진지하게 답했다.

"돈 많고 잘생기고 성격 좋고 능력 있고 블랑슈 또래의 사람."

아, 하나 까먹었네.

"그리고 블랑슈를 무지무지 사랑해 줘야 함."

맨 마지막 조건은 없어도 되나? 누구든 블랑슈를 보면 당연히 사랑하게 될 테니까.

베리테는 어이없다는 표정을 지었다. 그런 사람이 세상에 있냐는 듯.

"하지만 그건 네 생각이고, 세이블리안 생각은 다를 수 있잖아. 만약 세이블리안이 블랑슈를 결혼시키려 하면 어쩔 거야?"

"나도 그게 걱정이야……."

결혼은 좋은 외교 수단이다. 지금 내가 블랑슈를 시집 보내지 않겠다고 막아서는 건, 지극히 감정적인 판단.

이성적으로 판단하면 블랑슈는 외국과 결혼하는 게 이익이다. 그리고 세이블리안이라면 분명 마음이 아닌 머리로 판단하겠지. 본인이 여성 공포증이 있으면서도 국익을 위해 정략결혼을 할 정도니까.

"그런데 말이야, 예전부터 궁금한 게 있었는데."

한창 심란해하던 중, 베리테의 목소리가 들려왔다. 그가 살짝 눈을 찌푸리고 있었다.

"세이블리안은 왜 너랑 결혼한 거야?"

뭐지? 지금 나 욕하는 건가. 아냐, 조금 더 들어보자.

그는 이해가 안 된다는 표정을 지은 채 말을 이어 갔다.

"네르겐은 강국이잖아. 결혼에서 주도권을 잡을 수 있는 나라고. 여자를 싫어하면 굳이 결혼할 필요도 없는데. 왜 너랑 결혼한 걸까?"

아, 그런 의미였구나. 사실 나도 그게 궁금했다. 아비게일은 결혼할 무렵, 부친으로부터 상세한 설명을 듣지 못했다. 시집을 가라길래 갔을 뿐.

10년 동안 비의 자리를 비워 둔 세이블리안이다. 왜 갑자기 결혼을 결심하게 된 걸까? 아무리 생각해 봐도 세이블리안이 아비게일을 왕비로 들일 이유가 없다. 좋아하지도 않는 약소국의 공주와 결혼할 만한 이유로는 뭐가 있을까. 딱히 이득 보는 것도 없는데.

"뭐 그것보다, 당장은 블랑슈가 문제네. 세이블리안이 어디로 시집 보내려나."

맞다. 지금 문제는 아비게일이 아니라 블랑슈다. 내가 우리 애 결혼을 벌써부터 고민하게 될 줄이야.

"으으, 외동딸이니 외국으로 시집 보내지는 않겠지?"

"데릴사위를 들일지도 모르지."

"데릴사위든 뭐든 아직은 안 돼!"

아직 11살인 애한테 결혼이라니! 아무리 완벽한 왕자가 오더라도 지금은 아니야! 10년은 일러! 나는 우리 블랑슈 못 보낸다!

게다가 모이즈 경의 말에 따르면 다른 나라들도 블랑슈를 노리고 있다고 했다. 세이블리안에게도 여러 나라에서 제안이 들어왔을 터. 어떻게든 블랑슈의 정략결혼을 막아야 했다.

시계를 슬쩍 보니 밤 10시가 가까워져 있었다. 곧 세이블리안이 올 시각이었다.

"후우, 이제 세이블리안이랑 담판 짓고 와야지. 행운을 빌어 줘."

"잘 다녀와, 비비."

"응. 잘하고 올게."

나는 비장하게 침실로 돌아왔다. 혼자 남게 되자 여러 생각이 들었다.

나도 알고 있다. 왕족에게 결혼이란 중요한 사업이다. 하지만 블랑슈만큼은 자신이 선택한 사람과 다디단 연애를 하고, 행복한 결혼을 했으면 좋겠다. 물론 지금은 말고 10년쯤 뒤에.

그렇게 각오를 다지던 중. 늘 그랬던 것처럼 세이블리안이 들어왔다. 그가 무표정한 얼굴로 인사를 건넸다.

"쉬고 계셨습니까, 아비게일."

"어서 오세요, 전하. 그나저나 그건……?"

세이블리안이 손에 무언가를 들고 있었다. 비단으로 감싸고 있어 내용물은 보이지 않았지만, 아무래도 와인 병 같았다.

"좋은 와인이 들어왔다길래 가져왔습니다. 한잔하시겠습니까?"

흠. 어떻게 할까. 좀 화기애애한 분위기에서 이야기를 하는 게 낫겠지? 나는 고개를 끄덕였다.

"네. 좋아요."

"앉아 계시면 갖고 가죠."

그는 방 한쪽에 둔 와인 잔을 가져왔다. 능숙하게 와인을 따르는 품새가 제법 멋있었다.

와인이 투명한 유리잔에 담기는 소리가 들려왔다. 그 모습을 물끄러미 바라보고 있자니, 묘한 기분이 들었다.

왠지 우리 진짜 부부 같네.

처음에는 말없이 손만 잡고 가던 세이블리안이었지만, 이제는 조금씩 대화가 늘어나기 시작했다. 나에게 오늘 하루는 어땠는지 물어보거나, 정치 상황에 대해 이야기를 해 주기도 했다.

함께 허브티를 마시며 밤 시간을 보내는 건 꽤 즐거운 일이었다. 오늘처럼 술을 가져오는 것은 처음이지만.

"입에 맞으면 좋겠군요."

그는 담담하게 내게 와인 잔을 건넸다. 촛불을 몇 개만 켜두어 주위가 어두웠기 때문에 와인은 진한 가넷 색상에 가까워 보였다.

"잘 마실게요."

나는 와인을 한 모금 마셨다. 오, 이거 괜찮네. 생각보다 달콤한 맛이었다. 과일 향도 많이 나고. 그러고 보니 세이블리안은 단 걸 싫어하지 않았나? 왜 이런 와인을 가져왔지.

"와인 맛은 괜찮습니까?"

"네. 제가 좋아하는 맛이에요."

"다행이군요."

그는 와인을 한 모금 마신 뒤 잔을 내려놓았다. 역시 입에 안 맞는 모양이다.

"오늘은 별일 없으셨습니까?"

"네. 별일 없었죠……."

모이즈 경이 나에게 중매쟁이 역할을 맡기기는 했지만. 나는 어떻게 해야 할까 고민하다 입을 열었다.

"전하, 요즘 외국과의 상황은 어떤가요?"

"딱히 큰일은 없습니다. 동부 지역에서 작은 사고가 있었던 것 정도 빼고는."

아. 그 무역선이 침몰한 일 말이지. 아직 블랑슈에게 약혼 제안은 들어오지 않은 건가?

"그러고 보니 모이즈 경이 제게 알현을 요청했습니다."

아니군, 약혼 제안이 들어왔구나. 그나저나 모이즈 경의 행동력에 감탄했다. 벌써 행동에 나서다니. 나는 조심스레 물었다.

"혹시…… 약혼 건인가요?"

"예. 크로넨버그의 공자와 블랑슈의 약혼을 제안하더군요."

그의 목소리가 너무도 담담하여 나는 모골이 송연해졌다. 그래, 그는 원래 이렇게 냉정한 사람이었지.

그게 잘못되었다는 건 아니다. 감정적인 왕보다는 이성적인 왕이 나으니까. 하지만…….

"혹 크로넨버그 외의 다른 나라에서도 연락이 왔나요?"

"예. 레타에서도 사절이 왔습니다. 그쪽 역시 약혼을 제안하더군요."

레타라면 인근 왕국 중 하나다. 분명 네르겐 다음으로 강한 나라였지. 국력을 생각하면 크로넨버그보다는 레타 쪽이 낫다. 설마 블랑슈를 그쪽과 결혼시키려는 것일까?

나는 깊게 숨을 들이마신 뒤 입을 열었다.

"……전하. 청이 하나 있습니다."

"말씀하십시오, 아비게일."

나는 내가 하는 짓이 아둔하고 어리석다는 것을 안다. 크로넨버그의 공주로서도, 네르겐의 왕비로서도 옳지 않은 결정이다. 하지만 나는 공주이거나, 왕비이기 전에 블랑슈의 가족이다.

"블랑슈가 성인이 될 때까지, 약혼 건은 거절해 주셨으면 해요."

미안하다, 조카야. 하지만 너랑 블랑슈를 결혼시킬 수는 없어. 아비게일의 아버지도 미안해요. 모이즈 경도.

세이블리안은 한참이나 말이 없었다. 나의 생각을 가늠하려는 듯, 나를 바라보고만 있었다.

"크로넨버그의 제안도 포함해서 말입니까?"

"네."

"이상한 부탁을 하시는군요. 블랑슈가 크로넨버그와 혼인하게 되면 그대에게도 이익일 텐데."

"네, 그렇지만…….."

나는 초조한 마음에 와인 잔을 꼭 잡았다. 유리가 부서질 듯 떨리는 게 느껴졌다.

"블랑슈를 도구로 쓰고 싶지 않아서요."

공주와 왕자가 나오는 동화의 결말은 대부분 '오래오래 행복하게 살았습니다'라는 문장으로 끝이 난다. 하지만 현실은 동화가 아니다. 정략결혼을 통해 마주친 왕자와 한눈에 사랑에 빠져 백년해로하는 것이 불가능에 가깝다는 것을 안다.

그러니 블랑슈는 더 많은 세상을 보고, 더 많은 사람을 만난 뒤 스스로 자신의 사랑을 택했으면 좋겠다. 그 아이의 삶이 동화처럼 '오래오래 행복하게 살았습니다'라는 문장으로 채워지길 바라니까.

세이블리안은 잠시 말이 없었다. 그저 반쯤 남은 와인을 입에 털어 넣을 뿐. 약간의 침묵 뒤 그가 입을 열었다.

"그런 부탁은 하지 않으셔도 됩니다."

그 말에 가슴이 덜컥 내려앉는 기분이었다. 내가 부탁을 해도, 결국 블랑슈를 정략결혼시킬 생각인 것 같았다.

그를 어떻게 설득해야 할까, 어떻게 사정을 해야 말미를 줄까. 고민에 입이 타들어 가는 중, 세이블리안이 말했다.

"애초부터 블랑슈를 외국의 왕족과 결혼시킬 생각은 없었으니 말입니다."

뭐라고? 순간 눈이 번쩍 뜨이는 것 같았다. 나는 다급히 고개를 들어 그를 바라보았다. 그의 표정은 그저 고요했다. 세이블리안의 성격을 보면 빈말도 아닐 테고, 번복하지도 않을 것이다.

"그대가 크로넨버그 쪽과 약혼시키고 싶어 하지 않을까 그게 조금 걱정이었을 뿐입니다."

"아니! 저는 안 하면 좋은데요!"

당황해서 목소리가 튀어 올랐다. 세이블리안은 그게 재미있다는 듯 가만히 웃었다.

아, 뭐야! 며칠 내내 고민했는데! 왠지 그동안 속앓이를 한 게 억울해졌다.

"그러면 혹시 데릴사위를 들일 생각이신가요?"

"아뇨. 없습니다."

아예 결혼을 안 시키려는 건가? 그래도 사위는 들일 줄 알았는데. 세이블리안이 가만히 나를 바라보다 말했다.

"제 말이 의외인가 보군요."

"네? 아, 네……. 그게……."

왠지 그를 의심한 것 같아 미안해졌다. 나는 머쓱함에 괜히 머리 끝만 매만졌다.

"전하께서는 여자를 싫어하시는데도 저와 결혼하셨잖아요. 그만큼 국익을 중요시하시니, 블랑슈도 당연히 정략결혼시킬 거라 생각했어요."

정적과 함께 빈 와인 잔에서 포도 향기가 감돌았다. 나는 눈치를 보다 넌지시 물었다.

"전하, 한 가지 여쭤봐도 될까요?"

"예."

"왜 저랑 결혼하셨나요? 전하의 입장에서 충분히 거절할 수 있었을 텐데."

결혼한 지 2년이 가까워진 마당에 이런 질문을 하는 것도 우습긴 하지만 지금 물어보지 못하면 평생 모르고 살 것 같았다. 그는 의아하다는 듯이 물었다.

"그대의 아버님께서 설명하지 않으셨습니까?"

"네. 그냥 결혼만 하라고……."

세이블리안은 묘한 표정이 되었다. 어째서 그런 것을 말해 주지 않았나 하고 누군가를 탓하는 얼굴이었다. 하지만 나를 탓하는 것은 아니었다. 아마도 아비게일의 아버지였을 것이다.

그는 다시 채운 와인 잔을 들어 입가로 가져갔다. 그리고는 입에 맞지 않은 와인으로 짧게 목을 축인 뒤, 담담하게 이야기를 시작했다.

"그대와 결혼을 한 건, 선대끼리 했던 약속 때문입니다. 과거 부왕께서는 전쟁터에서 크로넨버그의 도움을 받아 목숨을 구하셨죠."

과거, 전쟁, 약속. 그 말을 들으니 언젠가 들었던 역사 교육이 희미하게 떠오르는 것도 같았다.

"이에 부왕께서는 목숨값을 대신해, 어떤 것이라도 한 가지 부탁을 들어주겠다고 하셨습니다."

"어떤 부탁이었나요?"

"크로넨버그 쪽에서 요구한 것은 결혼 동맹이었습니다. 후대에 두 왕국이 결혼으로 동맹을 맺자고."

아비게일의 가정 교사는 그 부분까지 알려 주지는 않았다. 이제야 강자가 불이익을 받는 이 기묘한 결혼이 이해가 갔다.

"시간이 흐른 뒤, 크로넨버그에서는 과거의 맹약을 지키길 요구했습니다. 그들은 블랑슈가 크로넨버그의 왕자와 결혼하길 바랐지만……."

그는 거기까지만 말하고 입을 다물었다. 왜 뒷이야기를 이어가지 않나 싶어 그를 물끄러미 바라보자, 그의 꾹 다문 입매에 맺힌 경멸이 보였다.

왜 저런 반응을 보이는 것일까. 블랑슈가 크로넨버그의 왕자와 결혼하는 게 싫었던 모양인데.

……어라. 잠깐만.

크로넨버그의 왕자라 하면 아비게일의 형제잖아. 순간 체온이 뚝 떨어지는 것 같았다. 나는 뒤늦게 그의 경멸을 이해할 수 있었다.

아비게일에게는 오빠와 남동생이 있다. 그나마 어린 남동생조차 도 아비게일보다 한 살 어리다. 그런 사람들과 이제 겨우 10살이 된 블랑슈를 혼인시켜려고 한 것이다.

나는 아비게일의 아버지에게 참을 수 없는 역겨움을 느꼈다. 하지 만 다행히도 블랑슈는 결혼하지 않았다.

그 결혼을 막은 것이 크로넨버그의 의지는 아니었을 것이다. 나는 이제야 세이블리안이 아비게일과 결혼한 까닭을 이해할 수 있었다.

"설마…… 그래서 전하께서 저와 결혼하신 건가요?"

"예."

선대의 맹약을 지킨 것은 세이블리안이었다. 그 담담한 대답에 나 는 어지럼증을 느끼며 입을 열었다.

"하지만 전하는 여자를……."

"싫어합니다."

"그런데도 대신 결혼을 하신 거예요?"

"제가 당한 것을 그 아이가 경험하게 하고 싶지 않아, 제가 대신 결혼했습니다. 그뿐입니다."

그의 말에 나는 머리가 아찔해져 버렸다. 세이블리안이 겪었던 고 통, 그리고 블랑슈가 겪을 뻔했던 고통이 동시에 떠오르자 순식간에 피가 식었다.

블랑슈는 아직 어리지만 달거리가 시작되고 아이를 낳을 수 있는 몸이 되면 그 아이 역시 후계의 의무에서 벗어나지 못할 것이다. 아니, 오히려 더 심해질지도 모른다. 세이블리안이 다른 아이를 만들지 않는 만큼 그 압박을 블랑슈에게 전가할지도 모르는 노릇이다.

그러나 블랑슈는 그 고통을 겪지 않았다. 나는 이제야 세이블리안의 모든 행동이 이해가 갔다. 그래서 그는 블랑슈에게 들어온 모든 결혼을 거부했구나. 그래서 대신 결혼했구나.

블랑슈를 지키기 위해서, 자신이 도구가 된 거구나.

충격 때문에 입이 떨어지지가 않았다. 나는 이제껏 세이블리안이 블랑슈에게 관심이 없다고 생각했다. 딸이 아닌 후계자로 바라볼 뿐, 그 이상의 감정은 없다고도 느꼈다.

하지만 그는 블랑슈를 보호하고 있었다. 자신만의 방식으로.

그가 블랑슈를 방치하고 냉대한 것은 분명한 사실이며 잘못된 일이다. 하지만 그것은 그의 천성이 악하기 때문이 아니라, 사랑을 받아 본 적이 없어서 그런 게 아닐까. 사랑을 받아 본 적이 없는 사람은 사랑을 주는 방법도 모른다고 하지 않는가.

그는 사랑을 받는 대신, 고통을 받으며 자랐다. 고통을 받은 사람은 두 부류로 자라난다.

하나는 자신이 받은 고통이 얼마나 아픈지 알기에 그것을 그대로 돌려주는 사람. 또 다른 하나는 그 아픔을 알기에, 타인에게 절대로 고통을 주지 않는 사람.

세이블리안은 사랑에 대해서는 배우지 못했다. 대신 고통에 대해서는 잘 알고 있었다. 그는 그가 배워 온 방식으로 블랑슈를 보호하고 있었다. 어설프게 날이 선 검으로. 고통의 증거와도 같은 블랑슈를, 당신은 온몸을 바쳐 지키고 있었다.

어쩐지 목울대가 뜨거워졌다. 그의 어수룩한 방식에 나는 뭐라 말을 해야 할지 알 수 없었다. 한참이 지난 뒤에야 나는 간신히 입을 열었다.

"……고마워요. 블랑슈를 지켜줘서."

언젠가 이 사실을 블랑슈에게도 알려 줄 수 있을까? 너의 아버지가, 너의 바보 같은 아버지가 너를 지키기 위해 고군분투하고 있었다고. 그 고통이 무엇인지 알면서도, 네가 받을 고통을 대신 받아 주었노라고. 언젠가는 말할 수 있을까.

세이블리안은 영문을 모르겠다는 표정이었다. 오래되고 흠집투성이의 석벽이 말하는 것처럼, 그의 목소리는 담담했다.

"당신은 가끔 이해하기 어렵습니다. 딱히 감사받을 일이 아닙니다만."

"아니에요. 당연히 감사해야 하죠. 블랑슈가 만약 제 오라버니나 남동생과 결혼했다면……."

상상도 하고 싶지 않다. 너무 끔찍한 일이다. 세이블리안은 역시 비슷한 것을 떠올린 듯 침묵하고 있다가 입을 열었다.

"블랑슈 대신 결혼한 것을 후회하지 않습니다. 처음에는 저도 원치 않는 결혼이었습니다만."

그는 잠시 말을 끊은 뒤 나를 바라보았다. 눈물점으로 장식된 눈이 부드럽게 휘어졌다.

"지금은 당신을 반려로 맞이하여 다행이라 생각하고 있습니다."

무너진 석벽 위로 햇빛이 드리우고, 그 틈 사이로 꽃이 피어나는 것만 같았다.

이렇게 따뜻한 말을 할 수 있는 사람이다. 왜, 어째서 이런 사람이 사랑을 받지 못하고 자랐나. 왜 그런 고통 속에서 자라야만 했나.

"나의 가족이 되어 주어 고맙습니다, 아비게일."

그 말에 온몸이 달아오르는 것 같았다. 약간 울고 싶었고, 웃고 싶었으며, 그를 안아 주고 싶었다.

"……저도."

나는 그를 마주 보았다. 그의 얼굴을 매만지고, 그의 눈물점에 입 맞추고 싶었다.

"전하와 가족이 되어 기뻐요."

그때, 먼 곳에서 희미한 종소리가 들려왔다. 자정을 알리는 종일 터였다.

신데렐라는 열두 번의 종이 치기 전에 돌아가야 한다. 세이블리안 역시 늘 자정이 되기 전, 방을 떠나곤 했다. 열두 번의 종이 끝나면, 이 마법과도 같은 시간이 끝이 날까.

싫어. 싫다. 세이블리안을 이대로 보내기 싫다. 조금 더 여기 있어 줬으면 좋겠다.

하지만 나의 애원이 무색하게도 종소리는 딱 열두 번을 울리고 잠 잠해졌다. 침묵이 찾아왔다. 세이블리안은 떠나지 않았지만 뭐라 말을 하지도 않았다.

마법의 시간이 끝난다. 나는 뒤늦게 정신을 차렸다. 그래. 이렇게 매달려 봐야 세이블리안만 곤란해질 것이다. 그의 고통이 무엇인지 아는데, 내가 어떻게 더 있어 달라고 붙잡을 수 있는가.

해야 할 이야기는 모두 끝났다. 가서 쉬라고 말을 하려는데, 세이 블리안이 먼저 입을 열었다.

"……혹시 저도 부탁을 하나 드려도 괜찮겠습니까?"

그답지 않게 어물어물한 말투였다. 이토록 자신감이 없는 모습은 처음 보는 것 같았다. 대체 뭘 부탁하려는 것일까?

"네. 무엇인가요?"

"……."

그는 고개를 떨군 채 잠시 말이 없었다. 그러다 슬그머니 얼굴을 들었다.

세이블리안과 눈이 마주쳤다. 그 눈동자. 그 푸른 눈. 왠지 모르게 간절해서 더욱 아름다운 푸른 눈이었다. 숨이 막힐 것 같은 눈빛이었다. 그가 무언가를 결심한 듯, 떨리는 목소리로 말했다.

"저희…… 다시 합방하는 게 어떻겠습니까?"

합방? 아니, 하지만 그는…… 내가 어물거리는 사이 세이블리안이 말을 이어 갔다.

"물론 당신께서 저를 좋아하지 않는다는 것을 알고 있습니다. 합방 역시 꺼리시는 걸 알고 있지만……."

아, 아니. 싫은 건 아닌데……. 합방이라니. 내가 진짜 세이블리안이랑 합방을 해도 괜찮은 건가?

하지만 거절을 할 수는 없었다. 거절하고 싶지도 않았다. 저런 눈빛을 보고 싫다고 말할 수 있는 사람이 과연 누가 있을까.

그의 눈동자에 수많은 색깔이 담겨 있다. 처연하고, 애절한 색의 블루. 나는 저런 색깔을 본 적이 없다. 저토록 아름다운 색깔을 본 적이 없다.

"……좋아요."

나는 더듬거리며 수락의 말을 건넸다. 이상할 정도로 입이 탔다. 왠지 모르게 얼굴이 화끈거렸다.

아씨, 이러니까 나 되게 음흉해 보이잖아. 세이블리안이 또 놀랄라. 나는 일부러 쾌활한 척했다.

"대신들이 또 뭐라 하면 귀찮으니까요. 합방을 하면 조용해지겠죠!"

이건 절대 다른 마음이 있어서 이러는 게 아니다! 대신들을 속이려고 하는 합방일뿐! 하나님! 저는 결백합니다! 제가 결코 세이블리안이랑 좀 더 있고 싶어서 그런 게 아니라고요!

세이블리안은 고개를 끄덕였다. 약간 안도하는 것도 같고, 쑥스러워하는 것도 같았다. 그 얼굴이 마치 소년처럼 풋풋해 보였다.

"고맙습니다, 아비게일. 거절하실까 봐 걱정했는데……."

아, 젠장. 하나님 죄송합니다. 사실 대신들은 핑계고 그냥 제가 세이블리안이랑 같이 있고 싶어요. 저는 아마도 쓰레기인 것 같아요.

아니, 그런데 정말이지 너무 귀여운 거 아냐? 애 아빠가 이렇게 귀여워도 괜찮은 것인가? 이건 블랑슈와는 또 다른 귀여움인데……?

"그럼 오늘부터 합방을 하는 게 어떻겠습니까."

"네?"

그의 제안에 나는 화들짝 놀랐다. 왜 또 이렇게 적극적이야? 귀엽든지 화끈하든지 하나만 하라고!

"내일부터 하죠! 오늘은 밤이 늦었으니까요!"

"……그럴까요."

그는 이제 섭섭함을 감출 시도조차 안 하는 것 같았다. 이보시오, 블랑슈 아버지. 나도 마음의 준비는 좀 해야 하지 않겠소?

"그러면 시종들에게 명해서 침소를 따로 마련해 두라고 하겠습니다. 오늘은…… 이만 가도록 하죠."

그는 느릿느릿 자리에서 일어났다. 이곳을 뜨고 싶지 않다는 듯.

세이블리안이 겨우 문가로 발걸음을 옮겼다.

"그럼 내일 뵙겠습니다, 아비게일."

그는 그리 말하고 침소를 떠나갔다. 문 닫히는 소리가 마치 잠을 깨우는 알람처럼 느껴졌다. 꿈에서 현실로 천천히 돌아오는 기분이었다. 약간 멍했다. 어, 그러니까…… 무슨 일이 있었던 거지?

맞아. 약혼 이야기를 했다. 블랑슈한테 결혼을 강요하지 않겠다 그랬고, 종이 울리고, 그리고…… 내일부터 나랑 세이블리안이 합방을 하는구나.

……합방?!

뒤늦게 정신이 돌아왔다. 아니, 내가 아까는 잠깐 미쳤었나? 술 때문에 제정신이 아니었나? 세이블리안이랑 한 침대에서 자야 한다니. 이거 정말 괜찮은 건가? 세이블리안도 술 깨면 후회할 것 같은데.

홀로 남겨진 내 주위로 혼란과 후회가 손을 잡고 춤을 추고 있었다. 아, 이거 진짜 큰일이다. 어떻게 하면 좋지?

새벽닭이 울기도 전부터 궁 안은 소란스러웠다. 하녀와 하인들이 부산하게 돌아다니는 소리에 닭이 잠을 깨었을 정도였다. 왕과 비가 다시 합방을 하게 되었으니 침소를 꾸미라는 명 때문이었다. 그것도 최대한 **빨리.**

사실 침소는 굳이 손을 대지 않아도 될 정도로 훌륭했다. 사용하는 이가 없다 한들 왕의 것이다. 언제라도 사용할 수 있을 정도로 관리가 되어 있었으나 세이블리안의 성에는 차지 않았던 모양이다.

가구를 모두 들어내 청소를 하고, 아직 새것인 태피스트리와 침구를 걷어냈다. 청소를 하는 것이야 그렇다 치지만 새 가구와 침구를 공수해오는 것은 꽤 고단한 일이었다.

하지만 왕명이니 투정할 수도 없는 노릇이었다. 때문에 시종장은 아침부터 부산히 아비게일을 방문하고 있었다. 궁을 관리하는 것은 안주인의 일이니, 새로 바꾸는 물건들은 모두 아비게일의 승인을 받아야 했다.

즉, 아비게일의 취향에 맞춰 다시 꾸미게 되었다는 말이었다.

"그러니까, 꼭 안 바꿔도 된다고!"

아비게일은 지친 듯한 목소리로 말했다. 그럼에도 시종장은 여전히 꿋꿋한 태도였다.

"하지만 비전하, 세이블리안 전하께서 반드시 새로 꾸미라 명하셨습니다."

"그 침소에 있는 것들 다 내 취향이니, 굳이 새것을 사 올 필요 없어."

"하나……."

시종장은 조금 곤란한 기색이 되었다. 세이블리안이 침소에 들어섰는데 그전과 똑같은 모양새를 하고 있다면 문초를 피할 수 없을 터였다.

그 표정을 보고 아비게일은 한숨을 내쉬었다. 시종장이 어떤 생각을 하고 있는지 대강 눈치챈 듯했다.

"그러면 침구랑 커튼을 바꾸는 정도로만 해."

"색깔은……."

"빨강…… 아, 아니. 남색으로."

빨간색으로 바꾸면 너무 열정적으로 보일 것 같았다. 시종장은 그제야 안도하여 방을 떠나갔다.

이게 대체 무슨 난리람. 아비게일은 여전히 얼떨떨했다. 세이블리안을 찾아가서 합방을 취소하자고 말하려 했건만.

하지만 너무 늦었다. 대체 언제 명을 한 것인지 그녀가 일어났을 때 이미 침소를 꾸미고 있던 참이었다.

영락없이 오늘부터 세이블리안과 함께 자게 생겼다. 물론 그와 한 침대에 누운 것이 처음은 아니다. 여러 차례 동침을 하기는 했었다. 그때도 불편하긴 했지만, 뭔가 지금은 좀 다른 기분이 들었다.

세이블리안과 나란히 누워 있는 장면을 상상하면 얼굴이 홧홧하게 달아올랐다. 물론 정말 잠만 잘 테지만, 그렇지만……

세이블리안이 옆에 누워, 어둠 속에서 그 푸른 눈동자로 자신을 바라본다면. 과연 잠이 들 수 있을까.

아비게일이 한숨을 푹푹 쉬고 있는 사이, 클라라가 안으로 들어왔다. 그녀는 무엇이 그리 좋은지 실실 웃음을 흘리고 있었다. 언뜻 보면 음흉해 보이기도 하는 미소였다.

"왕비님, 침소를 한 번 확인해 주시겠어요? 더 필요하신 건 없는지 봐 주셔야 할 것 같아요."

"그, 그래……"

신이 난 목소리를 듣자 아비게일은 도리어 기운이 빠졌다. 비틀비틀 자리에서 일어나 클라라를 따라갔다.

오랜만에 들린 침소였다. 아직 침구와 커튼을 바꾸지 않아 예전과 똑같은데 이상하게도 낯설었다. 신방에 처음으로 들어서는 새신부가 된 기분이었다.

"아, 어마마마. 오셨어요?"

방 안에는 블랑슈가 먼저 도착해 있었다. 아이는 잔뜩 들뜬 기색이었다. 블랑슈는 꽃다발을 품 한가득 안고 있었다. 제 체구의 절반만 한 꽃다발이었다. 마치 꽃에 파묻힌 모양새였다.

아니, 왜 블랑슈가 여기 있는 거지? 당황한 아비게일에게 블랑슈가 총총 걸어왔다.

"이거, 온실에서 가져왔어요! 아바마마랑 어마마마의 방을 꾸미고 싶어서……."

겨울임에도 불구하고 온실 속에서 자라난 꽃들은 한결같이 생기가 흘러넘쳤다. 백합, 소국, 리시안셔스, 튤립, 해바라기……. 종류도 참 많았다. 사계절의 꽃을 몽땅 그러모은 것처럼 보였다.

하지만 수많은 꽃들이 있어도 블랑슈의 미소가 워낙 아름다워 눈에 들어오지 않았다. 블랑슈가 꽃보다 환히 웃으며 말했다.

"제가 꽃 중에서 제일 예쁜 거로 가져왔어요. 마음에 드세요?"

얼핏 주위를 둘러보니, 방 곳곳이 생화로 장식되어 있었다. 블랑슈가 가져온 모양이었다.

제일 예쁜 것만 골라왔다며, 눈을 반짝이는 아이를 앞에 두고 마음에 안 든다는 말을 할 수는 없었다.

"……고마워요, 블랑슈. 정말 예쁘네요."

큰일이다. 정말 큰일이다. 블랑슈마저 이렇게 좋아하는데, 어떻게 합방을 취소할 수 있겠는가. 합방 자체가 싫은 건 아니다. 조금 더 마음의 준비를 할 시간이 있으면 좋겠건만…….

그러다 문득, 아비게일의 눈이 빛났다. 좋은 생각이라도 떠올랐다는 듯이.

블랑슈는 그런 것도 모른 채, 열심히 꽃을 고르고 있었다. 아비게일이 간드러지는 목소리로 말했다.

"아, 블랑슈. 카린 영애가 어머니랑 같이 잤다는 게 부러웠다 했죠?"

"네? 아, 네! 맞아요."

"그러면 오늘 저랑 같이 잘까요?"

블랑슈랑 같이 잔다는 핑계를 대고 합방을 미룰 생각이었다. 그 제안에 블랑슈는 깜짝 놀란 얼굴이 되었다.

"어마마마랑 같이 자도 돼요……?"

"네! 물론이죠."

순진한 공주는 계모의 사악한 음모를 눈치채지 못했다. 달콤하고도 위험한 유혹이었다. 블랑슈는 한참을 망설이다 입술을 앙다물었다.

"저는…… 괜찮아요! 혼자 잘 수 있어요. 어마마마랑도 같이 자고 싶지만……."

그렇게 말하며 블랑슈는 배시시 웃었다.

"아바마마랑 어마마마를 방해하면 안 되니까요."

"방해해도 괜찮은데요."

"저도 괜찮아요!"

오늘따라 블랑슈의 눈빛이 너무 선하고, 반짝거려서 버티기 힘들었다. 그렇다고 이대로 물러설 수는 없었다. 그녀는 고민 끝에 비장의 카드를 꺼내 들었다.

"그러면…… 이건 어때요?"

아비게일이 블랑슈의 귀에 가만히 속삭였다. 아까보다 한층 더 강한 유혹이었다. 블랑슈의 눈이 휘둥그레졌다.

"어, 어…… 그건…… 어……."

두 번째 제안에는 차마 바로 거절하지 못했다. 블랑슈가 갈등하고 있자, 아비게일이 간드러진 목소리로 속삭였다.

"괜찮을 거예요. 전하께서도 좋아하실걸요?"

"그, 그럴까요……?"

아비게일이 고개를 끄덕였다. 정말 괜찮다는 듯이. 블랑슈가 쉬이 답하지 못하고 우물쭈물하는 사이 노마가 들어왔다.

"왕비님, 블랑슈 공주님. 곧 식사가 준비될 것 같다고 합니다."

"고마워, 곧 갈게. 블랑슈, 식사하러 가죠."

"네, 네!"

아직 얼떨떨한 상태의 아이를 이끌고 식당으로 갔다. 꽃을 품 한가득 안고 있었던 덕인지, 블랑슈에게서는 풋풋하고 좋은 냄새가 났다.

아직 어린 나이니 합방이 뭘 뜻하는지도 모를 텐데. 어째서 저리 좋아하는 걸까?

"블랑슈는 제가 전하와 합방하는 게 그렇게 좋나요?"

아비게일이 넌지시 물었다. 블랑슈는 방금 전 제안을 곱씹고 있다가 황급히 고개를 들었다. 그리고는 꽃 무리처럼 환하게 미소 지었다.

"저는 아바마마도 좋아하고, 어마마마도 좋아하니까. 좋아하는 두 분이 사이좋게 지내면 너무 기뻐요."

얼굴이 행복한 분홍색으로 물들었다가, 이내 조금 시무룩해졌다. 블랑슈가 작은 목소리로 말했다.

"아바마마는 저를 좋아하지 않으시지만요……."

그 모습을 보고 아비게일은 가만히 웃었다. 아직 꽃향기가 남아 있는 블랑슈의 어깨를 조심히 감쌌다.

"전하께서는 블랑슈를 사랑하세요."

그녀는 어젯밤 세이블리안과 나눈 대화를 떠올렸다. 블랑슈를 위해 대신 결혼했다는 그의 말.

블랑슈에게 이야기를 해 줄 수 있다면 좋겠지만, 조금 더 어른이 된 뒤에나 가능할 것이다.

"아바마마가 저를 사랑……."

블랑슈는 그 말을 듣고 미소 지었다. 정말 그게 사실이면 좋겠다는 듯이.

아비게일은 씁쓸함을 삼키며 식당에 들어섰다. 식당에는 아무도 없었다. 다행인지 불행인지 오늘은 세이블리안과 합석하는 날이 아니었다. 식사가 나오길 기다리며 자리에 앉았다.

"아, 그러고 보니."

블랑슈가 착석을 한 뒤, 아비게일을 바라보며 말했다.

"이번에 제 시녀 중 한 명이 결혼을 해서 궁을 떠나게 되었어요."

"그렇군요. 경사로운 일이네요."

결혼, 결혼이라. 여기저기서 결혼 이야기가 들려오는구나 싶었다. 언젠가는 블랑슈도 결혼을 하게 될 것이었다. 원작대로라면 이웃 나라 왕자와 결혼해서 오래오래 행복하게 살 텐데…….

"블랑슈. 블랑슈는 결혼하고 싶나요?"

"네?"

다소 뜬금없는 질문에 블랑슈는 어리둥절한 표정이 되었다. 아비게일은 태연하게 말을 덧붙였다.

"아니, 그냥 생각나서요. 주위에서 결혼도 많이 하고 있으니까."

"아……."

블랑슈는 심각한 표정이 되었다. 정말 결혼을 앞둔 사람처럼. 그러다 첫 번째 요리가 나올 때쯤 고개를 들었다.

"잘 모르겠어요. 그런데…… 외국으로 결혼하러 가는 건 싫어요."

"왜요?"

"그러면…… 어마마마랑 아바마마를 떠나게 되잖아요. 저는 두 분이랑 오래오래 지내고 싶어요."

그 말을 듣자 원작 생각은 어느새 사라지고 없었다. 그래. 원작이 다 무슨 소용이냐 말이다. 블랑슈가 우리 곁을 떠나고 싶지 않다는데!

원작의 공주가 행복해졌다 하더라도, 꼭 그 방법을 따를 필요는 없을 것이다. 행복은 여러 형태를 하고 있으니 말이다.

"알겠어요. 블랑슈. 저도 블랑슈랑 오래오래 같이 지내고 싶어요."

블랑슈는 그 대답을 듣고 기쁜 듯이 웃었다. 그리곤 그제야 제 앞에 놓인 그라탱을 조심조심 떠먹기 시작했다.

아비게일이 흐뭇한 표정으로 그 모습을 지켜보고 있는데, 누군가 가 식당 안으로 들어섰다. 세이블리안이었다. 그가 자연스럽게 걸어 들어와, 빈자리에 앉았다.

"늦어서 미안합니다."

"어서 오세요, 아바마마."

"오셨나요, 전……."

아비게일은 중간에 인사를 끊었다. 어? 그는 어제 우리랑 식사를 하지 않았던가? 그가 너무도 자연스러워 보이길래 오늘이 정기적으로 식사를 하는 날인 줄 알았다.

"전하. 오늘은 함께 식사를 하는 날이 아닙니다만……."

날짜를 착각한 걸까? 아비게일이 조심스레 물었다. 세이블리안의 얼굴에는 동요가 없었다.

"어차피 식사를 해야 해서 들렀습니다만. 불편하면 가겠습니다."

"아, 아뇨. 그러실 필요 없어요."

아비게일은 식사를 하겠다고 찾아온 사람을 굳이 내칠 만한 위인이 아니었다. 하지만 당황스럽기는 했다. 세이블리안이 식사에 큰 의미를 두는 사람이 아니라는 걸 알고 있으니까.

혼자 먹는 편이 시간도 덜 걸리고, 더 편할 텐데. 왜 굳이 찾아온 것일까? 아비게일이 의아하다는 듯이 세이블리안을 바라보았다가, 순간 눈이 마주쳤다.

그 푸른 눈동자. 어젯밤 자신을 간절하게 바라보던 그 벽안.

그러자 합방을 해야 한다는 사실이 뒤늦게 떠올랐다. 아비게일은 황급히 고개를 떨구었다. 얼굴이 홧홧해져 있었다.

아니, 아직 마음의 준비가 덜 됐는데 낮부터 이러는 법이 어디 있는가. 어쩔 줄 몰라 하는 아비게일과 달리 세이블리안은 담담해 보였다. 아비게일은 죄 없는 그라탱만 쿡 찔렀다.

"아비게일."

"네, 네?"

아비게일은 화들짝 놀라 고개를 들었다. 세이블리안의 무표정한 얼굴을 보자 더욱 민망해졌다.

"드릴 말씀이 있습니다."

합방에 관해 이야기하려는 것인가? 그러나 다행히, 혹은 불행히도 그의 입에서는 다른 이야기가 나왔다.

"변경에서 지내시던 대비께서 이번에 본궁으로 올라오시게 되었습니다."

"……대비마마께서요?"

대비라 하면 아직 얼굴을 본 적 없는 아비게일의 시어머니였다.

결혼식 때도 본 적이 없는 사람이다.

"대비께서 지난번 녹색병으로 인해 몸이 병약해지셨다 하더군요. 치료를 요청하여 당분간 본궁에 머무르실 예정입니다."

그 소식을 듣는 동안 아비게일의 표정이 묘하게 굳어 갔다. 대비가 세이블리안에게 무슨 짓을 했는지, 아비게일은 알고 있지 않은가.

그러나 정작 당사자인 세이블리안은 담담해 보였다. 자신과는 관계없는 손님인 것 마냥.

하지만 정말 괜찮은 걸까. 아닐 것이다. 그는 원래 그런 사람이니까. 속이 곪아 썩어들어가고 있는 와중에도 내색하지 않는 사람이니까.

"곧 내려가실 것이니 너무 걱정 마십시오."

그 목소리에 아비게일은 퍼뜩 정신을 차렸다. 세이블리안이 괜찮냐는 듯 그녀의 안색을 살피고 있었다.

걱정하지 말라니. 아비게일은 그 말을 속으로 삼켰다. 대체 누가 누굴 걱정하는 건가. 대비를 마주하면 가장 괴로울 사람은 세이블리안임이 자명한데.

"네. 저는 괜찮아요."

사실은 괜찮다고 말하는 대신, 세이블리안 당신은 괜찮냐 묻고 싶었다. 하지만 보는 눈이 많았다. 세이블리안은 묵묵히 블랑슈를 바라보았다.

"블랑슈는 대비 전하를 기억하고 있느냐?"

"사실 잘 생각이 나지 않아요……."

"네가 세 살 때 내려갔으니, 기억 못 하는 것이 당연하다."

딱히 탓하는 어조가 아니었기에, 블랑슈의 표정은 곧 풀어졌다. 블랑슈는 호기심 가득한 눈빛이 되어 물었다.

"저어, 아바마마. 대비마마께서는 어떤 분이세요?"

식당에 들어선 뒤 내내 고요하던 세이블리안의 표정이었다. 하지만 블랑슈의 질문을 듣자 눈동자에 파문이 일었다.

그는 뭐라 답해야 할지 망설이는 눈치였다. 한참을 고뇌한 끝에 가까스로 답이 흘러나왔다.

"……너에게 이름을 준 사람이다."

"대비마마께서 제게 이름을 주셨군요. 꼭 만나 뵙고 싶어요!"

"기대하지 마라. 곧 내려갈 사람이니. 관심 가질 필요 없다."

자신의 친모를 향한 것이라고는 믿기지 않을 정도로 메마른 언어였다. 블랑슈는 꽤나 당황한 눈치였다. 젊은 사용인들 역시 침묵하고 있었으나 동요한 것 같았다. 내색하고 있지는 않지만 모두가 그를 냉혈한이라고 생각하고 있을 것이다.

아니, 모두는 아니었다. 아비게일만큼은 그를 냉혈한이라고 생각하지 않았다. 이 식당에 있는 사람들 중, 오로지 아비게일만이 그의 속내를 이해하고 있었다. 이 궁, 이 하늘 아래 있는 사람 중 유일하게 세이블리안을 이해하고 있는 사람일지도 모른다.

싸늘한 분위기 속에서 세이블리안과 아비게일의 눈이 마주쳤다. 그는 담담해 보였다. 당신이 나를 알고 있다면, 모든 것이 괜찮다고. 왠지 그렇게 이야기하는 것 같았다.

땅거미가 내리자 순식간에 어둠이 내리 앉았다. 겨울밤은 소리 없이 빠르게 장막을 쳤다.

밤 10시. 드디어 10시다. 세이블리안은 시계를 바라보고 있었다. 합방할 생각을 하니, 긴장으로 인해 얼굴이 딱딱하게 굳었다. 그는 심호흡을 하고 마지막으로 거울 앞에서 매무새를 확인했다.

시종의 도움을 받아 나이트가운을 걸치고, 향수를 뿌렸다. 클라라에게 미리 아비게일이 좋아하는 향수를 알아내 두었다.

그는 바짝 긴장하여 방을 나섰다. 새로운 침소로 가는 길. 이상할 정도로 목이 말라왔다. 그뿐 아니라 누군가가 조르는 것처럼 심장이 아팠다. 왜 밤만 되면 흉통이 느껴지는 것인가. 나중에 의사를 찾아가 봐야겠다고 생각했다.

세이블리안은 새로운 침소에 도착하여 우뚝 멈춰 섰다. 그는 한참이나 심호흡을 했다.

오늘은 자신의 방으로 돌아가지 않을 것이다. 밤새도록 아비게일과 한 침대에 누워, 그녀의 얼굴을 바라보며 잠이 들 것이다.

아침에 눈을 떴을 때……. 그녀가 자신의 옆에 있다면. 눈을 먼저 떴을 때, 가장 먼저 보이는 것이 그녀의 얼굴이라면.

햇살 속에서 잠든 아비게일의 얼굴을 떠올리자, 자신도 모르게 웃음이 비어져 나왔다. 그러다 문득, 문 앞에 서 있던 시녀의 존재를 알아채고 괜히 헛기침을 했다.

"아비게일은 안에 있는가?"

"아직 오지 않으셨습니다."

그는 고개를 끄덕이고 먼저 침소로 들어갔다. 안을 둘러보자 화원처럼 수많은 꽃이 장식되어 있었다. 새로 마련된 침소는 깔끔했고 좋은 향기가 풍겼다. 크게 바뀌지는 않았지만 나쁘지는 않았다.

그는 괜히 긴장이 되어 손을 쥐었다 펴기를 반복했다. 향수를 뿌린 것은 좀 과했는지도 모른다. 검은 유리창에 몇 번이고 제 모습을 비춰보았다. 깔끔하게 정돈하고 왔으니 거슬릴 것은 없지만, 괜히 신경이 쓰여 앞머리만 매만졌다.

시간이 꽤 지난 것 같은데. 시계를 힐끗 보았으나 아직 10분도 채 지나지 않았다. 왜 이리 시간이 더디 갈까. 그런 생각을 하며 그는 방을 서성거렸다. 널따란 침대를 한 번 손으로 슥 쓸어 보았다.

이제 여기에 아비게일과 누워, 밤을 보낼 것이다. 이미 몇 달은 그녀와 같이 침대를 썼지만 이상하게도 긴장이 됐다. 초야 때도 이만큼 긴장이 되진 않았다. 아니, 오히려 오늘이 초야 같았다.

역시 향수는 괜히 뿌렸나. 그런 생각을 하던 중, 문 열리는 소리가 들렸다. 그 소리에 머리카락이 쭈뼛 서는 것 같았다.

"아비게일, 오셨습니……."

천천히 뒤를 돌아보던 중, 세이블리안은 문득 말을 끊었다. 얼굴에 의아함이 스쳤다. 아비게일이 머쓱하게 웃었다.

"네. 저 왔어요. 그리고……."

그녀가 제 뒤편을 향해 살짝 시선을 주었다. 그러자 치맛자락 뒤에 숨어 있던 블랑슈가 빼꼼 고개를 내밀었다.

"아, 아바마마. 저도 왔어요……."

블랑슈는 살짝 주눅이 들어 세이블리안의 눈치를 보았다. 그는 놀란 모양인지 입이 조금 벌어져 있었다.

오늘 낮, 아비게일은 블랑슈에게 셋이서 자자고 권유했다. 블랑슈가 한참이나 망설이는 것을 간신히 설득했다. 세이블리안과 단둘이 동침할 자신이 없었던 아비게일의 반칙이었다.

또한 블랑슈와 세이블리안, 두 사람이 사이좋게 지내길 바라는 마음도 어느 정도 있었다.

"기왕 새 침소도 마련했으니, 셋이서 자는 것도 어떨까 싶어서요."

아비게일이 가증스러우리만치 사랑스러운 얼굴로 말했다. 세이블리안은 희미한 배신감과 실망을 느꼈다.

"아, 저, 역시…… 가서 혼자 잘게요! 저 있으면 안 된다고 클라라가 그랬는데……."

블랑슈는 눈치를 보다가 아비게일의 치맛자락을 놓았다. 그 말에 세이블리안이 황급히 정신을 찾았다.

"아니. 괜찮다. 셋이서 자자꾸나."

그는 긍정적으로 생각하기로 했다. 아비게일과 단둘이 어떻게 해야 할지 감이 오지 않는 참이었는데.

세이블리안 역시 아비게일만큼이나 긴장하고 있었다. 오히려 블랑슈가 있으니 분위기가 풀리는 것 같았다.

"자! 그럼 일찍 잘까요?"

아비게일이 침대로 다가가며 말했다. 블랑슈는 쭈뼛쭈뼛 눈치를 보며 침대 안으로 들어갔다.

"자, 전하도 이리 오세요. 얼른요."

그녀는 태연하게 세이블리안을 불렀다. 침대 가장자리에는 아비게일, 중앙에는 블랑슈가 자리를 잡았다.

둘이 이불을 덮고 고개만 빼꼼 내민 모양새가 제법 귀여웠다. 혈연도 아니고 서로 닮은 구석도 없는데, 제법 부모와 자식 간 같다는 생각이 들었다. 세이블리안은 저도 모르게 피식 웃고는 침대에 누웠다. 블랑슈의 옆이었다.

꽤 넓은 침대였으나 세 명이 누우니 적당히 품이 맞았다. 두 사람 사이에 누운 블랑슈는 장난감을 쫓는 고양이마냥 바쁘게 좌우를 바라보았다.

"블랑슈? 왜 그래요?"

왼쪽에 누워 있는 아비게일이 물었다. 다정한 목소리와 걱정 어린 눈동자가 너무 좋아, 블랑슈는 꿈을 꾸는 것만 같았다.

"그게…… 이렇게 어마마마랑 아바마마랑 같이 자는 게 너무 좋아서요……."

"그리 좋으냐?"

블랑슈는 이번에 오른쪽을 돌아보았다. 세이블리안이 등받이에 기댄 채, 물끄러미 블랑슈를 내려다보고 있었다.

"너무, 너무, 너무 좋아요."

세이블리안이 무서워서 평소에는 잘 나오지 않던 말도 지금은 술술 나왔다. 좋아하는 사람들이 옆에 있으니 용기가 부쩍부쩍 생기는 것 같았다.

블랑슈는 용기를 내어 슬그머니 세이블리안의 손을 잡았다. 세이블리안의 반밖에 안 되는 작은 손이었다.

세이블리안은 살짝 놀란 눈치였다. 그도 그럴 것이 이렇게 딸과 손을 잡아 본 적이 없었다.

놀라기는 했지만, 블랑슈를 내치지는 않았다. 블랑슈는 생글 웃다가 다른 손으로는 아비게일의 손을 잡았다.

아비게일은 흐뭇하게 미소 지었다. 그녀는 블랑슈의 까만 머리카락을 가만히 쓸어 넘기고는 이마에 굿나잇 키스를 해 주었다.

"잘 자요, 블랑슈."

굿나잇 키스를 받은 블랑슈가 선물이라도 받은 사람처럼 웃었다.

아비게일이 세이블리안을 바라보며 말했다.

"전하도 해 주세요. 굿나잇 키스."

"그대에게요?"

툭 튀어나온 대답에 아비게일은 소스라치게 놀랐다. 그녀는 무슨 소리를 하냐는 듯 역정을 냈다.

"당연히 블랑슈한테죠!"

민망함에 얼굴이 붉게 달아올랐다. 세이블리안도 제 실수를 깨닫고는 괜히 헛기침을 했다.

"음. 잘 자거라, 블랑슈."

세이블리안은 아비게일이 굿나잇 키스를 한 자리에 한 번 더 입을 맞추었다.

그 모양새가 꽤나 어설펐다. 블랑슈는 키스 받은 자리가 간지러운 듯, 괜히 이마를 매만졌다.

"아바마마가 처음으로 굿나잇 키스를 해 주셨어요……."

블랑슈는 짐짓 감격한 눈치였다. 그러다 문득 무언가가 생각났다는 듯, 아비게일 쪽을 바라보았다.

"어마마마."

"왜 그래요, 블랑슈?"

"아바마마한테는 굿나잇 키스 안 해 주세요……?"

그 말에 아비게일도 세이블리안도 놀라고 말았다. 아비게일이 당황하여 더듬거렸다.

"네, 네? 구, 굿나잇…… 뭐요?"

"키스요, 키스!"

블랑슈가 눈을 초롱초롱 빛내며 말했다. 키스라는 단어에 아비게일의 머릿속이 마구 헝클어졌다. 아니, 키스라니. 다른 사람도 아니고 세이블리안과?

물론 남편이니 할 수는 있다. 하지만 왠지 민망했다. 그리고 그녀는 세이블리안의 체질도 알고 있다. 지금이야 손도 잡고 어찌어찌 합방도 하게 되었지만 키스는 다른 이야기이다. 아무리 세이블리안이라도 키스만큼은 힘들 것이다.

왠지 조금 아쉬웠지만 서운한 마음을 곧 흘려보냈다.

"그러니까, 그게……. 전하는 어른이니까! 굿나잇 키스는 필요 없으실 거예요. 그렇죠?"

아비게일은 도움을 바라는 눈으로 세이블리안을 바라보았다. 세이블리안 역시 블랑슈의 말에 얼굴이 뻣뻣하게 굳어 있었다. 그가 망설이다 어물거리며 입을 열었다.

"글…… 쎄요."

"네?"

이건 또 무슨 소리지? 아비게일은 예상치 못한 말에 넋이 나가 버렸다. 글쎄라니, 글쎄라니?

"저는 굿나잇 키스를 받아본 적이 없어서 잘 모르겠습니다만……."

굿나잇 키스를 받아본 적이 없다는 말에 아비게일은 진한 연민을 느꼈다. 그 누구도 그의 좋은 꿈을 바라며 입 맞춰 주지 않은 것일까.

두 사람이 어색한 분위기를 풍기는 사이. 블랑슈는 이불을 코끝까지 끌어올린 채 눈만 빼꼼 내밀고 두 사람을 바라보고 있었다. 기대 만발한 블랑슈의 시선. 그리고 세이블리안마저 싫어하지 않고 있다.

아비게일은 진퇴양난에 빠져 버렸다. 정말, 그에게 굿나잇 키스를 해야 한단 말인가? 그녀는 세이블리안에게 작게 속삭였다.

"그…… 전하. 키스가 뭔지 아시죠?"

"제가 바보로 보이십니까?"

"전하의 피부에 제 입술이 닿는 건데 괜찮으시겠어요?"

"손도 잡으니까 괜찮지 않겠습니까?"

말은 그렇게 하면서 세이블리안도 긴장 때문에 표정이 조금 얼어 있었다. 아비게일은 어쩔 줄 몰라 굳어 있었다.

"아니면……."

그런 아비게일을 지켜보던 중, 세이블리안이 가만히 입을 열었다.

"제가 할까요."

자신이 한다고? 뭘? 키스를? 키스를 받는 것보다 하는 것이 덜 부담이 되어서 그런 것일까?

사고가 돌아가지 않는데 제대로 된 답이 나올 리 없었다. 그녀는 침묵했고, 그는 침묵을 긍정의 뜻으로 받아들였다.

세이블리안이 아비게일 쪽으로 상체를 기울였다. 서서히 얼굴이 가까이 다가왔다. 아비게일은 저도 모르게 숨을 참았다. 그의 얼굴을 이렇게 가까이서 보는 것은 처음이었다.

살짝 눈을 내리깔아 속눈썹이 풍성해 보였다. 눈물점 때문에 그의 무표정이 더욱 매혹적으로 느껴졌다.

세이블리안이 조심스레 손을 뻗어 아비게일의 뺨을 감쌌다. 그의 손이 덜덜 떨리는 것처럼 보였다.

"눈 계속 뜨고 있을 겁니까?"

손이 떠는 것과는 달리 목소리는 차분했다. 마치 허세를 부리는 사람 같았다.

"아, 아뇨!"

그녀는 질끈 눈을 감았다. 눈을 감아도 세이블리안의 존재는 또렷하게 느껴졌다.

뺨을 감싸고 있는 그의 손. 떨림. 숨소리.

그리고 체온, 움직임.

그가 천천히 오른쪽으로 다가오는 것이 느껴졌다. 그리고 부드러운 것이 뺨에 닿았다.

쪽.

부드럽고 뜨거운 입술이었다. 순간 아비게일은 머리가 아찔해졌다. 그리고 그녀가 마음을 추스를 시간도 없이, 귓가에 그의 목소리와 숨이 와닿았다.

"······안녕히 주무십시오, 아비게일."

그는 그렇게 말하고 천천히 손을 떼어냈다. 아직도 뺨이 뜨거웠다. 아비게일이 눈을 뜨자 앞에는 아무도 없었다.

어느새 세이블리안은 이불을 덮고 누워 있었다. 등을 돌린 채여서 얼굴을 볼 수 없었다.

아비게일은 어안이 벙벙했다. 세이블리안이 입 맞춘 자리를 손으로 더듬었으나 찰나의 짧은 입맞춤이 흔적을 남길 리 없었다. 하지만 뺨이 무척이나 간지러웠다.

그 와중, 방금 전 세이블리안의 표정을 본 블랑슈는 흐뭇하게 웃고 있었다.

"안녕히 주무세요, 어마마마. 아바마마."

"······잘 자요. 블랑슈."

아비게일은 멍한 얼굴이 되어 침대에 누웠다. 모든 것을 목격한 블랑슈는 두 사람의 손을 꼭 잡고는 행복하다는 듯이 미소 지었다.

◇

어둠 속에서 쌕쌕, 작게 숨 쉬는 소리가 들려왔다. 세이블리안은 등을 돌린 채 그 소리를 가만히 듣고 있었다. 자정을 알리는 종소리가 들린 지 한참이 지났건만 그는 차마 잠들지 못하고 있었다.

등 뒤에 누워 있을 아비게일과 블랑슈는 조용했다. 침대가 흔들리는 기척도 없다. 그제야 세이블리안은 뒤를 돌아보았다. 어둠 속의 얼굴들은 깊이 잠들어 있었다.

어느 틈엔가 아비게일과 블랑슈는 서로를 꼭 껴안은 채였다. 세이블리안은 그 모습을 보고 소리 없이 웃었다.

정말이지 닮았다. 생모인 미리엄보다도 더.

그는 가만히 두 사람을 바라보다 손을 뻗어 블랑슈의 머리카락을 가만히 쓸어넘겼다.

오늘 딸과 새로운 것을 많이 해 보았다. 블랑슈를 곁에 두고 자는 것도, 굿나잇 키스를 해 본 것도 처음이었다.

참 신기한 아이다. 그는 블랑슈를 바라보며 생각했다. 아이는 미리엄을 닮지 않았을뿐더러, 자신도 닮지 않았다. 어떻게 이리도 순박하고 다정할 수 있을까. 마치 블랑슈라는 이름처럼.

블랑슈가 태어났던 날이 떠올랐다. 눈이 많이 내리는 겨울이었다. 며칠간 이어지는 폭설 때문에 창밖은 그저 흰색이었다. 15살의 소년 왕은 제 방에 앉아 있었다. 그저 무감한 표정이었다. 곧 자신의 아이가 태어난다, 그런 이야기를 전해 들었음에도.

아이가 태어난다. 나의 아이가. 사실 그는 그것을 이해하기 힘들었다. 아버지가 되기에 소년은 너무 어렸다.

비서관이 아이의 출생을 알렸을 때 그는 짐짓 송구하다는 표정이었다. 첫 아이가 공주라는 소식을 알리는 것이 죄인 것 마냥. 세이블리안에게 그것은 죄가 아니었다. 그는 아이를 반기지 않았지만 미워하지도 않았다. 자신이 그저 태어나서 이런 일이 일어나는 것처럼, 자신의 딸도 그냥 태어났을 뿐이다. 탄생은 죄가 될 수 없다.

그러나 대비에게는 아이가 여자라는 사실이 죄인 모양이었다. 전날까지만 해도 해산이 가깝다는 이야기에 누구보다 기뻐했던 대비였다. 방 하나를 모두 아이 용품으로 채우고, 아이의 이름을 고르느라 많은 문관들이 고생했다. 온갖 역사서와 고문을 뒤져 명단을 작성했다.

하지만 그 수많은 아이 용품 중에서도, 준비된 이름 중에서도 여자아이를 위한 것은 없었다. 딸이라는 소식을 들었을 때 험상궂게 일그러지던 대비의 얼굴을 그는 기억한다.

그리고 자신을 바라보던 눈동자도 기억한다. 세이블리안이 얼마나 더 살 수 있을지, 다음 아이를 만들 수 있을지. 마치 말의 이빨을 세어보며 나이를 어림짐작하고, 말의 부러진 다리를 들여다보며 죽여야 할지 살려야 할지 고뇌하는 사람처럼.

미리엄 역시 딸이라는 소식에 크게 절망하던 게 기억이 난다. 난산이었기에 더 그랬을 것이다.

어미도, 할머니라는 사람도 블랑슈를 크게 환영하지 않았다. 역사 속의 수많은 왕과 전설 속의 존재에서 따온 이름은 아이에게 주어지지 않았다. 하얗다(Blanche, 블랑슈)라는 다소 성의 없는 이름이 붙여진 것은 그러한 연유에서였다.

창밖에 흰 눈이 내리고 있으니 하얗다고 하자며, 대비와 미리엄은 아이에게 그런 이름을 주었다. 눈이 내리지 않고 비가 내렸다면 아이의 이름은 비가 되었을 것이다. 봄이었다면 꽃의 이름이 붙었을지도 모른다.

때문에 블랑슈가 대비는 어떤 사람이냐고 물었을 때, 그는 답할 수 없었다. 너를…… 네가 태어났을 때……. 너를 보고 웃지 않은 사람이다. 네 어미가 너를 낳고 얼마 가지 않아 죽었을 때, 장례가 채 끝나지도 않았는데 내 방에 여자를 보낸 사람이다.

차마 그리 말할 수는 없어, 이름을 준 사람이라고만 말했다. 그런데도 아이는 웃었다.

대비를 만나고 싶다니. 그런 말을 하면서 그렇게 희게 웃다니. 그 사람이 네게 무엇을 했는지, 무엇을 할지도 모르면서.

제 이름처럼 눈밭처럼 흰 아이다. 흰 것은 더러워지기 쉽다. 잔디밭을 밟고 지나가 봐야 크게 티가 나지 않지만, 눈 위에는 작은 발자국 하나만 찍혀도 모두가 알아챘다.

왕의 길은 잔디밭도, 눈 덮인 땅도 아닌 진흙탕이다. 오물과 피로 뻑뻑하게 엉긴 진창이다. 내가 이리 진창이 된 것처럼 너의 설원도 언젠가는 폐허가 되지 않을까.

"……전하?"

가만히 블랑슈를 바라보던 세이블리안이 퍼뜩 고개를 들었다. 어느 틈엔가 아비게일이 잠에서 깨어 있었다.

"안 주무시고 계셨어요?"

"……예. 잠이 오지 않아서."

"무슨 고민이라도 있으세요?"

"별것 아닙니다."

그녀는 아직 잠기운이 남은 눈으로 세이블리안을 보고 있었다. 자색 눈동자는 왠지 모를 걱정을 담고 있었다.

"제가 도움이 되지 않을지도 모르지만, 불안을 말하는 것만으로도 마음이 편해질 수 있으니까요."

아비게일이 아닌 다른 사람이었다면 흘려보냈을 말이었다. 하지만 그는 그 말이, 그 목소리가, 거기에 담긴 감정이 좋았다. 수십 년간 설원을 홀로 헤매다가 사람을 난생처음 만난 것 같은 기분이었다.

"블랑슈가 걱정되어 보고 있었습니다."

그는 그리 말하며 블랑슈를 내려다보았다. 아이는 제 아비가 그런 걱정을 하는지도 모른 채 꿈나라에 가 있었다.

"이리 정이 많아서 어찌 버틸지. 이 약한 아이가 늘 걱정입니다. 강하게 키우려는데도 블랑슈는 여전하군요."

한숨 섞인 목소리였다. 마치 갓 태어난 핏덩이를 보는 듯했다. 묵묵히 세이블리안의 말을 듣던 아비게일이 입을 열었다.

"정이 많다는 건 약하다는 뜻이 아니에요."

그녀의 목소리는 조곤조곤하면서도 강철로 만든 것처럼 힘이 있었다. 그 목소리를 세이블리안은 조용히 듣고 있었다.

"또한 냉정하게 몰아붙이기만 하면 강한 아이가 아니라 상처투성이인 아이로 자라날 뿐이죠."

상처투성이인 아이. 그는 그것이 뭐가 잘못되었나 잠시 생각해 보았다.

태어나서 단 한 번도 상처받지 않는 사람 따위는 없다. 그러니 천천히 상처에 익숙해져 가는 편이 차라리 나았다. 그렇기에 그는 블랑슈를 엄하게 키웠다. 언젠가 흰 설원이 피로 물들었을 때, 너무 괴롭지 않도록.

"전…… 잘 모르겠습니다. 다정함과 약함은 같은 뜻 아닙니까."

"저는 블랑슈가 다정하면서도 강한 아이로 자라날 수 있다고 믿어요."

그 말을 듣자, 세이블리안은 언젠가 블랑슈가 자신을 찾아왔던 날을 떠올렸다. 두려움을 참고, 아비게일에게 사과해 달라고 요청하던 그날. 그때의 블랑슈는 변함없이 다정했으며, 강인했다.

세이블리안은 한참 동안 말이 없었다. 그저 조용히 블랑슈를 내려다보고 있을 뿐. 아비게일의 말대로 다정함과 강함은 양립할 수 있는 개념인 것일까.

"……조금 생각해 봐야 할 것 같습니다."

세이블리안은 그렇게밖에 말할 수 없었다. 아비게일은 조금 아쉬운 눈치였지만 나무라지는 않았다. 언젠가는 그 역시 이해해 줄 것이다. 세이블리안은 점점 변해가고 있으니까.

블랑슈와 식사 한번 하지 않던 사람이 이제는 딸을 제 곁에 재우고 있는 것만 봐도 알 수 있었다. 아비게일은 그의 안에 잠들어 있을 다정함을 믿고 있었다. 언젠가는 그가 고통의 방식이 아닌, 사랑의 방식으로 블랑슈를 대해 줄 것을 믿었다.

와, 오늘 날씨 한 번 좋네. 탁함 하나 없는 하늘. 프렌치 스카이 블루라는 색의 이름이 딱 어울리는 높고 맑은 겨울 하늘이었다.

바람도 불지 않고 구름도 없어, 추운 날씨지만 버티기 힘들 정도
는 아니었다. 산책하기 딱 좋은 날씨.

저 멀리 블랑슈가 추운 줄도 모르고 나무 아래 웅크리고 앉아 있
는 게 보였다. 정원 한구석에 옹기종기 모여 있는 토끼들을 보느라
정신이 없는 모양이었다.

"어마마마! 여기 토끼들이 많아요. 너무 귀여워요!"

블랑슈는 신이 나서 어쩔 줄 몰라 하며 말했다. 열 마리 정도 되는
토끼들이 옹기종기 모여 있는 게 귀엽긴 귀여웠다.

하지만 알고 있니, 블랑슈? 네가 토끼보다 더 귀엽다는 사실을!

얼마 전에 새로 만들어 준 드레스가 잘 어울려 더욱 뿌듯했다. 흰
색 벨벳과 모피로 만든 드레스는 포근하고 폭신폭신해 보였다. 감기
에 걸리지 않도록 후드가 달린 짧은 망토도 만들어 줬는데, 잘한 선
택 같다.

마치 눈의 요정 같구나, 블랑슈. 거기다가 토끼들까지 모여 있으
니 더욱 요정 같아!

"아하하, 간지러워. 어마마마도 얼른 오세요!"

토끼들이 열심히 블랑슈의 손을 핥고 있었다. 그나저나 토끼들도
신기하네. 사람이 다가오면 도망갈 법도 한데, 겁이 없는 건가?

그러고 보니 동물들이 동화 속의 공주를 잘 따르는 장면들이 떠
올랐다. 뭔가 공주님 효과 같은 걸지도 모르겠다. 그러면 나도 그 덕
좀 받아 보실까!

나는 슬금슬금 블랑슈의 옆으로 다가갔다. 블랑슈가 준 건초를 열
심히 먹던 토끼 한 마리가 고개를 들고 나를 바라보았다.

허공에서 예리하게 시선이 마주쳤다. 그리고는 짧은 정적. 갑자기

감전이라도 된 것처럼 토끼가 공중으로 펄쩍 뛰어올랐다.

뭐, 뭐지? 한 마리를 시작으로 다른 토끼들도 나를 보고는 뒤집히고 뛰어오르고 난리가 났다. 마치 호랑이라도 본 것처럼.

어느새 토끼들이 화다닥 도망가 버렸다. 야, 너무 한 거 아니냐. 사람에 이어 토끼마저 차별을 하다니…….

"어마마마, 어마마마."

잠시 낙담하고 있던 와중, 블랑슈가 조심스레 나를 불렀다. 그리고는 눈짓으로 아래를 가리켰다.

오? 아직 토끼가 남아 있었네. 블랑슈가 흰 토끼 한 마리를 안아 들고 있었다. 얘는 겁이 없는 토끼인가?

아니, 자세히 보니까 너무 놀라서 굳어 버린 모양이었다.

"여기 당근 있어요. 토끼한테 주면 좋아할 거예요."

블랑슈가 들고 있던 당근을 내게 건네주었다. 나는 머뭇거리며 그 당근을 받았다. 으음, 먹어 주면 좋겠는데.

나는 슬그머니 토끼의 입가에 당근을 가져다 댔다. 토끼는 잠시 경계를 하다가 슬쩍 당근을 물어 제 쪽으로 끌고 갔다. 오물오물, 입이 열심히 움직이고 있다. 와, 먹는다!

"안아 보실래요?"

"네?"

"이렇게 엉덩이를 받쳐 주면 편안해할 거예요."

블랑슈가 신중하게 내 품에 토끼를 안겨 주었다. 나는 어정쩡한 포즈로 토끼를 받았다.

"손은 여길 받쳐 주시고, 귀는 잡으면 아파하니까……. 아, 이제 됐어요!"

블랑슈의 도움을 받아 나는 토끼 안기에 성공했다. 이, 이제 된 건가? 아래를 내려다보니 토끼는 더없이 편안한 포즈로 당근을 먹고 있었다. 와, 왠지 모르게 감동이야⋯⋯.

"어마마마 품이 편한가 봐요."

블랑슈는 그렇게 말하며 헤실 웃었다. 크으윽, 얘는 정말 하늘에서 내려온 천사가 아닐까.

"블랑슈 덕분에 토끼랑 친해졌네요. 그래도 너무 안고 있으면 미안하니까⋯⋯."

나는 슬그머니 토끼를 내려놔 주었다. 토끼는 잠시 나를 보더니 곧 수풀로 뛰어가 버렸다.

"우리도 이제 슬슬 들어갈까요? 뺨이 다 얼었네."

나는 장갑을 벗은 뒤, 가만히 블랑슈의 뺨을 감싸 안았다. 바람이 불지는 않더라도 겨울이다. 블랑슈의 얼굴이 발갛게 터 있었다.

"저, 저 괜찮은데. 어마마마 손 차가우실 텐데⋯⋯."

"괜찮아요. 얼른 들어가죠."

"네!"

블랑슈의 볼이 조금 녹자, 나는 블랑슈를 데리고 궁 안으로 향했다. 블랑슈가 걸어오는 동안 재잘재잘 떠들었다.

"그나저나 오늘도 같이 자러 가도 돼요?"

"네. 물론이죠."

블랑슈는 그날 이후, 계속 우리와 함께 자고 있었다. 세이블리안도 내심 좋아하는 눈치였다.

"그리고 오늘 대비 전하께서 오시는 날이죠? 어떤 분일지 참 기대돼요."

블랑슈가 헤헤 웃었지만, 나는 마주 웃을 수 없었다. 블랑슈처럼 그저 기쁜 마음으로 왕대비를 맞이할 수 없었기 때문이었다.

어떻게 기쁘게 맞이할 수 있겠는가. 세이블리안의 가슴을 그리 갈기갈기 찢어 놓은 사람인데. 아파서 오는 사람한테 할 말은 아니지만 유병장수해 버렸으면 좋겠다.

아니, 유병장수하면 계속 여기 머무르려나? 얼른 치료받고 건강해져서 가 버렸으면 좋겠다.

따뜻한 방으로 들어와 블랑슈를 난방 마도구 앞에 앉혔다. 하녀를 시켜 따뜻한 코코아도 가져오게 하고.

블랑슈가 후후 불어가며 코코아를 마셨다. 코코아를 먹고 만족스러워하는 모습이 귀여워 마시멜로 두 개를 풍당 넣어 주었다.

"두 개나 먹어도 돼요?"

"네. 물론이에요."

그러자 블랑슈의 얼굴이 더욱 환하게 피었다. 마시멜로 하나만 더 넣어 줄까……?

그렇게 몸을 녹이고 있는 사이, 방 안으로 시종이 들어왔다. 그가 허리를 깊게 숙인 뒤 말했다.

"왕비 전하, 공주 전하. 지금 왕대비 전하께서 입궁하셨다고 합니다."

"……알겠다. 곧 가도록 하지."

올 게 왔구나. 나는 깊게 심호흡을 하고 자리에서 일어났다. 이번에 인사 한번 하고 볼 일 없길 바랄 뿐이다.

나는 블랑슈와 함께 응접실로 향했다. 벽난로 앞에 누군가가 앉아 있었다. 고상하고 병약해 보이는 중년 여성이었다.

"어서 오려무나. 블랑슈랑 새아가, 맞니?"

아마도 대비일 그 여성은 정말 미인이었다. 블랑슈와 세이블리안과는 달리 금사로 이루어진 것 같은 금발을 갖고 있었다.

그래도 눈동자만큼은 닮아 있었다. 그녀의 푸른 눈동자가 우리를 보고 반갑다는 듯이 웃었다.

내가 상상했던 것과는 달리 그녀는 무척이나 순해 보였다. 병색이 짙어서 더 그렇게 보였는지도 모른다.

"나는 마고 프리드킨 왕대비란다. 이렇게 만나서 반갑구나."

대비가 먼저 소개를 하자, 나도 정중하게 고개를 숙였다.

"마고 프리드킨 왕대비 전하께 인사 올립니다. 크로넨버그의 공주이자, 네르겐의 왕비인 아비게일이라고 하옵니다."

"브, 블랑슈 프리드킨입니다. 뵙게 되어 영광입니다, 왕대비 전하……."

블랑슈도 꾸벅 고개를 숙여 인사했다. 왠지 모르게 긴장이 되어 목덜미가 뻣뻣해졌다. 대비는 우리를 물끄러미 바라보다가 내 손을 덥석 잡았다.

"반갑구나, 새아가. 네 결혼식 때 오지 못해 미안하구나. 참 고운 아이로구나."

어? 어? 왜 이렇게 상냥하지? 그녀의 목소리에는 달가움이 담뿍 담겨 있었다. 대비의 붙임성이 너무 좋아 나는 순간 얼떨떨해졌다.

"그나저나 참 우아한 옷을 입고 있구나. 수도에는 요즘 그런 옷이 유행이니?"

"아. 이건 제가 디자인한 의상입니다만……."

나는 지금 엠파이어 스타일의 드레스를 입고 있었다. 평소대로 입으려 했지만, 대비를 맞이하는 것이니 좀 더 격식 있는 의상이 좋을 것 같아 새로 디자인했다.

이 드레스 역시 파니에나 코르셋을 착용하지 않았다. 웨이스트 라인이 가슴 바로 아래 위치해 하체가 길어 보였다. 비단을 사용해 화려함을 더하고, 컬러 포일foil(꽃잎 장식)과 포인트 레이스가 더해지니 더욱 우아했다.

대비는 내 말을 듣고 꽤나 놀란 눈치였다. 그러다 이내 부드럽게 웃으며 말했다.

"새아가가 정말 솜씨가 뛰어나구나. 이토록 아름다운 옷이라니."

"감사합니다, 전하."

아까 인사할 때처럼 그녀는 구김 한 점 없이 밝은 목소리로 칭찬을 건넸다. 그리고는 싱긋 웃으며 블랑슈에게 말을 붙였다.

"블랑슈. 오랜만이구나. 이 할미를 기억하고 있느냐?"

"아, 죄송해요. 대비마마……. 사실 너무 어렸을 때라 잘 기억이 안 나요……."

"괜찮단다. 나도 이렇게 너를 보는 게 무척 오랜만이니 말이다."

대비는 부드러운 미소를 띤 채 말했다. 무척이나 인자하고 상냥한 모습에 나는 당황했다. 아니, 내 상상이랑 너무 다른데? 그러니까 나는…… 따지자면 동화 속에 나오는 악역을 떠올리고 있었다.

그거 있잖아, 그거. 『인어공주』에 나오는 마녀라든지, 『백설공주』에 나오는 계모…… 는 나구나.

흠, 크흠. 어쨌거나.

블랑슈도 할머니를 만나 무척이나 기쁜 것처럼 보였다. 아니, 사실 블랑슈가 사람을 싫어하는 것 자체가 드문 일이긴 하지만…….

나는 조금 황망한 기분으로 대비를 바라보았다. 솔직히 말하자면, 그녀는 꽤나 호감 가는 인상이었다. 만약 세이블리안에게 사정을 들지 못했더라면 나는 그녀를 좋아하게 되었을지도 모른다.

인자하고 부드러운 인상. 그리고 창백하고 허약한 분위기가 사람의 마음을 끌었다. 녹색병 때문에 아프다더니, 많이 아프긴 한가보다.

또한 중년 특유의 우아함과 고상함이 있었다. 겉보기로는 40대 정도다. 할머니라 부르기에는 많이 젊지만…….

아. 이 여자가 이렇게 이른 나이에 할머니가 된 이유가 따로 있지. 나는 그제야 정신을 차렸다.

"새아가가 이렇게 예쁜 아가씨인 줄 미처 몰랐네. 너를 더 빨리 만나러 와야 했는데, 늦어서 미안하구나."

대비가 눈꼬리를 흐리며 웃었다. 나는 싫은 티를 내지 않도록 노력하며 담담히 답했다.

"아닙니다, 대비마마. 저야말로 뵈러 가지 못해 송구합니다."

"그렇게 딱딱하게 부르지 말고, 어머니라 부르렴."

아닌데. 우리 엄마는 저기 한국에 있고, 아비게일네 엄마는 크로넨버그에 있는데.

하지만 차마 그리 말할 수는 없었다. 나는 힘겹게 웃어 보이며 대답했다.

"네, 어머니."

내 웃는 얼굴을 본 순간, 대비의 얼굴이 파리하게 굳었다. 못 볼 것이라도 본 사람처럼.

"……아, 아니. 부르기 싫으면 됐다."

아. 요즘 하도 지적하는 사람이 없어서 깜빡했네. 그러고 보니 나 요즘 제법 웃고 다닌 것 같은데. 블랑슈나 주위 사람들이나 무서워하질 않아서 잊고 있었다.

"어쨌거나 이렇게 봐서 반갑구나. 조만간 식사라도 다 같이 하자 꾸나. 세이블리안도 불러서."

그렇게 말하며 대비는 산뜻하게 웃었다.

"가족끼리 말이다."

"대비께서 입궁하셨다고 합니다."

"알고 있다."

비서관의 보고에 세이블리안은 무심히 답했다. 그는 제 앞에 놓인 서류를 훑어보는 데에만 열중하고 있을 뿐이었다.

그녀가 도착한 것은 진즉 알고 있었다. 예법을 생각하면 입궁할 때 대비를 맞이하러 가는 것이 보통이었다. 그러나 그는 정무를 핑계로 집무실에 처박혀 있었다. 세이블리안은 자신의 나약함을 비웃었다.

세이블리안은 대비를 꺼려 했다. 증오는 아니었다. 그저 불에 데어본 적이 있는 이가 불을 두려워하는 것처럼, 대비를 마주하기 싫을 뿐이다.

그는 그런 자신이 우습다는 걸 잘 알고 있었다. 자신을 일찍 결혼시켰다는 이유로 그녀를 꺼려 하는 것은 말이 안 된다. 대비는 그저 왕비답게 행동했을 뿐이다. 그러니 그녀를 저어 할 이유가 하나도 없거늘.

그런 생각에 잠겨 있던 와중, 문가가 소란스러워졌다. 세이블리안이 무슨 일이냐는 듯 시종에게 눈짓을 주었다.

사태를 파악하고 시종이 돌아온 것은 찰나였다. 그가 공손하게 말을 올렸다.

"대비 전하께서 알현을 요청하십니다."

"······모셔와라."

나중에 얼굴을 비치겠다고 했는데 부득불 찾아올 줄이야. 세이블리안은 잠시 한숨을 내쉬었다.

허락이 떨어지기가 무섭게 대비가 안으로 들어왔다. 그녀는 제 아들을 보고 활짝 웃었다.

"세이블리안! 오랜만이로구나."

"평안하셨습니까, 전하."

세이블리안은 그저 사무적인 태도였다. 그녀는 보자마자 세이블리안을 와락 끌어안았다.

"이 무정한 것. 어떻게 이 어미한테 한 번을 안 올 수가 있니?"

"정무가 바빴습니다, 죄송합니다."

감정이 실리지 않은 사과였지만 대비는 모든 것을 이해한다는 듯, 푸근하게 미소 지었다. 그녀는 한쪽에 놓인 소파에 자리를 잡았다.

"후우, 먼 길을 오니 지치는구나."

세이블리안은 대비를 힐끗 보았다. 이런저런 핑계로 대비를 멀리했는데, 오랜만에 보니 꽤나 나이가 들었구나 싶었다.

자신이 기억하던 어린 시절과는 사뭇 다른 모습이었다. 얼굴에는 핏기 하나 없이 병색이 완연했고, 팔다리는 깡말라 있었다. 슬그머니 연민이 피어오를 정도로.

"별궁에 마련해 드린 침소는 마음에 드십니까."

"그래, 아주 좋더구나. 그나저나 세이블리안, 혹시 아이 소식은 아직 없니?"

다행히도 연민은 순식간에 사그라들었다. 보자마자 아이 타령을 하는 걸 보니, 자기가 기억하는 대비가 맞긴 맞구나 싶었다.

"아뇨. 아직 없습니다."

"네가 결혼한 지 일 년이 넘지 않았니? 혹시 새아가가 불임이거나, 하자가 있는 건 아니지?"

하자. 틀린 말은 아니다. 왕가의 피를 이어야 하는 자들에게 불임이나 난임은 치명적인 하자니까.

자신도 그와 비슷한 소리를 어린 시절 들었었다. 예전 같았다면 듣고도 담담히 넘겼을 말이었다. 하지만 지금은 달랐다.

"대비 전하."

세이블리안이 성마른 목소리를 냈다. 그의 두 눈동자가 목소리만큼이나 날카로웠다.

"제 아내에게 하자라는 말 따위 쓰지 마십시오. 아이를 못 낳는 것은 비난의 이유가 될 수 없습니다."

자신의 어머니라 할지라도 감히 그녀를 모욕할 수는 없었다. 날 선 비난에 대비는 놀란 기색이 되었다.

"……변했구나, 세이블리안."

그녀가 웃으며 말했다. 어이없다는 듯이.

"못 본 사이에 이렇게 나약하고 멍청해진 줄은 차마 몰랐다."

자식이나 어미나 혈연을 향한 것이라고는 보기 힘든 목소리였다. 대비는 자리에서 일어나 세이블리안에게 다가왔다.

"아니. 변한 게 아니라 그대로인가? 어렸을 때보다는 좀 나아진 줄 알았는데, 어쩜 이리 달라진 게 없니? 결혼했다길래 내심 안도하고 있었는데.”

힐난은 조곤조곤하고 나직하였다. 이 나라의 말을 모르는 이가 듣는다면 어떤 일상적인 인사라도 나누고 있다 생각할 정도로.

“난 그래도 네가 왕으로서의 자각은 있는 줄 알았다. 혹시, 정말로 그 여자가 불임인 건 아니지?”

“아닙니다.”

“그래. 네가 그럴 리 없지. 애도 못 낳는 여자를 옆에 두고 살 정도로 무책임하지는 않을 거라 믿는다.”

굳어 가는 세이블리안의 얼굴과 달리 대비는 여전히 평온했다. 그녀가 가만히 세이블리안의 어깨에 손을 올렸다.

“네 의무를 다해야지. 안 그러니?”

“…….”

그는 대답하지 않았다. 대비의 말에 긍정도, 부정도 할 수 없었다. 왕위를 이어가는 후계를 낳는 것. 그것은 정치만큼이나 중요한 일이니까.

후계 문제로 인해 기강이 흔들리고 침몰한 나라의 역사는 무수히 많이 읽었다. 자신에게 일찍 아이를 낳도록 강요한 것도 이성적으로 생각하면 합리적인 판단이다. 대비는 좋은 어머니는 아니었을지 몰라도, 현명한 왕비였다.

하나, 그것을 아는데도 차마 대답을 할 수가 없다. 그 모습을 가만히 지켜보던 대비가 어깨에서 손을 떼어냈다.

“됐다. 후계 문제는 네가 알아서 잘하겠지.”

그녀는 피곤한 듯 소파에 비스듬히 앉았다. 병약한 기색이 얼굴뿐 아니라 손끝에서도 느껴졌다.

"그것보다, 이제 슬슬 나도 본궁으로 돌아올 때가 되지 않았니?"

대비는 다소 직설적으로 본론을 꺼냈다. 세이블리안이 가만히 그녀를 돌아보았다.

"변경에서 사는 데 불편함이 있으십니까?"

"아무리 좋아도 본궁만 하겠니."

레이븐과의 승계 문제 때문에 골치 아픈 상황에 대비까지 끼어든다면 좋을 것이 없었다. 세이블리안은 대비라는 사람을 잘 알고 있다. 언뜻 보면 그의 아군인 것 같지만, 실질적으로 그녀가 원하는 건 왕의 권한. 세이블리안이 열다섯짜리 아이도 아닌데 그녀는 그때와 같이 섭정 노릇을 하고 싶어 하는 눈치였다.

"난 많은 것을 바라지 않는단다. 그저 본궁에만 기거하면 돼. 그리고 또, 내가 돌아오면 너로서도 이득이 있지 않겠니?"

"어떤 이득입니까."

세이블리안이 어디 한번 말해 보라는 듯이 말했다. 대비의 어조는 흔들림이 없었다.

"동부 쪽에서 인어로 인해 피해가 있다 들었단다."

"신경 쓸 만큼의 피해는 아닙니다."

"물론 지금에야 그렇겠지. 모르카에서 들어온 정보인데, 인어들의 영역이 점점 넓어지고 있다고 하더구나."

모르카는 네르겐의 동부와 인접한 섬나라였다. 아무래도 섬이다 보니 인어들과 가장 대립이 많은 국가. 또한 대비의 고향이기도 했다.

"인어가 이대로 영역을 넓히면 네르겐으로서도 골치 아플 테지만, 전쟁을 벌이기에는 잃는 게 많지."

"용건만 말씀하십시오."

"모르카와 연합을 맺으면 인어들을 궤멸시키는 것도 한결 편해지지 않겠니?"

궤멸이라는 단어를 그녀는 제법 산뜻하게 발음했다. 마치 하녀에게 청소를 지시하는 사람마냥.

"모르카에서 시집온 나라면 능히 가교 역할을 해 줄 테고 말이야."

그녀는 호인처럼 웃었다. 세이블리안은 웃지 않았다. 대비의 뱃속이 훤히 들여다보여서, 그 속이 너무 검어서 도저히 웃을 수가 없었다.

"네가 나를 좋아하지 않는 건 알고 있단다. 하지만 냉정하게 판단하렴, 세이블리안. 네 패가 되는 사람이라면 적이라도 이용해야 하지 않겠니?"

"그 패가 쓸 만한 패라면 말이죠."

세이블리안은 대비의 제안에도 흔들림이 없었다. 그는 저벅저벅 문가로 걸어가, 손수 문을 열어 주었다.

"편찮으실 텐데, 이만 가서 쉬십시오."

권유 같으나 명백히 명령이었다. 대비는 그저 미소 지은 채 자리에서 일어났다.

"사람이 아니라 왕으로서 생각하렴, 세이블리안."

그녀는 그 한마디만 남긴 채 집무실을 떠나갔다. 세이블리안은 문이 닫힌 뒤에도 한참이나 그 자리를 노려보고 있었다.

"너무 과하게는 하지 말렴. 자칫하면 티가 날지도 모르니."

마고 대비는 먼 곳을 바라본 채 말했다. 그녀는 소파에 앉아 시녀에게 화장을 받고 있었다.

보통 화장이라 하면 얼굴을 생기 있고 화사하게 만드는 것이 보통이다. 하지만 지금 대비가 받는 화장은 기존의 화장과는 사뭇 다른 것이었다.

관자놀이와 목, 살짝 드러낸 어깨에 푸른 정맥이 희미하게 비쳤다. 시녀는 그곳에 화장을 더해 혈맥을 더욱 청청하게 만들었다.

백분으로 얼굴의 혈색을 죽이고, 입술에는 죽은 벚꽃색의 연지를 발랐다. 그러자 대비는 좀 더 가냘프고 연약하게 보였다.

"그 색깔은 그만둬. 너무 티 나게 하지 말라니까?"

"네, 대비 전하."

시녀는 물 먹인 손수건으로 연지를 닦아 냈다. 마고의 얼굴에는 신경질적인 짜증이 드러나 있었다. 블랑슈와 아비게일, 세이블리안 앞에서 있을 때와는 사뭇 다른 표정이었다.

"대비 전하, 아비게일 님은 마음에 드시나요?"

"아비게일?"

시녀의 질문에 대비는 그게 무슨 말이냐는 듯한 표정을 지었다. 아비게일이라는 이름을 처음 듣는 것 마냥.

"왕비님 말씀입니다."

"아, 그런 이름이었던가."

새 왕비의 이름은 중요하지 않았다. 어차피 부를 일도 없을 테니까.

"세이블리안과 사이가 좋다고는 들었는데, 생각보다 더 좋더구나."

변경에 머물러 있는 동안 대비는 종종 본궁의 상황을 전달받곤 했다. 후처를 들이고, 그녀가 죽었다 살아났다는 이야기를 들었다. 그리고 얼마 지나지 않아 세이블리안이 그녀를 총애하기 시작했다는 것 또한.

사실 대비는 중간부터 그 소식을 믿지 않았다. 왕비가 죽었다 살아났다는 사실보다도, 세이블리안이 누군가를 아낀다는 것 자체가 상상이 가지 않았다.

그런데 실제로 와서 보니 믿을 수밖에 없게 되었다. 세이블리안이 면전에서 제 처를 감싸다니.

"그나저나 그런 여자가 세이블리안의 취향이었을 줄이야. 진작 그런 여자로 붙여 줄 걸 그랬어."

세이블리안이 독신으로 산 것이 어언 10년이다. 일찍 결혼했다면 자식이 최소한 두셋은 더 있었을 것이다.

지금이야 세이블리안이 병사할 걱정은 덜었다지만 또 혹시 모르는 일이다. 레이븐이라는 복병도 있으니 말이다.

"얼굴이 뱀처럼 사나운 여자더구나. 그 여자를 이용하는 건 무리려나."

변경에서 지낸 지 어언 10년. 본궁에 올라오고자 수차례 세이블리안에게 서신을 보냈다. 하나 그는 허락지 않았다. 원로들과 민심을 핑계로 계속 요청을 반려했으며, 심지어는 결혼식 때도 부르지 않았다.

이번 녹색병으로 인해 목숨이 위험하다는 연락을 한 뒤에야 그는 간신히 본궁 입성을 허락했다. 만약 병에 걸리지 않았다는 사실을 알게 되면, 세이블리안은 바로 그녀를 돌려보낼 것이었다.

사전에 주치의를 매수해 두었기에 당분간은 들키지 않을 테지만 너무 오래 끌 수는 없었다. 그러니 최대한 빨리 세이블리안을 구워삶아야 했다.

"어떠십니까, 대비 전하."

시녀가 작은 거울을 들어 대비의 앞에 가져다 댔다. 화장하기 전과는 달리, 그녀는 무척이나 병약하고 가련해 보였다.

일부러 병약한 척 꾸민 것 같지도 않아, 대비는 만족스럽게 웃었다. 그리 웃어도 허약하고 안쓰러워 보였다.

"마음에 드는구나. 화장도 다 끝났으니, 가서 블랑슈를 불러오렴."

"네, 대비 전하."

시녀는 화장 도구를 정리한 뒤 방을 나섰다. 얼마 지나지 않아 시녀는 블랑슈와 함께 돌아왔다.

블랑슈는 보송보송한 흰색 벨벳으로 만든 드레스를 입고 있었다. 어린 공주는 긴장한 것처럼 보였다.

"대비마마, 평안하셨나요?"

"블랑슈, 내 새끼. 이리 와서 이 할머니 좀 안아 주렴."

마고 대비가 반가워 어쩔 줄 몰라 하며 블랑슈에게 양팔을 벌렸다. 블랑슈는 머뭇거리다가 그녀를 안아 주었다.

"우리 손녀가 이렇게 사랑스러울 줄이야. 변경에 돌아가면 아쉬워서 어떡하니……."

대비는 무척이나 서운하다는 듯이 말했다. 블랑슈가 사랑스럽다는 것, 그리고 아쉽다는 것도 사실이었다.

막 태어났을 때는 여자애라는 사실에 실망감이 컸다. 사내였으면 얼마나 좋았을까, 이미 태어난 아이를 보며 푸념하기도 수차례였다. 하지만 10년이 지나 이렇게 보니 생각이 좀 바뀌었다. 아이는 순진하고 사랑스러웠다.

그래서 마음에 들었다. 제 아비를 닮아 자기주장이 강하고 철두철

미한 성격이라면 귀찮았을 테니까.

"이리 오렴, 블랑슈. 너를 위해 과자를 준비해 두었단다."

대비는 테이블 위에 올려 둔 쿠키를 집어 건네주었다. 블랑슈는 주저주저하다가 그것을 받았다.

"감사합니다, 대비마마. 잘 먹을게요."

"어쩜 이리 고울까. 네 어미 미리엄이 이 모습을 보지 못해 무척 아쉽구나."

그 말에 블랑슈의 손이 순간 멈칫했다. 미리엄. 어머니의 이름이라지만 꽤나 낯선 이름이었다.

"제 어머니…… 요?"

"그래, 네 어미. 미리엄이 조금만 더 오래 살았으면 좋았을걸."

이 자리에 세이블리안이 있었더라면 통하지 않았을 거짓말이었다. 미리엄이 죽었을 때, 내심 기뻐하던 대비였으니까.

두 사람이 막 결혼을 했을 때는 몰랐지만 대비는 뒤늦게 미리엄이 자신을 닮았다는 것을 깨달았다. 권력을 탐하던 그 눈. 살아 있었더라면 섭정 노릇에 꽤나 재미를 붙였을 터였다. 섭정을 노리는 자가 둘이나 되다니. 가당치도 않다.

그런 생각을 하던 중. 쿨럭, 쿨럭. 대비가 갑자기 깊은 기침을 토해냈다.

"하, 할마마마. 괜찮으세요?"

그 기침 소리에 놀라 블랑슈는 다급히 대비의 안색을 살폈다. 시녀가 공들여 분장한 덕에 그녀는 무척이나 노쇠해 보였다.

"물 좀 주겠니, 아가야?"

대비가 연신 기침을 해댔다. 블랑슈는 황급히 물을 가져왔다. 아이는 무척이나 놀란 기색이었다.

대비는 물을 몇 모금 마신 뒤에야 간신히 진정했다. 그녀는 지치고 슬픈 미소를 지었다.

"고맙구나, 아가야. 치료를 받고 있는데도 병이 쉬이 낫지 않는구나."

"할마마마……."

블랑슈는 잔뜩 울상이 되어 있었다. 금세라도 그 큰 눈에서 눈물이 또르르 흘러내릴 것 같았다.

그 표정이 그저 순박하여 대비는 조금 웃고 싶었다. 아아, 이리도 착하고 멍청한 아이라니. 그래, 난 이런 아이를 갖고 싶었어.

세이블리안이 좀 더 멍청했으면 좋았을 텐데. 어렸을 때는 툭하면 울기에 내심 기대했건만.

블랑슈가 태어난 이후부터 세이블리안은 다른 사람이 된 것 같았다. 대비는 그것이 퍽 안타까웠다.

"블랑슈가 걱정을 해 주니 금방 나을 거란다. 고맙다, 아가."

"얼른 나으시길 바라요, 할마마마."

대비는 가만히 미소 지었다. 수풀처럼 고요한 미소. 그 수풀 안에는 독사가 숨어 있었으나 아이는 눈치채지 못했다.

"그래. 블랑슈가 결혼할 때까지는 건강하게 살아야지."

그리 말하고 대비는 찻잔을 들었다. 그러다 문득, 무언가가 생각났다는 듯이 대수롭지 않게 말했다.

"블랑슈. 혹시 동부 이야기를 들었니?"

"동부……? 아, 혹시 인어 이야기인가요?"

"그래. 내가 사는 변경에도 동부의 소식이 들려오던데, 참으로 안타깝더구나."

안타까움이 뚝뚝 묻어나는 목소리는 꽤나 미성이었다. 블랑슈는 어느새 진지한 얼굴이 되어 귀를 기울이고 있었다.

"안쓰러운 이야기들이 참 많이 들려오더구나. 인어 때문에 배를 잃고, 가족을 잃고, 그렇게 고통받는 이들이 한둘이 아니라니……."

어디 사람 죽는 일이 한두 번이던가. 게다가 죽어 나가는 자들이야 평민이다. 본심과는 달리 대비는 무척이나 애달파 보였다.

"인어들을 어떻게든 해야 할 텐데, 내 힘만으로는 어떻게 할 수 없어서 마음이 참 아프단다."

깊은 한숨이 새어 나왔다. 병자가 한숨을 내쉬니 한층 더 분위기가 어두워졌다. 블랑슈가 작게 중얼거렸다.

"그 사람들을 도울 수 있다면 좋을 텐데요……."

그 말에 대비는 놀란 표정이 되었다. 그리고는 갸륵하다는 듯이 말했다.

"블랑슈, 정말 마음씨가 곱구나. 사실 블랑슈가 도와주면 그 사람들을 구할 수 있단다."

"제가요? 어떻게요?"

"이 할머니의 고향은 모르카라는 섬나라로, 인어들의 가장 두려운 적이란다."

사근사근한 목소리에 블랑슈는 조금씩 빠져들었다. 마치 신기한 풍경에 이끌려 어두운 숲속 깊은 곳으로 향하듯이.

"모르카와 네르겐이 연을 맺으면 세이블리안이 굳이 나서지 않아도, 동부의 평화가 지켜지겠지. 그래서 말인데……."

대비가 억지를 부려 본궁에 온 것은 두 가지 이유에서였다. 하나는 세이블리안을 설득해, 죽는 날까지 본궁에서 살기 위해.

"이 할머니의 조카인 왕자가 있는데, 참 인품이 좋고 용모도 수려한 사람이란다. 그 사람과 결혼하는 건 어떠니?"

또 다른 이유는 모르카 왕국과 블랑슈의 결혼을 체결하기 위해서였다. 블랑슈가 모르카와 결혼을 하게 되면 그녀로서는 큰 이익이 될 터였다.

"겨, 결혼이요?"

"그래. 블랑슈랑 왕자가 참 잘 어울릴 것 같구나. 한 번 만나보기라도 하지 그러니?"

블랑슈는 당황해하는 것 같았다. 대비는 그 모습이 보기 좋았다. 이리 쉽게 갈대처럼 흔들리는 것을 보아하니 희망이 보이는 듯했다.

세이블리안은 이미 제 품을 떠났다. 그것이 퍽 아쉽지만, 그래도 대체할 사람이 있으니 다행이다 싶었다.

"네가 결혼을 한다면 동부의 사람들도 안심할 수 있을 거란다. 세이블리안도 기뻐할 거고."

아이는 망설이는 기색이었다. 대비는 조심스레 블랑슈의 어깨를 감싼 뒤 다정하게 속삭였다.

"이 나라의 공주로서, 네 의무를 다해야 하지 않을까?"

의무. 그것은 오래전 세이블리안에게 했던 말이기도 했다.

세이블리안이 더 이상 미리엄과 동침하고 싶지 않다고 했을 때, 그때도 이렇게 말했다. 이 나라의 왕으로서, 네 의무를 다하라고.

그 말에 세이블리안의 푸른 눈동자가 격풍을 일으키며 떠는 것을 그녀는 볼 수 있었다. 그리고 또한, 지금 블랑슈의 눈동자에도 그것과 같은 바람이 불고 있었다.

"의무……."

아이는 그것이 어떤 주문이라도 되는 것마냥 중얼거렸다. 아니, 주문이라기보다는 저주 같았다. 의무라는 단어가 주는 무게. 블랑슈가 조금만 더 어렸더라면 이해하지 못했을 무게.

보통의 아이라면 지금도 가볍게 흘려넘겼을 것이다. 그러나 불행히도 블랑슈는 너무도 영민하였다. 마치 과거의 세이블리안이 그랬던 것처럼.

"너도 이제 어른이잖니. 어리광 부릴 나이는 지났어. 무엇보다 네 나라와 백성들을 생각해야지."

그 말에 블랑슈는 움찔했다. 지난번, 아비게일에게 결혼하고 싶지 않다고 어리광 부렸던 것이 생각났다.

자신의 위치는 자각하고 있다. 아직 어리지만 이 나라를 위해 살아가야 한다는 것을. 그것이 왕의 딸로 태어난 자의 숙명이라는 것을.

아이답지 않은 고요가 얼굴에 어리자, 대비는 만족스럽게 웃었다. 그녀는 블랑슈의 머리에 가볍게 입을 맞추었다.

"너의 의무를 다하거라, 아가야."

그리고는 검지를 제 입술 중앙에 가만히 가져다 대었다.

"그리고 이건 너와 나, 둘만의 비밀이야. 알았지?"

"으윽…… 블랑슈한테 별일 없어야 할 텐데."

"비비, 좀 앉아 있지 그래."

"가만히 있질 못하겠어! 역시 블랑슈를 따라갔어야 했나?!"

나는 태엽이 고장 난 인형처럼 방 안을 뱅뱅 돌고 있었다. 알 수 없는 불안감이 속에서 넘실거렸다.

"대비가 블랑슈랑 무슨 이야기를 했는지 들을 수 있다면 좋겠는데……."

"미안. 별궁까지는 나도 확인할 수가 없어서."

오늘 블랑슈는 대비의 부름을 받고 별궁으로 향했다. 나도 그 자리에 함께 가고 싶었지만, 대비는 나를 초대하지 않았다.

"블랑슈한테 해코지하거나 하지는 않겠지……."

나는 한숨을 푹 쉬었다. 세이블리안에게서 이야기를 듣자 하니, 대비는 예전과 크게 바뀌지 않은 것 같다고 했다. 그렇다면 대비가 블랑슈를 부른 것도 단순히 담소를 나누기 위해서만은 아닐 것이다.

나는 한숨을 내쉬며 시계를 바라보았다. 블랑슈가 별궁으로 간 지세 시간 째. 끝나면 바로 나에게 와달라고 부탁했다.

"아, 이제 블랑슈가 본궁으로 들어섰어."

베리테가 거울 안쪽의 어딘가를 바라보며 말했다. 마음 같아서는 뛰어가고 싶었지만 초조한 티를 내서는 안 된다. 나는 침착하게 노마와 클라라에게 다과를 부탁했다.

잠시 기다리자, 곧 노크 소리가 들려왔다.

"어마마마, 실례해도 괜찮을까요?"

"네. 물론이죠. 들어와요, 블랑슈."

허락이 떨어지자 육중한 문이 열리고 블랑슈가 들어섰다. 다행히도 블랑슈는 나를 보자마자 생긋 웃었다.

"대비 전하는 잘 뵙고 왔나요?"

"아, 네. 잘 다녀왔어요."

평소의 블랑슈와 거의 똑같았다. 웃고 있는 얼굴, 예의 바른 어조.

그런데 왠지 모르게…… 살짝 벽이 느껴지는 것 같았다.

"춥죠? 차나 한잔할까요."

"아, 네. 좋아요."

별궁이 가깝다지만 겨울날 외출을 했으니 꽤 추울 것이다. 나는 따뜻한 코코아를 한 잔 따랐다.

"설탕은 몇 스푼 넣을까요? 두 스푼? 마시멜로도 넣을 거죠?"

"아, 설탕이랑 마시멜로는……."

블랑슈가 잠시 고민하다가 도리질을 쳤다.

"넣지 않으셔도 괜찮아요."

뭐?! 설탕을 안 넣는다고? 대체 무슨 일이야. 또 대비가 살쪘다고 뭐라 했나?

"무, 무슨 일이라도 있었나요?"

"아니에요. 그냥 저도…… 어른스러워져야 할 것 같아서요."

그렇게 말하며 블랑슈는 머쓱하게 웃었다. 그리고는 설탕을 조금도 넣지 않은 코코아를 홀짝였다.

블랑슈가 코코아에 설탕과 마시멜로를 안 넣는다니……. 그렇게 단 걸 좋아했던 아이인데…….

나는 큰 충격에 빠져 있었다. 그 사이 블랑슈가 코코아를 홀짝이는 소리만이 들려왔다.

아니, 정신 차리자. 분명 무슨 일이 있던 게 분명해. 나는 침착하려 애쓰며 말했다.

"대비 전하와는 어떤 이야기를 나누었나요?"

"아, 그게…… 왕실 역사라든지 그런 것을 알려 주셨어요."

예전부터 느끼긴 했지만, 블랑슈는 참는 것은 잘해도 거짓말은 못 하는 아이다. 블랑슈가 슬그머니 대답을 피하고 있다는 것이 느껴졌다.

"저기, 어마마마. 드리고 싶은 말씀이 있는데요……."

"네! 뭔가요? 뭐든 말해요!"

블랑슈와 대비가 무슨 이야기를 했는지 궁금해서 속이 터질 노릇이었다. 블랑슈가 우물쭈물하며 입을 열었다.

"그게……. 저 지금 아바마마랑 어마마마랑 같이 자고 있잖아요."

"네."

왠지 모를 불길한 예감이 들었다. 그 아이가 망설이다가 눈을 질끈 감고 말했다.

"저…… 오늘부터 혼자 잘게요!"

이건 또 무슨 맥락이란 말인가. 왜 갑자기 애가 혼자 자겠다고 해? 대비인가? 대비가 문제인 거야? 혹시 후사 만들라고 블랑슈를 떼어 놓는 건가?

"블랑슈, 대체…… 왜요?"

"저도 이제 어린애가 아니잖아요."

11살인 공주가 가만히 미소 지었다. 그 나이와는 어울리지 않는 미소였다. 갑자기 훌쩍 어른이 되어 버린 느낌. 블랑슈가 천천히 말을 이어 갔다.

"저기, 그리고……."

"그리고?"

"아니. 아무것도 아니에요."

블랑슈는 말끝을 흐리며 자리에서 일어났다. 코코아는 아직 절반 넘게 남은 상태였다.

"그러면 오늘부터는 혼자 잘게요. 좋은 밤 되세요, 어마마마."

꾸벅 인사를 한 뒤, 블랑슈는 내 방을 떠나갔다. 가녀린 뒷모습에서 알 수 없는 적요가 느껴졌다.

◇

"전하, 요즘 블랑슈 공주님을 귀애하시는 듯하더군요."

결재가 끝난 서류를 추스르며 밀러드가 말했다. 세이블리안이 유려하게 서명을 넣고는 고개를 들었다.

"그게 무슨 말이지?"

"요즘 블랑슈 공주님을 곁에 두고 재우시지 않습니까?"

밀러드는 싱글벙글 웃으며 말했다. 요 며칠 기분이 좋아 보이는 것이 그 때문이었나, 하고 세이블리안은 생각했다.

"그래. 아비게일이 블랑슈를 곁에 두고 재우는 걸 좋아해서 말이지."

요즘은 아비게일에 대해 이야기해도 딱히 경계심을 드러내지 않는 밀러드였다. 오히려 반기는 것 같았다.

"그랬군요. 다행입니다. 왕비님 덕분에 공주님과 전하의 사이가 가까워진 듯하여 보기 좋습니다."

"그러한가."

"예. 블랑슈 공주님이 간신히 그 나이의 아이처럼 보이기도 하고요."

그 말에 세이블리안은 침음을 삼켰다.

그 나이의 아이처럼 보인다고? 어리광이 늘었다는 이야기인가 싶었다. 나이가 드는데 오히려 어리광이 늘어난다니, 그다지 좋은 현상은 아니었다.

생각해 보면 블랑슈를 데리고 자는 것도 조금 걸렸다. 블랑슈와 함께 자는 것이 싫은 건 아니다. 그러나 칭찬할 만한 행동이 아니라는 것을 알고 있다.

블랑슈는 이제 곧 12살이 된다. 제왕학을 듣고, 예절을 배우며, 어른이 될 준비를 해야 하는 나이이다. 그런 나이의 아이가 부모 곁에서 잠드는 것이 바람직하다고는 할 수 없는 노릇이었다.

그런 한편 아비게일이 블랑슈를 좀 더 따뜻하게 대해 달라 말했던 것이 떠올라 머리가 복잡해졌다.

"오늘 급한 일은 다 마무리된 것 같으니, 이만 물러가게."

"예. 전하. 평안한 하루 되십시오."

밀러드가 물러간 뒤, 세이블리안은 한참이나 생각에 잠겨 있었다. 요즘 들어 자신이 많이 너그러워지긴 했다. 블랑슈에게도, 그리고 자신에게도.

언제부터인가 심약해지는 자신을 발견할 수 있었다. 요즘 들어 혼자 끼니를 때우는 일도 거의 없었다. 바쁜 일이 아니라면 블랑슈와 아비게일을 찾아가 함께 식사를 했다. 덕분에 예전보다 식사시간이 2, 3배가량 늘어났다. 딱히 환영할 만한 일은 아니었다.

침대에 누워 있는 시간도 늘어났다. 늦잠을 자는 일은 없었지만, 옆자리에서 자고 있는 블랑슈와 아비게일을 보고 있노라면 차마 침대에서 일어날 수 없었다.

[사람이 아니라 왕으로서 생각하렴, 세이블리안.]

문득 지난번, 대비가 했던 말이 떠올랐다. 그녀는 좋아하지 않지만 그 말에는 동의할 수밖에 없었다. 요즘 들어 사람으로 생각하는 일이 많아졌다. 자중하는 의미로 저녁은 부러 함께하지 않았다.

밤이 올 때까지도 고민은 여전했다. 침소로 향하는 길이 평소와는 달리 멀게 느껴졌다. 블랑슈를 어찌해야 할까. 오늘부터는 따로 자라고 해야 할까. 그런 생각을 하며 문을 연 순간, 아비게일의 다급한 목소리가 들려왔다.

"블랑슈? 블랑슈니?"

"접니다. 세이블리안."

세이블리안을 확인하자 아비게일은 눈에 띄게 낙담해 버렸다. 그는 그 반응에 놀랄 수밖에 없었다.

자신이 와서 싫은 것일까? 아니, 그런 것은 아닌 것 같았다. 아마 블랑슈에게 무슨 일이 있는 모양이었다.

"블랑슈를 기다리셨습니까?"

"네……."

"무슨 일이 있습니까?"

아비게일이 작게 한숨을 내쉬고는 입을 열었다.

"저기, 전하……. 오늘은 둘이서 자야 할 것 같아요."

"예?"

"블랑슈가 앞으로는 혼자 자겠대요……."

세이블리안은 묘한 기분이 되었다. 그는 침대 쪽을 힐끗 보았다. 아비게일과 단둘이 자야 한다고?

당황스러웠지만 나쁜 기분은 아니었다. 아니, 오히려 좋았다. 블랑슈 덕분에 잊고 있었던 긴장이 다시 심장을 간지럽히기 시작했다.

하지만 한 가지 걸리는 것이 있었다. 아비게일의 표정이 좋지 않았다.

"아비게일. 저와 둘이서 자는 게 불편하십니까?"

"아뇨. 그런 건 아니에요. 그저…… 블랑슈가 걱정될 뿐이에요. 대비 전하와 이야기를 나누고 온 뒤 갑자기 그런 말을 해서…….”

대비가 거론되자 세이블리안은 잠시 당황했으나, 이내 마음을 추슬렀다. 대비를 만나고 왔다는 건 확실히 걸린다. 그렇지만 블랑슈가 따로 잔다는 것이 걱정할 만한 일인가?

“잘된 일 아닙니까.”

세이블리안의 목소리는 그저 건조했다. 아비게일이 조금 어이없다는 듯이 되물었다.

“잘 됐다구요?”

“예. 언제까지 품에 안고 재울 수는 없는 노릇 아닙니까.”

마침 블랑슈에게 따로 자라 말하려던 참인데, 수고를 덜어 오히려 좋았다. 하지만 아비게일은 그의 생각에 동의하지 않는 듯했다. 세이블리안은 말을 이어 갔다.

“지금까지 블랑슈의 응석을 너무 받아 준 것 아닌가 생각하던 참입니다. 잘된 일이죠.”

그는 아비게일이 자신의 생각에 동의하리라 여겼다. 하지만 그녀의 얼굴에는 요즘 보이지 않던 노기가 어렸다. 영문을 알 수 없는 화였다. 자신 때문에 저런 표정이 되었나 조금 두려워졌다.

그녀는 신중하게 말을 고르는 것처럼 보였다. 잠시 간의 시간이 흐른 후 아비게일은 입을 열었다.

“확실히 11살인 아이를 곁에 두고 재우는 건 지나친 감이 있을지도 몰라요. 하지만…….”

그녀는 주먹을 꼭 쥐었다. 세이블리안은 뒤늦게 눈치챘다. 그녀의 얼굴에 어린 것은 분노가 아니었다. 슬픔이었다.

“이제까지 그 아이에게 어리광 부릴 기회를 주지 않으셨잖아요.”

세이블리안은 잠시 말이 없었다. 아비게일은 감정을 억누르며 말을 이어 갔다.

"저는 전하의 사정을 이해해요. 그렇지만 전하께서 그동안 블랑슈를 멀리한 것도 엄연한 사실이에요. 블랑슈가 상처를 받은 것도요."

"……."

"그러니 조금만 더 블랑슈의 어리광을 받아 주세요. 그동안 예뻐해 주지 못한 만큼."

침묵이 흘렀다. 침묵에도 온도가 있기 마련이었다. 지금 방 안을 흐르는 공기는 슬픔으로 인해 습하고, 또한 따스했다.

세이블리안은 한참 동안 말이 없었다. 아비게일 역시 마찬가지였다. 그러다 먼저 입을 연 사람은 세이블리안이었다.

"잠시 다녀올 곳이 있습니다. 곧 오겠습니다."

"네?"

세이블리안은 그렇게 말한 뒤 휑하니 침소를 떠나갔다. 갑작스러운 퇴장에 아비게일은 황당하기만 하였다.

삼십여 분이 지났을까. 아비게일이 조마조마한 마음으로 기다리는 사이. 침소의 문이 열렸다.

"전하, 어딜 다녀오셨나요? ……블랑슈?"

"어, 어마마마……."

세이블리안이 안으로 들어오고, 그 뒤를 따라 블랑슈가 들어왔다. 잔뜩 위축된 모습이었다.

설명 없이 세이블리안에게 끌려온지라 블랑슈는 꾸지람을 들을 거라 생각하고 있었다.

당황한 두 사람 사이에서 세이블리안만 태연했다. 그가 대뜸 입을 열었다.

"셋이서 이야기를 나누고 싶어 데려왔습니다."

그가 나누고 싶다는 이야기가 무엇일지 가늠이 되지 않아, 아비게일은 조금 초조했다.

그러나 그의 표정을 보아하니 싸우거나 화를 낼 기색은 아니었다. 아비게일은 작게 한숨을 내쉬었다.

"그러면 하녀에게 마실 것 좀 부탁하고 올게요."

곧 테이블 위로 티포트와 찻잔이 놓였다. 티포트에는 따뜻한 우유가 들어 있었다. 아비게일은 우유에 꿀을 듬뿍 넣어 블랑슈에게 건넸다.

"마셔요, 블랑슈. 잠이 잘 올 거예요."

"자기 전인데 마셔도 괜찮아요……?"

"네. 저도 마실 거니까요. 마셔도 괜찮죠? 전하."

아비게일이 가만히 세이블리안을 응시했다. 세이블리안은 가만히 고개를 끄덕였다.

"전하도 괜찮대요."

세이블리안의 허락이 떨어지자, 블랑슈가 주저하며 우유를 마시기 시작했다.

홀짝홀짝, 우유 마시는 소리가 들렸다. 정작 블랑슈를 데려온 세이블리안은 아무 말도 없었다. 막상 데려오긴 했지만 뭐라 이야기를 시작해야 하는지 감이 오지 않는 모양이었다.

아비게일은 속으로 한숨을 쉬었다. 자신도 마침 물어보고 싶은 게 있었으니, 먼저 입을 열었다.

"저기. 블랑슈. 아까 저녁때 있잖아요."

"네, 네."

"뭔가 말하려다 그만뒀었잖아요. 무슨 이야기를 하려던 거였나요?"

블랑슈가 슬그머니 고개를 들었다. 푸른 두 눈동자에는 망설임이 가득했다. 블랑슈가 찻잔을 가만히 만지작거렸다.

"예전에 저한테…… 결혼 생각 있느냐고 물어보셨잖아요."

"아, 네. 그랬죠."

블랑슈는 살짝 입술을 깨물었다. 그리고는 아무런 일도 없었다는 듯, 평소처럼 웃었다.

"저, 모르카 왕국 쪽과 결혼을 하면 어떨까 싶어요."

"네? 결혼?"

예상치 못한 말에 아비게일은 적잖이 당황한 눈치였다.

"왜 갑자기 결혼 생각을 하게 되었나요? 아직 블랑슈는 어리잖아요."

지난번, 아비게일과 세이블리안의 곁을 떠나고 싶지 않다 말했던 블랑슈였다. 블랑슈는 표정 변화 없이 말을 이어 갔다.

"어리다는 이유로 어리광을 부릴 수는 없는걸요. 그리고 제가 결혼을 해야 우리나라가 더 강해질 테니까요."

"대비 전하께서 그러셨나요?"

아비게일의 입에서 흘러나온 목소리는 스스로가 듣기에도 살벌했다. 블랑슈가 깜짝 놀라 허둥댔다.

"아, 아니에요. 그냥 저 혼자 생각한……."

"그러면 왜 모르카죠? 다른 나라도 아니고."

"모르카는 해군 병력이 강력하니까, 약혼하면 동부에 도움이 될 것 같아서……."

"블랑슈는 정략결혼을 해도 싫지 않은가요?"

블랑슈의 입술이 한 차례 달싹였다. 그러나 정적은 찰나였다. 아이는 흰 꽃처럼 웃었다.

"저는 괜찮아요. 아바마마에게 도움이 될 수만 있다면. 그리고 또…… 그것이 제 의무인걸요."

그 말에 세이블리안의 손이 뻣뻣하게 굳었다. 그가 놀란 눈으로 블랑슈를 바라보았다.

의무, 의무, 의무. 저주와도 같은 말이었으나 익숙해졌다 생각했다. 하지만 블랑슈의 입에서 저러한 말이 나올 줄은 몰랐다.

딸이 낯설게 보였다. 아니, 너무 익숙하여 오히려 낯설어 보였다. 이 아이는 닮았다. 자신과 너무도 닮았다.

그러다 아비게일이 했던 말이 떠올랐다. 그제야 그 말이 이해가 갔다.

블랑슈를 엄하게 몰아세우면 이 아이가 강해질 줄, 상처받지 않을 줄 알았다. 하지만 그의 교육이 불러온 결과는 처참했다.

이런 것을 원한 게 아니었다. 블랑슈가 스스로 상처투성이의 길을 걷게 하고 싶었던 게 아니었다. 블랑슈만큼은 후계의 의무 따위를 지게 하지 않으려 했다. 그런데 그 아이가 스스로 멍에를 짊어지려 하고 있었다.

"블랑슈."

세이블리안은 자신도 모르게 블랑슈의 이름을 불렀다. 목소리가 떨리고 있었다. 속에서 무언가가 울컥거려 온통 화상을 입을 것 같았다.

"결혼할 필요 없다. 네가 원하지 않는다면."

"하지만 아바마마. 저는 이 나라의 공주인걸요. 제 책임을 다해야……."

"난 이 나라를 아이를 팔아야만 부강해지는 나라로 만들지 않았다."

세이블리안은 화가 난 것처럼 보였다. 누가, 누가 감히 이 아이의 입에서 의무라는 단어가 흘러나오게 했는가.

그것은 다름 아닌 자신이었다. 자신을 향한 분노였다. 블랑슈가 충격을 받은 얼굴이 되어 말했다.

"어째서 약혼을 반대하시나요, 아바마마. 어째서……. 저는 아바마마의 도움이 되고 싶어서……."

"그런 도움 따위는 필요 없다."

다급함에 말이 짧아졌다. 그러나 토막 난 언어가 블랑슈에게 제대로 전달될 리 없었다. 블랑슈가 좌절감에 고개를 떨구었을 때, 아비게일의 목소리가 들렸다.

"세이블리안 전하."

그가 아비게일을 바라보았다. 그녀는 진지하게 굳은 얼굴이 되어 있었다.

"제대로 말하지 않으면 전해지지 않는 것들이 있어요."

그는 뭐라고 더 말을 해야 할지 알 수 없었다. 아비게일이 천천히 말을 이어 갔다.

"전하께서는 블랑슈가 정략결혼하길 원치 않으시죠?"

"예. 그렇습니다."

"블랑슈가 싫어서인가요?"

"아닙니다. 싫지 않습니다. 그저……."

그의 목소리가 조금씩 흐려지기 시작했다. 세이블리안은 손을 들어 제 얼굴을 감쌌다. 한참이나 마른세수를 하며 말을 고르던 그가 가까스로 입을 열었다.

"……블랑슈가 행복하길 바라기 때문입니다."

자신도 자각하지 못한 본심이었다. 그는 블랑슈가 행복하길 바랐다. 어떻게 해야 행복하게 만들어 줄 수 있는지는 모르지만, 그럼에도 그는 간절히 바랐다.

이 아이가 자신과 같은 고통을 받지 않기를. 자신이 걸었던 길을 따라 걷지 않기를. 그 아이의 설원이 오로지 흴 수 있기를.

간신히 흘러나온 본심에 블랑슈는 놀란 눈이 되어 있었다. 블랑슈가 떨리는 목소리로 물었다.

"정말로……. 저 결혼하지 않아도 괜찮나요?"

"그래."

"그게 제 의무인데도요?"

"그래."

왕으로서는 옳지 않은 대답이었다. 일평생 왕으로 살아온 그라면 하지 않았을 대답이었다.

"동부민들이 걱정되어 결혼하겠다 그랬지. 그럴 필요 없다. 내가 무슨 수를 써서라도 그들을 보호하마. 그러니 너는……."

귓가에 대비의 목소리가 들려왔다. 너는 왕이다, 왕으로서 생각해라, 세이블리안.

그는 그 목소리를 무시했다. 일평생 그를 지탱해온 그 언어들을 무시한 채, 그가 이를 악물고 말했다.

"오로지 너의 행복을 생각해라."

그에게는 익숙하지 않은 단어였다. 행복. 그에게는 지나치게 달고 꿈같은 단어.

세이블리안은 깨달았다. 방금 자신이 블랑슈에게 했던 말은 어린 시절 자신이 가장 듣고 싶었던 말이라는 걸.

"원하는 게 있다면 언제라도 말하거라. 마음껏 어리광 부려도 좋다."

이 말을 좀 더 빨리했어야 했다며 그는 후회했다. 그랬다면 블랑슈의 이런 표정을 볼 필요도 없었을 것이다. 블랑슈는 11년 만에 받아보는 아버지의 호의를 어찌해야 할 줄 모르는 눈치였다.

사랑을 받아보는 것도 연습이 필요하다. 처음 사랑을 받아 보면 그것이 사랑인지, 어찌 받아야 할지 모르기 쉽다. 하지만 블랑슈는 이미 한 차례 사랑을 받아본 적이 있었다. 아비게일로부터였다.

어린 공주는 제 옷자락을 꾹 쥐었다. 그리고는 무언가를 결심한 듯, 세이블리안을 향해 팔을 벌렸다.

"……안아 주세요, 아빠."

처음으로 아빠라고 부르는 목소리가 떨려 왔다. 아버지에게 처음으로 부려보는 어리광이었다. 너무 늦은 어리광이었다.

세이블리안은 자리에서 일어나 블랑슈 앞에 무릎을 꿇었다. 블랑슈가 세이블리안의 목에 매달렸다.

"미안하다, 블랑슈."

그의 몸이 심하게 떨리고 있었다. 품에 안아 보는 아이는 너무도 작고 연약했다. 진작 이렇게 안아 줘야 했는데, 너무 늦어 미안한 마음을 금할 길이 없었다.

"너를 좀 더 아끼고, 다정히 대해 주었어야 했는데. 그동안 모질게 대해서 미안하다. 내가 아비로서 너무도 부족했다."

네가 태어났던 날, 눈이 내리던 그 날. 너를 안고 사랑한다 말해야 했는데. 그래야만 했는데.

"그럼에도 불구하고 나를 아빠라 불러 주어⋯⋯. 고맙다, 블랑슈."

블랑슈가 조금씩 흐느끼기 시작했다. 태연한 척했어도 외로웠던 10년이었다. 언제나 이렇게 아버지의 품에 안기길 바란 세월이었다.

"내가 감히 네게 용서를 구해도 괜찮겠느냐, 블랑슈?"

세이블리안의 어깨에 얼굴을 파묻고 있던 블랑슈가 고개를 들었다. 블랑슈의 푸른 눈동자는 냇가에 담긴 보석 같았다.

"아빠를⋯⋯"

눈물로 아롱거리는 눈동자는 아름다웠다. 블랑슈가 눈물범벅인 얼굴로 웃었다.

"용서할게요."

그 미소에 세이블리안은 넋을 잃고 말았다. 그는 경외심마저 느끼고 있었다.

10년간 쌓여 온 서러움이 그리 쉽게 녹을 리 없는데도 블랑슈는 그를 용서한다 했다. 빈말도, 거짓도 아니었다. 세이블리안은 이토록 다정하고 강한 사람을 평생 본 적이 없었다.

"엄마도, 엄마도 안아 주세요."

블랑슈가 몸을 틀어 아비게일을 바라보았다. 아비게일이 가까이 다가오자 세이블리안은 아비게일을 와락 끌어안았다. 그의 두 팔은 딸과 아내를 안기에 충분했다.

아비게일의 도움이 아니었더라면 건넬 수 없던 사과였다. 미안함으로, 감사함으로 그의 손은 떨리고 있었다. 블랑슈가 헤헤 웃었다.

"저, 너무 행복해요."

아이는 더 이상 울지 않았다. 그저 행복하다는 듯이 웃고 있을 뿐이었다. 아비게일 역시 마찬가지였다.

세이블리안은 이 두 사람의 앞에 무릎 꿇을 수 있어 다행이라 생각했다. 이토록 강하고, 따뜻하며, 다정한 사람들과 함께 하는 것이 축복이라 여겼다.

그는 두 사람을 꼭 껴안은 채, 속으로 다짐했다. 반드시 이 두 사람을 행복하게 해 주겠다고. 그 누구도 이 사람들을 울리게 하지 않겠다고. 두 사람에게 평생을 속죄하는 마음으로 살아가겠다고.

세이블리안은 고개를 떨구었다. 그의 평생 중 가장 밝고 따뜻한 밤이었다.

시녀는 대비의 얼굴을 힐끗 살폈다. 아침부터 마고 대비는 기분이 좋아, 연신 미소를 띠고 있는 채였다.

"얘, 이 옷은 어떠니? 너무 화사한가. 좀 더 수수하고 소박해 보이는 쪽이 나으려나."

대비는 코르셋으로 조인 로브 아 라 프랑세즈를 입고 있었다. 짙은 남색의 드레스라 차분한 느낌을 풍겼지만 그래도 화려하기는 했다.

"그러면 슈미즈 드레스를 가져올까요."

"음, 아니. 됐다. 그건 너무 잠옷 같아 싫구나."

그 슈미즈 드레스라는 것도 아비게일이 유행시켰다지. 그녀는 잠시 아비게일이 입고 있던 엠파이어 드레스를 떠올렸다.

그 의상은 제법 그녀의 취향이었으나, 아비게일의 작품이라는 이야기를 들으니 관심이 훅 식었다.

비위를 맞춰야 하는 사람은 아비게일이지, 자신이 아니다. 굳이 그녀가 고안한 옷을 입고 다니며 아비게일의 기분을 살려 주고 싶지는 않았다.

일단 화장이 잘 되었으니, 굳이 의상을 갈아입을 필요는 없을 것으로 보였다. 대비는 거울을 들여다보며 미소 지었다. 미소를 짓고 있음에도 그녀는 수척해 보였다. 시녀가 공을 들여 해 준 화장 덕이었다.

"세이블리안, 그 아이가 나를 부르다니. 블랑슈가 내 말을 잘 들어 준 모양이야."

첫날 이후로 세이블리안은 그녀를 피하고 있었다. 두어 번 대비가 집무실을 찾은 적이 있지만 경비병이 그녀를 막아 세웠다.

슬슬 병의 핑계를 대기에도 시일이 꽤나 지나 있었다. 때문에 세이블리안을 설득하는 것은 실패했다고 생각하던 참인데 자신을 호출하다니.

좋은 예감이 들었다. 그녀는 다시 한번 복장을 살핀 뒤 집무실로 향했다. 오늘은 경비병도 그녀를 만류하지 않았다.

"어서 오십시오, 대비 전하."

집무실로 들어서자 세이블리안이 그녀에게 깍듯하게 인사를 올렸다. 그 옆에는 블랑슈도 있었다. 대비는 반갑다는 듯이, 그러나 지친 기색으로 웃었다.

"세이블리안, 블랑슈. 오랜만이구나. 잘 지냈니?"

"예. 덕분에. 앉으시죠."

"손을 좀 빌려주겠니?"

세이블리안은 묵묵히 그녀에게 손을 내밀었다. 대비는 그의 도움을 받아 휘청거리며 자리에 앉았다.

의자에 앉는 것만으로도 지친다는 듯, 그녀는 가만히 한숨을 내쉬었다. 맞은편에 앉은 블랑슈가 조금 어두운 얼굴로 그녀를 보고 있었다.

"그래서 무슨 일로 나를 불렀니? 블랑슈까지 부르고."

"블랑슈가 대비 전하께 할 말이 있다더군요."

"할 말?"

그게 무엇인지 참 궁금하다는 듯 대비는 블랑슈를 바라보았다. 이 착한 아이가 자신을 위해 결혼을 결심했다는 걸 직감할 수 있었다.

블랑슈는 입술만 달싹이고 있었다. 아직까지도 고민하는 건가? 대비는 짐짓 짜증이 났으나 즐거운 마음으로 침묵을 즐기기로 했다.

그때 세이블리안이 블랑슈의 뒤로 다가왔다. 그리고 말없이 어깨에 손을 얹었다. 따뜻하고 다정한 손길이었다. 뭐라고 하든 좋다는 듯이.

그 온기가 닿자, 블랑슈는 그제야 입을 열었다.

"대비마마. 저는 모르카의 왕자와는 약혼할 수 없어요."

그 말에 대비는 당황했다. 말의 내용도 내용이지만, 블랑슈의 눈빛 때문에 그랬다.

블랑슈의 눈동자는 두려움도 망설임도 없이 그저 올곧은 푸른색이었다. 지난번, 대비 앞에서 망설이고 시선을 피하던 것과는 사뭇 다른 모습이었다.

"블랑슈, 그게 무슨 소리니? 분명히 나라에 도움이 되고 싶다고 하지 않았니? 동부민들을 돕고 싶다고 했잖니."

대비는 떨리는 목소리로 물었다. 그녀는 슬픔과 충격을 굳이 숨기지 않았다. 계산된 행동이었다. 블랑슈같은 성격은 감정에 호소하는 것이 효과적이었다. 분명 그럴 터였다.

하지만 블랑슈는 대답하지 않았다. 대비가 황망해 하는 사이, 세이블리안의 목소리가 들려왔다.

"모르카와 블랑슈가 약혼을 하게 되면 여러가지 이점이 있긴 하겠죠."

목소리는 건조하였고, 눈매는 서늘했다. 블랑슈의 뒤를 지키고 서 있는 세이블리안은 마치 수호상처럼 보였다.

"하지만 나는 내 아이를 절대 도구로 쓰지 않을 겁니다."

그 말에 대비의 얼굴이 기묘하게 일그러졌다. 그러다 하, 하고 기가 막힌 듯 웃었다.

"혹시 나에게 하는 말이니? 아직도 옛날 일로 나를 꺼려 했던 거야?"

블랑슈는 '옛날 일'이라는 말에 살짝 눈을 찌푸렸다. 무슨 말인지는 모르겠지만, 대비가 무언가를 했다는 것은 알 수 있었다.

"블랑슈. 잠깐 나가 있겠니?"

세이블리안이 부드러운 목소리로 물었다. 아이에게 이런 모습을 보여 주고 싶지는 않았다.

블랑슈는 걱정스럽게 아버지를 바라보았다. 그러나 세이블리안의 눈동자에는 오로지 다정함만 있어서 묵묵히 고개를 끄덕였다.

"그럼 먼저 나가 있을게요. 아바마마."

대비는 떠나가는 블랑슈를 붙잡으려다가 흠칫 물러섰다. 세이블리안의 눈이 칼이라도 녹여낸 것처럼 섬뜩했기 때문이었다.

블랑슈가 나가자, 간신히 온기를 유지하던 방 안의 온도가 삽시간에 영하로 떨어졌다. 내뱉는 말마저 얼어붙을 듯한 분위기에서 대비가 입을 열었다.

"그래. 아이도 나갔으니 제대로 이야기해 보자꾸나. 세이블리안, 10년도 전의 일 때문에 이렇게 나오는 거니?"

"……."

"하, 정말인가 보구나. 계집애도 너보다는 담대할 거다. 그래서 그토록 이 어미를 미워한 거니?"

대비의 언성이 높아져 갔다. 그러나 말을 뱉으면 뱉을수록, 그녀는 발아래가 불안해지는 것을 느꼈다.

마치 얼어붙은 호수에 선 듯한 기분이었다. 얼음이 두껍게 언 줄 알고 다가갔는데, 정신을 차려 보니 살얼음판이었다.

세이블리안은 묵묵히 그녀의 힐책을 듣고 있었다. 그의 얼굴이 소름 끼칠 정도로 냉정하여 더욱 기이한 분위기를 자아냈다.

"전 대비 전하를 미워하지 않습니다. 오히려 존경하죠. 왕비로서, 섭정으로서는 훌륭한 판단이었습니다."

그러나 그것은 존경하는 자를 바라보는 시선이 아니었다. 대비는 발아래의 빙판이 조금씩 무너져내리는 것을 느꼈다.

"저를 이용하신 것은 괜찮습니다. 하지만 블랑슈만큼은 당신의 도구로 쓰지 않게 할 겁니다."

"세이블리안!"

대비가 비명이라도 지르듯, 제 아이의 이름을 내뱉었다.

"어떻게…… 어떻게 이 어미에게 그런 말을 할 수가 있니?"

그녀는 자리에서 벌떡 일어났다. 그리고는 눈먼 자가 잃어버린 물건을 찾듯, 허공을 휘저으며 세이블리안에게 다가갔다.

이성으로 설득시킬 수 없다면 연민에 호소할 수밖에 없었다. 대비가 세이블리안의 양팔을 거머쥐었다.

"세이블리안. 나는 네 어미다. 네 하나뿐인 가족이야. 그런 네가 나한테 이럴 수는 없다."

"제 가족은 아비게일과 블랑슈입니다."

세이블리안은 냉정하게 손을 빼냈다. 텅 빈 손에 찬 바람만이 남자, 대비는 갑자기 물이라도 맞은 사람처럼 멍한 기색이 되었다.

"그리고 예상은 했지만, 좀 더 제대로 하지 그러셨습니까."

세이블리안이 저벅저벅 걸어가 문을 확 열어젖혔다. 거기에는 익숙한 얼굴이 있었다. 대비가 매수했던 주치의였다.

주치의의 얼굴이 희끗하게 질려 있었다. 그 표정을 보자, 대비는 알아차릴 수 있었다. 다 들통이 났다는 걸.

"대비 전하께서 녹색병이 다 나으신 듯하니, 변경으로 돌아가실 수 있도록 준비를 끝내두겠습니다."

그것은 세이블리안의 마지막 자비였다. 대비를 끌고 나가 얼굴에 물을 뿌리고, 모두에게 혈색이 도는 민낯을 보여 줄 수도 있었다.

녹색병이 치유된 것으로 해 줄 테니, 이만 떠나라. 대비 역시 그의 뜻을 이해할 수 있었다. 대비는 떠나기 전 마지막 발악으로 입을 열었다.

"세이블리안. 이성적으로 생각해. 너의 의무를 생각하거라."

"제 의무는 늘 생각하고 있습니다."

의무라는 단어가 이제껏 그토록 또렷하게 발음된 적이 없었다. 늘 두렵고 무거운 단어였다. 세이블리안은 자신의 일생에 뿌리 박고 있던 사람을 똑똑히 응시하며 말했다.

"제 의무는 이 나라를, 그리고 제 가족을 지키는 것입니다."

대비는 대답하지 않았다. 그 가족에 자신이 포함되지 않음을 알기 때문이었다. 더 이상 그녀의 발아래에 남아 있는 토대는 없었다. 이 대로라면 겨울 호수에 잠겨 익사할 것이 뻔했다.

그녀는 한참이나 세이블리안을 노려본 뒤, 집무실을 떠나갔다. 작별 인사는 없었다.

소리 없이 눈이 내리고 있었다. 솜꼬리 같은 눈이 상록수 위로, 마른 분수대 위로, 그리고 블랑슈의 머리 위로도 내리고 있다.

뽀득뽀득. 블랑슈가 눈을 밟는 소리가 울려 퍼졌다. 블랑슈는 눈을 처음 본 강아지마냥 신이 나 눈밭 위를 뛰어다니고 있었다.

"어마마마-! 아바마마-!"

멀리 떨어진 곳에서 블랑슈가 손을 붕붕 흔들고 있었다. 아비게일이 손을 흔들어 답해 주었다.

"여기 봐 주세요-!"

멀찍한 곳에서 보니, 블랑슈는 발자국으로 커다란 하트 모양을 만들고 있었다.

열심히 하트 모양 발자국을 남긴 블랑슈가 포르르 아비게일의 곁으로 뛰어왔다. 얼마나 재밌게 뛰어놀았는지 얼굴이 발갛게 터 있었다.

"춥지 않아요? 들어갈까요?"

"어마마마가 이거 만들어 주셔서 안 추워요!"

블랑슈가 손모아장갑을 낀 손으로 목도리를 잡아 흔들었다. 둘 다 흰색으로 색깔을 맞춘 것이었다.

세이블리안은 아비게일의 옆에 서 있었다. 그의 시선은 눈이 내린 정원에 닿아 있었다. 아까까지만 해도 깨끗했던 눈밭이 발자국으로 어지러워져 있었다. 블랑슈가 달려와 세이블리안을 잡아끌었다.

"아바마마, 아바마마도 이리 오세요!"

"블랑슈, 너는 아쉽지 않느냐? 저 흰 눈밭에 발자국을 남기는 게."

새하얗던 눈밭은 더 이상 찾아볼 수 없었다. 그것이 아쉽다고 할 법도 했다. 하지만 블랑슈는 개의치 않는다는 듯이 웃었다.

"또 눈이 올 거고, 내년에도 눈이 올 테니까 괜찮아요."

그 희망적인 대답에 세이블리안은 잠시 입을 다물었다. 그러다 조금 엄숙해진 목소리로 물었다.

"블랑슈. 너는 자라 무엇이 되고 싶으냐."

한 번도 묻지 않은 질문이었다. 당연히 블랑슈가 왕이 되리라 믿었기에 구태여 묻지 않은 것이었다.

블랑슈는 눈밭에 오도카니 서 있었다. 아이는 동그란 눈으로, 하지만 진지한 눈빛으로 세이블리안을 올려다보며 말했다.

"왕이 되고 싶어요."

"나 역시 너를 왕으로 키우려 했다. 그래서 엄하게 키웠고. 하지만 왕이 걷는 길은 험하고 잔인한 곳이다."

너의 눈밭에는 피가 흩뿌려질 것이다. 수많은 군마의 발자국이 남을 것이다. 세이블리안은 그것을 보고 싶지 않았다.

블랑슈는 잠시 말이 없었다. 설경을 뒤로한 채 눈을 맞고 있던 아이가 입을 열었다.

"그래도 되고 싶어요."

아이는 가만히 미소 지었다. 설원과도 같이 희게 아이가 웃었다. 다정하며 강인한 미소였다.

"어마마마와 아바마마가 살아가는 이 나라를 제가 지키고 싶어요."

그 어른스러움이 세이블리안으로서는 무서웠다. 자신이 그리 만든 것 같아 더욱 그랬다. 그는 블랑슈를 설득하려는 듯 말했다.

"지난번에도 말했지만, 어리광 부려도 괜찮다."

"이게 제 어리광이에요. 저는 왕이 되고 싶어요. 아, 하지만 결혼은 하기 싫어요."

블랑슈는 그리 말하며 헤헤 웃었다. 예전과는 달리 장난기 어리고 다소 뻔뻔한 반응에 세이블리안이 멍한 얼굴이 되었다.

"그래도 괜찮죠?"

"……물론이다."

블랑슈는 신이 난 듯 웃고는 다시 눈밭으로 달려갔다. 아비게일이 쿡쿡 웃더니 그 뒤를 따라 걸어갔다.

두 사람이 눈밭을 걸어갔다. 발자국이 남았다. 대신 웃음소리가 들려왔다.

세이블리안은 여전히 같은 자리에 서서 그 모습을 바라보고 있다. 발자국이 남더라도, 또다시 눈이 내릴 것이다. 아비게일이 손을 흔들어 그를 불렀다.

"전하, 전하도 이리 오세요. 산책가요."

"얼른 오세요-!"

사랑스러운 목소리들을 향해 세이블리안은 한 걸음, 한 걸음 다가 갔다. 눈밭에 그의 발자국이 찍혔다.

곧 눈밭에 세 종류의 발자국이 남았다. 작은 발자국이 앞서가고, 그 뒤로 큰 발자국이 남았다. 아비게일의 발자국 옆에 세이블리안의 것이 찍혔다.

"당신의 딸은 우리가 생각한 것보다 더 굉장한 아이네요."

아비게일이 세이블리안을 보며 말했다. 흐뭇하고 푸근한 미소였다. 그는 천천히 아비게일의 손을 그러쥐었다.

"아뇨, 내 딸이 아니라……."

세이블리안이 가만히 눈웃음을 지어 보였다. 그저 따뜻하고 다정하게.

"우리의 딸이죠."

그 말에 아비게일의 뺨이 확 달아올랐다. 세이블리안은 그 얼굴을 보는 것이 좋아, 손을 놓아주지 않고 한참을 바라볼 뿐이었다.

그때 먼저 가던 블랑슈가 뒤돌아 뛰어왔다. 세이블리안이 그제야 시선을 블랑슈에게로 돌렸다.

"무슨 일이냐. 블랑슈."

"두 분께 드리고 싶은 말씀이 있어서요."

블랑슈가 해맑게 웃으며 말을 이어 갔다.

"두 분은 어리광 부려도 괜찮다고 하셨지만, 앞으로는 저 혼자 잘게요!"

아비게일의 얼굴에 또 다른 종류의 당혹이 겹쳤다. 그녀가 허둥대며 물었다.

"블랑슈, 또 무슨 일 있는 거 아니죠?"

"네! 클라라가 두 분이서만 자야지 좋은 일이 생긴다고 그러더라구요."

좋은 일. 그 말에 아비게일의 얼굴이 굳어졌다. 세이블리안은 아무런 반응이 없었다.

블랑슈는 헤헤 웃다가, 수풀에서 토끼들이 나타나자 그쪽으로 뛰어갔다. 세이블리안이 눈동자만 굴려 아비게일을 응시했다.

"우리 딸은 아무래도 효녀인 것 같군요."

"네?"

아비게일의 물음에 그는 대답하지 않았다. 조금 짓궂게 웃고는 블랑슈 쪽으로 가 버릴 뿐.

눈밭에는 발자국과 함께 행복한 기억들이 새겨졌다. 나쁜 기억 위로는 또다시 눈이 덮일 것이다.

솜눈이 한참 동안 내렸다. 눈이 내림에도 따뜻한 겨울이었다.

Iam Stepmother, But My Daughter Is So Cute

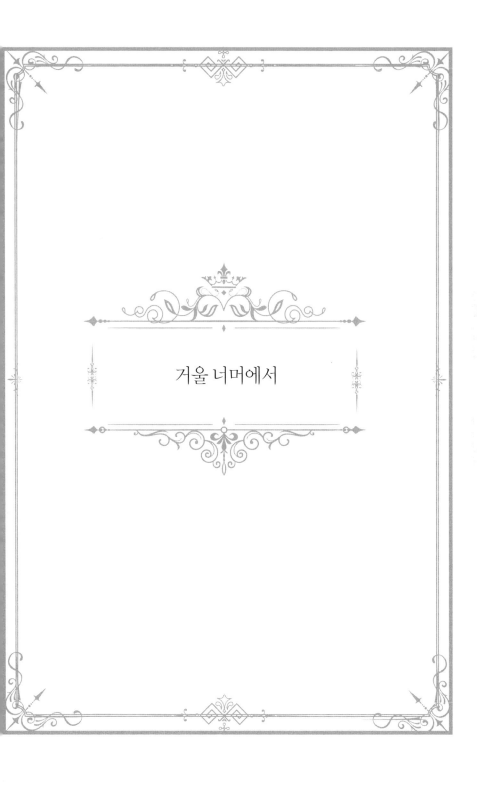

거울 너머에서

# 7

## 거울 너머에서

똑, 똑 소리를 내며 장미 꽃잎이 떨어져 나갔다. 여러 사람이 둘러앉아 꽃잎을 떼어내고 있기에 커다란 볼 하나가 금세 가득 찼다.

"손에 바를 크림은 다 만들었지?"

"응. 이제 장미수만 만들면 돼."

하녀들이 재잘재잘 떠드는 사이로 좋은 향기가 퍼져나갔다. 방금 뜯어낸 색색깔의 장미들이 물 위로 떨어졌다. 붉고, 희며, 사랑스러운 분홍빛의 꽃잎들이 물과 함께 끓기 시작했다. 하녀가 부지런히 냄비 안을 저으며 말했다.

"겨울이 끝나니 좋네. 아침에 일어날 때마다 얼마나 춥던지."

긴 겨울이 지나고 봄이 왔다. 가지만 앙상했던 화원에도 이제 꽃이 피기 시작했다. 하녀들은 올봄 처음으로 피어난 장미를 따서 장미수를 만들고 있다. 그 사실에 하녀들도 적잖이 들뜬 모양이었다.

겨울에도 온실에서 장미를 따다 화장품을 만들곤 했지만, 그래도 봄에 피어난 장미는 각별한 느낌을 주었다.

"장미 하니까 지난번에 장미 케이크 먹었던 거 생각난다."

"블랑슈 공주님 생일 연회 때 먹었던 거?"

"응, 그거."

블랑슈 공주의 생일 연회가 약 한 달 전의 일이었다. 생일이야 매년 찾아오는 일이지만 올해 연회는 그중에서도 가장 특별했다.

블랑슈의 생일 연회는 일종의 국정 행사에 가까운 느낌으로, 항상 의무적이고 엄숙했다. 블랑슈의 생일을 기회 삼아 수많은 정치적 선물이 오가고 자신의 자리를 확립하려는 자들로 넘쳐났다.

수많은 사람에게 축하를 받는 블랑슈 역시 그저 긴장한 기색이 역력했을 뿐이다. 하지만 올해는…….

"블랑슈 공주님 정말 행복해 보이시더라. 생일날 그렇게 기뻐하시는 거 처음 봤어."

블랑슈의 얼굴에 봄꽃이 가득 핀 것처럼 화색이 돌았다. 보는 사람마저 따라 웃게 할 정도로 사랑스러운 미소. 그리고 그런 블랑슈의 옆에는 아비게일과 세이블리안이 있었다.

"전하께서 블랑슈 공주님의 생일을 그렇게 챙기신 것도 거의 처음 아니야?"

"맞아. 그랬지."

세이블리안이 블랑슈의 생일 연회를 가벼이 넘긴 적은 없었다. 하지만 연회 때마다 보이는 태도는 냉랭하기 그지없었다. 자식이 아닌 후계자를 대하는 듯한 태도.

축하의 말을 전한 뒤, 그는 블랑슈에게 눈길도 주지 않고 다른 귀족들과 이야기를 나누곤 했다.

"올해는 입장하실 때, 블랑슈 공주님을 품에 안고 들어오셨잖아.

난 정말 눈을 의심했다니까."

"맞아요. 저도 보면서 깜짝 놀랐어요."

그 모습을 보고 경악하지 않은 이들이 없었다. 세이블리안의 품에 안긴 블랑슈마저도 어리둥절한 눈치였으니까.

다들 그 장면을 떠올렸는지, 쿡쿡 웃는 소리가 들려왔다. 그 사이 냄비가 보글보글 끓고 있었다.

"아마도 왕비님 덕이겠지?"

그 말에 다른 하녀들도 동의한다는 듯이 고개를 끄덕였다.

"블랑슈 공주님이 생일 연회 내내 왕비님 옆에 꼭 붙어 계시더라. 정말 귀여우셨어."

"우리가 케이크 먹을 수 있게 해 주신 것도 왕비님 덕분이라며?"

당연한 말이지만 하녀나 하인처럼 낮은 계급의 사용인들이 귀족들의 식사를 맛볼 기회는 없었다. 유일한 방법은 귀족들이 남긴 음식을 먹는 것.

어찌 보면 잔반이지만 차마 그리 부를 수는 없었다. 그들이 매일 같이 먹는 멀건 수프, 빵 한 조각, 치즈 한 덩이에 비하면 귀족들의 잔반은 만찬이었다.

그런데 올해는 아비게일이 따로 지시를 내렸다. 이 성의 모든 이들에게 와인과 케이크를 하사하라고. 블랑슈의 생일이니 모두가 기쁜 마음으로 같은 음식을 먹도록 허락했다. 이제까지 그런 자비를 베푼 왕족은 없었다.

"빨리 공주님이나 왕자님이 태어나셨으면 좋겠다. 케이크 여러 번 먹게."

어린 하녀의 철없지만 간절한 바람에 와르르 웃음이 쏟아져 나왔다.

"그러게. 슬슬 회임하시는 거 아닐까?"

"두 분 이제 사이도 많이 좋아지셨잖아."

하녀들은 아직 태어나지 않은 왕손을 두고 재잘재잘 말이 많았다. 물론 두 사람이 손만 잡고 잔다는 것을 모르기 때문에 할 수 있는 상상이었다.

"이번에는 왕자님이 태어나시면 좋을 텐데."

"누굴 닮으시려나?"

"왕비님을 닮아도, 국왕 전하를 닮아도 어여쁜 아기님이겠지."

안타깝게도 현재로서는 가능성 없는 이야기들이었다. 담소를 나누는 사이 장미 끓인 물이 식었다. 하녀가 장미수를 면보에 거르며 말했다.

"그나저나 이제 왕비님이랑 공주님 차 드실 시간 아냐?"

"어머, 시간이 어느새 이렇게 됐네. 얼른 가 봐야지."

구석에 앉아 있던 하녀 하나가 벌떡 자리에서 일어났다. 하녀는 홍차와 다과, 장미 잼을 담은 쟁반을 들고 다실로 향했다.

사용인 전용 통로를 이용해 다실로 들어섰다. 들어서기 전부터 발랄하고 경쾌한 목소리가 들려왔다.

"이제 곧 봄이네요, 블랑슈. 조금 더 따뜻해지면 숲으로 놀러 갈까요?"

"네, 좋아요!"

아비게일과 블랑슈가 다정히 이야기를 나누고 있었다. 왕비의 미소는 그저 부드러웠다. 예전에는 마귀 같은 얼굴이었는데 어느새 저렇게 변하다니. 하녀는 속으로 감탄을 삼키며 테이블을 차렸다. 따뜻한 홍차 향이 피어올랐다.

"올해 첫 장미로 만든 장미 잼입니다, 왕비님."

하녀가 조심스러운 목소리로 설명을 더했다. 루비처럼 말간 빛으로 반짝이는 장미 잼은 먹음직스러우면서도 아름다웠다.

"그래? 기대되네. 블랑슈, 홍차에 잼 넣어 줄까요?"

"네, 네!"

아비게일이 장미 잼을 듬뿍 퍼 블랑슈의 찻잔에 넣어 주었다. 물러나던 하녀가 그 모습을 보고 흐뭇하게 미소 지었다.

누가 봐도 다정한 모녀간의 티타임이었다. 아비게일은 고상한 태도로 홍차를 한 모금 머금었다.

"그러고 보니 블랑슈, 이번에 수업이 늘게 되었다면서요?"

"네, 네! 저도 이제 12살이 되었으니……. 좀 더 많이 배워야죠."

블랑슈는 그렇게 말하며 뿌듯하게 웃었다. 12살이 된 것이 꽤나 자랑스러운 눈치였다. 그 모습이 자못 사랑스럽고도 걱정이 되어 아비게일은 가만히 웃었다.

"혹 수업 듣는 게 많이 힘들면 이야기해요."

"네, 걱정하지 마세요! 모두 좋은 분이고 수업도 즐거운걸요."

블랑슈는 쾌활하게 웃다가 곧 무언가가 생각났다는 듯한 표정이 되었다.

"아, 맞아. 저 이번에 음악 선생님이 새로 오시게 되었어요. 새 궁정 악사로 취임한 분이래요."

블랑슈에게 악기와 음악을 가르치던 궁정 악사가 있었다. 솜씨가 좋은 사람이었으나 몸이 노쇠하여 이만 궁에서 떠나게 된 참이었다.

"카린 영애를 가르치시던 분이라고 들었어요."

"카린 영애를요?"

공작 영애를 가르칠 정도면 상당한 실력자인 모양이었다. 그 정도는 되어야 공주의 가정 교사가 될 법하긴 하지만.

"오늘 오후에 궁에 온다고 하셨어요."

"그렇군요. 저도 인사를 나누고 싶은데, 괜찮을까요."

"네! 물론이에요."

아비게일은 미소 지은 채 고개를 끄덕였다. 문득, 자신이 제법 블랑슈를 딸처럼 여기는구나 싶어졌다. 블랑슈를 가르치는 사람이라니 잘 대접해야겠다는 생각이 들었다. 분명 계급은 자신이 한참 위일 테지만.

그렇게 담소를 나누던 중, 시종 한 명이 안으로 들어왔다.

"블랑슈 공주님, 기드온 궁정 악사가 알현을 요청하였습니다."

"네. 들어오세요."

기드온? 아비게일로서는 처음 듣는 이름이었다. 이름을 들어서는 남자인 것 같았다. 어떤 사람일지 자못 흥미가 일었다.

잠시 후, 한 사내가 응접실로 들어섰다. 그는 품 한가득 장미 꽃다발을 들고 있었다. 그는 아비게일을 보고 조금 놀란 눈빛이 되었으나, 이내 표정을 바로 했다. 기드온이 정중하게 허리를 숙였다.

"처음 뵙겠습니다, 블랑슈 공주님. 그리고 왕비님. 이번에 궁정 악사로 취임하게 된 매클라우드 가문의 기드온이라고 합니다."

흠잡을 데 없는 인사였지만 아비게일의 얼굴은 굳어 있었다. 기드온은 처음 뵙는다 말했지만, 아비게일은 아니었다. 이미 그녀는 기드온의 얼굴을 수차례, 수십 차례 봤다.

그를 처음 본 것은 건국제 때다. 정확히 말하자면 거울 속에서 보았던 사람이었다. 저 얼굴을 잊을 리 없다. 건국제 내내 블랑슈 주위를 맴돌던 그 사내의 얼굴을 잊을 수가 없다.

그 사내는 거울 속에서 튀어나와 자신의 앞에 서 있었다. 그녀는 당황했지만 이내 감정을 추슬렀다.

"매클라우드 가문이라. 들어본 적이 없군."

"한낱 자작 가문이기 때문에, 왕비 전하의 귀에까지는 닿지 않았을 것입니다."

기드온은 정중하고도 공손하게 답했다. 아비게일은 이야기를 나누는 사이 그의 얼굴을 찬찬히 훑어보았다. 다시 보아도 그때 그 사내가 맞다. 또한 인상도 크게 변하지 않았다. 뭔가를 감추고 있는 것 같다는 느낌.

"자작 가문임에도 이렇게 궁에 들어올 정도면 실력이 꽤 뛰어난가 보군."

"과찬의 말씀이십니다."

"그대를 추천해 준 사람은 누구지?"

일반적으로 왕족의 가정 교사는 고위 귀족이 담당한다. 공작, 후작, 백작, 자작, 남작 순으로 계급이 높다.

남작 중에서는 부유한 평민보다 못 사는 자들도 많다. 자작 역시 쉬이 궁에 발을 들일 수 없는 계급. 그런데 실력 하나만으로 궁에 입성했다고? 말도 안 된다. 분명 누군가가 보증을 해 주었을 터. 아마도 그 보증인은…….

"스토크 공작님께서 저를 추천해 주셨습니다."

아까 기드온이 카린의 가정 교사라는 이야기를 들었을 때 예감하고는 있었다. 예상했던 이름이지만 직접 들으니 더욱 기분이 언짢아졌다.

"그렇군. 그래서 수업은 언제부터 할 예정이지? 오늘?"

"오늘은 블랑슈 공주님께 인사만 드리려던 참이었습니다. 정식적인 수업은 다음 주부터입니다."

그는 그렇게 말하며 미소 지었다. 언뜻 보면 선하게 느껴지는 웃음. 기드온이 블랑슈 쪽으로 몸을 틀었다.

"만나 뵙게 되어 영광입니다, 공주님. 성심성의껏 공주님을 보필하도록 하겠습니다."

"네. 기드온 선생님. 잘 부탁드려요."

블랑슈는 자신의 새로운 스승에게 경계 없는 미소를 보냈다. 기드온은 만족스럽게 웃으며 꽃다발을 블랑슈에게 건넨 뒤, 아비게일에게 말했다.

"왕비님께서 계실 줄은 미처 몰랐기 때문에, 꽃다발을 하나만 가져온 무례를 용서해 주십시오."

"그래, 알겠네."

아비게일은 담담히 답했다. 스토크 공작이 추천인이라는 말에 여러 생각이 스쳐 지나갔다.

자작 계급임에도 불구하고 건국제에 참여할 수 있었던 건 스토크 공작의 인맥 때문이었던 것일까. 스토크 공작은 마음에 들지 않지만 그 사람이 블랑슈에게 해 될 인간을 붙여 주진 않았을 것이다. 제레미 부인의 경우는 좀 예외였지만.

그렇다면 지난번, 건국제 때 블랑슈 주위를 맴돈 것 역시 스토크 공작의 명 때문일지 모른다. 하지만……

아비게일은 슬그머니 블랑슈의 어깨를 잡아 제 쪽으로 끌었다.

"인사는 끝난 것 같군. 오늘은 일정이 있으니 물러가게. 기드온 궁정 악사."

기드온은 빙긋이 웃고는 고개를 조아렸다.

"예. 그럼 이만 실례하도록 하겠습니다. 조만간 또 뵙기를 바라죠."

그가 떠나간 뒤에도 아비게일은 한참이나 블랑슈의 어깨를 감싸고 있었다. 블랑슈가 슬그머니 위를 올려다보았다.

"저, 어마마마……?"

"아."

아비게일은 그제야 어깨를 놓아주었다. 그리고는 아무런 일도 없었다는 듯이 웃었다.

"미안해요. 나도 모르게 그만. 그나저나 이제 곧 수업 시간이죠?"

"네, 그래서 이만 가 봐야 할 것 같아요."

"그래요. 조심히 잘 다녀와요."

블랑슈에게 뭐라 이야기할까 하다가 입을 다물었다. 블랑슈는 고개를 갸웃갸웃하더니, 이내 웃고는 떠나갔다.

아비게일은 속으로 깊은 한숨을 내쉬었다. 예상치 못한 조우에 아직도 머리가 아찔했다.

"왕비님. 괜찮으세요? 테이블을 치울까요?"

두 사람이 나가자 클라라가 슬쩍 방 안으로 고개를 내밀었다. 아비게일이 들어오라는 듯 손짓했다.

"아냐. 괜찮으면 차라도 한잔할래? 노마도 같이."

"와, 정말요? 좋아요! 노마님~!"

차라도 마시면서 감정을 추스르고 싶었다.

클라라는 후다닥 노마를 찾으러 갔다. 곧 티 테이블에 새로운 찻잔이 놓이고, 노마와 클라라가 자리를 잡았다.

"올해 장미 잼은 정말 일품이네요. 그렇지 않아요, 노마 님?"

"그러게. 향이 참 좋다."

두 사람이 조용히 차를 마시는 동안에도 아비게일은 기드온 매클라우드에 대해 생각하고 있었다. 기드온이 건국제 때 블랑슈의 주위를 맴돈 것에 대해서는 이제 어느 정도 답이 나왔다.

블랑슈의 눈에 들려고 하는 것도 아마 스토크 공작 때문이겠지.

하지만 그녀는 여전히 기드온이 신경 쓰였다.

"노마, 클라라. 혹시 매클라우드 가문에 대해 알고 있는 것 없니?"

장미잼을 듬뿍 얹은 스콘을 입에 넣으려던 클라라가 흠칫 멈췄다. 옆에서 홍차를 마시던 노마 역시 묘한 표정이 되었다.

"매클라우드 가문 말입니까? 혹시 후작이나 백작 가문입니까?"

"자작 가문이라고 했어."

"자작 가문이라면 제가 알지 못할 것도 같습니다."

노마가 조금 난처한 표정을 지었다. 자작의 호칭을 가진 자가 100명이 넘어가니, 어찌 보면 모르는 게 당연했다.

"매클라우드, 매클라우드……."

그 와중 클라라는 가문의 이름을 중얼거리며 생각에 잠겨 있었다. 그 표정이 사뭇 진지했다. 입에 스콘 조각을 붙이고 있지 않았다면 더 좋았겠지만.

"아, 생각났어요!"

"그래? 알고 있는 가문이야?"

"네, 네. 예전에 제 지인 중 하나가 그 가문 영식에게 청혼을 받았거든요."

클라라가 입술을 비뚜름하게 올리고는 말을 덧붙였다.

"거절하긴 했지만요."

"왜?"

"그 가문이 자작 가문치고는 꽤나 영세하거든요. 게다가 딸 하나 없이 아들만 여섯이에요."

여섯? 그 숫자에 아비게일은 당황했다. 그렇게 아이를 많이 낳는 집은 이 시대에도 드문 편이었다.

"뭐 제 지인이 거절하면서 끝난 일이긴 하지만요. 시집 가 봐야 고생할 게 뻔하니까요."

굳이 설명을 덧붙이지 않아도 충분히 이해할 수 있었다. 가난하고 아들 많은 집에 시집이라니. 귀족이라 하더라도 고생길이 훤했다.

며느리가 직접 빨래를 하거나 청소를 하진 않겠지만, 안주인이 하는 일들이 상당히 많다. 고용인들을 부리고, 집안의 가계를 정리하며 저택을 늘 깨끗하고 우아하게 관리하는 것이 안주인의 역할.

가난한 집이면 안주인의 고생은 배로 늘어난다. 적은 예산으로 집안을 꾸려 나가려면 그만큼 머리를 써야 하는 법. 게다가 남편만 신경 써도 힘이 들 텐데 형제가 다섯이나 더 있다니.

하지만 아비게일에게는 그다지 영양가 있는 정보가 아니었다.

"그 외로 더 이야기 들은 건 없어?"

"네. 그 이상은 저도 잘 모르겠어요."

생각 외의 정보를 얻어 마음의 불안이 조금은 덜어졌지만, 그래도 아쉬움은 있었다. 매클라우드 가문이 아닌 기드온에 대한 정보를 더 얻을 수 있다면 좋을 텐데.

혹 그에 대해 잘 알고 있는 사람, 그리고 아비게일에게 그 정보를 알려 줄 사람이 없을까. 아비게일은 깊게 고민했지만, 딱히 떠오르는 사람이 없었다.

◇

　본궁의 복도를 걸어가는 소녀의 뒷모습이 보였다. 하나로 둥글게 틀어 올린 금발은 마치 꿀로 빚은 것처럼 윤기가 흘렀다. 뒷모습만 보아도 그녀는 자신만만하고 오만해 보였다. 곧게 펴진 등과 허리. 흐트러짐 없는 자세 때문에 더욱 그랬다.

　또각또각, 망설임 없는 구두 소리가 응접실 앞에 멈췄다. 카린이 하녀에게 힐끗 시선을 주었다.

　"왕비님. 카린 영애께서 도착하셨습니다."

　"모셔 오도록."

　안으로 들어가자 아비게일과 블랑슈가 보였다. 아비게일은 아이보리색의 미 파르티를 입고 있었다.

　그 모습을 보고 카린은 저도 모르게 미소 지었다가 황급히 표정을 수습했다. 수년간 교육받은 대로, 그녀는 우아하면서도 절도 있게 인사를 올렸다.

　"평안하셨나요, 왕비 전하. 블랑슈 공주님."

　왕비와 공주 앞에서도 카린은 기죽은 기색이 없었다. 아비게일은 카린을 응시하다 가만히 미소 지었다.

　"어서 와요, 영애. 옷이 참 잘 어울리네요."

　카린은 희미하게 연두색을 띤 엠파이어 드레스를 입고 있었다. 그녀는 민망해서 괜히 얼굴을 붉혔다.

　"따, 딱히 왕비님이 디자인해서 입는 건 아니거든요! 요즘 유행이라 그래요. 슈미즈 드레스와는 달리 잠옷 같지도 않고."

"네, 네. 마음에 든다니 다행이에요."

아비게일은 카린이 조금이나마 편한 옷을 입는 것이 기뻐 가만히 웃었다. 블랑슈 역시 카린을 크게 반기며 말했다.

"얼른 오세요, 카린 영애. 지난번에 맛있게 드셨던 사과 타르트를 준비해 놨어요!"

슬쩍 뒤편으로 시선을 주니, 블랑슈의 말대로 테이블 위에 먹음직스러운 타르트가 놓여 있었다. 좋아하는 음식을 보니 카린의 두 눈에 활기가 어른거렸다.

아비게일이 쿡쿡 웃으며 말했다.

"자, 어서 와서 앉아요. 먼 길 오느라 고생 많았군요."

아비게일이 큼지막하게 타르트를 잘라 두 소녀의 앞에 옮겨 주었다. 부드럽고 하얀 휘핑크림도 듬뿍 올린 채였다. 타르트에서는 달콤한 시나몬 향기가 풍겼다.

"자, 여기요. 블랑슈도, 카린 영애도 많이 먹어요."

"네!"

"이런 것을 먹으면 살이 찔 텐데……."

그렇게 말하면서도 카린은 이미 포크를 든 상태였다. 그리고는 야금야금 타르트를 먹기 시작했다. 그 모양새가 제법 귀여워 아비게일은 피식 웃었다.

지난번의 티타임 이후로도 세 사람은 이렇게 차를 마시곤 했다. 카린의 틱틱대는 성격은 여전했으나 예전처럼 노골적인 적의를 보이진 않았다. 카린이 얌전히 티타임을 참여하는 데에는 나름의 이유가 있었다.

아비게일에게 도움을 받기는 했으나 카린은 여전히 그녀를 라이 벌이라 여기고 있다. 적을 정탐하기 위해 이 자리에 있을 뿐, 그 의외의 목적은 없다. 이 자리가 즐겁지도 않았다.

아비게일의 약점만 잡아내면 이 티파티도 더 이상 오지 않을 생각이었다. 카린은 사과 타르트를 우물거리며 아비게일을 바라보다 무언가를 발견했다.

"그나저나 왕비님. 그 귀걸이⋯⋯. 오늘도 하고 계시네요."

아비게일의 귓가에 매달린 자수정 귀걸이가 햇빛을 받아 반짝였다. 그 귀걸이는 카린이 아비게일의 생일 선물로 보낸 것이었다.

섬세하게 커팅된 자수정. 그리고 주위를 장식한 멜리다이아의 조화가 훌륭했다. 또한 그녀의 눈동자 색과도 잘 어울리고, 아비게일 특유의 화려하고 우아한 분위기와 잘 맞았다.

눈썰미가 좋은 사람이라면 카린이 이 선물에 신경을 많이 썼다는 걸 눈치챌 수 있을 터였다. 그리고 아비게일이 그런 사람이었다.

"제 마음에 쏙 들어서 자주 하고 다녀요. 카린 영애는 센스가 뛰어난 것 같아요."

"제 안목이 좀 뛰어나긴 하죠."

"맞아요. 예쁜 거로 골라 줘서 고마워요, 영애."

아비게일이 뭐라 부정도 하지 않고 순순히 칭찬을 하자, 카린의 얼굴이 빨갛게 달아올랐다. 민망하기도 민망했지만 무엇보다 익숙하지 않았다. 물론 칭찬 자체는 많이 받아봤지만 모두 자신보다 낮은 계급의 사람들로부터였다.

아버지나 어머니, 나이 차이가 많은 언니들은 늘 자신의 단점과 실수를 찾아내 지적했다. 예전에 자수정 브로치를 아버지께 선물했을 때, 격에 맞지 않게 저렴한 보석을 골랐다며 한 소리 들었다.

내심 아비게일도 자신을 조롱하거나 면박을 줄 것이라 생각했지만, 그녀는 오히려 카린의 안목을 칭찬했다.

왕비쯤 되면 자신에게 뭐라 해도 아무런 문제가 안 될 텐데, 왜 칭찬을 해 주는 걸까? 카린이 아무 말 없이 손만 만지작대자 블랑슈가 환한 얼굴로 말했다.

"저도 카린 영애의 센스를 배우고 싶어요. 어떻게 이런 예쁜 걸 고르셨어요?"

"뭐, 많이 보다 보면 늘더라구요."

"와아. 혹시 나중에 제 드레스룸에 같이 가 주실 수 있으세요? 카린 영애의 조언을 들어보고 싶어요."

"공주님이라면 특별히요."

카린은 그제야 평소대로 뻔뻔하게 웃었다. 예전에는 서로를 어려워한 두 사람이었으나, 지금은 사이좋은 자매처럼 보였다. 카린이 큼큼, 목을 가다듬고는 입을 열었다.

"그리고 보니 새로운 궁정 악사가 들어왔다면서요? 블랑슈 공주님."

"네. 맞아요! 그리고 다음 주부터 저의 음악 선생님이 되어 주시기로 했어요."

카린이 궁정 악사를 언급한 순간, 아비게일의 눈이 크게 뜨였다. 그녀는 기드온에 대해 잘 알고 있는 사람을 찾고 있었다.

그 사람이 바로 눈앞에 있었다. 기드온은 카린의 가정 교사였으니, 분명 시녀들보다 많은 것을 알고 있을 터였다.

왜 미처 카린을 떠올리지 못했을까. 아마도 은연중에 그녀의 가문을 의식하고 있던 탓일 터였다. 기드온이 스토크 공작의 충실한 수하라면 카린이 그 사실을 알려 줄 리가 없으니까.

왠지 모르게 아쉬웠다. 기드온에 대해서 이야기를 들어볼 수 있으면 좋으련만.

반쯤 포기하던 그때 카린의 퉁명스러운 목소리가 들려왔다.

"저 그 궁정 악사 별로인 것 같아요. 공주님도 조심하세요."

공녀의 입에서 갑작스레 흘러나온 험담은 아비게일에겐 반가운 동시에 당혹스러웠다. 블랑슈도 엇비슷한 눈치였다. 블랑슈가 슬그머니 물었다.

"무슨 일 있었나요? 카린 영애."

"딱히 뭔가를 한 건 아닌데, 마음에 안 들어요."

카린은 흥 하고 콧방귀를 뀌었다. 이쪽도 그저 감인가. 아비게일이 조심스레 대화에 끼어들었다.

"그 기드온이라는 사람은 어떤 사람인가요? 딱히 아는 것이 없어서요."

"왕비님이 모르시는 게 당연하죠. 자작 가문의 육남(六男)이니까요."

보통 삼남, 사남까지만 되어도 유산의 지분이 훅 줄어든다. 막내인 기드온으로서는 땅 한 뙈기라도 얻으면 감지덕지할 노릇.

권력도, 명성도, 돈도 없다. 그런데 어떻게 스토크 공작의 눈에 들게 된 것인가. 그만큼 실력이 좋아서일까?

"스토크 공작님이 추천하셨다고 들었어요. 꽤나 재능이 뛰어난 사람인가 보군요."

"⋯⋯재능?"

카린은 우스운 농담이라도 들은 듯 웃었다. 왕비 앞만 아니었다면 폭소했을 터였다.

"재능이 있는 사람이긴 해요. 하지만 아버지가 그 사람을 마음에 들어 한 건, 비위를 잘 맞추는 재능 때문인 거죠."

"성격이 좋은 사람인가 보군요."

"성격도 성격인데, 돈이 많더라고요."

돈이 많다고? 아비게일이 의아하다는 표정을 지었다. 자신이 알고 있던 것과는 다른 정보다. 클라라의 말에 따르면 그의 집안은 영세한 가문이라 하였다. 그녀가 딱히 거짓말을 할 것 같지도 않았다.

"제가 알기로는 금전 사정이 좋지 않다고 들었는데요."

"아버지한테 온갖 뇌물을 다 갖다 바치던데요. 자작 가문인데 돈이 어디서 난 건지 모르겠네요."

공작에게 바칠 뇌물을 마련하기 위해 빚이라도 진 것일까. 그 대가로 궁정 악사의 자리를 차지하게 된 것이라면, 나쁜 장사는 아니다.

"어떻게든 눈에 들려고 난리더군요. 너무 뻔해서 보고 있는 제가 부끄러울 정도로."

카린은 한심하다는 듯이 말하곤 홍차를 마셨다. 내내 이야기를 쏟아내고 있으니 목이 마를 법도 했다.

"카린 영애는 기드온이 아부를 떠는 모습이 마음에 들지 않는 건가요?"

그게 맞다면 제법 귀여운 이유였다. 하지만 카린은 가볍게 도리질을 쳤다.

"그런 사람은 수두룩하게 봤으니 딱히 놀랄 것도 없어요. 제가 그 사람을 싫어하는 건……. 눈빛이 기분 나빠서 그래요."

눈빛. 아비게일은 기드온의 눈빛을 떠올렸다. 그녀도 내내 그의 시선이 신경 쓰였다. 거울 속에서 보았던, 블랑슈를 관찰하고 품평하는 듯한 시선.

"평소에는 생긋생긋 웃고 있지만, 가끔씩 느낄 수 있어요. 그게 가식이라는 걸. 민낯은 다르더군요."

"……민낯이요?"

블랑슈도 숨을 죽인 채 카린의 말을 기다렸다. 카린은 이곳에 없는 기드온을 노려보듯 눈매가 매서워져 있었다.

"가끔씩 절 무시하는 시선으로 봐요. 마치 한참 아랫사람을 보듯. 자기가 무슨 왕이라도 되는 것처럼."

카린은 모래가 들어간 홍차를 마시는 듯 찝찝한 얼굴이었다. 그러다 별것 아니라는 듯 손을 흔들었다.

"뭐, 아무튼. 실력은 나쁘지 않아요. 재수가 없을 뿐이지. 어쨌든 좀 멀리하세요."

"알겠어요. 카린 영애."

아비게일은 가만히 미소 지었다. 자신이 정적임에도 불구하고 이렇게 배려를 해 주는 것이 고마웠다.

기드온의 정보를 들어 고마운 한편, 불안함이 가중되었다. 이야기를 들으면 들을수록 갈피가 잡히지 않았다. 기드온은 대체 어떤 사람인 걸까? 대체 어떤 목적으로 블랑슈의 주위를 맴도는 것일까.

마치 안개 너머로 누군가를 응시하는 듯한 기분이 들었다. 그 사람이 어떤 표정을 짓고 있는지 알 수 없어, 아비게일은 말없이 불안을 삼켰다.

날이 어두워졌다. 나는 퇴창에 비스듬히 기대앉아, 바깥을 바라보고 있었다. 살짝 열린 창을 통해 바람이 불어왔다. 봄이라지만 밤은 여전히 쌀쌀했다. 그래도 바람을 쐬고 싶었다.

오늘 낮, 카린에게서 들었던 이야기 때문에 머리가 어지러웠다. 물론 들어서 다행인 정보였다. 기드온 매클라우드. 역시 여러모로 의문스러운 구석이 많은 사람이었다.

클라라의 말과 카린의 말이 일치하지 않는 것도 꽤 신경이 쓰였다. 자작 가문의 사람이 스토크 공작에게까지 닿으려면, 수많은 사람을 거쳐야 했을 것이다.

그리고 기드온은 그 방법으로 뇌물을 택한 것 같았다. 대체 그 돈이 어디서 난 것일까…….

"아비게일."

"꺅!"

아오 씨, 깜짝이야! 놀라서 뒤를 돌아보자 어느샌가 세이블리안이 다가와 있었다. 그 역시 내 비명에 놀란 눈치였다.

"죄송합니다, 아비게일. 여러 차례 불렀으나 대답이 없길래……."

"아, 아니에요. 잠깐 뭘 생각하느라."

"무슨 생각을 하시는지는 모르겠지만, 바람이 찹니다."

세이블리안은 그렇게 말하고는 창문을 닫았다. 그러고 보니 몸이 제법 싸늘하게 식어 있었다.

확실히 좀 춥긴 하네. 나도 모르게 코를 훌쩍였다. 세이블리안이 그런 나를 가만히 바라보다 말했다.

"침대로 들어가는 게 어떻겠습니까? 몸이 식었으니 말입니다."

"아, 네. 그럴까요."

이제 같이 자는 것도 제법 익숙해지긴 했다. 물론 긴장을 안 한다는 말은 아니었다. 잠들기 전도 문제고, 잠든 후도 문제였다. 자는 사이 몸부림을 치거나 코라도 골면 어떡하지 싶어서.

그래도 아직까지 세이블리안이 별말 없는 걸 보면, 얌전히 자는 모양인가 보다.

나는 슬금슬금 침대로 들어갔다. 포근하고 따뜻한 이불이 반가웠다. 세이블리안도 곧 반대편에 누웠다. 그가 눕자 침대가 가볍게 출렁였다. 그러자 내 심장도 함께 덜컹이는 것 같았다.

"오늘도 고생 많으셨습니다, 아비게일."

그는 그렇게 말하며 내 손을 잡았다. 이렇게 손만 잡고 잔 게 어언 몇 주였다. 손만 잡고 잘게, 라는 말이 농담처럼 들리겠지만 나로서는 이것도 부담이 꽤 심했다.

외간 남자랑 손잡고 자는 거 처음이란 말이야! 민망하고 부끄러워서 죽을 것 같다.

전생에 교회든 절이든 열심히 다녀야 했는데. 기도문을 외우고 싶은데 생각나는 게 없다. 이럴 줄 알았으면 교양으로 반야심경이라도 외워둘걸. 흑흑, 언제쯤이면 태연하게 잠들 수 있을까. 정작 세이블리안은 담담해 보이는데.

"아비게일."

그 목소리에 나는 눈을 떴다. 어두워서 표정은 보이지 않았다. 그가 머뭇거리다 조심히 입을 열었다.

"무슨 고민이라도 있으십니까? 아까 창가에서 계속 생각에 잠겨 계시길래."

목소리는 담담했지만 그가 나를 염려하고 있다는 것만큼은 잘 알 수 있었다.

"그게……."

나도 모르게 목소리가 흘러나왔다. 세이블리안이라면 이야기해도 괜찮을까? 기드온이 좀 수상한 것 같다고.

하지만 아직 기드온이 무슨 일을 저지른 것은 아니다. 증거도 없다. 지난번 녹색병 사태 때도 증거 없이 달려들었다가 낭패를 볼 뻔하지 않았는가. 또 어수룩한 모습을 보일 수는 없는 노릇이다.

"그저 기우일 뿐이니, 걱정하지 마세요."

그래, 이것은 한낱 기우일 뿐이다. 조금 더 상황이 명확해진 뒤에 이야기해도 괜찮겠지. 그때, 어둠 속에서 그의 목소리가 들려왔다.

"기우라도 괜찮습니다."

그의 표정은 잘 보이지 않았으나 아마도 무표정일 것 같았다. 내가 무슨 말을 해도 흔들리지 않겠다는 듯, 평소와 똑같은 표정으로.

"불안을 말하는 것만으로도 마음이 편해질 수 있다, 당신께서 그리 말하지 않으셨습니까."

예전에 내가 했던 말이 흘러나오자, 나도 모르게 가만 웃고 말았다.

세이블리안도 참 재밌는 사람이다. 내가 했던 말 하나하나를 잘 기억하고, 보관해 두었다가 내가 가장 필요한 순간 그것을 돌려준다. 만약 그가 이런 방법들을 미리 배웠다면, 그 누구보다 다정한 왕이 되지 않았을까.

"……이번에 새로 들어온 궁정 악사 말이에요."

나는 그쪽으로 몸을 조금 틀었다. 세이블리안 역시 반 뼘 정도 내게 가까이 다가왔다.

"예. 궁정 악사 때문에 고민이 있으십니까?"

"사실…… 그 사람이 좀 신경 쓰여요."

"신경 쓰인다니, 어떤 의미로 말입니까?"

"음. 그러니까, 나쁜 의미로요."

마치 고자질하는 어린아이가 된 것 같은 기분이었다. 민망함에 손가락만 꼼지락대던 와중, 세이블리안의 차가운 목소리가 들려왔다.

"그자가 그대에게 무슨 짓이라도 했습니까?"

어둠 속에서 눈동자가 칼처럼 빛나는 것 같았다. 나는 화들짝 놀라 말했다.

"아, 아니에요! 그냥…… 좀 감이 안 좋아서요. 스토크 공작이 추천했다는 것도 좀 그렇고."

나는 괜히 스토크 공작 핑계를 댔다. 휴, 이럴 때 팔아먹기엔 참 좋은 사람이라니까.

세이블리안은 잠시 말이 없었다. 표정이 안 보이니 답답했다. 조금 더 가까이 가면, 그의 표정을 볼 수 있을까.

"알겠습니다."

세이블리안이 짧은 침묵 후 입을 열었다. 그의 목소리가 집무실에 앉았을 때처럼 엄중해졌다.

"그자를 해임하도록 하겠습니다."

"네?"

아, 아니. 이렇게 즉결 처분을 할 줄이야. 내 편을 들어주는 것 같아 고마우면서도 좀 당황스러웠다.

"그렇게 막 해임해도 되나요?"

"상관없습니다. 그걸로 당신의 마음이 편해질 수만 있다면."

언뜻 보면 냉정하지만, 정말 한없이 다정한 사람이다. 나는 그 마음씨가 기쁜 한편 고민이 되었다.

기드온을 해임한다면 당장의 불안감은 막을 수 있을 것이다. 하지만 그래도 괜찮은 걸까. 만약 그에게 악의가 없었던 거라면, 단순히 윗사람의 눈에 들려고 블랑슈 주위를 맴도는 것뿐이라면?

내가 그를 의심하는 이유 중 하나는 눈빛이다. 그런 것으로 사람을 판별해도 괜찮은 걸까. 아비게일도 날카로운 인상 때문에 오해를 받고, 나도 뚱뚱하다는 이유만으로 나태하다는 낙인이 찍혔는데…….

그렇다고 해서 이대로 내버려 두기도 찜찜하다. 차라리 기드온을 궁정 악사 자리에 남아 있게 하는 게 낫지 않을까. 궁 안에서 무언가를 한다면 베리테가 포착할 테니까.

문제는 의심스러운 사람을 블랑슈 옆에 둘 수가 없다는 것인데…….
나는 잠시 고민하다 입을 열었다.

"해임까지 할 필요는 없을 것 같아요."

"정말이십니까?"

"네. 대신 부탁이 있는데요."

어느새 눈이 어둠에 익어, 세이블리안의 얼굴이 보였다. 그는 무엇을 원하냐는 듯이 나를 바라보았다. 그 어떤 부탁이라도 들어주겠다는 듯이.

나는 가만히 입을 열었다.

"그게, 제 부탁은……."

기드온은 꽃다발을 들고 있었다. 화려하게 피어난 아마릴리스를 보기 좋게 묶은 것이었다. 피처럼 붉고, 눈처럼 흰 꽃들이었다. 블랑슈에게 제법 잘 어울리는 꽃다발이라 생각했다.

오늘은 처음으로 블랑슈의 수업이 있는 날이었다. 늦어서 좋을 것이 없기에 그는 발걸음을 서둘렀다.

"궁정 악사 기드온 매클라우드요. 공주님께서는 도착하였소?"

그는 음악실 앞에 서 있는 시종에게 다소 오만한 어조로 말했다. 시종은 그에게 힐끗 시선을 주었다.

"아직 오지 않으셨습니다. 미리 안에 들어가도 좋습니다."

기드온은 대답하지 않고 방으로 들어갔다. 시종의 말대로 방 안에는 아무도 없었다.

그는 꽃다발을 테이블 위에 내려놓았다. 그리고는 소파에 털썩 주저앉은 뒤, 테이블 위에 양다리를 올렸다. 등받이에 양팔을 걸친 채 그는 가만히 웃고 있었다. 자세부터 미소까지 무례하지 않은 구석이 없었다.

사람이 없는 곳이니 편하게 있을 수는 있겠지만, 보통 귀족과는 다른 느낌이 풍겼다. 마치 시정잡배와도 같은 천박함. 그리고 자신이 이곳의 주인이라도 되는 듯한 뻔뻔함이 느껴졌다.

그러다 문 열리는 소리가 들리자 그는 황급히 자세를 바로 했다. 기드온이 벌떡 일어나 고개를 조아렸다.

"블랑슈 공주님, 평안하셨습니까."

"덕분에. 블랑슈는 아니지만."

들려온 목소리는 아이의 것이 아니었다. 차갑고 매서운, 성인 여성의 목소리. 기드온은 황급히 고개를 들었다. 자신의 눈앞에 있는 사람은 다름 아닌 아비게일이었다.

아비게일은 고고한 자세로 그를 바라보고 있었다. 기드온은 아직 상황 파악이 안 된 듯 멍한 눈치였다가 급히 표정을 골랐다.

"평안하셨습니까, 왕비님. 블랑슈 공주님께서 오신 줄로만 알았습니다."

"아, 그 아이는 오지 않을 걸세."

기드온이 또다시 바보 같은 표정을 지었다. 아비게일은 소리 없이 걸어 테이블 쪽으로 다가갔다.

"음악보다 미술 쪽에 관심이 있다 해서, 자네가 블랑슈의 음악 선생을 할 필요가 없어졌어."

"……그렇군요."

아비게일이 아마릴리스 꽃다발을 집어 들었다. 그녀가 들자 마치 피에 젖은 백합을 보는 듯했다. 기드온이 슬그머니 발을 옮겼다.

"그러면 전 이만 물러가겠습니다."

"아니, 그럴 필요 없네."

기드온은 무슨 말을 하냐는 듯이 바라보았다. 블랑슈에게 더 이상 음악 선생이 필요 없다는데, 왜 물러가지도 말라는 것인지.

"그대는 날 가르치면 돼."

"예?"

"나도 음악에 흥미가 있어서. 시집을 온 뒤로는 악기를 다루지 않아 실력이 녹슬던 참이거든."

그녀가 세이블리안에게 한 부탁. 그것은 바로 기드온을 자신의 음악 선생으로 배정해 달라는 것이었다.

아직 이 사내의 본심이 무엇인지 파악하지 못했다. 궁에서 내보내면 무슨 일을 할지 더더욱 예측할 수 없다. 그러니 차라리 곁에 두기로 했다. 그의 뱃속에 무엇이 들었는지 파악할 때까지.

"그럼 잘 부탁하지, 기드온 궁정 악사."

마치 기드온을 잡아먹으려는 사람처럼 아비게일은 음험하게 웃었다. 그 미소를 본 기드온은 솜털이 쭈뼛 서는 기분이었다. 그는 억지로 미소를 지은 채, 정중히 고개를 숙였다.

"저야말로 잘 부탁드립니다, 왕비님."

열린 창을 통해 현악기의 음색이 전해져 왔다. 세이블리안은 그 소리에 귀를 기울이고 있었다.

바이올린인가. 아마도 아비게일이 연주를 하고 있는 모양이었다. 오늘부터 기드온에게 음악 지도를 받는다고 했었다.

아비게일은 솜씨가 제법 서툰 모양이었다. 가끔씩 소리가 튀어 오르기도 하고, 활이 엉뚱한 곳을 스쳤는지 낯선 음이 들리기도 했다.

끼잉, 하고 바이올린이 비명 같은 소리를 냈다. 그리고 연주가 뚝 끊겼다. 세이블리안은 저도 모르게 웃었다. 그녀의 실수를 비웃은 것은 아니었다. 저도 모르게 아비게일의 얼굴을 상상했기 때문이었다. 분명 당황하여 눈이 동그랗게 변했겠지. 보지 않아도 귀여울 것이 뻔했다.

그러다 그의 표정이 굳었다. 아비게일의 표정을 직접 보고 있는 사람은 분명 기드온일 터였다. 아비게일이 기드온과 한 방에서 시간을 보내고 있다는 사실을 떠올리면 차마 웃을 수가 없었다.

젊은 사내이고, 나이에 비해 재능이 출중하다는 것 정도만 알고 있었다. 또한 아비게일이 그를 신경 쓴다는 것도.

기드온의 성격이 어떤지는 모른다. 외모는? 목소리는 좋은가? 타인의 호감을 사기 쉬운 사람인가?

잠시 고요가 이어진 후, 다시 바이올린 소리가 들려왔다. 기드온인 모양인지 연주가 빈틈없이 매끄러웠다.

그는 초조함에 발을 까딱거리며 바닥을 쳤다. 아비게일이 음악 선생으로 기드온을 붙여 달라고 했을 때 반대해야 했나. 밀러드에게 맡겨 두었던 일은 언제쯤 끝나는 거지?

"전하."

그런 생각을 하고 있던 와중, 문가에서 밀러드의 목소리가 들렸다. 세이블리안이 넌지시 고개를 틀어 그를 바라보았다.

밀러드가 손에 무언가를 들고 있었다. 서류 뭉치였다. 그가 집무실 안으로 들어오며 그것을 내밀었다.

"정보부에 하달하신 임무입니다."

세이블리안은 서류를 받아 곧바로 내용을 확인했다. 여러 장의 종이가 빼곡한 글씨로 가득 차 있었다.

그는 빠르고도 꼼꼼하게 문서를 읽어 내려갔다. 밀러드가 가만히 그 모습을 바라보다 말했다.

"그 궁정 악사, 좀 수상한 사내이긴 하더군요."

문서에 적힌 것은 기드온에 대한 정보들이었다. 아비게일이 기드온을 거론한 다음 날, 세이블리안은 정보부에게 지시를 내렸다. 기드온과 매클라우드 가문에 대해 조사해 오라고.

서류에는 클라라나 카린이 말한 것과 유사한 내용도 적혀 있었으나, 두 사람이 전혀 알지 못하는 정보도 많았다.

"빠른 시간 안에 부유해졌군. 귀족들에게 곡을 팔았다고?"

"예. 꽤나 재주가 좋았던 모양인지, 그에게 곡을 의뢰하는 사람들이 많았다고 합니다."

매클라우드 가문이 번영하기 시작한 것은 약 1년 전부터였다. 갑작스러운 번영만큼이나 신경이 쓰이는 건, 사교계에서의 입지였다.

과거의 기드온은 외골수로 모임에는 거의 얼굴을 드러내지 않았고 누군가와 어울리는 일도 없었다고 적혀 있었다.

그러다 어느 순간부터 사교계에 등장하기 시작했다. 또한 사람들과 쉽게 관계를 맺어, 얼마 지나지 않아 스토크 공작 가문에도 초대받을 정도로 인지도를 얻었다고 했다.

"자작 가문의 막내치고는 사교계에서의 입지가 상당하군."

"아마 귀부인들 덕분인 듯합니다."

세이블리안은 설명을 요구하는 듯한 얼굴로 밀러드를 바라보았다. 밀러드가 조금 민망한지 헛기침을 하며 말했다.

"유부녀들 사이에서 인기가 많다더군요. 나이가 젊고 얼굴이 말끔한 데다가 음악적 소양도 있는지라, 귀부인들의 모임에 자주 왔다고 합니다."

실제로 그가 사교계에 빠르게 입문하고 자리를 잡을 수 있던 것은 재능만큼이나 귀부인들의 덕이 컸다. 그는 부인들을 위해 작곡을 하여 입소문을 탔고, 귀부인들의 살롱에도 자주 초대받았다고 보고서에도 적혀 있었다.

클라라와 카린이 그에 대해 잘 몰랐던 건, 기드온이 미혼인 영애들과 어울리지 않기 때문이었다.

서류를 살피면 세이블리안도 그 내용을 쉽게 찾을 수 있을 터였다. 그러나 그의 손은 멈춰 있었다.

"유부녀에게…… 인기가 많다고?"

"예. 여러 귀부인의 정부였다는 소문도 있더군요."

또다시 바이올린 소리가 들려왔다. 아까보다 좀 더 능숙한 소리. 분명 아비게일은 아닐 터였다.

문득, 예전에 자신이 했던 말이 떠올랐다. 아비게일이 원한다면 얼마든지 애인을 만들어도 좋다고 했던 말.

아비게일은 그런 부끄러운 짓 따위 하지 않는다고 말했다. 하지만 불안했다. 그 음험한 놈이 아비게일에게 무슨 짓을 할지 모른다. 순박한 아비게일에게 그 더러운 손을 대기라도 한다면…….

그는 자리에서 벌떡 일어났다. 두 눈과 표정, 온몸에서 살기가 넘실거리고 있었다.

"당장 그 궁정 악사를 해임하도록 하게."

"예?"

당황한 밀러드를 뒤로한 채, 세이블리안은 바삐 집무실을 나섰다. 아직 끝내지 못한 일들이 남았지만 상관없었다. 지금 아비게일이 그 음흉한 놈과 단둘이 있는데 그대로 두고 볼 수는 없었다. 그놈을 잡아 끌어내야 했다.

바이올린의 음색이 들리는 곳을 향해, 그는 뛰듯이 걸어갔다. 얼굴에 초조함이 가득했다.

"왕비님, 너무 거칩니다. 좀 더 부드럽게……."

"이, 이렇게 하면 되는 건가?"

"손을 좀 더 이렇게……. 아, 좋습니다."

기드온이 나지막하게 내 귓가에 속삭였다. 그의 손이 내 손 위로 포개져 있었다. 귀족답게 부드러운 손이었지만, 손가락 곳곳에 특징적인 굳은살이 박여 있었다.

내 손을 감싼 기드온의 손이 움직일 때마다, 아름다운 소리가 울려 퍼졌다. 나는 살짝 인상을 찌푸린 채 말했다.

"으, 좀 아프군."

"익숙해지시면 괜찮아지실 겁니다."

"이제 스스로 해 볼 테니, 이 손 놓게."

"예, 전하."

바이올린 자세를 교정해 주느라 내 손을 잡고 있던 기드온이 그제야 떨어져 나갔다. 나는 한숨을 쉬고 홀로 자세를 바로잡았다.

휴, 바이올린을 켜는 게 이렇게 손이 아플 줄이야. 아비게일이 예전에 배워둬서 그나마 익숙하긴 했지만.

기드온이 가만히 나를 바라보고 있었다. 실수를 하면 또 교정해 준다고 들러붙겠지. 그나저나 이 자식은 왜 이렇게 질척거리지? 자세 교정해 준답시고 가까이 붙는 것까지는 이해하겠는데, 왜 귓가에 속삭이냔 말이야.

나는 짜증을 감추며 다시 한번 바이올린을 연주해 보았다. 절대로 실수하지 말자. 절대로!

한껏 집중을 한 덕분인지, 이번에는 실수하는 일 없이 무난히 연주가 이어져 갔다. 그가 가볍게 박수를 치며 말했다.

"배우는 게 빠르시군요. 훌륭하십니다."

기드온이 흐뭇한 표정을 지은 채였다. 나는 연주를 끝낸 뒤, 가만히 그를 바라보았다.

오늘은 기드온과의 첫 번째 수업. 딱히 이상한 점은 눈에 띄지 않았다. 좀 질척거리는 것 빼고는.

카린에게는 무시하는 듯한 시선을 보냈다고 하는데 현재로서는 딱히 수상한 기색을 보이지 않았다. 실력 또한 예상했던 것보다 뛰어났다. 단순히 스토크 공작의 입김만으로 궁정 악사를 차지한 것 같진 않네.

"잠시 쉬겠네."

"예. 알겠습니다."

수업을 시작한 지 대략 한 시간이 지나 있었다. 이대로 수업을 끝내도 괜찮겠지만, 좀 더 그에 대해 알아낼 필요가 있었다.

"자네도 앉게. 잠시 이야기라도 나누지."

"예, 왕비님."

기드온이 고개를 조아린 뒤, 내 맞은편 소파에 앉았다. 언뜻 보기로는 순종적인 사람으로 보였다. 하지만 이게 본 모습이 아니라는 걸 알고 있다. 방금 전, 나는 먼저 도착한 기드온을 거울로 지켜보고 있었다.

테이블에 발을 올려놓은 채 주인 행세를 하는 꼬락서니라니. 확 다리를 분질러 주고 싶었다. 궁정 악사에 취임해서 간이 배 밖으로 튀어나왔나?

궁정 악사 자리로 만족하는 사람이라면 그나마 다행이지만, 왠지 모르게 불안하다. 나는 슬쩍 말을 걸었다.

"꽤나 젊은 나이에 궁정 악사가 되었군. 그대의 부친인 매클라우드 자작도 기뻐하겠어."

"예. 저 역시 이런 영광을 받게 될 줄은 몰랐습니다."

"스토크 공작의 추천을 받을 정도면 그와 꽤 친밀한 관계인 것 같던데. 어떻게 알게 된 거지?"

"사교 모임에 연주자로 초대받았다가, 우연히 공작님의 눈에 들게 되었습니다. 운이 좋았죠."

여기까지는 무난하게 대화가 흘러갔다. 나는 대수롭지 않게 떡밥을 던졌다.

"그랬군. 혹시 작년의 건국제 때도 오지 않았나?"

그러자 기드온의 눈동자에 동요가 스쳐 지나갔다. 이내 그는 놀랍다는 듯이 말했다.

"예. 맞습니다. 왕비님께서 절 알고 계실 줄은 미처 몰랐습니다."

"왠지 모르게 눈이 가서 말이지. 이렇게 다시 만나다니, 뭔가 인연이 있나 보군. 뭐, 내 음악 선생으로 임명한 건 내 뜻이었지만."

"왕비님……."

기드온은 짐짓 감격한 눈치였다. 나는 입에 발린 말을 하며 가만히 웃었다.

"그대를 내 음악 선생으로 임명한 것도 내 욕심 때문이었네. 그대의 연주에 관심이 가서 말이지."

정보를 캐내려면 적대하는 것보다는 호감을 보이는 편이 낫다. 내가 기드온의 편이라는 믿음을 심어 줘야 한다. 그가 나를 믿게 된다면, 그때부터 조금씩 꼬리를 드러내게 될 것이다.

단순히 궁정 악사로서의 자리를 지키고 싶은 거라면, 상황에 따라서 도와주지 못할 것도 없다. 하지만 만약 어떤 음험한 속내를 갖고 이 궁에 들어왔다면, 매일 밤 내 얼굴을 떠올리며 공포에 떨게 해 주마.

그렇게 속으로 잔뜩 벼르고 있는 와중, 기드온은 그저 미소를 짓고 있을 뿐이었다. 그가 내 쪽으로 상체를 조금 기울이며 말했다.

"저야말로 왕비님과 이렇게 시간을 보낼 수 있어 기쁩니다. 사실, 수업 시간이 끝난 뒤 말씀드리려 했는데……."

"할 말이 있는가?"

그는 의미심장한 미소를 지었다. 아주 거창한 선물을 준비한 사람처럼.

"왕비님을 위한 곡을 만들어 왔습니다."

"나를 위해?"

오, 이건 좀 놀랍다. 나를 위한 자작곡이라니. 평생 나와는 인연이 없던 선물이었다. 기드온이 자리에서 일어나며 말했다.

"실례가 되지 않는다면 지금 연주해 봐도 괜찮을까요."

"물론."

그가 순수한 마음으로 곡을 지어온 것이 아니라, 일종의 뇌물로 만들어온 것을 알면서도 짐짓 기대가 되었다.

기드온이 커다란 피아노 앞에 앉았다. 그리고는 가볍게 손을 풀더니 유려하게 연주를 시작했다. 느릿하고 나른한 곡이었다. 그의 손가락이 물속을 유영하듯 부드럽게 움직이는 것이 보였다.

왠지 모르게 엄숙한 인상을 주는 멜로디다. 아무래도 내가 왕비라서 이런 곡을 준비한 걸까? 음악에 대해서는 많이 알지 못해, 그냥 좋은 곡이구나 하고 들었다.

그의 손가락이 건반을 내리치듯 짚자, 피아노가 깊은 울음을 토해내듯 묵직한 음을 뱉었다. 기드온이 자리에서 일어나 나를 바라보았다.

"어떠셨습니까, 왕비님? 마음에 들으셨다면 좋겠습니다만."

"아주 훌륭하군. 마음에 들어."

미안. 난 사실 고등학교 음악 시간 때 수업을 잘 안 들었어. 클래식 쪽은 감이 잘 안 온다. 아마 좋은 곡이겠지.

"영광입니다. 아직 미완인지라 부끄럽지만⋯⋯. 왕비님과 더 시간을 보내고, 왕비님에 대해 알아가게 되면 그때 더욱 아름다운 곡이 태어날 것입니다."

그는 그렇게 말하며 느끼하게 웃었다. 아, 갑자기 세이블리안이 보고 싶어졌다. 세이블리안은 늘 담백하게 웃었는데.

기드온은 싱글싱글 웃으며 소파에 다시 앉았다. 그리고는 여전히 기름기 가득한 눈으로 나를 바라보았다.

"왕비님, 뮤즈라는 것을 아십니까?"

"창작자들에게 예술적 영감을 주는 존재 말인가?"

"알고 계셨습니까?"

뭐지, 얘 은근 나 무시하는 기분이 드는데. 뮤즈를 모를 수도 있긴 하겠지만, 왠지 가르치는 듯한 느낌이 들어 짜증이 났다.

그 와중에도 기드온의 눈빛이 쓸데없이 촉촉하게 젖어 들어갔다. 그는 수줍게, 사랑 고백이라도 하는 사람처럼 입을 열었다.

"아마도⋯⋯ 왕비님이 저에게 그런 존재이신 것 같습니다."

으아악, 부담스러워! 왜 이렇게 느끼해? 사이다, 사이다랑 김치를 가져다줘! 본 지 얼마나 됐다고 뮤즈 타령이야, 뮤즈 타령은!

충분히 친밀한 관계이고 호감이 있는 사람이 그런 말을 하면 기쁘겠지만, 기드온은 그런 사람이 아니다.

"왕비님에 대해 더 들려주실 수 있을까요?"

"어, 그게⋯⋯."

"그리고 제 주위에 훌륭한 예술가들이 있는데, 그들을 궁으로 초청하고 싶습니다. 왕비님의 아름다움을 여러 형태로 표현하면 어떨까 싶은데……."

아, 아니. 안 그래도 괜찮아. 이걸 어떻게 대처해야 하나 고민이 되었다. 단호하게 선을 그어야 하나, 아니면 기뻐하는 척을……

똑똑. 그때, 노크 소리가 들려왔다. 기드온도 나도 문 쪽을 바라보았다. 대체 누구지?

"아비게일, 접니다. 세이블리안."

"아, 들어오세요."

오늘따라 반가운 세이블리안의 목소리가 들려왔다. 허락이 떨어지자마자 세이블리안이 냉큼 안으로 들어왔다. 그의 얼굴에는 오늘도 우아한 정적이 감돌고 있었다. 건조하면서도 사람의 시선을 잡아끄는 눈빛.

크, 느끼한 작업 멘트랑 미소에 시달리다가 세이블리안 얼굴을 보니 속이 시원해진다. 이런 갓김치 같은 사람 같으니.

그런데 왠지 모르게 다급한 기색이 느껴졌다. 마치 뛰어온 사람처럼 숨이 조금 거칠었다.

국왕 전하가 행차하시자, 기드온은 화들짝 일어나 고개를 조아렸다. 나를 대할 때와는 달리 바짝 긴장해 있었다.

"구, 국왕 전하를 뵙습니다. 이번에 궁정 악사로 일하게 된 매클라우드 가문의……."

"아비게일."

세이블리안은 기드온 쪽으로 눈길도 주지 않은 채, 나에게 말을 걸었다. 마치 이 공간에 나와 세이블리안만이 있는 것처럼.

이렇게까지 사람 무시하는 세이블리안은 오랜만에 보았다.

"집무실에서 그대의 연주 소리가 들려와 와 봤습니다."

"아, 그랬나요?"

잘못한 것 같은데. 민망하네. 그나저나 이렇게까지 무시를 당하니 기드온도 얼떨떨한 눈치였다. 세이블리안이 내 옆자리에 앉았다.

"당신의 연주를 듣고 싶은데 가능할까요."

"아직 미숙한 실력인데⋯⋯."

"충분히 아름다운 연주입니다."

그의 눈빛과 목소리가 그윽했다. 아, 아니. 너도 뭐 잘못 먹었니? 오늘따라 왜 이리 여기저기서 느끼한 멘트들이 날아와.

하지만⋯⋯ 세이블리안이 하니까 나름 괜찮았다. 마치 고급스러운 올리브유처럼. 나 올리브유랑 발사믹 식초에 빵 찍어 먹는 거 좋아해.

기드온은 이 상황이 이해 가지 않는 듯, 멀뚱멀뚱한 눈치였다. 세이블리안이 그제야 그에게 시선을 주었다.

"아직도 있었나?"

그의 시선이 본 적 없이 날카로워 나도 조금 당황했다. 물론 언제나 남에게 냉기를 풀풀 풍기는 사람이지만, 오늘은 뭔가 달랐다.

"시, 실례했습니다. 평안하십시오, 전하."

기드온은 황급히 인사를 남긴 채 음악실을 나섰다. 나는 조금 명한 기분이 되어 그 뒷모습을 바라보았다. 어, 그러니까⋯⋯ 세이블리안이 기드온을 내쫓았구나. 대체 왜지?

"아비게일, 별일 없으셨습니까?"

기드온이 떠나자마자 그는 황급히 나를 살폈다. 나는 조금 어리둥절해져서 말했다.

"어, 네. 없었는데요."

"······그렇습니까."

세이블리안은 짐짓 안도하는 기색이었다. 앤 또 무슨 일로 온 거지? 지난번에 내가 기드온이 의심스럽다고 해서 온 건가.

"방금 기드온을 궁정 악사에서 해임하고 오는 길입니다."

그 말에 나는 당황할 수밖에 없었다. 설마 해임시켰다는 말을 전하려고 여기 온 건가? 그전에 왜 해임을 한 거지?

"어째서 그를 해임하신 건가요?"

"당신께서도 그자가 수상하다 하지 않으셨습니까. 그래서 해임했습니다."

"그리고 제가 당분간 제 음악 선생으로 두겠다고 하지 않았나요?"

충분히 기드온에 대해 관찰을 한 뒤에 해임을 할 생각이었다. 세이블리안도 그 지점에 동의한 줄 알았는데?

"분명 제 의견에 동의하셨잖아요."

"그렇긴 합니다만······. 그래도 그를 해임할 수밖에 없었습니다."

그는 말꼬리를 흐리며 고개를 숙였다. 내게서 시선을 피하는 걸 보면 뭔가 곤란한 듯한 눈치였다.

왜 갑자기 마음이 바뀐 걸까? 내가 걱정이 되어서? 아니면 기드온에 대해 어떤 이야기를 들은 걸까?

그는 여전히 침묵을 지키고 있었다. 나는 잠시 망설이다 손을 들어 그의 양 뺨을 감쌌다. 이 정도 스킨십은 괜찮겠지.

세이블리안은 흠칫 놀랐지만 내 손을 피하지는 않았다. 나는 부드럽게 세이블리안의 얼굴을 내 쪽으로 향하게 했다.

"전하."

세이블리안의 벽안이 가라앉아 있다. 조금 기운이 없어 보이기도 했다.

"제가 멋대로 기드온을 해임해서 화가 나셨습니까……?"

"아뇨. 화나지 않았어요."

그가 설명을 해 주지 않아 답답했지만, 화가 나거나 속상하지는 않다. 분명 어떤 이유가 있을 것이다. 세이블리안이 이유 없이 내 의견을 묵살할 리가 없다.

더군다나 그는 내가 아무런 증거도 없이 녹색병을 주장했을 때, 내 말에 귀를 기울여 주었다. 그러니 나 역시 그를 믿는다. 그가 나를 믿어 주었던 것처럼.

"저를 위해 그를 해임하신 거겠죠. 그러니 전하에게 화가 나지는 않았어요. 그래도 가급적이면 이유를 들려주셨으면 좋겠어요."

침묵은 하나의 방법이지만 늘 옳은 방법은 아니다. 이런 식의 도움이 쌓이고 쌓이다 보면 언젠가는 아쉬움으로 바뀔 게 뻔하다.

"절대 말할 수 없는 일이라면 더 이상 묻지 않을게요. 전하를 믿으니까요. 하지만 언젠가는 말해 주셨으면 좋겠어요."

세이블리안의 뺨에 닿은 손을 통해 그의 떨림이 전해져 왔다. 그는 아까처럼 고개를 틀지는 못했지만 나와 시선을 마주치지도 못했다.

고개를 숙인 채 시선을 사선으로 내리깔고 있다. 말할까 말까 고민하는 것 같았다. 그렇게 잠시 머뭇거리던 중, 세이블리안이 입을 열었다.

"기드온 그자가……."

"네, 네. 기드온이요?"

"……유부녀에게 인기가 많다고 해서."

"네, 네. 유부녀에게 인기가……. 네?"

응? 지금 내가 제대로 들은 건가? 유부녀라고? 세이블리안의 표정을 보아하니, 제대로 들은 것 같기는 하다.

그가 민망해 죽을 것 같다는 듯이 입술을 깨물고 있었다. 그의 얼굴이 드물게 달아올라 있었다.

"정보부를 통해 조사했는데……. 귀부인들의 사랑을 받는 자라 들었습니다."

방금 전, 기드온이 뮤즈니 자작곡이니 운운했던 게 생각났다. 다른 여자들한테도 그런 식으로 말을 하고 다니나. 아까 전 나한테 그런 아부를 떤 건 단순한 호감이 아니라 그 이상의 관계를 원해서 그런 거였나?

와, 끔찍하다. 나한테 아부 떨 때도 딱히 기분이 좋지는 않는데, 나랑 쑥덕쑥덕한 관계가 되고 싶었던 거라니. 어처구니가 없어 속으로 혀를 차는 와중, 세이블리안이 힐끗 내 눈치를 살피곤 입을 열었다.

"아비게일, 제가 예전에 했던 말에 대해 사과드리고 싶습니다."

"네? 무슨 말이요?"

나를 바라보는 얼굴이 적적했다. 처음 봤을 때라면 무표정이라 생각했겠지만, 이제는 그가 어떤 기분인지 쉽게 알 수 있을 것 같다. 살짝 처진 눈꼬리, 그리고 호소하는 듯한 눈동자. 뭔가 불안해하는 눈치였다.

"제가 그대에게 애인을 만들어도 신경 쓰지 않겠다 했었던 것 기억나십니까."

"네, 기억나요."

그런 말을 한 적도 있었다. 세이블리안이 제 뺨을 감싼 내 손을 간절히 붙잡았다.

"부디 잊어 주십시오. 없던 말로 해 주십시오. 저의 망언이었습니다."

이미 다 지난 일은 왜 또 꺼내는 거지.

그러다 문득, 방금 전 그가 했던 말이 떠올랐다. 나는 경악해서 입을 열었다.

"설마…… 제가 기드온을 애인으로 삼을 거라 생각하신 거예요?"

아니, 그래서 기드온을 해임한 거야? 정말이지 어처구니가 없다. 어떻게 내가 불륜을 저지를 거라 생각한 거지?

나도 모르게 불쾌한 티가 목소리에 묻어나 버렸다. 세이블리안이 다급히 말했다.

"그대를 의심한 건 아닙니다. 맹세코 그렇지 않았습니다! 그저 제가 옛날에 했던 말이 수치스러워서 그런 것뿐입니다."

황급히 변명을 덧붙이는 모습이 너무 초조해 보여 화가 조금 풀려 버렸다. 그가 이렇게까지 허둥대는 모습은 처음 본다.

"기드온을 해임 시킨 건, 그런 불경한 자를 그대 곁에 두고 싶지 않았기 때문입니다. 그가 당신에게 추파 던지는 걸 상상하면……."

사냥개가 으르렁거리듯 눈매가 사나워졌다. 방금 전 기드온이 내게 자작곡 들려준 사실을 알면 해임이 아니라 사형이라도 시킬 기세.

기드온이 나한테 수작을 부릴까 봐 그를 해임 시키고 헐레벌떡 달려오다니. 정말이지, 이 사람도 정이 많다. 자기 가족을 이렇게 살뜰히 챙기는 사람일 줄 누가 알았겠어.

그에게 고마운 마음이 몽글몽글 피어올랐다. 화는 풀렸지만 나는 삐진 시늉을 했다.

"일단 좀 기분이 나쁘긴 하네요. 지난번에 제가 분명 애인을 만들지 않겠다고 했잖아요. 저를 못 믿으시는 것 같아 속상하네요."

"아니, 그게……!"

나는 흥 소리를 내며 고개를 틀었다. 그러자 세이블리안이 솜사탕을 물가에 빠트린 너구리마냥 당황해하는 것이 보였다.

흐흠, 이런 생각 하면 안 되겠지만 그가 어쩔 줄 몰라 하는 게 좀 재밌네. 나는 더욱 토라진 시늉을 했다.

"너무해요. 저 상처 받았다구요! 책임지세요!"

"죄송합니다, 아비게일. 제가 잘못했습니다. 그런 말을 해서는 안 되는 거였는데……. 어떻게 책임질까요? 말만 하십시오."

그가 더욱 허둥대는 것이 보였다. 갈 곳 잃은 손이 허공에서 움찔거리고 있는 채였다. 흠. 좀 재밌는데……?

하지만 이 이상 하면 울 것 같은 기세였다. 이쯤에서 용서해 줄까나. 나는 표정을 풀고 부드러운 어조로 말했다.

"뭐, 용서해 드리죠."

"정말 감사합니다, 아비게일."

세이블리안이 눈에 띄게 안도했다. 아, 진짜 귀엽기는. 볼이라도 깨물어 주고 싶네. 나는 그를 달래기 위해 입을 열었다.

"전에 말했던 것처럼, 애인을 만들 생각은 없어요. 애초에 기드온이 마음에 들지도 않고요. 걱정하지 마세요."

"예, 알겠습니다. 감사합니다."

"이제 됐죠? 그러면 기드온의 해임을 취소시켜 주세요."

"……꼭 그래야 합니까?"

그가 슬쩍 반항기를 보였다. 오호, 이것 봐라. 아까는 내 말 잘 듣더니?

"아니, 그 사람한테 조금도 신경 안 쓴다니까요."

"그래도 그렇게 풍기 문란한 자를 그대 옆에 두고 싶지 않습니다."

어느새 엄숙해진 목소리였다. 정말이지 고집불통이라니까. 나는 조금 더 강경하게 나가기로 했다.

"전하, 사실은 저 못 믿으시는 거죠? 그래서 기드온을 해임 시키려는 거죠?"

"아니, 그렇지 않습니다. 그대를 믿습니다."

"책임진다면서요? 그러면 해임을 취소해 주세요."

"그건······."

"역시 절 못 믿으시는 거군요. 너무해요."

나는 훌쩍거리는 시늉을 하며 몸을 틀었다. 세이블리안이 황급히 내 어깨를 부여잡았다.

"알겠습니다! 해임은 취소하겠습니다! 제가 잘못했습니다."

후후, 결국 내가 이겼군. 나는 왠지 모를 승리감을 느꼈다. 슬그머니 돌아보자, 세이블리안의 얼굴에 초조한 빛이 가득했다.

"알았어요. 봐 드릴게요."

그는 작게 한숨을 내쉬었다. 안도하는 기색이 귀여워 조금 더 놀리고 싶어졌지만 참았다.

그나저나 기드온이 그런 놈이었을 줄이야. 나랑 사귀고 싶어서 궁에 들어온 거면 차라리 다행일 텐데.

아니. 다행은 아니려나. 나는 힐끗 세이블리안을 바라보았다. 이 사람의 억장을 무너트리고 싶지는 않았다.

아까 기드온이 다른 예술가들도 초청하고 싶다 그랬는데, 그 꼴을 보면 세이블리안은 어떤 반응을 보일까.

궁금하지만 참기로 했다. 나를 빤히 바라보고 있는 세이블리안이 귀여워서 괜히 웃었다. 그러자 세이블리안도 희미하게 미소 지었다.

◇

"오~ 비비~ 세이블리안이랑 요즘 분위기 좋던데?"

거울 속의 베리테가 히죽대며 말했다. 그의 은색 눈동자가 진실을 포착한 현자처럼 반짝이고 있었다.

그런 베리테와 달리 아비게일은 얼굴을 찌푸리고 있었다. 기분 나쁜 소리라도 들었듯이.

"봤어?"

"아니, 나는 기드온을 감시하려고 한 건데 갑자기 세이블리안이 들어오지 뭐야. 그래서 봐 버렸지."

베리테가 자신은 무고하다는 듯이 말하고는 억울한 눈빛을 보냈다. 아비게일은 넘어가지 않았지만.

"그나저나 세이블리안이 너 좋아하나 보다?"

"말도 안 되는 소리 하지 마. 세이블리안이 날 좋아할 리가 없는걸."

아비게일은 네가 산 주식은 휴짓조각이라 말하고 싶었다. 하지만 세이블리안의 사정을 상세하게 말할 수 없기에 거기서 입을 다물었다.

"아니. 상식적으로 생각을 해 봐. 기드온이 너한테 추파 던질까 봐 걱정돼서 국무 중에 뛰쳐 왔는데, 너를 안 좋아한다고?"

"그냥 가족이니까 신경 써주는 거지."

세이블리안이 예전에 비해 확실히 자신을 잘 챙겨 주고, 호의를 보여 주는 건 사실이다. 하지만 그것이 연애 감정이 아니라는 걸, 아비게일은 잘 알고 있었다.

아마도 정 붙일 곳이 없던 사람에게 가족이 생겼으니 잘 챙겨 주는 것이겠지.

"아닌데…… 세이블리안이 너 좋아하는 것 같은데……."

베리테는 끈질기게 아비게일을 물고 늘어졌다. 그녀는 이해가 안 간다는 듯이 말했다.

"지난번에는 나한테 세이블리안 좋아하지 말라며. 그런데 세이블리안이 날 좋아하는 건 괜찮아?"

"응. 너 맘고생 했던 만큼 걔도 고생했으면 좋겠어."

베리테의 산뜻한 대답을 듣고 아비게일은 묘한 기분이 되었다. 이걸 예쁘다고 해 줘야 하나, 말아야 하나.

그리고 한편으로는 베리테의 말이 신경 쓰였다. 기드온 때문에 걱정이 돼서 연락도 없이 오다니. 확실히 그답지는 않은 행동이었다.

혹시, 설마, 만에 하나…… 그의 여성 공포증이 나은 걸까? 이제는 태연하게 스킨십을 하는 걸 보니 그런 것도 같았다.

정말 베리테의 말대로 세이블리안이 자신을 좋아하는 걸까? 그런 생각을 했다가 저도 모르게 풋 웃고 말았다.

"왜 웃어?"

뜬금없이 아비게일이 웃음을 터트리자, 베리테가 이상하다는 듯이 바라보았다. 그녀가 손사래를 쳤다.

"아냐. 세이블리안이 날 좋아한다고 상상해 봤더니 웃겨서."

"그게 왜 웃겨?"

"그야 웃기잖아. 세이블리안 같은 사람이 날 좋아할 리가 없으니까."

너무도 태연한 목소리였기에, 베리테는 그것이 자학인 줄 뒤늦게 눈치챘다. 아비게일이 자리에서 일어났다.

"아무튼 난 이제 목욕하러 갈 거니까. 우리 블랑슈 잘 부탁해."

"어, 어. 그래."

베리테는 조금 얼떨떨한 기분으로 아비게일을 배웅했다. 정적 속에 혼자 남게 되자 의문이 한 박자 늦게 떠올랐다.

'세이블리안 같은 사람이 자길 좋아할 리가 없다고?'

이상한 말이라고 생각했다. 왜 그런 생각을 하는 것일까? 이 나라에서 가장 선망받는 사람 중 하나가 아비게일일 텐데.

아름답고, 능력이 있으며, 자상하고, 권력과 부를 갖고 있다. 한 나라의 왕비로서는 부족함이 없다.

그런데 왜 그런 말을 했을까? 신혼 초, 세이블리안에게 면박을 심하게 당했다던데. 그 일 때문에 저러는 것일까.

아까 전까지만 해도 세이블리안이 아비게일을 좋아하는 것 같아 기분이 좋았는데, 지금은 혀끝이 써졌다.

아비게일에게 묻고 싶은 것이 많았지만, 그녀는 지금 목욕 중이었다. 또한 아비게일의 명령도 이행해야 했다. 그는 길게 한숨을 내쉬며 거울 안쪽으로 시선을 돌렸다.

밖에서 보는 것과 달리, 거울 안은 세이블리안의 궁궐보다도 훨씬 넓어 보였다. 벽 한쪽 면에는 수많은 거울이 걸려 있었다. 형태와 크기는 모두 제각각이었다.

드레스룸에 놔둔 직사각형의 전신 거울, 휴대용 작은 손거울부터 시작하여 온갖 종류의 거울들이 모여 있는 것이 마치 거울상 같았다.

그곳에 각자 다른 공간들이 비치고 있었다. 소리는 들리지 않았다. 수백 개의 거울에서 목소리가 새어 나오면 베리테라도 감당할 수 없기 때문이었다.

그는 수많은 거울 중, 두 뼘 정도 되는 길이의 거울 앞에 섰다. 그 것은 블랑슈의 공부방에 둔 거울이었다. 방 안이 한눈에 들어오는 위치였다.

선생의 얼굴을 보아하니 밀러드였다. 정신을 집중하자, 곧 거울 속에서 밀러드의 목소리가 들려왔다.

"지난번 수업 기억나십니까? 정치를 이루는 세 가지 요소가 무엇 이라 했었죠?"

"네. 그게…… 정치란 경제, 군대, 그리고 민심으로 이루어져 있다 하셨어요."

12살이 된 뒤로 블랑슈는 제왕학을 배우기 시작했다. 그 나이대 의 아이라면 잠시 딴짓을 할 법도 한데, 그런 기색은 전혀 없었다.

"만약 이 세 가지 중 하나를 버려야 한다면, 무엇을 버리시겠습니까."

"저라면…… 군대를 버리겠어요."

"그다음은요?"

"그다음은 경제를 버리겠어요."

밀러드는 딱히 지적하는 기색도, 칭찬하는 기색도 없이 말을 이어 갔다.

"왜 민심을 마지막까지 선택하셨습니까?"

"결국 왕국은 백성들을 지키기 위해 존재하고, 경제와 군대는 수 단이라고 생각해서요."

세상에. 턱을 괸 채 그 모습을 보고 있던 베리테가 저도 모르게 입 을 벌렸다. 쟤 정말 12살 맞나?

지나치게 어른스러운 모습에 놀라는 게 한두 번이 아니었다. 수업

때가 아니라도 딱히 노는 모습을 본 적이 없었다. 함께 놀 또래의 아이가 없기 때문에 더욱 그랬다.

그나마 아비게일과 카린이 말 상대가 되어 주지만, 매일 함께 시간을 보낼 수는 없었다. 때문에 블랑슈는 혼자 있을 때마다 서재에 틀어박혀 있었다. 하루 대부분을 독서와 수업으로 보내는 아이.

"외롭지도 않나."

베리테는 그렇게 중얼거렸다가 피식 웃었다. 뒤늦게 자기 처지와 다를 바가 없다는 생각이 들었기 때문이다.

베리테 역시 아비게일을 제외하면 이야기를 나눌 사람이 없었다. 빈 시간에는 궁 안을 감시하거나, 책을 읽는 것 정도밖에 할 일이 없다.

그런 처지에 블랑슈를 걱정하다니 우습지도 않다. 그사이 수업은 끝난 모양이었다.

"그럼 오늘은 이 정도에서 끝내도록 하겠습니다. 수고하셨습니다, 공주님."

"네, 감사해요. 밀러드 경."

수업은 끝났지만 밀러드는 여전히 자리에 앉아 있었다. 방금 전까지는 엄한 교육자의 얼굴을 하고 있었던 밀러드가 지금은 산뜻하게 웃고 있었다.

"블랑슈 공주님은 정말 현명하신 것 같습니다. 성군의 자질이 보이십니다."

"그, 그런가요……?"

블랑슈도 긴장이 풀린 듯, 부끄럽다는 듯이 웃고 있었다. 이내 밀러드는 아쉽다는 얼굴이 되었다.

"오늘 괜찮다면 블랑슈 공주님과 산책이라도 하고 싶은데, 이후에 일정이 있군요. 요즘 수업 외로는 공주님과 뵙기가 힘드니…….”

“저도 아쉬워요. 다음에 꼭 같이 산책해요. 기다리고 있을 테니까요.”

블랑슈가 밀러드의 커다란 손을 양손으로 감싸 쥐고는 웃었다. 산뜻한 미소에 밀러드는 짐짓 감격한 눈치였다.

“예. 꼭 다음에는 함께할 수 있다면 좋겠습니다. 그러면 저는 이만 물러가겠습니다.”

“다음에 뵈어요, 밀러드 경.”

밀러드는 곧 수업실을 떠나갔다. 그가 떠나간 뒤에도 블랑슈는 홀로 앉아 있었다. 조금 쓸쓸해 보이는 얼굴이었다.

아비게일이라도 불러 줄까. 하지만 그녀는 아직도 목욕 중인 것 같았다. 이제 서재로 가서 또 책을 보려나. 아니면…….

블랑슈의 행동을 예측하던 중, 블랑슈가 자리에서 일어났다. 뒤따르는 시녀에게 잠시 혼자 있고 싶다고 말한 뒤 블랑슈는 수업실을 나섰다.

블랑슈가 거울에서 사라졌다가, 다른 거울에서 나타났다. 베리테는 블랑슈가 어디로 이동하는지 보기 위해 분주히 거울을 살폈다.

베리테는 본궁의 맨 위층 거울에서 블랑슈를 발견했다. 긴 복도에는 아무도 없었으나, 수많은 얼굴이 있었다. 벽에 왕가의 초상화가 걸려 있었다.

블랑슈는 가만히 복도를 거닐며 초상화를 올려다보았다. 수백 년 전 이 땅을 호령했던 왕의 얼굴부터 그 아들, 그리고 그 아들의 아들까지 볼 수 있었다.

베리테는 초대 왕의 초상화를 볼 수 없었다. 거리가 너무 멀었기 때문이었다. 그가 볼 수 있는 초상화는 두세 개 정도였다. 현왕 세이블리안의 초상화 정도였다. 정확히 말하면 현왕과 그의 첫 번째 왕비가 그려져 있는 초상화였다.

아마도 결혼식 때의 모습을 그린 듯하였다. 눈처럼 새하얀 드레스를 입고 있는 왕비는 아비게일의 나이쯤 되어 보였다. 그 옆에는 예복을 입은 세이블리안이 있었다. 블랑슈의 또래 정도 되었을까. 마르고 얼굴이 하얀 소년이었다. 블랑슈의 쌍둥이라고 해도 믿을 정도로 닮은 얼굴이었다.

'생모의 얼굴을 보러 이곳에 온 건가?'

베리테는 그리 추측했지만 블랑슈는 제 또래의 아버지에게 살짝 눈길만 주고는 그 옆으로 스쳐 지나갔다.

그 옆에 있는 것 역시 세이블리안의 초상화였으나, 나이가 많았고 옆에 서 있는 사람이 달랐다. 아비게일이었다. 이 역시 두 사람의 결혼식 때 그린 초상화였다. 막 결혼한 부부라고는 믿기 어려울 정도로 삭막하게 굳은 표정들이었다.

블랑슈는 그 앞에 섰다. 그리고 한참이나 초상화를 들여다보고 있었다. 베리테는 블랑슈의 표정을 보고는 저도 모르게 입을 벌렸다.

블랑슈는 웃고 있었다. 무척 행복하다는 듯이. 부모의 결혼식 초상화를 앞에 둔 아이는 한참이나 그 앞에 서 있었다.

'저렇게 좋은가. 세이블리안이랑 아비게일이.'

그 모습을 보고 베리테는 짐짓 부러움을 느꼈다. 그에게는 부모가 없다. 그를 만들어 준 마도구 제작자가 부모라면 부모일 터였다. 하지만 그마저도 얼굴이 생각나지 않았다. 정신을 차려 보니 상인들의 마차에 실려 있었을 뿐, 그 전의 기억이 없었다.

'가족, 가족이라.'

가족이라는 단어를 떠올리면 생각나는 것이 없었다. 집 역시 마찬가지였다. 굳이 따지자면 이곳 네르겐이 그의 집일 것이다. 가족이 있다면 아비게일이겠지. 아비게일이 듣는다면 감격에 찬 표정을 지을 것 같아, 그는 소리 죽여 웃었다.

아비게일이 가족이라면, 블랑슈도 내 가족인 것일까? 베리테는 아직도 초상화 앞에 서 있는 블랑슈를 제법 즐거운 기분으로 바라보았다.

그러다 문득 그의 시선이 옆으로 돌아갔다. 1층 복도 거울에 사람의 모습이 비치고 있었다. 기드온이었다. 베리테는 살짝 인상을 찌푸렸다. 궁정 악사이니 궁 안을 돌아다니는 게 이상한 일은 아니었지만, 거슬리는 건 어쩔 수 없었다.

베리테가 불퉁한 얼굴로 그 모습을 지켜보고 있던 와중, 그의 눈이 크게 벌어졌다.

'저놈이 지금 어디로 가는 거지?'

1층 복도를 비추는 거울에서 기드온이 사라졌다. 베리테가 황급히 다른 거울을 확인했다.

2층 거울에 기드온이 모습을 드러냈다. 그가 계단을 올라가고 있었다. 그리고 3층, 4층…….

어느새 블랑슈를 비추고 있는 거울에 기드온이 비치고 있었다.

'저자가 왜 여기에?'

분명 우연은 아닌 듯했다. 의식을 집중하자 거울에서 목소리가 들려왔다.

"아, 블랑슈 공주님. 평안하셨나요."

"……기드온 궁정 악사?"

초상화를 감상하느라 열중이었던 블랑슈가 화들짝 놀라 기드온을 돌아보았다. 여유로운 것은 기드온뿐이었다.

"궁이 너무 아름다워 둘러보던 중이었는데, 이렇게 뵙게 되어 반갑습니다."

"네, 저도요."

블랑슈는 예의 바르게 답했으나, 조금 긴장한 기색이었다. 지난번에 카린의 경고를 들었기 때문이었다.

베리테는 당황하여 다른 거울로 다가갔다. 아비게일의 목걸이를 들여다보았으나, 목욕이 끝나지 않은 모양이었다.

욕실의 거울에는 검은 천을 걸어두었다. 끌어내리면 볼 수는 있겠지만, 아비게일의 알몸을 보고 싶지는 않았다.

소리쳐 부르면 닿을 것이다. 그런데 만약 주위에 하녀들이 있다면? 자신의 정체를 들키게 된다. 아비게일이 부르기 전까지, 그는 침묵할 수밖에 없는 입장.

그 와중 기드온은 블랑슈에게 바짝 다가가 있었다. 블랑슈가 겁을 먹고 움츠러들었다.

"공주님께 음악을 가르쳐 드리고 싶었는데, 기회가 닿지 않아 아쉽군요."

"아, 네……."

"혹 제가 마음에 들지 않으셔서 수업을 받지 않게 되신 건가요?"

"아니, 그게 아니라……."

"그런 것이 아니라면, 블랑슈 공주님께 한 곡 들려드리고 싶습니다만. 지금 시간 좀 내 주실 수 있겠습니까?"

권유인 척하고 있으나 강요에 가까운 느낌이었다. 20대 중반의 성인 남성이 어린 소녀를 압박하는 모습은 봐주기 힘들었다. 궁 안이니 기드온이 유괴를 하거나 폭행을 가하지는 않을 것이다. 하지만 겁먹은 블랑슈의 얼굴을 보니 침착할 수가 없었다.

베리테는 이를 악물었다. 아비게일이 늘 그에게 재주가 많다 칭찬했지만 지금의 그는 그저 무력했다. 블랑슈가 어쩔 줄 몰라 하는 모습을 보면서도, 아무것도 할 수 없다니.

그에게 허락된 공간은 이 거울뿐이다. 이곳을 뛰쳐나갈 수만 있다면 얼마나 좋을까. 하지만 아무리 염원해도 이루어질 리가 없었다.

"제가 싫으신 게 아니라면 괜찮겠지요? 저랑 같이 가시……."

"블랑슈! 블랑슈 어디에 있나요?"

계단 아래쪽에서 다급한 목소리가 들려왔다. 익숙한 목소리. 아비게일의 것이었다. 그 목소리를 듣고 블랑슈의 얼굴이 대번에 밝아졌다. 기드온은 당황한 눈치였다.

"기드온 궁정 악사, 저 이만 가 봐야 할 것 같아요. 어마마마가 찾으셔서요."

아비게일이 아래에 있다는 사실에 블랑슈의 표정이 바뀌어 있었다. 두려울 게 하나도 없다는 듯한 밝은 표정.

기드온은 조금 난처해하는 기색이었으나, 이내 고개를 조아렸다. 그가 가만히 뒤로 물러섰다.

"예. 뵙게 되어 영광이었습니다. 그러면 다음에……."

그렇게 인사를 남긴 뒤, 기드온은 아비게일의 목소리가 들리는 것과는 정반대 방향으로 걸어가기 시작했다.

기드온이 떠나자 블랑슈는 안도의 한숨을 내쉬었다. 그리고는 후다닥 아비게일의 목소리가 들리는 곳으로 향했다.

"어마마마! 저 여기에 있……. 어라?"

계단 아래로 내려왔으나 그곳에 아비게일은 없었다. 그저 적막만이 흐르고 있을 뿐.

당황하여 주위를 둘러보았지만 아무도 없었다. 착각이라기 하기에는 방금 전 들려온 목소리가 너무 선명했다.

그곳에 있는 것은 벽에 걸린 거울 하나뿐이었다. 거울에 블랑슈의 동그란 눈망울이 비쳤다. 거울 너머에서 베리테가 블랑슈를 마주 보고 있었다. 그는 아비게일의 모습을 하고 있다가 원래의 모습으로 돌아왔다.

베리테는 한숨을 푹 내쉬었다. 반쯤은 안도의 한숨이었다. 아비게일의 목소리로 기드온을 내쫓아 다행이라는 안도감. 그리고 절반은…….

'이제 블랑슈에게도 말할 수밖에 없겠네.'

그는 다리를 꼰 채, 난감한 얼굴이 되었다. 블랑슈는 여전히 거울을 들여다보고 있었다.

우산 없이 장대비에 노출된 사람 같은 기분이 되어 나는 거울방에 앉아 있었다. 뒤늦게 전해 들은 소식 때문에 아직도 기분이 언짢았다.

"내가 목욕을 하는 사이 기드온이 블랑슈에게 접근했다니……."

정말이지 방심할 새가 없다. 그 작자가 왜 블랑슈 주위를 계속 맴도는 것일까. 베리테가 조금 처진 목소리로 말했다.

"빨리 알리려고 했는데, 네가 목욕 중이어서……. 미안."

"아냐. 네 덕분에 블랑슈가 곤경에서 벗어났어."

베리테 덕분에 블랑슈가 위기에서 벗어났는데도 베리테는 표정이 좋지 않았다. 그가 작게 한숨을 내쉬었다.

"블랑슈에게 말해야겠지? 나에 대해서."

"응. 언젠가 말하려고 하긴 했으니까."

베리테가 시무룩한 이유는 자신의 정체를 들켰기 때문이었다. 나야 블랑슈에게 말하고 싶었으니 크게 상관은 없었지만.

"세이블리안한테도 말할 거야?"

"기왕 말하는 김에 다 말해 두는 게 낫잖아?"

"⋯⋯어쩔 수 없지."

예전 같았으면 모르겠지만 세이블리안도 이제는 온전한 우리 편이라는 생각이 들었다. 베리테를 탐내 가져갈 것 같지도 않고.

방금 전, 세이블리안과 블랑슈에게 전갈을 보낸 참이었다. 거실로 나와 기다리자 곧 블랑슈가 도착했다.

"어마마마!"

블랑슈는 나를 보자 반가워서 내게 쪼르르 달려왔다. 어흐흑, 내 새끼. 미안해, 네가 위험한 줄도 모른 채 반신욕이나 즐기고 있었다니.

"블랑슈, 괜찮아요? 별일 없었죠?"

"네! 그런데 아까 저 부르시지 않았어요? 목소리는 들렸는데, 아무리 찾아봐도 안 보이셔서⋯⋯."

"음. 그것과 관련해서 해 줄 이야기가 있어요. 전하께서 오시면 그때 알려 줄게요."

블랑슈는 궁금한 듯이 나를 바라보다 이내 고개를 끄덕였다. 그리고 잠시 후, 세이블리안이 도착했다.

그는 나와 블랑슈를 번갈아 바라보았다. 갑작스럽게 부른 이유가 짐작 가지 않는 눈치였다.

"블랑슈도 있었군. 무슨 일로 부르셨습니까, 아비게일."

"전하와 블랑슈에게 소개하고 싶은 사람이 있어서요."

"……소개하고 싶은 사람?"

나는 고개를 끄덕였다. 의아한 얼굴이 된 세이블리안과 블랑슈를 데리고 거울방으로 향하자, 표정은 더욱 기묘해졌다.

방 안에는 커다란 거울, 쥐스코토르를 걸어 둔 보디, 의자 정도만 이 있었다. 블랑슈가 주위를 두리번 돌아보았다.

"소개할 사람이 여기에 있나요?"

"네. 여기에 있어요."

사람이라고 해야 하나. 뭐 말도 통하니 사람이라고 할 수 있겠지. 나는 거울 쪽으로 다가간 뒤, 누군가를 소개하듯 손바닥으로 거울을 가리켰다.

"이쪽은 제 마도구, 베리테라고 해요."

그러자 곧 거울이 일렁거리며 거울에 비친 풍경이 사라졌다. 대신 그곳에 하늘색 머리카락에 은빛 눈동자를 지닌 미청년이 거울에 비 쳤다.

블랑슈는 눈이 동그래져서 거울을 보고 있었다. 아무래도 놀랄 만 한 상황이긴 했다.

"지난번에 사셨다는 마도구로군요."

그에 비해 세이블리안은 비교적 담담한 반응이었다. 아마도 이런 마도구에 대해 잘 알고 있어서 그런 것 같았다.

"네. 보통 거울 마도구에 비하면…… 좀 더 고성능이지만요."

나는 베리테에게 눈짓을 주었다. 그가 뻔뻔한 얼굴로 말했다.

"베리테라고 한다."

국왕 앞에서도 반말을 하는 저 패기라니. 예절 교육을 좀 더 잘 시켰어야 했나.

"우, 우와. 말도 할 줄 알아요?"

블랑슈가 눈을 초롱초롱 빛내며 바라보자, 베리테는 자존심이 상한다는 듯 입술을 삐죽 내밀었다.

"당연하지. 날 뭐로 보는 거야. 아까 널 불렀던 건 나야. 기드온이랑 있었을 때."

"네? 어마마마가 아니라요?"

"모습을 바꿀 수 있거든. 목소리도 함께."

베리테가 손가락을 한 번 튕기자 거울이 희게 빛났다. 빛이 사그라든 뒤에는 내 모습이 비쳤다.

아니, 정확히 말하면 내가 아니었다. 내가 비친다면 옆 모습이 비쳐야 하는데 거울 속의 아비게일은 정면을 바라보고 있었으니까.

그녀는 새초롬한 얼굴이 되어 블랑슈를 내려보고 있었다. 와, 이렇게 보니까 나 진짜 싸가지 없게 생겼구나.

"어, 어마마마⋯⋯?"

"아니. 베리테야. 지금은 잠깐 모습을 빌린 것뿐이고."

말까지 하니까 더 싫어진다. 그 와중에 세이블리안의 표정이 묘해졌다. 조금 혼란스러워 보였다.

"뭐 어쨌든 다시 자기소개를 하자면, 난 아비게일의 보좌관이자 친우라고 할 수 있지."

"친우?"

친우라는 말에 세이블리안의 눈동자가 번쩍 빛났다. 다소 경계심이 어린 빛으로.

"응. 친우."

"언제부터?"

"작년부터."

"얼마나 친한 거지?"

"완전 절친한 사이야."

내 얼굴을 한 베리테가 도도하게 말했다. 세이블리안은 거울에 묘한 시선을 보냈다.

"그나저나 거울 마도구에 이런 기능까지 있는 줄은 몰랐는데. 본인과 정말 똑같군."

짐짓 경탄하는 것처럼 보이기도 했다. 그러자 베리테가 거울 가까이 다가가 생긋 웃었다. 아비게일의 얼굴로.

"내가 좀 잘나서 말이지."

"예. 그렇……. 아니. 아비게일의 얼굴로 가까이 다가오지 마라!"

세이블리안이 드물게 목소리를 높이며 뒤로 한발 물러섰다. 적잖이 당황한 눈치였다.

뭐지. 내 얼굴이 그렇게 싫은가. 나는 조금 울적해졌다. 정확히 말하면 내 얼굴이 아니라 아비게일의 얼굴이지만.

무서운 얼굴이니 싫어할 법도 하다. 그렇지만 세이블리안이 저렇게 거부하는 건…….

아냐. 그냥 거울 속에서 사람이 움직이니 놀란 거겠지. 나는 깊게 생각하지 않으려 애쓰며 베리테에게 말했다.

"내 얼굴로 말하는 거 기분 이상하니까 얼른 돌아와."

"예, 분부대로 하죠."

베리테는 곧 원래의 모습으로 돌아왔다. 그리고는 비뚜름하게 팔짱을 낀 채로 제 자랑을 늘어놨다.

"뭐, 이것 말고도 여러 능력이 있어. 거울을 통해 궁전 안을 살펴볼 수도 있고."

"그 말은 네가 아비게일을 내내 지켜보고 있었단 말인가?"

아까는 존댓말이었는데, 이제는 또 반말이다. 그의 어조에 언짢음이 묻어 있어 나는 황급히 말을 더했다.

"아, 아니에요. 저랑 전하, 그리고 블랑슈의 방은 감시하지 말라고 했어요!"

"맞아. 나는 사생활을 존중하는 거울이라고."

방 주인 외의 다른 사람이 들어오면 알려달라고 했지만.

그러나 여전히 세이블리안은 불쾌한 기색이었다. 그럴 법도 했다. 사생활을 존중한다 하더라도, 계속 말없이 감시하고 있던 건 사실이니까……

"거울은 욕실에도 있다. 네가 아비게일의 알몸을 보지 않았다는 보장이 어디에 있지?"

어? 그 부분을 화내는 거야? 미처 예상치 못한 부분이다. 옆에 있던 블랑슈마저 경악하여 제 입을 틀어막았다.

"어, 어마마마의 알몸을 본 거예요?!"

부녀가 모두 의심의 눈길을 보내자, 베리테가 화들짝 놀라 손사래를 쳤다.

"뭐? 안 봤어, 안 본다고! 나 비비한테 관심 없어."

"거짓말하지 마라. 어떻게 아비게일에게 관심이 없을 수 있겠나? 그리고…… 비비?"

왜 점점 분위기가 나빠지는 것 같지? 나는 다급히 두 사람 사이에 끼어들었다.

"아, 비비는 제 애칭이에요! 이름이 길어서 저를 비비라고 불러요."

분위기를 풀어보려 애썼지만 그의 눈동자 속의 푸른 불길은 꺼질 기색이 없었다. 베리테 역시 주눅 들지 않고 노려보고 있었다.

"와, 억울하네. 나 비비한테 진짜 관심 없거든? 내가 그렇게 불한당으로 보여?"

"그렇게 보인다."

왜 갑자기 분위기가 싸움판이 된 거야. 이걸 어떻게 말려야 하나 당황하는 사이, 블랑슈의 목소리가 들려왔다.

"저기, 베리테. 고마워요. 아까 제가 곤란에 처했을 때 베리테가 저를 도와준 거죠?"

블랑슈가 끼어들자 일순간 분위기가 식었다. 세이블리안을 노려 보던 베리테가 블랑슈에게 시선을 주었다.

"……뭐, 도움이라고 할 것까진 없었고. 아비게일이 목욕 중이라 부를 수가 없었거든. 내가 목욕 때 엿보는 변태 같은 거울이 아니라서 말이지."

누가 봐도 세이블리안에게 하는 말이었다. 세이블리안은 여전히 못마땅하단 얼굴이었다.

"좋아. 그 점은 믿어 주지. 하지만 그렇다 하더라도 네게 의심스러운 구석이 한둘이 아니다."

"또 뭐가 불만인데?"

"왜 하필 그 모습을 하고 있지?"

모습? 나는 베리테를 바라보았다. 베리테 역시 그 질문이 이해가 안 되는 모양이었다.

"이젠 생긴 것 가지고 시비야?"

"아까 보니 모습을 자유자재로 바꿀 수 있던데, 왜 하필 젊은 사내의 모습을 하고 있는지를 지적하고 있다."

그 질문에 베리테는 이상할 정도로 당황한 것 같았다. 그러다 조금 멍청한 목소리로 답했다.

"어…… 그러게?"

"네가 아비게일에게 사심이 없었다면 그런 모습을 취하지는 않았겠지."

"사심 없다니까! 나 만들어진 지 기껏해야 2년밖에 안 됐어. 두 살밖에 안 됐다고!"

제조연도로 나이를 따지는 건가? 생각보다 많이 어렸구나, 베리테.

"그렇다 하더라도 실제로는 성인 남성이잖은가."

"젠장, 그러면 이 모습이면 돼?"

눈을 깜빡이는 사이, 베리테의 모습이 조금 변했다. 언뜻 봤을 때는 차이가 없어 보이는데……?

아니, 자세히 보니 선이 조금 갸름해지고 체구도 작아졌다. 하늘색 머리카락의 쇼트커트 미소녀라니! 내 취향이군. 아주 보기 좋아.

나는 흐뭇하게 베리테를 바라보았다. 이쪽이 더 마음에 드는걸?

"여자의 모습을 하고 있으면 되지?"

"아니. 불허한다."

"왜?!"

"네가 여성의 모습이 되었다 한들, 그것이 아비게일에게 사심이 없다는 것을 증명해 주지는 않는다."

세이블리안의 목소리가 대나무처럼 꼿꼿했다. 하긴, 여자가 여자를 좋아하기도 하니까.

베리테는 어이없다는 시선을 보냈다.

"아, 가지가지 하네. 그럼 이건 어때?"

말이 끝나기가 무섭게 베리테가 사라졌다. 어디로 간 거지? 그때, 블랑슈가 작게 탄성을 질렀다.

"꺄악, 귀여워……!"

블랑슈의 시선이 닿은 곳을 바라보니 그곳에는 작은 고슴도치 한 마리가 있었다.

귀, 귀여워! 하늘색 가시가 돋아난 고슴도치는 마치 동화 속에 나오는 동물처럼 보였다. 베리테가 주둥이를 씰룩거렸다.

"어떡해, 베리테. 너무 귀여워!"

"훗, 이 몸이 좀 귀엽지."

"그 모습도 안 된다."

"아니, 왜요?"

이번에는 내가 세이블리안에게 반박했다. 그가 주춤하는 것이 보였다.

"사람 형태도 아니고 이렇게 귀여운걸요!"

"귀여운 모습으로 당신을 현혹하려는 게 틀림없습니다."

아니, 현혹되면 어때서? 귀엽잖아!

그때 베리테가 너그러운 목소리로 말했다.

"아니. 됐어, 됐어. 싫다는데 어쩌겠냐. 남자의 질투는 무섭네~."

거울 속의 고슴도치가 히죽 웃으며 세이블리안을 바라보고 있었다. 장난기 가득한 어조로 베리테가 말을 이어 갔다.

"마음 넓은 내가 이해해 줘야지 그럼. 이건 어때. 이 정도면 만족하냐?"

순식간에 고슴도치가 사라졌다. 그리고 그 자리에 사람 형태의 베리테가 나타났다. 정확히 말하면…… 좀 많이 작은?

베리테의 원래 모습과 쏙 빼닮았지만 나이는 블랑슈의 또래 정도로 보였다. 악동 같은 얼굴로 웃고 있는 모습이 꽤나 귀여웠다. 베리테가 세이블리안을 향해 말했다.

"자, 어때. 이 모습이면 불만 없지?"

"……허락하지."

세이블리안도 어린아이에게는 약한 모양이었다. 자기 자식뻘인 애한테 화내는 것도 좀 우습긴 하지.

이렇게 꼬꼬마인 베리테와 이야기를 나누고 있자니 뭔가 신기한 기분이 들었다. 블랑슈 역시 베리테를 가만히 바라보고 있었다. 뭔가 좀 놀란 듯한 얼굴.

베리테 역시 시선을 느끼고 블랑슈 쪽으로 고개를 틀었다. 나이도 비슷하고 키도 비슷해서, 눈높이도 거의 같았다. 마치 오누이 같기도 하고, 친구 같기도 한 모습.

그 모습을 보자 한 가지 좋은 생각이 떠올랐다.

"블랑슈, 부탁이 있는데 들어줄 수 있나요?"

블랑슈가 마법에서 깨어난 듯 화들짝 놀라 나를 바라보았다.

"네, 어마마마. 어떤 부탁인가요?"

"사실 베리테의 능력이 너무 뛰어나, 다른 사람에게는 정체를 말할 수 없어요. 그래서 늘 혼자 지내고 있거든요."

예전부터 베리테에게 친구가 있으면 좋겠다 싶었다. 상태를 보아하니 세이블리안은 상대를 안 해 줄 것 같았다. 하지만 블랑슈라면 어떨까? 블랑슈 역시 궁에 또래 친구가 없으니 서로 좋은 말 상대가 되어 줄 것 같았다.

"혹시 괜찮다면 블랑슈가 베리테의 친구가 되어 줄 수 있을까요?"

"저랑 베리테가……?"

베리테는 내 제안에 꽤나 놀란 눈치였다. 블랑슈 역시 마찬가지였다. 커다랗고 푸른 눈이 한번, 두 번 깜빡이더니 이내 다정하게 웃었다. 블랑슈가 흐드러지게 미소 지으며 고개를 끄덕였다.

"네, 네! 좋아요. 저도 친구가 있었으면 했어요."

좋아 어쩔 줄 몰라 하는 걸 보니 뿌듯했으나 한편으로는 마음이 좀 아팠다. 저렇게 좋아하는 걸 보니 블랑슈도 친구가 필요했었나 보다. 나도 친구가 없어 쓸쓸했는데, 어린 블랑슈는 더 그랬겠지.

베리테는 갑작스럽게 친구가 생기자 얼떨떨한 눈치였다. 블랑슈가 베리테에 가까이 다가갔다. 거울 밖에 있었다면 포옹이라도 할 기세였다.

"저기, 베리테. 나랑 친구 해 줄래요?"

"……나랑 놀면 심심할 텐데. 나는 거울 밖으로 못 나간다고. 바깥에 나가서 같이 놀 수도 없어."

베리테가 쭈뼛거리며 말했다. 싫은 기색은 아니었지만 미안한 눈치였다. 그러나 블랑슈는 개의치 않는다는 듯이 말했다.

"괜찮아요. 제가 매일 여기로 놀러 올게요. 그리고 베리테가 밖으로 나갈 수 없으면 제가 바깥을 보고 와서 이야기를 들려줄게요. 그러니까……."

블랑슈가 베리테의 눈치를 보며 조심스레 물었다. 초조한지 손을 꼭 잡은 채였다.

"그러니까 저랑 친구 해 주면 안 될까요? 저는 베리테랑 꼭 친구가 되고 싶은데……."

블랑슈는 부탁을 잘하는 아이가 아니다. 다른 사람이 싫어하는 기색이 있으면, 강권하기보다 물러나는 쪽이었다. 그런데 그런 아이가 이렇게까지 부탁하다니. 정말로 친구가 되고 싶은 모양이었다.

블랑슈가 울망한 눈빛을 베리테에게 보냈다. 저 눈빛 공격을 받고 버틸 만한 사람은 아마도 없을 것이다.

그리고 내 예상대로 베리테는 고개를 끄덕였다.

"……그래. 친구 하자. 앞으로 잘 부탁할게."

거울 속의 아이가 멋쩍은 듯이 뒤통수를 긁적였다. 거울 밖의 아이는 환하게 미소 지었다.

"네. 잘 부탁해요!"

다사다난했던 하루가 가까스로 마무리되었다. 나는 침대에 누워 안도의 한숨을 내쉬었다.

정말 여러 일이 있었구나. 기드온이 블랑슈에게 접근하는 걸 막았고, 베리테의 존재를 두 사람에게 알렸으며, 외로웠던 블랑슈에게도 친구가 생겼다.

따지고 보면 좋은 일들이 많은 하루였다. 그럼에도 나는 어쩐지 마음이 심란했다. 이유는 세이블리안 때문이었다. 아비게일의 모습을 빌린 베리테가 세이블리안에게 가까이 다가갔을 때. 그가 질겁하던 모습이 생생했다.

그리고 또한 거울방을 나설 때 세이블리안이 보여 준 표정 역시 그랬다. 표정은 영하의 온도로 얼어붙어 있었다.

왜 그가 그렇게 화가 났을까. 사실 화날만한 이유는 많이 있었다. 아무리 사생활을 보호했다고 하지만, 그 사실을 숨기고 궁내를 감시하고 있었으니…….

내가 세이블리안의 입장이어도 화가 날 법했다. 그에게 사과를 제대로 해야 할 것 같았다. 하지만 침실 안에는 오로지 나뿐이었다. 시계를 바라보니 어느새 자정이 다 되어 가는 시각.

세이블리안은 오늘 오지 않는 것일까? 역시 화가 많이 난 모양이다. 아니면 날 보고 싶지 않은 걸지도…….

어깨에서 힘이 빠져나가는 게 느껴졌다. 두렵고 어쩐지 모르게 서글펐다. 화를 내더라도 얼굴이 보고 싶었다. 혼자 있으니 불안한 마음이 점점 커졌다.

비어 있는 침대가 쓸쓸했다. 이토록 넓은 침대였던가. 이토록 차가운 잠자리였던가. 이렇게 혼자 잠들고 싶지는 않았다. 그의 얼굴을 마주 보고, 사과를 전하고 싶었는데.

얼른 와 줘, 세이블리안. 나는 속으로 그의 이름을 불렀다. 오늘만큼이나 세이블리안이 보고 싶었던 적이 없었다.

그때 자정을 알리는 종이 쳤다. 그 종소리에 왠지 모르게 힘이 빠졌다. 세이블리안은 오지 않는다고, 저 멀리서 들려오는 종소리가 대답을 대신해 주는 것 같았다.

따로 잘 수도 있지. 따로 자면 얼마나 편하고 좋아. 좋게 생각하자. 내가 그렇게 수없이 자신을 달래선 순간. 어둠 속에서 문 열리는 소리가 들려왔다. 경첩에 기름을 잘 먹여두었기 때문에 소리는 거의 나지 않았다. 곧 익숙한 인영이 안으로 들어섰다.

세이블리안이었다. 그 얼굴을 보자 나는 적잖이 안도했다. 화가 났어도 일단 오긴 했구나. 그 사실이 그저 기뻤다.

안으로 들어선 세이블리안은 침소 안이 밝다는 사실에 놀란 눈치였다. 침대 등받이에 몸을 기대고 있던 나와 정면에서 시선이 마주쳤다.

"……아직 안 주무셨습니까."

그가 머쓱하게 말했다. 내가 잠든 뒤를 노려 들어온 모양이었다. 나는 그 사실이 조금 섭섭했지만 티를 내지는 않았다.

"네. 전하를 기다리고 있었어요. 하고 싶은 이야기가 있어서."

"저를 기다리셨다고요?"

반문하는 세이블리안의 목소리에는 의아함이 묻어 있었다. 하지만 기분이 나쁜 것 같지는 않았다. 그는 슬그머니 내 옆으로 들어왔다.

"늦어서 죄송합니다. 더 빨리 왔어야 했는데."

우리의 어깨가 곧 닿을 것처럼 가까웠다. 그가 가만히 내 안색을 살피며 물었다.

"하실 말씀은 무엇이었습니까?"

"저기, 그게……."

세이블리안이 옆에 앉자, 녹아내렸던 불안감이 다시 스멀스멀 피어올랐다. 나는 말을 고르다가 눈을 질끈 감았다. 여러 변명을 구차하게 붙이는 것보다, 솔직하게 사과하는 편이 나았다.

"죄송해요. 전하. 많이 화나셨죠?"

"……그렇게 많이는 안 났습니다."

화가 나긴 했던 모양이구나. 나는 조금 시무룩해졌다. 잠시 후, 세이블리안이 재빨리 말을 바꾸었다.

"아니, 화 안 났습니다. 실언입니다."

"화나신 거 맞잖아요. 저 같아도 화가 났을 거예요. 그렇게 말없이 감시하고 있었으니……."

"예?"

"네?"

응? 뭔가 이상한데? 나는 세이블리안의 얼굴을 바라보았다. 그 역시 이해가 가지 않는다는 듯한 표정을 짓고 있었다.

"제가 베리테로 궁을 감시한 것 때문에 화가 난 것 아니세요?"

"안전을 위한 것이었잖습니까. 잘하신 일입니다."

"그럼 대체 무엇 때문에 화가 나셨던 건가요?"

역시 얼굴 때문에 그랬던 것일까? 세이블리안은 한참이나 망설이다가, 시선을 피하며 말했다.

"그자가 당신을…… 비비라고 불렀지 않습니까."

비비. 그의 입에서 흘러나온 애칭이 사뭇 생경했다. '비비'라는 호칭이 나를 지칭한다는 사실을 한참이 지난 뒤에 깨달았다. 나는 화들짝 놀라 물었다.

"베리테가 저를 비비라고 불러서 화가 나셨다고요?"

"예."

"왜요?"

"저도 모르겠습니다. 그저 그자가 당신을 비비라고 불렀을 때. 조금 화가 났습니다. 그대에게 화가 난 것은 아닙니다. 그자에게 화가 났을 뿐."

세이블리안은 아직도 토라진 기색이 남아 있었다. 그 사실에 나는 당황할 수밖에 없었다.

이런 것으로 그가 속상해하는 줄은 차마 몰랐다. 내내 표정이 굳어 있던 것이 고작 애칭 때문이었다니. 내 얼굴을 보고 기겁한 건 아니었구나. 그제야 어깨에서 힘이 풀리는 것 같았다.

하지만 세이블리안은 여전히 서운한 모습이었다. 나는 다급하게 말했다.

"베리테가 저를 비비라고 부른 건 큰 뜻 없으니까요. 전하께서도 원하시면 편하게 부르세요. 비비, 라고."

이름 기니까 짧게 부르면 편하고 좋지, 뭐. 딱히 특별할 일도 아니다.

그럼에도 불구하고 세이블리안의 두 눈에 놀라움이 가득 차오르는 것이 보였다.

"제가…… 그대를 그렇게 불러도 괜찮습니까?"

"네. 물론이죠."

그는 거한 훈장이라도 받은 사람처럼 경이로워했다. 참 신기하다. 고작 애칭일 뿐인데 왜 저렇게 조심스럽고, 왜 저렇게 기뻐하는 것일까.

세이블리안의 두 눈동자가 밤하늘을 담은 것처럼 그윽했다. 그는 이제 말을 배운 아이처럼 입술을 달싹이다, 힘겹게 말을 꺼냈다.

"……비비."

그 목소리를 듣자, 나는 꿀통에 빠진 사람처럼 숨이 막혔다. 내 애칭을 부르는 세이블리안의 목소리가 아찔해질 정도로 달았다.

비비, 비비. 그 애칭은 몇 번이나 들었다. 베리테가 수도 없이 불렀을 때는 아무 감흥도 없던 애칭이었는데.

그런데 왜 지금은 그 애칭이 그토록 달게 느껴질까. 아니, 애칭이 아니라 그의 눈빛 때문일까.

"비비."

세이블리안이 그 이름을 음미하듯 다시 한번 발음했다. 눈을 감아
도 황홀한 것은 여전했다. 아무것도 먹지 않았는데 입안에 꿀과 꽃
향기가 가득한 것 같았다.

저 목소리에, 시선에 녹아 버릴 것만 같았다. 목 언저리가 뜨거웠
다. 나는 간신히 호흡을 되찾은 뒤 한 박자 늦게 호명에 답했다.

"……네, 전하."

내가 응답하자 그의 무뚝뚝한 입매가 호선을 그렸다. 세이블리안
이 웃자 심장이 녹을 것만 같았다.

"저, 전하는 애칭 없으세요?"

으아, 부끄러워서 못 참겠다. 분위기를 좀 환기하려고 재빨리 화
제를 바꾸었다. 애칭이라는 말에 세이블리안이 흥미롭다는 얼굴이
되었다.

"애칭 말입니까?"

"네, 네. 저도 애칭으로 부르면 좋을 것 같아서요."

"그렇군요. 그런데 문제가……."

문제? 무슨 문제가 있는 걸까? 세이블리안이 조금 곤란한 목소리
로 말했다.

"제게는 애칭이 없습니다."

"어렸을 때 불린 것도요?"

"예."

그는 덤덤하게 말했다. 딱히 그런 것이 필요 없었다는 듯이.

보통 왕이라 하더라도 어렸을 때는 아명이나 애칭 하나쯤은 있을

법한데. 애칭이 없다니. 뭐라 부르면 좋을까. 나는 잠시 고민하다 입을 열었다.

"그러면 제가 지어 드릴까요?"

"당신께서요?"

"네. 작명 솜씨가 좋진 않지만……."

"지어 주십시오."

그는 어둠 속에서 가만히 웃었다. 무척이나 기쁘다는 듯이.

으으, 이렇게 기대를 하니 잘 지어 줘야 할 텐데. 작명소라도 찾아가고 싶은 마음이 간절했지만, 어쩔 수 없었다. 어떤 애칭이 좋으려나.

리안? 아니면 세이블도 괜찮을 것 같다. 그러고 보니 그의 이름에 검정을 뜻하는 단어가 들어가 있네? 세이블<sup>Sable</sup>이 검정색의 한 종류니까.

나는 힐끗 세이블리안의 얼굴을 바라보았다. 그의 벨벳 같은 머리카락 색이 이름과 퍽 잘 어울렸다. 딸의 이름은 하양, 아버지의 이름은 검정이라니. 마치 한 세트 같네.

그런 생각을 하니 절로 웃음이 나왔다. 이름마저 귀여울 수가 있다니. 나는 즐거운 마음이 되어 입을 열었다.

"그러면 세이블은 어떠세요?"

"……세이블?"

그는 그 단어를 발음하다 조금 난처한 기색이 되었다. 그러나 이내 고개를 끄덕였다.

"당신께서 좋으시다면 그걸로 좋습니다."

"혹시 마음에 안 드세요?"

"마음에 들지 않는 것은 아닙니다만……. 선왕께서 흑담비를 보고 제 이름을 따왔다는 게 생각나서.”

아, 맞아. 세이블이라는 단어가 흑담비를 의미하지. 흑담비, 흑담비라······.

흑담비를 떠올리자 간신히 참고 있던 웃음이 풋, 하고 터져버리고 말았다. 길쭉한 몸에 동글동글한 얼굴과 눈을 가진 흑담비. 왠지 세이블리안이랑 닮은 것 같았다.

세이블리안의 머리 위로 흑담비의 귀가 뿅 하고 나타나는 상상을 하니 웃음을 멈출 수가 없었다.

“아비게일? 왜 웃으십니까?”

“아니, 아니에요. 선왕 전하의 눈에 막 태어난 세이블리안 전하가 무척이나 귀여워 보였구나 싶어서요.”

아무리 봐도 닮았다. 머리카락 검은 것도 잘 어울려. 소리 죽여 웃고 있자, 그가 담담한 어조로 말했다.

“글쎄요. 큰 뜻 없이 지으셨을 겁니다. 레이븐 공작의 이름도 검은 까마귀에서 따온 것이니.”

듣고 보니 레이븐 역시 검은 동물의 이름이구나. 레이븐 블랙이라는 색깔도 떠올랐다.

선왕의 작명 센스가 재미있네. 나는 여전히 담비처럼 귀가 솟아오른 세이블리안을 상상하고 있었다. 자꾸 입매가 올라가려 했다.

“아니에요. 분명 어린 전하가 흑담비처럼 사랑스러워서 그런 이름을 주셨을 거예요. 지금도 이렇게 사랑스러운······.”

아, 실수했다.

뒤늦게 말을 끊었지만 이미 뱉은 말을 수습할 수는 없었다. 내가 미쳤구나. 세이블리안에게 사랑스럽다는 말을 하다니.

세이블리안도 적잖이 놀란 기색이었다. 으아아, 왜 그랬지? 사랑스럽다는 말 대신 멋있다고 표현할걸! 남자들은 이런 표현 안 좋아하는 것 같은데. 귀엽다거나 사랑스럽다거나. 그런 거 싫어하잖아.

잘 숨기고 있었는데 본심이 흘러나오다니. 가까스로 분위기가 풀어지나 싶었는데, 또 말실수를 했다. 하아, 이걸 어쩌면 좋으려나.

수습을 하려 열심히 머리를 굴리고 있던 그때, 세이블리안이 입을 열었다.

"세이블이라는 애칭, 좋은 것 같습니다."

"네?"

"마음에 듭니다."

엥? 진짜? 흑사자나 흑표범이면 모르겠는데, 흑담비라는 애칭이 마음에 든다고?

하지만 그는 정말로 마음에 들어 하는 것 같았다. 만족스럽게 위로 올라간 입꼬리가 귀여웠다.

아, 진짜 담비 같네…… . 왠지 모르게 세이블리안을 쓰다듬고 싶어졌다. 하지만 이 이상 반역에 준하는 죄를 지을 수는 없었기에, 탐욕을 꾸욱 눌렀다.

"그래도 세이블은 좀 그렇지 않나요?"

"조금 부끄럽긴 하지만, 그대와 함께 있을 때는 괜찮을 것 같습니다."

담비야, 담비야 하고 부르는 것이니 부끄러울 법도 했다. 정말 괜찮은 거 맞아? 하지만 세이블리안의 말이 빈말 같지는 않았다.

"그러니 불러 주십시오. 그대가 정하신 이름으로."

그는 경건하게 나의 부름을 기다렸다. 나는 잠시 망설이다 입을 열었다. 흑담비의 털을 쓰다듬듯, 부드러운 목소리로.

"……세이블."

"네, 비비."

아이고, 오늘따라 왜 이리 덥냐. 그냥 이름 부르는 것뿐인데 민망해서 괜히 웃었다.

"그러면 이제 잘까요? ……세이블."

"네, 비비. 밤이 늦었으니 이만 잡시다."

세이블리안은 조명을 끈 뒤, 이불 속으로 들어갔다. 우리는 자연스레 손을 잡았다. 마주 잡은 손을 통해 누군가의 떨림이 전해져오는 것 같았다.

"잘 자요, 세이블."

"푹 주무십시오, 비비."

다정한 밤 인사를 건넨 뒤, 나는 눈을 감았다. 그리고 속으로 내 애칭을 되뇌어 보았다. 비비, 비비. 세이블리안의 목소리가 귓가를 맴도는 것 같았다. 자신의 애칭이 그렇게 달콤한 줄 처음 알았다.

눈을 감아도 온 세상이 환하고 따뜻한 느낌이었다. 비비라는 애칭이, 세이블리안의 목소리가, 마주 잡은 두 손이 따뜻하여 나는 늦게까지 잠을 이루지 못했다.

건반 위의 손가락이 유려하게 움직이고 있었다. 거대한 피아노에서 흘러나오는 음률은 웅장하면서도 음산한 구석이 있었다.

기드온은 굳은 얼굴이 되어 건반을 내려다보고 있었다. 짜증이 가득 찬 얼굴이었다. 그가 치고 있는 곡은 지난번 왕비에게 헌정한 곡이었다. 그때와 비교하면 꽤나 거칠고 난폭한 연주였지만.

블랑슈 공주를 회유하려던 찰나 아비게일의 방해를 받고 말았다. 조금만 더 밀어붙이면 될 것 같았는데.

그 장면을 아비게일이 목격하지 않은 게 다행이라면 다행이었다. 그리고 예상외로 아비게일이 자신을 마음에 들어 한다는 것도.

"으음……. 기드온 님?"

침대에 누워 얕은 잠을 자고 있던 여인이 몸을 일으켰다. 옷 하나 걸치지 않은 나신이었다.

기드온이 부른 창부였다. 그는 여자를 향해 시선 한번 주지 않았다. 방금 전 살을 섞던 사람이었지만 욕정은 이미 해소된 참이다.

"좋은 곡이네요."

여자가 가만히 기드온에게 다가와 그의 목에 팔을 휘감았다. 나른하고 애교 섞인 목소리가 들려왔다.

"이 곡은 어떤 곡인가요?"

그 순간, 기드온이 건반을 주먹으로 쾅 내리쳤다. 그 소리에 여자가 깜짝 놀라 저도 모르게 한발 물러났다.

그는 뒤를 돌아보고 웃었다. 짐승처럼 이를 드러낸 채. 기드온의 안광이 섬뜩하게 빛났다.

"레퀴엠이야."

왕비를 위한 레퀴엠이다. 아직 완성되지는 못했지만. 언젠가는 온전한 이 곡을 왕비에게 바치리라. 아니, 그때쯤이면 그가 직접 연주를 할 필요도 없겠지.

여자는 불안한 시선으로 기드온을 바라보았다. 그는 내색하지 않고 다시 연주를 시작했다.

검정의 이름

# 8

## 검정의 이름

나는 볕이 잘 드는 창가에 앉아 먼 곳을 바라보고 있었다.

부드러운 하늘색 창공에 점점이 흰 구름이 떠가고 있었다. 오늘따라 하늘이 맑았다. 사람의 가슴을 들뜨게 만드는 날씨였다. 이런 날은 피크닉을 가도 좋을 텐데.

오늘 티타임은 바깥에서 갖자고 블랑슈에게 말해 볼까? 세이블도 함께라면 좋을 텐데. 바쁠지도.

그렇게 오후 계획을 세우던 중, 나는 문득 누군가의 시선을 느꼈다. 옆을 돌아보자 클라라가 나를 보고 있었다.

"클라라? 무슨 일이라도 있니?"

"아니, 아무것도 아니에요. 뭔가 요즘 들어 왕비님⋯⋯. 뭔가 분위기가 바뀌셔서요."

그녀는 뭐가 그리 좋은지 히죽히죽 웃고 있었다. 뭐가 바뀌었다는 것일까. 짐작 가는 바가 없어 가만 바라보자, 클라라가 말을 이어 갔다.

"요즘 되게 예뻐지셨다고 해야 하나. 평소에도 예쁘셨지만요! 요즘 더욱 아름다워지셔서 눈이 자꾸 가네요."

내가 예뻐졌다고? 예상치 못한 말에 당황했다. 물론 아비게일의 얼굴이 아름답긴 하지만…….

예쁘다는 말은 내게 가장 어색한 칭찬 중 하나였다. 전생에서는 빈말로라도 그런 이야기를 못 들어봤으니까.

아름답다, 예쁘다, 매력적이다. 아비게일이 된 이후에는 끊임없이 듣는 찬사였지만 어색한 건 여전했다.

인간은 도구의 도움을 받지 않는 이상 영원히 자신의 얼굴을 볼 수 없다. 대부분의 시간 동안 나는 내 얼굴을 볼 수 없었기에, 내가 인지하고 있는 얼굴은 여전히 백합의 것이었다.

칭찬에 정색으로 답할 수는 없어 그저 미소 지었다.

"그래? 화장수가 잘 맞나?"

"으음, 뭔가 얼굴에 생기가 도세요. 기분도 좋아 보이시고. 혹시…….."

클라라가 짐짓 음흉한 미소를 지었다.

"세이블리안 전하께서 으응……?"

"무, 무슨 소리를 하는 거니 대체! 세이블은 그런 짓 하지 않아!"

"어머! 이제 애칭으로 부르시는군요!"

나도 모르게 내 입에서 그의 애칭이 흘러나오고 말았다. 요즘 둘만 있을 때는 늘 애칭으로 부르다 보니 입에 붙고 말았다.

클라라는 좋아 죽겠다는 듯 웃고 있었다. 그때, 어느샌가 옆으로 다가온 노마가 클라라의 뺨을 쭈욱 잡아당겼다.

"노, 노하 힘! 아, 아하효……!"

"클라라. 왕비 전하께 어디 그런 무례한 언행을."

노마가 날카로운 목소리로 지적한 뒤, 뺨을 놓아주었다. 클라라가 잔뜩 시무룩해져서 고개를 숙였다.

"죄송합니다, 왕비님. 주의하도록 하겠습니다……."

"제가 클라라를 잘 가르치도록 하겠습니다. 자비를 부탁드립니다, 왕비님."

옆에 서 있던 노마마저 허리를 깊숙이 숙였다. 흐음, 클라라가 좀 얄밉지만 그래도 나쁜 아이는 아니니 봐줘야지.

"그래, 용서할게. 둘 다 고개 들어."

"자비에 감사드립니다, 왕비님."

"감사해요, 왕비님."

클라라는 방금 전 혼난 것은 그새 잊은 모양인지 헤실 웃었다. 노마가 옆구리를 쿡 찔러 주의를 주었다.

"클라라의 표현이 고상하지 못했지만, 요즘 국왕 전하와 왕비님께서 무척 애틋하셔서 많은 이들이 기뻐하고 있습니다."

"그렇게 보여?"

흠, 흐음. 왠지 쑥스럽지만 좀 기뻤다. 다른 사람들 눈에도 나와 세이블이 사이좋게 보인다고 하니.

그가 베리테의 일로 나를 싫어하게 되는 건 아닐까 걱정이었는데 오히려 더욱 사이가 좋아져 다행이었다.

"네. 국왕 전하께서 참 많이 변하셨죠. 왕비님뿐만 아니라 블랑슈 공주님도 귀애하시고."

"맞아요. 블랑슈 공주님의 약혼도 전부 거절하셨잖아요. 좀 놀랐어요."

세이블이 약혼 건을 들고 찾아온 사절들을 박대했다는 이야기는 여기저기 퍼져 있었다. 다시 생각해도 참 다행인 일이다. 나는 속으로 안도의 한숨을 내쉬었다.

"블랑슈는 아직 너무 어리니까. 결혼하더라도 10년은 지나야지."

"그럼요. 게다가 순서로 따지면 레이븐 공작님이 먼저 가셔야죠."

음? 왜 갑자기 레이븐 이야기가 나오는 거지? 내가 클라라를 바라보자, 그녀는 고개를 갸웃하며 말했다.

"아, 아닌가요? 레이븐 공작님께도 약혼 제안이 들어왔다던데."

레이븐한테 약혼 제안이? 처음 듣는 이야기였다. 그 정도의 중한 일이라면 클라라보다 내가 먼저 들었을 텐데. 좀 이상했다.

"누구에게서 그 이야기를 들었니?"

"레이븐 공작님의 하녀한테 들은 이야기예요. 외국의 사절 중 공작님께 약혼을 제안한 사람이 있다고."

레이븐이 외국과 약혼이라. 세이블을 생각하면 마냥 축하할 수만은 없는 일이다. 만약 레이븐이 결혼을 해서 아이를 낳으면 블랑슈에게는 사촌이 생기는 동시에 정적이 생기는 것이니까.

정치적으로도 중요한 사안인데 세이블이 왜 알려 주지 않은 것일까? 레이븐의 시녀가 알 정도면 분명 세이블도 알고 있을 텐데. 말하는 걸 깜빡하기라도 한 걸까?

"그래서 레이븐 공작의 약혼은 어떻게 된 거야?"

"아마 거절하시지 않았을까요?"

하긴. 승낙했다면 내 귀에도 진작 들어왔겠지. 약혼을 거절해서 세이블이 말을 안 해 줬나 보다.

그러고 보니 레이븐은 연애나 결혼에는 관심이 없나? 레이븐이 세이블보다 1살 많으니, 올해로 28살이구나.

이 나라로 따지자면 결혼 적령기는 이미 예전에 지났다. 그 얼굴에, 그 지위를 생각하면 결혼을 못 하는 건 아닐 테고.

아마 정치적 입장 때문에 결혼을 포기한 것일 확률이 높겠지. 에휴. 왕가의 자손으로 태어나는 것도 참 힘든 일이다.

그렇게 속으로 레이븐을 애도하던 중, 누군가가 가볍게 노크를 했다.

"어마마마! 저 왔어요. 들어가도 될까요?"

"블랑슈! 물론이죠. 얼른 들어와요."

나는 자리에서 벌떡 일어나 블랑슈를 맞이했다. 묵직한 문이 열리고 블랑슈가 빼꼼 고개를 내밀었다.

"어서 와요, 블랑슈."

나는 블랑슈를 향해 팔을 벌렸다. 그러자 블랑슈가 쪼르륵 뛰어와 내 품에 포옥 안겼다.

크으윽, 넌 전생에 비타민이 아니었을까? 보자마자 피로가 싹 달아난다.

"수업은 잘 끝내고 왔나요? 이리 와서 좀 앉아요."

나는 블랑슈를 소파에 앉힌 뒤, 그 아이의 모습을 가만히 응시했다. 응, 좋아. 오늘도 귀여워.

오늘의 의상은 빨간색 원단을 사용하고, 은사로 레이스 무늬를 수놓은 드레스였다. 그리고 어깨를 덮는 길이의 짧은 장식용 케이프, 케이플릿Capelet을 세트로 맞춰 사랑스럽고도 정숙한 분위기를 연출했다.

여밈 부분은 흰색 리본으로, 케이플릿 안쪽에도 흰 천을 덧대어 포인트를 주었지! 크흑, 마음 같아서는 드레스를 무릎길이 정도로 짧게 만들고 싶었는데.

발목이 드러나는 디자인을 건네자 재봉사가 사색이 되던 게 떠올랐다. 발목이 드러나는 게 정숙하지 못하다고 생각하는 시대니까 그런 반응도 어쩔 수 없었지만.

좀 더 다양한 옷을 만들어 주고 싶은데 아쉬웠다. 현대적인 의상도 만들고 싶은데.

"어마마마, 무슨 생각 하세요?"

내가 한참 동안 말이 없자, 블랑슈가 땡글땡글한 눈으로 나를 올려다보았다. 나는 황급히 미소 지었다.

"아, 오늘 티타임에 대해 생각하고 있었어요. 나가서 차를 마시면 어떨까 해서요."

"나가서……?"

블랑슈가 드물게 곤란한 표정을 지었다. 어, 피크닉을 싫어하나? 하지만 산책은 좋아하는데.

블랑슈가 잠시 망설이다 내게 가까이 다가왔다. 그리고는 남들이 듣지 못하게 손으로 입가를 가리고는 가만히 속삭였다.

"바깥에서 차를 마시면 좋은데, 베리테가 밖을 못 나가니까……. 안에서 마시면 좋겠어요."

아, 그 생각을 미처 못했네. 예전부터 생각했지만 블랑슈는 참 섬세한 아이로구나. 새로 사귄 친구에게 신경을 많이 써 주는 것을 평소에도 느낄 수 있었다.

베리테와 친구가 된 뒤 블랑슈의 표정이 좋아졌다. 예전에도 늘 웃는 낯이었지만 요즘은 더욱 활기가 넘친달까. 평소에는 블랑슈 뒤로 꽃이 20송이 피어났다면 요즘은 200송이 정도 피어난 느낌?

"그래요. 베리테가 서운해할 뻔했는데, 알려 줘서 고마워요. 베리테랑 이야기하는 거 어때요? 재밌나요?"

"마력 분류학에 대해 알려 주었어요. 그리고 인간사 외의 요정사랑 인어사에 대해서도 알려 주고……!"

블랑슈가 눈을 반짝이며 재잘재잘 떠들었다. 흐음. 전부터 느꼈던 거지만 블랑슈는 꽤나 똑똑한 것 같다.

우리 애는 천재가 아닐까? 아니면 이게 그 부모님의 팔불출이라는 걸까. 내 자식은 뭘 해도 굉장해 보인다는.

아냐, 우리 애는 천재가 맞아. 객관적으로 봐도 우리 블랑슈는 똑똑하다.

"베리테랑 이야기가 잘 통하는 것 같아 기쁘네요."

"네! 저도 마음이 잘 맞는 친구가 생겨서 좋아요."

흑흑, 이렇게 기뻐하는 걸 보니 진작 소개시켜 줄 걸 그랬다. 10년 가까이 친구 없이 지냈으니 얼마나 외로웠을까.

"차라리 거울방에 있는 본체를 블랑슈 방으로 옮겨 줄까요?"

"아, 아니에요! 괜찮아요."

블랑슈가 깜짝 놀라 손사래를 쳤다. 그리고는 순박한 미소를 지었다.

"베리테는 원래 어마마마의 친구잖아요. 그러니 괜찮아요! 나중에 셋이서 같이 이야기하고 싶어요."

"그러면 지금 거울방으로 들어갈까요?"

"네, 좋아요!"

베리테도 아마 심심할 테니까.

블랑슈는 내가 일어나기도 전에 먼저 거울방 쪽으로 달려갔다. 어휴, 저렇게도 좋을까. 피식 웃으며 발을 옮기던 중, 나는 눈을 찌르는 듯한 빛에 얼굴을 찌푸렸다.

으, 뭐지? 나는 한쪽 눈만 간신히 뜬 채 창가를 바라보았다. 방금 전 내 눈을 사납게 찔렀던 광원은 사라지고 없었다.

"어마마마? 왜 그러세요?"

거울방에 들어서려던 블랑슈가 나를 돌아보고 있었다. 빛이 가져온 통증은 사라지고 없었다. 분명 뭔가가 반짝거렸는데……?

"아, 아니에요. 들어가죠."

유리창에 햇빛이 비쳐서 그랬나 보다. 다시 한번 창가를 돌아봐도 특별한 것은 없었다. 나는 눈을 깜빡거리며, 블랑슈와 함께 거울방으로 들어갔다.

작은 새가 날갯짓하고 있었다. 햇빛을 받은 날개가 눈을 찌를 듯 날카롭게 빛났다. 깃털의 색은 황금처럼 찬란한 노란빛이었다. 아니, 깃털이라고 하기엔 무리가 있을지도 몰랐다. 그 새에게는 부드러운 깃털 대신 유리로 된 날개가 있었다. 몸 안을 가득 채운 것 역시 따뜻한 피가 아닌 노란빛의 마력.

아비게일의 방 창가에 머물러 있던 그 유리새는 허공을 날아 어딘가로 향했다. 새가 향하는 방향은 궁의 가장 외진 곳이었다. 우연으로는 차마 발이 닿지 않을 그 방은 창문이 열린 상태였다.

유리새가 그 안으로 들어갔다. 방 안에서 무언가를 열중해서 읽던 레이븐이 고개를 들었다.

"왔구나."

다정한 목소리로 부르자, 새가 포르르 날아 레이븐의 검지에 앉았다. 그는 가만히 새의 머리를 쓰다듬어 주었다. 언뜻 보면 애완동물을 아끼는 사람처럼 보였지만 눈빛은 건조했다.

"그녀가 무슨 이야기를 했지?"

레이븐의 목소리는 철이나 동판처럼 무기질적이며 차가웠고 강압적이었다.

그의 물음에 작게 삑삑대던 소리가 뚝 하고 멈췄다. 그리고 잠시후, 새의 부리에서 누군가의 목소리가 흘러나오기 시작했다.

[……서 레이븐 경의 ……혼은 어…….]

[……절하시지 않…….]

아비게일과 클라라의 목소리가 드문드문 들려왔다. 하지만 제대로 된 내용은 확인할 수 없었다. 마치 멀리서 엿듣는 것처럼.

'역시 바로 곁에 붙여두지 않으면 무리인가.'

그의 얼굴에 실망한 기색은 없었다. 이미 예상하고 있었던 결과이기 때문이었다.

아비게일에게 유리새를 선물하며 기능을 설명할 때 그는 가장 중요한 것을 설명하지 않았다.

이 새가 주변의 소리를 기록할 수 있다는 것.

그때 새의 입에서 흘러나온 연주 역시 새의 것이 아니었다. 다른 연주자의 연주를 기록해 두었을 뿐이다.

아비게일에게 유리새를 선물한 것 역시 순수한 호의 때문은 아니었다. 레이븐은 유리새를 아비게일의 옆에 붙여두고 여러 이야기를 엿들을 계획이었다.

싫다는 것을 억지로 쥐여 주고 왔더니 그녀는 병이 낫자마자 유리새를 돌려주었다.

'클리너가 아니라 이걸 주었어야 했나.'

유리새를 돌려받은 뒤, 레이븐은 오늘처럼 가끔씩 새를 날려 보내곤 했다. 하지만 방 안으로 들어갈 수는 없어 창가를 맴도는 것이 고작이었다.

창문이 열려 있을 때는 한층 선명하게 목소리를 기록할 수 있었지만, 그것은 극히 드문 경우였다. 대부분은 오늘과 같았다. 하지만 상관없었다. 흥미로운 정보는 지난번에 충분히 얻었으니까.

그는 다시 한번 새의 머리를 톡 건드렸다. 그러자 이번에는 방금 전보다 훨씬 또렷한 음성이 흘러나왔다.

[그 새는 뭐야 대체? 기르는 거야?]

[어우 씨, 깜짝이야. 뭐야 이거?]

아비게일, 그리고 소년의 목소리였다. 10대 중반? 많아도 스물은 넘지 않았을 것 같았다.

처음에는 그녀의 정부라도 되는 건가 싶었다. 이어지는 이야기를 듣기 전까지는.

[나 말고 다른 마도구가 생긴 거야?]

[아냐! 아까 레이븐이 강제로 주고 간 거야.]

레이븐은 베리테의 목소리를 들으며 가만히 웃었다. 아비게일 앞에서 보이는 것과는 다른 종류의 미소. 독이라도 품은 듯 음험한 미소였다.

원래 그가 원했던 정보는 세이블리안에 관한 것이었다. 아비게일 본인에게는 큰 관심이 없었다.

오만하고 사치스러우며 표독한 여자. 그 정도가 그의 감상이었다. 죽었다가 되살아난 아비게일이 다른 사람처럼 바뀌었어도 딱히 흥미롭지는 않았다.

그러나 건국제 날. 세이블리안이 아비게일과 자신 사이로 끼어드는 모습을 보자 그의 가슴 속에 희미한 호기심이 피어올랐다.

'세이블리안이 그런 모습을 보이는 건 처음이었지.'

레이븐은 자신을 향하던 형제의 눈동자를 떠올렸다. 평소의 자신을 바라보던 세이블리안의 눈동자 속에는 호수가 있었다.

얼어붙은 겨울 호수. 얼마나 두껍게 얼음이 꼈는지 가늠할 수 없는 호수.

하지만 아비게일을 감싸던 세이블리안의 눈동자에는 호수가 없었다. 그저 푸른 불꽃만이 넘실거렸을 뿐.

정말로 세이블리안이 그녀를 사랑하는 것일까? 그 사실을 확인하고 싶어 유리새를 선물했다. 아쉽게도 유리새를 침실까지는 데려가지 않아 대화를 들을 수는 없었지만.

'그래도 나쁘지는 않군.'

여전히 유리새는 베리테의 목소리를 흘려보내고 있었다.

자아가 있는 마도구라. 잘 이용한다면 충분히 재미있는 결과를 얻을 수 있을 것 같았다. 그는 만족스러운 얼굴로 아비게일의 목소리에 귀를 기울였다.

쨍그랑하고 찻잔 깨지는 소리가 들려왔다. 내 팔꿈치에 부딪힌 찻잔은 어느샌가 바닥으로 떨어져 산산조각이 난 상태였다.

으아! 이거 비싼 걸 텐데!

안에 들어 있던 홍차가 자기 조각과 함께 사방으로 흩어져 있었다. 홍차가 드레스 끝단에 스며들었다.

"어, 어마마마! 괜찮으세요? 다치지는 않으셨어요?"

블랑슈의 목소리가 마치 비명을 지르는 듯했다. 어쩔 줄 모르는 손이 허공에서 우왕좌왕하는 것이 보였다.

"네. 괜찮아요. 다치지 않았으니, 앉아 있어요. 위험하니까요."

파들파들 떠는 블랑슈를 보고 나는 정말로 괜찮다는 듯이 손을 내보였다. 홍차가 좀 묻었지만 어차피 식어 있었다.

다만 바닥은 깨진 컵 때문에 엉망이었다. 하녀들이 재빠르게 달려와 컵을 치우고, 바닥의 물기를 훔쳤다.

"왕비님. 드레스를 갈아입으시겠습니까?"

노마가 심각한 표정으로 나를 바라보고 있었다. 하필이면 치마 아랫단이 흰색인지라, 홍차 얼룩이 선명하게 남아 있었다.

"아니. 괜찮아. 이 정도면 클리너로……."

아, 깜빡했다. 클리너는 이제 마력이 다 고갈된 상태였지. 자주 애용하다 보니 어느새 클리너 안에 있는 마력은 거의 바닥이 나 있었다.

"블랑슈, 일단 옷 좀 갈아입고 올게요."

"네! 다녀오세요."

나는 시녀들의 도움을 받아 새 드레스로 갈아입었다. 클리너만 충전해 뒀다면 굳이 안 갈아입어도 괜찮았을 텐데. 이참에 궁정 마법사를 불러서 클리너를 충전해야겠다.

지난번에 레이븐이 마력이 다 떨어지면 자길 불러 달라고 하긴 했지만, 선물을 준 사람을 마력 셔틀로는 사용할 수 없는 법이지. 아직 제대로 답례도 못 했는데.

나는 옷을 갈아입은 뒤, 응접실로 돌아왔다. 바닥은 언제 소동이 있었냐는 듯 깨끗했고, 테이블 위에는 새로운 홍차가 준비되어 있었다. 블랑슈는 여전히 걱정스럽다는 듯이 나를 바라보고 있었다.

나는 그 아이를 안심시키기 위해 밝은 목소리로 말했다.

"괜찮아요, 블랑슈. 클리너가 있었으면 굳이 옷을 갈아입지 않아도 되었을 텐데. 아쉽네요."

"어? 클리너가 망가졌나요?"

"아뇨. 망가진 건 아니고 마력이 다 떨어졌어요. 마법사를 불러서 마력 보충을 부탁해야겠네요."

내가 이야기를 하는 동안 블랑슈의 표정이 순식간에 바뀌어 갔다. 음, 이 표정은 뭔가 좋아하는 음식을 먹거나 새로운 걸 발견했을 때의 표정인데? 왜 저렇게 기대감이 가득한 얼굴이 된 걸까?

블랑슈가 수줍은 얼굴로 말했다.

"어마마마. 혹시 괜찮으시면 부탁이 하나 있는데……."

"네. 뭔가요?"

"혹시 제가 그 마도구를 갖고, 궁정 마법사를 찾아가도 될까요?"

그러니까 지금 심부름을 가게 해 달라고 부탁하는 건가? 상황 파악이 되지 않아 답을 못하고 있자, 블랑슈가 말을 이어 갔다.

"사실 저, 궁정 마법사들의 연구실에 가 보고 싶었거든요. 그런데 갈만한 이유가 마땅치 않아서……."

쑥스러운지 볼이 발그레해져서 웃는 블랑슈가 귀여워! 오구오구, 연구실이 구경하고 싶었구나.

"그런 거라면 얼마든지요. 그런데 굳이 심부름이 아니더라도 방문할 수 있지 않나요?"

"별 이유 없이 가면 실례일 것 같아서요. 연구하느라 바쁘실 텐데……."

하긴 나 같아도 사장님이 별 이유 없이 구경하러 방문하면 좀 긴장할 것 같긴 하다. 블랑슈, 좋은 사장님의 자질이 보이는구나.

"좋아요. 그럼 같이 갈까요? 저도 조금 궁금하긴 했거든요."

"어마마마도 마법에 관심이 있으시구나! 너무 좋아요. 같이 가요."

블랑슈가 잔뜩 신이 나서 말했다. 나도 모르게 흐뭇한 심정이 되어 블랑슈를 바라보았다.

기왕 이렇게 된 거 세이블도 부를까? 셋이서 공유할 수 있는 추억을 쌓으면 좋을 테니까.

하지만 결국 둘이서만 가기로 했다. 국정 때문에 바쁠 텐데 무작정 끌고 갈 수는 없지.

새로 나온 차를 마시는 동안, 나는 시종을 통해 방문 의사를 전했다. 혹 오늘 방문해도 괜찮겠냐고.

티팟이 다 빌 때쯤, 방문해 주신다면 영광이라는 전언이 돌아왔다. 나와 블랑슈는 마법사들이 연구실로 이용하는 별관으로 이동하기 위해 마차에 올라탔다.

별관은 마법관이라는 이름으로 불리는 곳으로, 본궁과는 꽤 떨어진 곳에 위치해 있었다. 너른 정원과 출입로를 지나가야 하는지라 마차를 타고 가기로 했다.

마차에 올라탄 뒤에도 블랑슈는 흥분을 감추지 못했다. 마치 놀이동산에라도 가는 아이처럼.

"연구실에는 가 본 적이 없어서 너무 기대돼요. 베리테 같은 마도구들이 많이 있을까요?"

"그러게요. 저도 처음이라 신기하군요."

저렇게 학구열에 열의를 불태우는 모습을 보고 있자니 문득 세이블이 생각났다.

애가 얼굴뿐 아니라 머리도 아빠를 닮았나? 세이블도 똑똑하고 유능한 사람이니까. 블랑슈는 나중에 어떤 어른이 되려나 궁금해졌다.

그 사이 어느새 마차의 속도가 줄어들기 시작했다. 걸어오기엔 멀지만 마차를 타면 금방인 거리였다.

"도착하셨습니다. 왕비님, 블랑슈 공주님."

마차는 마법관 앞에 멈추어 섰다. 시종의 도움을 받아 마차를 나서자 선선한 바람이 불어왔다.

마법관은 작은 숲처럼 조성된 정원 한구석에 있었다. 나무 그늘이 별관을 덮고 있었으며, 별관 안에서는 아무런 소리도 들려오지 않았다. 정숙한 분위기가 흐르는 곳이었다.

흠, 확실히 함부로 방해해선 안 될 것 같네. 나는 빈 클리너를 쥔 채 블랑슈를 돌아보았다.

"그럼, 들어가 보죠."

블랑슈 역시 비장한 눈빛으로 고개를 끄덕였다. 탕탕. 옆에 서 있던 시종이 문고리를 잡아 두드리는 소리가 크게 울려 퍼졌다.

"왕비님과 블랑슈 공주님께서 행차하셨습니다."

그러자 곧 문이 벌컥 열리고 누군가가 모습을 드러냈다. 짧은 잿빛의 머리카락을 가진 여자였는데, 왼쪽에 검은 안대를 차고 있었다.

어라. 어디 다쳤나? 안대뿐만 아니라 목과 팔뚝에 붕대를 감고 있었다. 60대 초반으로 보이는 여자는 넙죽 허리를 숙였다.

"금단의 지식을 탐하는 미궁에 방문해 주셔서 감사합니다. 저는 궁정 마법사 대표인 달리아 제노프라고 합니다."

달리아는 무표정한 얼굴로 우리를 보고 있었다. 호오, 뭔가 쿨하고 신비한 분위기가 풍기는 사람이네.

역시 마법사는 뭔가 특별한가 보다. 크크큭, 하고 웃고 있기도 하고. 어쩐지 흑염룡이 날뛸 것 같은 분위기네.

"고결한 피를 지니신 두 분께 저희가 이룩한 업적을 보여드릴 수 있어 영광입니다. 부디 이쪽으로 와 주십시오."

회색 로브를 걸친 그녀는 우아하게 발을 옮겼다. 마법관 안으로 들어서자 독특한 냄새가 풍겼다. 약초 냄새……? 같기도 하고. 병원에 들어섰을 때처럼 조금 싸한 냄새도 풍겼다.

냄새도 냄새지만 별관 안의 풍경도 신기했다. 입구부터 벽에 정체를 알 수 없는 물건들이 어지러이 걸려 있었다.

저것도 마도구인 걸까? 긴 복도를 따라 안쪽으로 향하자, 거기에는 그나마 차분한 공간이 나왔다.

……고 생각한 순간. 의자 두 개가 네 다리를 열심히 움직이며 내 앞에 다가왔다!

"이, 이것도 마도구인가요?"

"예, 그렇습니다. 이름은 안락의 충견. 사용자가 부르면 바로 달려오죠."

아니, 개가 아니라 가구인데요? 다시 보니 개 같은 것 같기도 한데……. 와중에 블랑슈는 충견이를 보고 눈을 반짝 빛냈다. 정말 강아지라도 본 사람처럼.

블랑슈는 의자의 팔걸이 부분을 쓰다듬었다.

"안녕, 안락의 충견. 네 위에 앉아도 될까?"

의자는 블랑슈가 앉기 좋게 다리를 살짝 구부렸다. 블랑슈는 좋아라 의자에 착석했다.

꽤 편리할 것 같은 의자이긴 하다. 하지만 나는 차마 앉을 수 없었다. 달리아의 당황한 목소리가 들려왔다.

"아, 아니. 안락의 충견! 이런 적이 한 번도 없었는데……?"

방금 전까지만 해도 침착하던 그녀였건만, 지금 표정에는 오로지 당혹뿐이었다. 그럴 만도 했다. 안락의 충견이 내 주위를 경중경중 뛰어다니고 있었으니까.

아니, 이거 좀 무섭다고! 귀신 들린 의자인가? 날 위협하는 건가? 아니면 내가 싫은가?! 인간, 동물에 이어 마도구마저 겁먹게 만들다니. 아비게일의 잠재력이 두려울 지경이다.

"안락의 충견! 진정하라! 그 진노를 잠재우지 못할까! 멈춰! 앉아! 쉿, 쉿. 착하지."

달리아가 의자를 달래려 애썼지만 의자는 흥분해서 여전히 제자리 뛰기를 하고 있었다. 날 무는 건 아니겠지? 입은 없지만…….

"평범한 소파가 필요할 것 같군요."

"부디 용서해 주십시오. 안락의 충견이 좀 문제가 있나 봅니다. 곧 다른 안식처를 대령하겠습니다."

달리아가 다른 마법사에게 지시를 내리자, 곧 평범한 소파가 도착했다. 여전히 흥분 상태에 빠진 충견이는 마법사 두 명에게 끌려갔다.

와, 들어오자마자 혼이 빠져나갈 것 같다. 평범하진 않을 거라 예상하긴 했는데 말이지.

이 안에 뭐가 더 있을지 궁금하기도 하고, 빨리 가고 싶어지기도 했다. 나는 우선 클리너를 꺼내 테이블 위에 올려두었다.

"미리 들어 알겠지만, 마도구의 마력 보충을 원해 찾아왔어요."

"아. '과거의 업보를 불태우는 자'로군요."

뭐지. 원래 그런 간지 나는 이름이었던 건가? 하지만 이름이 너무 길어 나는 클리너가 좋았다.

"이 정도의 마도구라면 이 아이의 탐욕을 금방 채워줄 수 있을 겁니다."

그러니까 마력 보충을 할 수 있다는 거겠지? 내 예상이 맞는 듯, 달리아는 대수롭지 않게 클리너를 제 로브 안에 집어넣었다.

"그리고 또 어떠한 소원을 들어드리면 되겠습니까?"

"일단 부탁할 것은 그것뿐입니다만."

내 말에 달리아는 의아한 표정이 되었다. 흠? 시종으로부터 다른 말이라도 전해 들었나?

"무슨 문제라도?"

"아닙니다. 고귀한 분들께서 직접 행차하셨기에, 다른 천명을 하달하러 오신 줄 알았습니다. 살인 병기의 제작을 의뢰하신다거나……."

"아니! 어린애를 데리고 와서 그런 걸 부탁할 리가 없잖아요!"

"그렇군요. 역시 고귀하신 분."

달리아는 납득했다는 듯, 진중한 표정으로 고개를 끄덕끄덕했다. 이 사람, 정말 범상치 않군.

그 와중 블랑슈가 안절부절못하는 시선으로 나를 보고 있었다. 낑낑대는 강아지 같은 눈빛.

"저기, 어마마마. 저 괜찮으시면 견학……."

아, 맞아. 다른 용건이 있었지. 나는 달리아에게 물었다.

"괜찮다면 연구실을 견학할 수 있을까요? 저랑 블랑슈가 마도구에 관심이 많아서요."

"두 분께서도 금단의 지식을 맛보고 싶으신 거군요. 좋습니다. 제

검정의이름

가 안내자가 되는 광영을 받아 기쁩니다."

그녀는 음산하게 웃으며 우리를 2층으로 이끌었다. 이거 괜찮은 걸까? 딱히 금단의 지식 같은 걸 맛보고 싶었던 건 아닌데.

2층으로 들어서자 가장 눈에 띄는 건 높은 천장이었다. 바깥에서 봤을 때는 3층 높이였는데, 아무래도 층을 아예 터버린 듯 천장이 높았다. 곳곳에 기이한 장치들과 마법 문양들이 보이고, 달리아처럼 회색 로브를 입은 마법사들이 바쁘게 연구에 매진 중이었다.

흐음. 2층의 규모에 비해 일하는 사람 수는 적네? 얼핏 봐도 열을 넘지 않는 수. 인간 마법사의 수가 적다더니 정말 적은가 보다.

"와아. 저건 뭔가요? 달리아 마법사님."

블랑슈가 별세계라도 보는 듯한 눈으로 주위를 둘러보다 어딘가를 가리켰다. 손가락 끝이 향한 방향에는 커다란 전신 거울이 있었다.

"저건 진실의 도플갱어라는 마도구입니다. 보통 귀부인들의 말 상대를 해 주죠."

오? 아마도 베리테랑 비슷한 종류의 마도구인가? 블랑슈도 흥미가 생긴 모양이었다.

"달리아 마법사님, 혹시 가까이서 볼 수 있을까요?"

"네. 물론이죠. 이쪽으로 와 주세요."

달리아는 잔뜩 흥분하여 우리를 거울 쪽으로 안내했다. 블랑슈가 그사이 내게 작게 속삭였다.

"베리테에게 마도구 친구가 생기면 좋겠네요……!"

그러게, 그러게. 우리도 친구이긴 하지만 친구가 더 늘어나면 좋겠다. 세이블과 사이좋게 지내면 좋으련만, 여전히 그는 베리테를 꺼려 하고 있었다. 그러니 거울 친구를 만들어 주는 수밖에.

거울 앞으로 다가간 뒤, 블랑슈가 조금 긴장한 목소리로 말했다.

"아, 안녕하세요. 저는 블랑슈 프리드킨이라고 해요!"

그러자 거울의 표면이 조금 일렁이는 것처럼 보였다. 그리고는 남자인지 여자인지 알 수 없는 미성이 흘러나왔다.

"블랑슈 아가씨, 안녕하세요. 오늘은 날씨가 참 좋군요."

우와, 진짜 말을 하네. 베리테도 이걸 본다면 좋아할 텐데. 블랑슈가 거울을 상대로 대화를 이어 나갔다.

"당신은 이름이 뭔가요?"

"아직 이름은 없습니다. 아름다운 아가씨."

"칭찬 고마워요! 거울 님도 목소리가 참 멋지세요."

"……."

"어, 어……. 거울 님은 보통 무엇을 하며 시간을 보내시나요?"

"오늘도 참 아름다우시군요, 블랑슈 아가씨."

응? 뭔가 이상한데. 두 사람의 대화가 성립하기는 하지만 어쩐지 위화감이 느껴졌다.

정확하게 말하면……. 좀 부족한 인공지능을 상대하는 느낌? 사람과 대화하는 느낌이 없었다.

"영혼이 없는 마도구의 슬픈 한계입니다."

달리아가 슬그머니 설명을 더 했다. 블랑슈가 조금 이해가 안 된다는 듯 물었다.

"영혼이 없다니요?"

"말 그대로입니다. 인간에게 허락된 지능과 자아, 영혼이 이 거울에는 깃들어 잇지 않죠. 때문에 가르쳐 둔 말을 반복하는 것 정도가 한계입니다."

응? 뭔가 이상한데. 우리 집 베리테에게는 자아와 지능이 있는걸.
게다가 유리새도 의사가 있어 보였고.

"아까 그 의자는 자기 의지대로 움직이지 않았나요?"

"미리 입력해 둔 동물의 행동을 따라 하는 것뿐입니다. 대화처럼
고도의 지능이 필요한 행위는 불가능하죠."

그 말을 듣자 나는 조금 머리가 복잡해졌다. 그럼 베리테는 대체
뭐지? 상인이 베리테를 보고 불량품이라고 한 것이 생각났다.

나는 거울을 힐끗 보았다. 거울에는 블랑슈의 모습이 비칠 뿐, 베
리테처럼 자기만의 형태를 유지하고 있지도 않았다.

"혹시 이 거울 마도구에는 다른 기능이 있나요? 거울만의 모습을
만들거나, 다른 장소를 비춰준다거나……."

"없습니다. 공간 마법은 상위 마법인지라 마력의 축복을 타고난
이들만이 가능하죠."

나는 점점 더 머리가 아파 왔다. 베리테, 정말 불량품 맞아? 달리아
의 말이 맞다면 난 정말 어마어마한 마도구를 갖고 있는 것 같은데.

"공간을 초월하는 마도구를 원하시는 겁니까? 역시 금단의 영역에
관심이 있으셨군요. 왕비님께서도 저희의 비밀 연회에 함께……."

"괜찮아요."

나는 황급히 달리아의 말을 끊었다. 이대로 가다간 수상한 종교에
입문해 버릴 것 같았다.

"일단 클리너에 마력을 보충해 줄 수 있을까요? 구경하고 싶네요."

"아, 알겠습니다. 그러면 피의 의식을 시작하도록 하죠."

피의 의식. 다소 살벌한 명칭에 나도 블랑슈도 바짝 긴장해 버렸
다. 달리아는 그 와중에 우아하게 손을 위로 번쩍 치켜들었다.

손끝이 반짝이고 있었다. 자세히 보니 그녀는 왼손 검지에 특이한 손톱 장식을 끼고 있었다. 매나 독수리의 발톱을 닮은 장식이었다. 네일 아머라고 하던가? 그녀는 그 장식으로 자신의 손바닥을 할퀴듯이 그었다.

으악, 아프겠! 순식간에 손바닥에 붉은 실금에 생겨났다. 그녀가 손을 아래로 향하자 피가 손가락에 흘러 맺혔다. 그녀는 피에 젖은 검지를 클리너의 병 주둥이에 올려두었다.

클리너 안으로 피가 한두 방울 들어가는가 싶더니, 어느새 연둣빛의 무언가가 흘러나오기 시작했다. 달리아의 마력인 것 같았다.

빈 병에 물을 따르듯 클리너 안이 마력으로 차오르기 시작했다. 어느새 입구까지 마력이 차오르자 달리아는 손을 떼어냈다.

"자, 다 되었습니다."

그녀는 뿌듯한 미소를 지으며 내게 클리너를 건네주었다. 오오, 신기해. 이런 식으로 보충하는구나!

신기한 구경을 해서 만족스러운 한편, 미안한 마음이 들었다. 아직 달리아의 손끝에는 피가 맺혀 있었다. 블랑슈가 얼굴이 창백해져서 말했다.

"달리아 마법사님, 혹시 목이랑 팔에 감으신 붕대도 마력을 쓰시느라 다치신 건가요……?"

그런 이유가 있었던 건가? 하지만 달리아는 대수롭지 않은 어조로 말했다.

"아뇨. 굳이 상처를 내지 않아도 마력을 사용할 수는 있습니다. 이 붕대 아래에 상처는 없습니다."

"그러면 왜 아까는 상처를 내셨나요?"

"마력이 피에 깃들어 있기 때문입니다. 때문에 마법 입문자들은 보통 피를 직접 흘려 마력을 내보내죠. 제가 굳이 피를 흘린 건……."

그녀가 오른손으로 앞머리를 쓸어 넘겼다. 그리고는 무척 진지한 눈빛이 되어 말했다.

"이쪽이 더 빠르고, 멋있기 때문입니다."

음. 괜히 걱정했다! 멋짐을 위해 손바닥을 긋다니. 굉장하다고 해야 하나…….

그 와중에 블랑슈는 슬픈 얼굴이 되어 달리아의 왼손을 잡아 살펴보았다. 그리고는 두르고 있던 스카프를 풀어 지혈을 해 주었다.

"괜찮으세요, 마법사님? 의사를 부르는 게 나을 것 같은데……."

자아도취에 빠져 있던 달리아가 놀란 눈이 되어 손을 휘저었다. 그녀의 목소리에 다급함이 묻어났다.

"공주님! 별것 아닌 상처입니다. 어찌 귀하신 분께서 저 때문에 의복에 피를 묻히십니까!"

"스카프는 세탁하면 돼요. 하지만 다친 건 금방 낫지 않는걸요. 늘 이렇게 상처를 내시는 건가요?"

달리아는 깊은 한숨을 내쉬었다. 그리고 비장한 눈빛이 되어 블랑슈를 바라보았다.

"피의 숙명이 저를 부르기에 그에 복종할 수밖에 없습니다. 상처는 마력의 사제들에게 있어서는 어쩔 수 없는 운……."

"또 다치실 거예요……?"

블랑슈가 울망한 얼굴이 되어 달리아를 올려다보았다. 진짜? 진짜 또 다칠 거야? 하는 눈빛이었다.

난 저 눈빛 공격을 이기는 사람을 본 적이 없다. 내 예상대로 달리아의 동공이 격하게 흔들리기 시작했다.

"……명이지만 자제해 보겠습니다."

역시 예정된 패배였다. 후, 달리아. 패배를 슬퍼하지 말아요. 상대가 워낙 강적이었으니까. 블랑슈가 방긋 웃으며 손을 꼭 잡았다.

"네. 앞으로는 다치지 않으셨으면 좋겠어요. 혹시라도 다치면 꼭바로 치료하기에요!"

두 사람은 새끼손가락을 걸고 약속했다. 혹여라도 블랑슈가 다칠까 봐 달리아는 네일 아머를 뺀 채였다.

다행히 피는 금방 멎었기에 블랑슈의 표정도 밝아졌다. 그리고는 블랑슈가 호기심 가득한 눈으로 물었다.

"그나저나 달리아 마법사님. 마력의 색깔은 사람마다 다른 건가요?"

나도 궁금하던 질문이었다. 지난번 클리너를 채우고 있던 마력은 노란색이었지. 주위를 힐끗 보니 궁정 마법사들의 손에서 흘러나오는 마력들도 각각 다른 색이었다.

"네. 선천적으로 타고나는 마력의 종류가 다릅니다. 색깔도 그에 따라 달라지고요."

"그러면 달리아 마법사님은 어떤 마력을 갖고 있는 건가요?"

"제 경우에는 주로 신록과 관련된 마법에 특화된 편입니다."

흐음, 신록이라. 아마 초목과 관련된 마법일까? 그렇다면 레이븐의 마력은 어떤 특징을 갖고 있으려나.

그때, 어디선가 익숙한 목소리가 들려왔다.

"왕비 전하?"

나는 화들짝 놀라 뒤를 돌아보았다. 그늘 속에 검은 머리카락을 지닌 사내가 서 있었다.

레이븐이었다. 그의 눈동자는 음지에서도 선명한 금색으로 빛나고 있었다. 마치 그의 마력처럼.

아니, 레이븐이 왜 여기에 있는 거지? 당황한 나와 달리 그는 그저 반가운 기색이었다. 레이븐이 부드럽게 미소 지었다.

"우연에 감사드리는 날이로군요. 이렇게 뵙게 되어 반갑습니다, 왕비 전하. 블랑슈 공주님도 오랜만에 뵙는군요."

반가운 인사에 나는 바로 반응하지 못했다. 레이븐을 생각하고 있던 순간 그가 나타난지라 조금 어안이 벙벙했다. 내 머릿속을 그가 들여다보는 것 같은 기분이었다.

"잘 지내셨나요, 레이븐 공작님."

그 사이 먼저 블랑슈가 치맛자락을 잡고 정중하게 인사를 올렸다. 나는 당황한 마음을 뒤늦게 추슬렀다.

"오랜만에 뵙네요, 레이븐 공작. 그나저나 여기는 무슨 일인가요?"

"아. 가끔씩 달리아 마법장에게 책을 빌리러 옵니다. 마법과 관련한 책은 이곳에 많이 비치되어 있어서요."

레이븐이 동의를 구하듯 달리아를 바라보았다. 그녀는 스카프로 손을 감싼 채 고개를 끄덕였다.

"지식을 탐구하기 위해 이 그늘의 땅에 종종 찾아오십니다. 만약 마력 양이 조금만 더 많으셨다면, 분명 뛰어난 마법사가 되셨을 겁니다."

"고마워요, 달리아 마법장."

레이븐은 살갑게 미소 지었다. 그러다 문득 내 손에 들린 클리너에 시선을 주었다.

"아. 클리너를 다 쓰신 모양이군요. 제게 부탁하셔도 좋았을 텐데……."

그의 시선에 아쉬움이 뚝뚝 묻어났다. 그 서글픈 눈동자를 보자 나도 모르게 변명이 튀어나왔다.

"그, 그게. 계속 선물만 받는 와중 죄송해서 그만……."

이렇게 사건 현장에서 레이븐과 마주칠 줄 알았다면 마법사를 불렀을 텐데! 아냐. 쫄지 말자. 내가 잘못한 게 뭐가 있어? 일부러 마력 보충시키는 게 뻔뻔한 거지. 나는 심호흡을 한 뒤, 느긋한 어조로 말했다.

"아직 답례도 드리지 못했는데, 부탁드릴 수는 없잖아요."

"답례요?"

"네. 두 번이나 선물을 받았으니, 저도 뭔가를 드려야죠. 뭐 필요한 거 없으세요?"

블랑슈는 무슨 이야기인지 궁금하다는 듯 나를 바라보고 있었다. 그러다 클리너 쪽으로 시선을 돌렸다.

레이븐은 답례라는 말에 눈이 크게 떠진 상태였다. 그는 잠시 망설이다 입을 열었다.

"그러면 부탁 하나만 드려도 될까요?"

"부탁이요?"

대체 뭘 부탁하려는 거지? 차라리 물질로 해결하고 싶은데. 레이븐이 은은한 미소를 지은 채 말했다.

"나중에 제게 시간을 좀 내주셨으면 합니다만."

아니, 뭣 때문에 시간을 내달라는지 알려 줘야 할 거 아냐. 내용도 모른 채 수락하기가 애매했다. 그때, 블랑슈의 다급한 목소리가 들려왔다.

"어, 어마마마는 바쁘세요!"

블랑슈가 불쑥 내 옆으로 다가와 나를 꼭 껴안았다. 그 아이답지 않게 초조한 얼굴이었다.

"어마마마는 내일 저랑 약속이 있으시고, 모레에는 아바마마랑 약속이 있으시고, 글피에도 바쁘세요……!"

마치 내가 둥실 떠오르기라도 할까 봐 온 힘을 다해 나를 붙들고 있는 사람 같았다. 레이븐의 시선이 블랑슈를 향했다.

"그렇군요. 그러면 일주일 뒤는 어떠신가요? 블랑슈 공주님."

"이, 일주일 뒤도 바쁘실 거예요! 아바마마랑 데이트하실 거예요!"

아니? 나도 모르는 데이트가 있었다니. 레이븐은 그런 블랑슈가 귀여운지 쿡쿡 웃었다. 블랑슈는 간절한 눈이 되어 나를 올려다보았다.

"저, 저어 어마마마. 괜찮으시면 슬슬 돌아가고 싶어요. 저 오후 수업이 있어서……."

맞아. 오후에는 블랑슈의 수업이 있었지. 어차피 볼일도 다 끝났으니 더 머무를 이유도 없었다.

"레이븐 공작. 오후 일정이 있어 이만 가 봐야 할 것 같군요. 부탁에 관해서는 나중에 이야기를 들려주시죠."

"네. 그러면 차후 뵙도록 하겠습니다."

레이븐은 그렇게 말하곤 블랑슈를 바라보았다. 그리고는 눈꼬리를 휘며 웃었다.

"공주님도 다음에 뵙겠습니다."

"……네."

블랑슈답지 않게 짤막한 대답이었다. 시선도 마주치지 않고 있었다. 흐음, 아무래도 숙부인 레이븐이 껄끄러운가 보다.

나는 레이븐과 달리아의 배웅을 받으며 마법관을 빠져나왔다. 마차에 올라타니 숨통이 좀 트일 것 같았다. 레이븐을 만나 놀라긴 했지만, 마법관에 간 건 꽤 즐거운 경험이었다. 달리아에게 여러 이야기도 들을 수 있었고.

다만 블랑슈는 그렇지 않은 모양이었다. 표정이 딱딱하게 굳은 걸 보아하니.

"블랑슈. 혹시 기분이 안 좋은가요?"

"네? 아, 그게······."

창문을 통해 햇빛이 들어오는데도 블랑슈의 얼굴이 어두웠다. 블랑슈가 기어들어 가는 목소리로 말했다.

"저기, 어마마마. 죄송해요······. 아까 레이븐 공작님과 이야기 나누실 때 방해해서······."

큰 잘못을 저지른 아이처럼 블랑슈는 몸을 옹송그리고 있었다. 나로서는 딱히 기분이 상한 것도 아니고, 오히려 그 자리를 벗어날 수 있어 좋았지만. 그렇지만 블랑슈가 왜 방해를 했는지 궁금하긴 했다. 혹시 레이븐과 사이가 안 좋은가?

"기분이 상하지 않았으니 걱정하지 말아요, 블랑슈. 그런데 왜 방해를 했는지 말해 줄 수 있나요?"

"그게······."

블랑슈가 제 손을 만지작거리며 말을 골랐다. 마차가 덜컹이는 소리 사이로, 작은 목소리가 들려왔다.

"잘은 모르겠는데, 뭔가 뺏기는 기분이 들어서······. 그래서 저도 모르게······."

"뺏기는 기분이요?"

"네. 뭔가 우리 어마마마를 뺏기는 것 같아서요……."

혹시 그런 건가? 부모가 다른 사람과 친하게 지내는 걸 보면, 부모를 빼앗기는 기분이 든다고 하던데.

와, 좀 놀랍다. 블랑슈도 그런 생각을 하는구나. 늘 천사 같은 아이라고만 생각했는데.

오히려 안심이었다. 싫을 때는 싫다고 표현을 하는 편이 좋지. 늘 순하기만 해서 걱정이었는데 좀 안심도 됐다.

나는 이리 오라는 의미로 내 옆자리를 가볍게 두드렸다. 블랑슈가 머뭇거리다가 내 옆에 앉았다. 나는 블랑슈의 머리를 가볍게 쓰다듬었다.

"블랑슈, 나는 언제까지나 블랑슈의 엄마예요. 그러니 걱정 마요. 전 블랑슈를 무척 좋아하니까요."

"아바마마도 좋아하세요?"

"으, 으음. 네. 좋아해요."

가족으로, 가족으로! 그런 말을 차마 덧붙이지는 못한 채 혀를 깨물었다. 블랑슈는 그 대답을 들은 뒤에야 만족스럽게 웃었다.

그나저나 아직 애는 애구나. 질투도 하고, 초조해하고. 블랑슈가 이렇게 제 나이에 맞는 모습을 보여 줄 때마다 작은 별 조각을 줍는 것 같은 기분이 든다. 이렇게 질투하는 걸 보아하니 그런 생각이 들었다. 둘째가 태어나면 첫째가 무척 불안하고 초조해한…….

철썩!

"어, 어마마마? 왜 그러세요?"

"별거 아니에요! 제 뺨에 벌레가 붙어 있어서요!"

나는 황급히 내 뺨을 갈겨 이성을 바로 잡았다. 둘째라니. 웬 헛생각을 한 거지?

이건 마치 내가 세이블과 꽁냥꽁냥하고 싶은 것처럼 보이잖아! 세이블이 안다면 얼마나 표정이 썩을지 두려워졌다.

"괜찮으세요? 아프실 것 같은데……."

"안 아파요! 오히려 정신이 들어서 좋은걸요!"

나는 블랑슈가 불안해하지 않게 한껏 쓰다듬고는 놓아주었다. 미안해, 세이블. 내가 잠시 음란마귀가 꼈나 봐.

얼얼해진 뺨이 가라앉을 때쯤 마차가 본궁에 도착했다. 블랑슈 역시 표정이 원래대로 돌아와 있었다.

"블랑슈. 수업은 늦지 않았죠?"

"네. 지금 가면 딱 맞게 도착할 것 같아요. 오늘 마법관에 데려다주셔서 감사합니다……!"

"뭘요. 같이 가 줘서 고마워요. 그럼 수업 잘 들어요."

나는 손을 흔들며 블랑슈를 배웅해 주었다. 블랑슈가 꾸벅 인사를 하고는 떠나가다 잠시 멈춰 섰다. 그리고는 내 쪽으로 쪼르르 달려왔다. 음? 뭔가 깜빡한 거라도 있나?

"뭐 잊은 거 있어요, 블랑슈?"

그때, 다람쥐처럼 달려온 블랑슈가 나를 꼭 껴안았다. 그리고는 부끄럽다는 듯 헤헤 웃었다.

"아니에요. 그냥 어마마마랑 꼭 안고 싶어서……."

크아악! 동네 사람들! 우리 애가 이렇게 귀여워요! 어리광 부리는 것도 귀여워!

나는 블랑슈를 있는 힘껏 안아 주었다. 아까 레이븐 때문에 많이 걱정했나 보다. 한참을 안아 주자, 블랑슈는 행복한 표정이 되어 수업을 들으러 갔다.

후우. 오늘은 하루가 길다. 뭔가 여러 가지 일이 있었네. 이대로 오후에는 낮잠이라도 자면서 쉴까 싶었지만……. 걸리는 부분이 있어 확인을 하고 싶었다. 나는 곧바로 거울방으로 향했다.

"베리테. 나 왔어."

베리테를 부르자, 곧 거울 속에서 어린 소년이 나타났다. 그는 드물게 얼굴에 기대감이 가득했다.

"아비게일!"

세이블은 베리테에게 애칭을 사용하지 말라고 명령한 참이었다. 베리테는 투덜거리면서도 의외로 순순히 승낙해 주었다.

"마법사들은 잘 만나고 왔어? 무슨 이야기 했어? 얼른 들려줘!"

은색 눈동자가 초롱초롱 빛나는 것이 제법 귀여웠다. 크으, 블랑슈만 한 아이가 반겨 주니 마치 아들도 하나 생긴 것 같네.

저런 모습을 보고 있자니 새삼 신기했다. 마법관에서 보았던 거울 마도구와는 전혀 다른 반응.

베리테는 뚜렷한 자기 의지를 가진 존재로밖에 보이지 않았다. 자아가 있으며, 또한 공간과 관련한 마법도 사용하고 있다. 달리아는 그런 마도구는 존재하지 않는다 단언했고.

요정 중에서도 가장 솜씨 좋은 요정이 만들기라도 한 것일까? 나는 잠시 고민하다 입을 열었다.

"베리테 너 정말 거울 맞지?"

"엥? 아비게일, 뭐 잘못 먹었어?"

흠, 겉모습은 작고 귀여운 뽀짝이인데 입은 여전히 거칠군. 나는 민망함에 뺨을 매만지며 말했다.

"아니, 아까 거울 마도구를 만나고 왔는데. 좀 다르더라고."

"뭐가 달랐는데?"

"어……. 네가 더 똑똑했어."

"당연하지. 그런 놈들과 비교당할 내가 아냐."

베리테는 기고만장해져서 턱을 꼿꼿이 세웠다. 자기가 다르다는 건 알고 있구나.

"넌 다른 거울 마도구랑은 다른 거지? 왜 다른 거야?"

"글쎄? 나도 몰라. 그냥 만들어질 때부터 완벽했어."

와, 재수 없어! 어쨌거나 베리테도 자신이 왜 다른 건지는 모르는 거구나.

베리테는 심드렁하게 대답하더니, 이내 거울에서 뛰쳐나올 기세로 물었다.

"그거 말고 또 다른 건 없었어? 거울 마도구만 보고 온 거야? 다른 재미있는 건 없었어?"

이 친구가 마법 오타쿠인 걸 잠시 잊고 있었다. 흐음, 또 뭐가 있었더라. 아, 그러고 보니 특이한 의자가 있었지.

"안락의 충견이라는 의자가 있었어. 주인이 부르면 달려오는 의자인데, 나를 싫어하더라고."

"널 공격하기라도 한 거야?"

"아니. 그건 아니고, 내 주위를 자꾸 맴돌더라. 폴짝폴짝 뛰기도 하고. 마법장도 그런 건 처음 봤다던데."

베리테는 내 말을 듣고는 고개를 갸웃했다. 어린 소년은 잠시 고민하는 기색이 됐다.

"그 마도구, 널 싫어하는 게 아니라 좋아해서 그런 것 같은데?"

"뭐?"

"네 주위를 자꾸 맴돌았다며. 위해를 가하지도 않았고."

흠. 듣고 보니 그런 것 같기도 하다. 신이 난 강아지가 주인한테 달려드는 거랑 비슷한 것처럼 보이기도 했고.

"그랬을지도 모르겠다. 그런데 베리테, 표정이 왜 그렇게 심각해?"

베리테는 미간을 있는 힘껏 찌푸리고 있다가 얼굴을 풀었다. 뭔가 생각하고 있었던 모양이다.

"조금 신경 쓰여서. 지난번에 유리새가 널 무척 따랐잖아."

"아. 그때도 그렇긴 했지."

아비게일이 인간과 동물에게는 인기가 없어도 마도구에게는 사랑받는 타입인가? 역시 신은 공평하군.

"마도구들도 선호하는 타입이 있나 보네."

"응. 아무래도 마도구다 보니 마력을 소유한 자에게 이끌리기 마련이거든."

오오, 자아는 없어도 본능 같은 게 있는 건가? 아니면 자석끼리 끌리듯, 마도구도 마력 소유자에게 끌리는 걸까. ……어라. 잠깐만. 그렇다는 건?

"그러면 내가 마력이 있단 소리야?"

"아마도."

네? 이게 무슨 소리입니까, 선생님. 제가…… 제가 마법사라고요?

마력이 있을지도 모른다는 소리에 잠시 얼떨떨해졌다가 이내 신이 났다. 어린 시절 모 마법 학교에서 입학장이 날아오길 기대했었는데, 내가 마법사라니!

그러면 이제 빗자루를 타고 날아다니나? 아니면 마법 지팡이? 여기는 딱히 그런 건 없는 것 같지만.

"우와, 너무 기대된다. 빨리 마법 써 보고 싶다!"

"설레발 치지는 말고. 마력이 있는 것과 마법을 쓸 수 있는 건 달라."

베리테가 냉정한 어조로 상황을 정리했다.

그렇긴 하지. 게다가 인간은 마력이 적다고 하니까. 어쩐지 입학장을 받았다가 뺏긴 듯한 기분이 들었다.

"일단 마력이 있는지 확인해보자. 마도구들은 기본적으로 마력에 반응을 하니까 나한테 피를 묻히면 알 수 있을 것도 같아."

아, 그리고 보니 달리아가 그랬지. 피는 마력과 연결되어 있다고. 나도 아까 달리아가 했던 것처럼 날붙이를 찾아와야 하나? 하지만 칼로 내 손을 벨 자신이 없는데…….

"피는 많이 필요해?"

"한두 방울 정도면 충분해."

그렇다면 좋은 방법이 있다. 나는 바늘집에서 바늘 하나를 뽑아 들었다. 내가 체했을 때마다 엄마가 손가락을 따주셨지.

엄지손톱 아랫부분을 살짝 찌르자 곧 피 한 방울이 송골송골 맺혔다.

"오, 피 한 번 신기하게 낸다."

후, 이것이 동방의 의술이다. 나는 검지로 피를 훑은 뒤, 거울에 콕 찍었다. 그러자 물 위에 잉크를 한 방울 떨어트린 것처럼 피가 순식간에 거울 속으로 스며들었다.

우와, 신기해. 나 마력이 있을까?

베리테는 무표정한 얼굴로 허공을 응시하고 있었다. 그렇게 한참을 서 있던 베리테가 입을 열었다.

"……마력이 있는 것 같아."

"굉장해! 그럼 나 마법사야? 마법사는 어떻게 해야 하지? 수업을 받아야 하나?"

어흐흑, 10대 때 못 이룬 마법사의 꿈을 서른에 이루는구나! 두근 거림을 감추지 못하고 있는 와중, 베리테의 목소리가 들려왔다.

"일단 다른 사람한테는 말하지 마. 네가 마력이 있다는 거."

소년에게는 어울리지 않는 낮고 차분한 음색이었다. 베리테의 표정이 엄하게 굳어 있었다. 왜 저런 표정을 짓지? 내가 마법사인 게 나쁜 일인가……?

"왜 말하면 안 돼?"

"조만간 알려 줄게. 그러니 일단은 비밀로 해 두자."

베리테의 상태가 조금 이상해 보였다. 이렇게 정색할 일인가? 이유는 모르겠지만, 베리테가 저렇게까지 말하니 그를 믿기로 했다.

"알았어. 비밀로 할게. 혹시 뭔가 위험한 건 아니지……?"

"응. 그런 건 아니니 걱정하지 마. 그나저나 마법관에서 무슨 일은 더 없었어? 마법장이 네 마력을 눈치챘다거나."

"그런 일은 없었는데……. 아!"

제일 놀라운 일을 깜빡 잊고 있었다. 나는 뒤늦게 레이븐을 떠올리고 입을 열었다.

"레이븐이랑도 마주쳤어."

"레이븐이랑? 그 사람이 왜 마법관에 있어?"

"마법에 관심이 많아서 자주 간대. 깜짝 놀랐다니까."

다른 무엇보다 그게 가장 놀라웠다. 뿐만 아니라 얼떨결에 레이븐의 부탁도 들어주게 되었고.

"레이븐이 뭔가 이상한 짓을 한 건 아니지?"

"응. 지난번 받은 선물의 답례를 하겠다고 하니, 시간을 내 달라고 하더라. 대체 뭘 부탁하려는 걸까?"

"흐음······."

정치적인 부탁이라면 좀 곤란할 것 같은데. 베리테도 같이 고민해 주었지만 딱히 그럴싸한 대답은 나오지 않았다.

"일단 나는 좀 알아보고 싶은 게 있으니 먼저 가 볼게. 쉬어, 아비게일."

베리테는 짧은 인사를 남긴 뒤 거울 너머로 사라져 갔다. 나도 내 방으로 돌아왔다.

침대에 누워 나는 오늘 하루 동안 있었던 일을 되짚었다. 여러 일이 있었지만 가장 놀랐던 건 내게 마력이 있다는 사실일까.

아마 적은 양의 마력이겠지만 그것만으로도 가슴이 두근거린다. 내 마력은 어떤 색깔이려나? 아주아주 예쁜 색깔이라면 좋겠다. 멋진 마법사가 되어야지.

철과 철이 맞부딪는 소리가 요란하게 울려 퍼졌다. 날카로운 햇볕이 내리쬐는 연무장에서 세이블리안이 검을 휘두르고 있었다. 상대는 세이블리안의 검술 스승이자 위사인 자였다.

검이 상대방의 칼날을 긁어내리며 요란한 소리를 냈다. 세이블리안은 평소대로 흔들림 없이, 허나 맹렬한 시선으로 상대를 압박해갔다. 칼날이 눈빛인 듯 눈빛이 칼날인 듯하였다.

한 합을 받아내면 상대는 곧바로 한 합을 돌려주었다. 치열한 공방이 오가던 끝에 두 사람이 멈춰 섰다. 세이블리안의 칼끝이 위사의 목 언저리에 닿아 있었다. 위사가 힘겨운 숨을 몰아쉬며 웃었다.

"늙은이에게 가차 없으시군요."

"스승님께서 봐주신 것을 압니다."

신하일 때의 위사라면 몰라도, 스승일 때의 위사에게는 차마 하대하지 못하는 세이블리안이었다.

어린 시절부터 자신을 가르쳐 온 사람이다. 10대 때도 마흔 줄이었으니, 이제는 쉰을 넘은 위사에게 세이블리안의 혈기는 감당하기 힘든 것이었다.

세이블리안은 묵묵히 검을 거두었다. 이마에는 땀이 맺혀 있었지만 피곤한 기색은 없었다.

"오랜만의 대련인데 실력은 여전하시군요, 전하."

"칭찬의 말씀 감사합니다."

왕이 아니었다면 훌륭한 검사가 되었을 것이었다. 시종이 다급히 수건과 물주머니를 가져왔다. 위사는 땀을 닦으며 말했다.

"요즘 다시 검술 수련을 하시게 된 이유가 있습니까?"

"딱히 없습니다. 그저 몸을 좀 움직이고 싶었을 뿐입니다."

요즘 들어 세이블리안은 혈기가 넘쳐 흐르고 있었다. 하루 종일 앉아만 있기에는 좀이 쑤셨다.

온몸에 열이 끓어오르게 된 것은 아비게일과 동침한 뒤부터였다. 마주 잡은 그녀의 손에서 시작된 열이 팔을 타고 올라와 심장을 끓게 만들었다.

"몸을 움직이지 않으니 쓸데없는 생각이 들어서 말이죠."

"그 생각이 무엇인지 여쭤봐도 괜찮겠습니까."

"별것 아닌 문제입니다."

세이블리안은 대답을 피했다. 차마 위사에게 말할 수 없었다. 아니, 그가 아닌 그 누구에게도 말할 수 없었다. 아비게일의 잠든 얼굴을 바라볼 때마다 몸이 달아오른다는 사실을 어찌 말할 수 있겠는가.

끓어 오른 피가 온몸으로 퍼져 나갈 때마다 이상한 기분이 들었다. 그녀에게 가까이 붙고 싶고, 안고 싶었다. 그는 그런 추잡한 욕망이 싫어 검을 잡았다.

몇 시간 내내 검을 휘두르고 있으면 열기가 조금이나마 분출되는 것 같았다. 오늘은 대련까지 했으니 제법 평온한 마음으로 잠들 수 있을 듯했다.

"그래도 대련한 덕분에 머릿속이 제법 가라앉았습니다. 감사합니다, 스승님."

"천만의 말씀입니다. 언제라도 상대가 필요하시다면 말씀해 주시길."

두 사람은 검을 챙긴 뒤 연무장을 나섰다. 날이 점점 더워지고 있었기에 등에 땀이 고였다.

세이블리안은 가볍게 몸을 씻을 생각으로 욕실에 향했다. 그가 혼자 남게 되자, 어디선가 목소리가 들려왔다.

"세이블리안. 세이블리안!"

어린 소년의 목소리였다. 상의를 벗으려던 세이블리안이 고개를 틀었다. 단상 위에 탁상 거울이 엎어져 있었다. 세이블리안은 귀찮다는 듯이 거울을 제대로 세웠다. 베리테였다.

"오, 아직 안 벗었네. 다행이다. 혼자 있는 거 맞지?"

"용건은?"

세이블리안의 목소리는 그저 삭막했다. 시선 역시 마찬가지였다.

베리테가 아이의 모습이 되자 적의는 줄어들었으나, 그렇다고 해서 호의가 생겨나는 것은 아니었다.

"도와주러 온 건데, 대접이 좀 야박하지 않아?"

푸대접에 베리테가 입술을 삐죽댔다. 그럼에도 세이블리안은 무뚝뚝하게 말했다.

"왕에게 하대하는 자를 너그러이 봐주는 것에 감사……."

베리테의 말을 흘려보내며 상의를 벗으려는 찰나. 어느새 베리테의 모습이 사라지고 눈처럼 흰 은발의 여인이 나타났다. 아비게일의 형상이었다.

"흐음? 뭐라고?"

"……함부로 그녀의 모습을 빌리지 마라."

세이블리안은 걷어 올리던 상의를 슬그머니 잡아 끌어내렸다. 그의 목덜미가 뜻 모를 빨강으로 달궈져 있었다.

거울 속의 아비게일이 허상임은 알고 있다. 알맹이가 베리테라는 사실을 알면서도 그는 시선을 맞출 수 없었다.

그 모습에 아비게일은 만족스럽다는 듯이 웃었다. 곧 베리테가 원래 모습으로 돌아갔다.

"이 모습으로 이야기할까? 아니면 아비게일의 모습으로?"

"지금의 모습으로 말해라. 무슨 용건이지?"

세이블리안이 경계하듯이 물었다. 베리테는 한결 여유로워진 얼굴이 되어 말했다.

"아까 말했잖아. 도와주러 왔다고."

"같은 말 여러 번 하는 것은 좋아하지 않는다. 용건은?"

"레이븐이 아비게일한테 작업 건다."

순간 쾅 소리와 함께 거울이 떨려 왔다. 단상을 내리친 세이블리안은 아픈 기색 없이 멀쩡한데, 거울이 겁이라도 먹은 듯 바르르 떨렸다.

베리테는 뺨이라도 맞은 사람처럼 놀라 그를 바라보았다. 딱히 베리테를 향한 분노는 아니었지만 충분히 위협적이었다.

"그게 무슨 소리지? 정확히 말해."

책상을 쥔 양손에 힘이 잔뜩 들어가 있었다. 핏줄이 툭 불거진 것이 금세라도 상판을 박살 낼 기세였다.

그의 눈동자 속에 푸른 경계심이 이글거리고 있었다. 한순간 겁을 먹었던 베리테가 그의 안색을 살폈다.

"레이븐이 예전에 아비게일 생일 선물로 클리너를 줬어. 알고 있어?"

처음 듣는 사실이었다. 하지만 크게 신경이 쓰지는 않았다. 클리너라면 자신도 종종 쓰는 마도구다.

그런 하찮은 것을 선물로 주다니. 레이븐도 참 어수룩한 자라고 생각하던 와중이었다. 그 사이로 베리테가 말을 이어 갔다.

"그리고 아비게일이 그걸 무지하게 마음에 들어 했고."

"뭐?"

세이블리안은 순간 얼떨떨해졌다. 그 바람에 얼굴에 드리워졌던 노기가 조금 가시자, 주눅 들었던 베리테의 목소리가 빨라졌다.

"그래서 아비게일이 레이븐에게 답례한다고 했고, 레이븐이 시간을 내달라고 했대."

연이어 들려오는 정보는 세이블리안을 더욱 혼란에 빠지게 만들었다. 단상을 짚고 있어도 어쩐지 몸이 휘청이는 것 같았다.

"레이븐이 시간을 왜 내달라고 했지?"

"아직 몰라. 시간만 내달라고 했을 뿐."

레이븐, 건국제 이후로 아비게일의 주위를 맴돌더니 기어코 접근을 하는가. 대체 뭘 부탁하려는지 감이 잡히지 않았다. 돈인가? 돈이라면 상관없다. 하지만 만약에 그런 물질적인 것이 아니라면?

"그 부탁이 뭔지 궁금하지? 내가 나중에 알게 되면 알려 줄까?"

어느새 베리테는 평소의 여유를 찾은 상태였다. 소년이 작은 악마처럼 히죽 웃고 있었다.

그 모습을 보자 왠지 열을 내고 있는 자신이 한심해졌다. 세이블리안은 상판에서 천천히 손을 떼어냈다.

"굳이 네게 물어볼 필요 없어. 비비에게 물어보면 된다."

"흐음? 그럴래? 그러든가."

베리테의 태도가 묘하게 여유로웠다. 왜 저리 여유로운지 감이 잡히지 않았다.

"이번에는 내가 알려 줘서 알게 됐지만, 다음엔 어떻게 할래? 아비게일을 감시하고 꼬치꼬치 캐물을 거야? 그걸 아비게일이 좋아할까?"

그 말을 듣자 세이블리안의 미간이 구겨졌다. 이제야 베리테의 여유가 어디에서 나오는지 알 것 같았다.

"차라리 나한테 맡기는 게 낫지 않아? 아비게일에게 접근하는 자가 있다면 네게 모두 알려 줄게. 어때?"

세이블리안은 고요하게, 그러나 신중하게 베리테를 바라보고 있었다. 나쁘지 않은 제안이다. 하지만 유혹에는 대가가 있는 법이다.

"뭘 원하지?"

"선의로 하는 일이지만……. 정 고마우면 나한테 빚 하나 져둔 셈쳐줘."

명확하지 않은 조건만큼 위험한 것이 또 어디 있겠는가. 게다가 성격상 남에게 빚지는 것이 탐탁지 않았다. 하지만 그는 고개를 끄덕였다.

"기억해 두도록 하지."

베리테의 말대로 아비게일의 신변에 일어나는 모든 일들을 통제할 수 없었다. 또한 그녀가 그런 것을 원치 않을 것 같았다.

아비게일이 위험에 처하는 것을 볼 수는 없지만 그녀에게 미움받고 싶지도 않았다. 베리테가 실실 웃었다.

"좋아. 알겠어. 그러면 앞으로 레이븐이 접근할 때마다 알려 줄게."

웃는 얼굴이 요정처럼 장난스럽기도 했으나 어딘가 모르게 진중했다. 베리테의 은색 눈동자가 조용히 빛났다.

"기억해둬, 세이블리안. 나한테 하나 빚진 거야."

나는 내 손등을 바라보고 있었다. 정확히 말하면 엄지손가락에 난 상처를 보는 중이었다. 손가락을 딸 때 생긴 작은 멍이었다.

그 후로 며칠이 흘렀지만 베리테는 아무런 말도 없었다. 요즘 뭔가 바빠 보이긴 하던데.

그나저나 손을 바라보고 있자니, 어젯밤의 일이 떠올랐다. 평소처럼 대화를 나누고 잠자리에 들려는데 세이블이 내 손을 보고 놀란 기색이 되었다.

어쩌다 다친 거냐고 묻는 그를 보며 오히려 내가 놀랐다. 크게 눈에 띄지 않는 상처였는데 어떻게 알아본 걸까. 이유가 무엇이든 간에 나를 신경 써 주는 것이 꽤나 고마웠다.

이제는 그와 함께 자는 것도 익숙하고 편안해졌다. 후후, 이 정도면 내 인생도 안정권인 것 같다. 원작대로 죽을 일은 없는 것 같네.

멍이 든 손을 바라봐도 흐뭇하기만 했다. 그때 클라라가 총총걸음으로 다가왔다.

"왕비님. 레이븐 경께서 방문하셨어요."

"그래, 모셔 오렴."

레이븐과는 오늘 선약이 되어 있었다. 지난번 마법관에서 미처 나누지 못한 이야기를 끝내기 위해서였다. 클라라가 물러가고 얼마 지나지 않아 레이븐이 들어왔다.

오? 오늘은 머리를 높게 묶었구나. 긴 포니테일이 말의 꼬리처럼 윤기가 흘러넘치고 우아해 보였다. 레이븐이 정중하게 인사를 올렸다.

"왕비님. 이렇게 시간을 내주셔서 감사합니다."

"어서 오세요, 레이븐 경. 그동안 많은 것을 받았는데 답례가 늦었네요. 우선 자리에 앉으시죠."

그는 익숙하게 맞은편에 앉았다. 그러고 보니 레이븐이 저 자리에 앉은 게 벌써 여러 차례구나. 어쩌다 이렇게 자주 만났지? 아비게일이 죽기 전에는 딱히 접점이 없었던 것 같은데. 선물을 준 적도 없었고.

"지난번, 마법관에서 왕비님을 뵙게 되어 영광이었습니다. 블랑슈 공주님께서는 무척 사랑스러우셨죠."

블랑슈가 사력을 다해 방해하던 것이 떠올랐다. 귀엽긴 귀여웠지. 나도 모르게 웃었다가 표정을 굳혔다.

"네. 그랬었죠. 그때 레이븐 경께서 시간을 내달라고 하셨는데, 어떤 부탁을 하려는 건가요?"

"그게……."

그가 말꼬리를 흐렸다. 민망한 듯 웃고 있던 레이븐이 조심스레 입을 열었다.

"괜찮으시면 저도 왕비님께 옷을 받을 수 있을까요?"

"네? 옷이요?"

웬 옷? 레이븐은 여전히 부끄러워하는 얼굴이었다.

"예. 왕비님께서 고안하신 옷들이 너무 훌륭해서 자꾸 생각이 나더군요. 옷 선물을 받은 영애들이 무척 부러워서 이런 부탁을 드리게 되었습니다."

그는 그렇게 말하고는 내 눈치를 슬그머니 보았다. 그의 금색 눈동자가 애절하게 빛났다.

"뻔뻔한 것을 알지만, 어떻게 안 될까요……?"

흠. 이 친구도 상당히 영롱한 눈망울을 지니고 있군. 하지만 블랑슈와 세이블의 눈빛 공격을 받아 온 내게는 큰 효과를 주지 못했다.

그나저나 옷이라. 옷을 선물하는 게 어려운 일은 아니다. 내 능력을 높게 평가해 주는 것도 고맙고.

하지만 나는 흔쾌히 수락할 수 없었다. 만약 내가 영애들뿐 아니라 여러 영식들에게도 옷을 만들어 줬다면 모를까.

이제까지 내가 남성용 의복을 만들어 준 사람은 베리테와 세이블 두 사람뿐이었다. 베리테의 존재는 숨겨져 있으니 공식적으로 남성에게 옷을 선물한 것은 세이블이 유일한 상황.

그런 와중에 내가 레이븐의 옷을 만들면 주위에서는 어떤 시선으로 볼까? 어이쿠, 형수가 시동생을 잘 챙기네. 그런 반응 정도라면 괜찮겠지만 레이븐과 미리엄의 불륜설도 있으니 이상하게 볼 확률도 있었다.

어쩌면 좋으려나. 와중에 레이븐은 간절한 표정을 유지하고 있었다. 나는 잠시 고민하다 입을 열었다.

"미안해요, 레이븐 경. 그 부탁은 좀 어려울 것 같군요. 남성복에는 솔직히 자신이 없어서요."

나쁜 사람은 아니지만 괜한 소문에 휩쓸리는 것도 사양이다. 그와는 이렇게 가끔 이야기를 나누는 사이가 적당하겠지.

다행히 레이븐은 이해한다는 듯 고개를 끄덕였다. 딱히 기분이 상한 기색도 없었다.

"그러시군요. 제가 여자가 아닌 점이 아쉽습니다."

"혹 다른 부탁은 없나요? 아니면 원하는 물건이라든가."

"괜찮습니다. 마음만으로도 기쁜걸요."

상냥하게 미소 짓는 걸 보고 있자니 왠지 미안해졌다. 옷 선물은 못 하지만, 다른 선물이라도 해야지.

"정말 없나요? 당장 생각이 나지 않으면 다음에 이야기해도 괜찮아요."

"으음, 그러면……."

지금 답례를 돌려주지 않으면 앞으로도 계속 이 일로 골머리를 썩일 것 같았다. 빨리 선물 주고 끝내고 싶다. 레이븐은 잠시 고민하다 입을 열었다.

"그러면 혹시 제 디자이너에게 조언을 주실 수 있을까요?"

"조언이요?"

"예. 부끄럽게도 제가 안목이 부족하여 디자이너가 원하는 옷을 물어도 마땅히 답이 나오지 않더군요."

나는 레이븐이 입고 있는 옷을 힐끗 보았다. 하늘색이 도는 코트였는데, 솔직히 말하자면 그와 딱 어울리는 느낌은 아니었다.

물론 얼굴이 되니까 뭘 입어도 상관은 없지만 기왕 자기 취향에 맞춰서 입으면 좋잖아.

조언을 해 주는 정도라면 괜찮겠지. 부담이 한층 덜어져 나는 흔쾌히 고개를 끄덕였다.

"그거라면 가능할 것 같아요."

"감사합니다. 혹 시간이 괜찮으시다면 오늘 봐주실 수 있을까요?"

오늘? 딱히 오후에 일정은 없었다. 거절하면 다음에 또 봐야 하니 한 번에 끝내는 게 좋을 것 같았다.

"네. 좋아요. 그럼 디자이너를 부르도록 하죠."

나는 시종에게 디자이너를 불러 달라 말을 전했다. 바로 오더라도 30분 정도는 걸릴 것이다.

"그 사이 차라도 한잔하겠어요?"

"그런 영광을 누리게 되어 기쁩니다."

곧 하녀들이 홍차와 다과를 내왔다. 나는 홍차가 조금 식기를 기다리다 레이븐을 힐끗 보았다. 뜨거울 텐데도 그는 아무렇지 않게 홍차를 마시고 있었다. 시선은 아래를 향한 채였다.

두 눈을 내리깔아 눈동자 색이 보이지 않자 정말 세이블리안과 닮아 보였다. 이 사람도 아마 엄청 인기 많겠지. 얼굴도 잘생기고, 성격도 다정하고. 게다가 왕의 아들이다. 귀족 영애들 중에서 레이븐을 흠모하는 사람들이 제법 있겠지.

"그러고 보니."

레이븐을 훔쳐보던 중 그의 목소리가 들려와 나는 황급히 고개를 들었다.

"블랑슈 공주님의 약혼 제안이 모두 무산되었다고 들었습니다."

"아. 네. 그렇게 되었죠."

레이븐은 소리도 내지 않으며 가만히 찻잔을 내려놓았다.

"제가 감히 뭐라 할 수 없는 입장이기에 조용히 있었지만……. 솔직히 다행이라 생각했습니다."

"다행이라고요?"

"예. 공주님은 제게 귀여운 조카이기도 하니 가급적이면 좀 더 어른이 된 뒤에 좋은 상대를 만났으면 싶더군요."

조카라는 단어가 무척이나 살갑고 정답게 느껴졌다. 지난번, 블랑슈가 싫은 티를 내도 그저 웃고 있었지.

나도 내 조카가 태어났을 때 무척 기뻤으니까 레이븐의 심정이 이해가 간다. 왠지 레이븐에게 내적 친밀감이 조금 쌓였다.

"그렇군요. 레이븐 경께는 하나뿐인 조카이니."

"네. 게다가 궁에서만 지내면 아이들을 볼 기회가 없으니까요."

"흐음? 아이를 좋아하나요?"

"아무래도 이 나이쯤 되다 보니 자꾸 눈이 가더군요."

그렇게 말을 하니 레이븐이 무척 노쇠한 사람처럼 느껴졌다. 아이를 좋아한다니. 그러면 결혼도 하고 싶은 걸까?

"레이븐 경께도 결혼 제안이 왔다고 들었는데. 맞나요?"

"네. 레타에서 제안이 왔습니다. 거절했지만요."

"레이븐 경께서는 결혼 생각이 없으신가요. 아이를 좋아하신다면 결혼도 나쁘지는 않을 텐데요."

"결혼이라……."

레이븐은 꿈을 꾸는 듯한 표정이 되었다. 그것은 언젠가 올 행복을 미리 그려보는 자의 얼굴은 아니었다.

이루어지지 못할 희망, 꿈. 그런 것들을 다시금 떠올리는 것처럼 보였다. 아마 사생아라는 사실 때문일까.

"네. 딱히 결혼 생각은 없습니다."

"어째서인가요?"

"……."

나는 조금 오지랖을 부려보았다. 아이를 좋아하고, 결혼도 하고 싶은데 정치적인 위치 때문에 그런 것을 포기했다면 좀 안타깝다. 세이블에게는 몇 안 되는 가족이다. 기왕이면 잘 지냈으면 하는 바람이 있었다.

세이블이 냉정하지만 잔인한 사람은 아니고, 레이븐 역시 딱히 권력 욕심이 없는 것 같으니 괜찮지 않을까?

대답은 오랫동안 돌아오지 않았다. 평소에는 시원시원 대답하던 사람이었는데……. 역시 너무 민감한 부분을 물어본 것일까. 후회하고 있던 와중, 레이븐이 간신히 입을 열었다.

"음. 뭐라고 해야 할까요. 어린 시절의 반발심 때문이랄지."

"반발심이요?"

레이븐은 설명하기 어렵다는 듯한 표정을 지었다. 그답지 않게 망설이는 기색이 역력했다.

"제가 궁에 들어오게 된 건, 선왕께서 서거하신 직후였습니다. 그 전까지는 제 생부가 누구인지 몰랐죠."

그의 노란색 눈동자가 가만히 가라앉아 있었다. 마치 낙엽들이 쌓여가듯.

"갑자기 저를 불러온 건, 혹 세이블리안 전하가 잘못되셨을 때를 대비한 것이었죠."

"……그랬군요."

레이븐은 일종의 보험 같은 존재였구나. 세이블리안이 아이를 낳지 못하고 죽었을 때를 대비한.

홍차 때문인지 이야기 때문인지 입이 썼다.

"왕궁에 들어오게 되었으나 기쁘지는 않았습니다. 어린 나이에도 느낄 수 있었으니까요. 제가 누군가의 대체재라는 걸."

대체재라는 단어는 무척이나 삭막하고 무기질적으로 들렸다. 레이븐의 입가에 걸려 있던 미소는 사라지고 없었다. 그는 홍차로 짧게 입을 축인 뒤 말을 이어 갔다.

"어릴 때는 그 사실이 싫었습니다. 그리고 지금도 그다지 좋아하지는 않습니다. 결혼을 하지 않는 것도 비슷한 맥락이죠."

"어떤 맥락인가요?"

"전하께서 후계를 생산하지 못할 때를 대비해, 제가 후계를 낳고 싶지는 않습니다."

달칵. 나는 손에 들고 있던 찻잔을 내려놓았다. 자기가 부딪치는 소리가 짐짓 섬뜩하게 들렸다.

나는 조금 넋이 나가 있었다. 나는 이제까지 레이븐이나 레이븐의 아이가 후계 자리를 위협하는 정적이라고만 생각했다.

"가끔은 그런 생각도 들더군요. 전하와 얼굴이 좀 달랐으면 좋았을 텐데 하고. 쌍둥이처럼 닮은 얼굴을 볼 때마다 제가 예비용인 인간처럼 느껴지니……."

그는 조금 서글프게 웃으며 말했다. 그 목소리가 너무 깊고 어두워 나는 함부로 위로를 꺼낼 수가 없었다. 끝나지 않는 겨울처럼 침묵이 이어졌다.

내가 아무런 말도 꺼내지 못하자 레이븐이 뒤늦게 입을 열었다. 그가 미안하다는 듯이 말했다.

"죄송합니다, 전하. 이런 이야기를 할 생각은 아니었는데."

후회하는 기색이 역력했다. 나는 그저 조용히 그의 말을 듣고 있었다.

"이상하게 왕비님 앞에서는 안심이 돼서 저도 모르게 긴 이야기를 하고 말았습니다."

"아니에요. 괜찮아요. 나야말로 미안해요. 민감한 이야기를 물어봐서……."

힘든 이야기일 텐데 나를 믿고 말해 줘서 고맙고 미안했다.

뭐라 말을 해야 하나 망설이는 사이, 디자이너가 도착했다는 보고를 받았다.

"그럼 가 보시겠습니까. 왕비님."

레이븐이 밝은 목소리로 말했다. 방금 전 아무런 일도 없었다는 듯이. 그가 눈꼬리를 휘며 웃었다.

나는 고개를 끄덕인 뒤 자리에서 일어났다. 한층 아래에 있는 시착실로 향하는데 무척 먼 길을 가는 것 같았다.

세이블 때도 느꼈지만 정말 권력이란 독배 같다. 왜 가장 높은 곳에 있는 자들이 이토록 고통받는 것일까. 에휴, 불쌍한 사람 같으니. 옷이라도 한 벌 지어 줄 걸 그랬나.

씁쓸한 기분이 되어 시착실로 들어서자, 맵시 입게 차려입은 디자이너가 우리를 맞이해 주었다.

"왕비 전하, 레이븐 공작님. 불러 주셔서 영광입니다. 오늘은 공작님의 의상 때문에 찾으셨다 들었습니다."

"그렇네. 급히 불러 미안하군."

레이븐이 아랫사람을 대하는 것이라고는 믿기 힘들 정도로 부드럽게 웃으며 말을 이어 갔다.

"지금 제작 중인 예복을 어떻게 할지 아직 정하지 못해, 왕비님께 도움을 요청했네. 왕비님께 보여드리게."

"예. 알겠습니다."

디자이너는 종이 한 장을 내게 내밀었다. 거기에 그려진 것은 허벅지까지 내려오는 코트로, 너비가 넓은 커프스를 장식하여 포인트를 주었다.

디자인은 나쁘지 않은데? 차분하면서도 어느 정도 눈길을 끌고. 아마 소재는 실크이려나.

"원단은 어떤 걸 준비했지?"

"실크나 브로케이드, 세틴 등을 사용하려 합니다. 우선 여러 색상의 원단을 준비해 두었습니다."

디자이너는 그렇게 말한 뒤 제 조수에게 시선을 주었다. 곧 조수가 두툼한 책 한 권을 가져왔다.

책을 펼치자 그 안에는 자그마한 원단 조각들이 카탈로그처럼 붙어 있었다. 나는 견본을 살펴보다 레이븐에게 물었다.

"공작께서는 어떤 색이 가장 좋으신가요?"

"아무거나 좋습니다."

세상에서 제일 어려운 주문이 등장했다. 아무거나. 알아서 만들라고 해놓고서 결과물이 나오면 꼭 이게 아니라고 하지. 나는 차분히 레이븐에게 대화를 시도했다.

"화사하게 보이고 싶으신가요, 아니면 좀 차분한 계열이 좋으신가요."

"음…… 차분한 쪽이 좋을 것 같습니다."

이럴 줄 알았어. 빨간색으로 했으면 서로 곤란할 뻔했군.

"그러면 무채색 계열은 어떤가요? 흰색, 회색, 검정 중에서는 어느 쪽이 취향인가요?"

"검정이 좋을 것 같습니다."

좋아. 슬슬 가닥이 잡혀갔다. 나는 견본 사이에서 검은색 원단을 몇 개 추려내 책상 위에 올려두었다.

어떤 원단으로 하는 게 좋으려나. 요즘 유행은 뭐였지? 다 비슷해 보이는 원단이지만 재질에 따라 느낌이 다르고, 같은 소재라 해도 미묘하게 색이 달랐다.

고민하고 있던 그때 레이븐이 물었다.

"왕비님. 무얼 고민하고 계신지 여쭤봐도 될까요."

"어떤 쪽이 공작에게 어울릴지 생각 중이었어요."

"실례지만 제 눈에는 둘 다 똑같은 검은색으로 보입니다만……."

"아뇨. 비슷해 보이지만 똑같은 색은 아니에요."

나는 레이븐의 손에 원단을 올려 주었다. 그는 유심히 바라보았지만, 여전히 차이를 모르겠다는 표정이었다.

아무래도 조명 때문인가. 나는 다시 원단을 가져간 뒤 창가로 다가갔다. 그리고 원단을 햇빛 아래에 비추었다.

"이러면 좀 차이가 날 것 같군요."

"아, 색이 조금 다르게 보입니다."

한쪽은 햇빛을 받아도 진한 검정이었고, 한쪽은 희미하게 녹색을

띠고 있었다. 주의해서 보지 않으면 비슷하겠지만 결국은 다른 색이
었다.

"검정에도 종류가 있다니 신기하군요."

"네. 검은색에도 여러 이름이 있어요. 블랙, 잉크, 오일, 메탈, 제이
드, 그리고……."

여러 이름을 나열하던 중, 나는 문득 입을 다물었다. 어떤 생각이
떠올랐기 때문이었다.

레이븐은 가만히 내 말을 기다리고 있었다. 나는 다른 사람들이
듣지 못하도록 목소리를 낮추었다.

"……검은색 중에는 레이븐과 세이블이라는 색도 있어요. 언뜻
보기엔 같지만, 다른 색이죠."

세상에는 수많은 색깔이 있고 저마다의 이름이 있다. 그 차이가
너무 미세하기 때문에 사람들은 보통 큰 분류로 색을 묶곤 했다. 하
지만 결국에는 다 다른 색이었다. 비슷한 색은 있어도 같은 색은 없
었다. 같은 색이라면 굳이 다른 이름을 주었을 리 없으니까.

"세상에 같은 색이 없어요. 사람도 마찬가지죠. 그러니까……."

나는 망설이다 그를 응시하였다. 레이븐은 세이블과 닮았지만 전
혀 다른 얼굴로 나를 보고 있었다.

"본인을 대체재라 생각하지 않으면 좋겠어요. 레이븐은 오로지
레이븐일 뿐이에요."

레이븐에게 해 주고 싶었던 이야기를 결국 꺼내고야 말았다. 말을
해놓고도 후회였다. 지나친 오지랖은 아니었을까. 하지만 그에게 위
로의 말을 건네고 싶었다.

나 때문에 화가 나거나 상처받지 않았으면 좋겠는데……. 나는 슬

그머니 고개를 들어 그의 안색을 살폈다.

그 순간, 나는 작은 쥐가 된 것만 같았다. 그의 눈동자가 너무 흉흉해 나는 그대로 굳어 버리고 말았다.

레이븐의 금안이 또렷하게 보였다. 저 맹금류와도 같은 눈빛. 그 눈빛이 나를 직시하자 숨이 막혔다. 매에게 노출된 쥐가 된 것 같았다. 날카로운 부리와 발톱에 찢겨 나갈 쥐. 그가 이처럼 사나운 기색을 발하는 것은 처음 보았다. 화가 난 것일까?

아니, 그의 눈빛에는 증오가 없다. 놀라움, 흥미, 그리고 정체를 알 수 없는 무언가로 눈동자가 번들거릴 뿐. 그 '무언가'의 정체를 알 길이 없었으나 위험하다는 것만은 알 수 있었다.

곧 레이븐의 입꼬리가 비스듬하게 올라갔다. 평소와 같은 부드러운 미소. 하지만 순수한 호의는 느껴지지 않았다.

"왕비님은 재미있는 분이시군요."

내 앞에 서 있는 사람이 정말 레이븐인가? 레이븐의 탈을 쓴 누군가가 아닐까? 전혀 모르는 사람을 상대하고 있는 듯한 기분이었다. 공기조차 변질된 것 같았다. 사막의 공기 같다. 그의 시선이 폭력적일 정도로 뜨거운 햇볕을 닮았다.

"국왕 전하께서 왕비님을 총애하는 이유를 알 것도 같습니다."

그의 입에서 언어가 흘러나올 때마다 더욱 공기가 희박해지는 것 같았다. 나도 모르게 한 발짝 물러섰다. 그러자 레이븐도 내게 한발 다가섰다. 뒷덜미가 쭈뼛 섰다.

"그래서 제게 어울리는 색깔은 무엇인가요?"

"저기, 그건……."

나는 뭐라 말을 할 수가 없었다. 입안이 서벅서벅한 모래로 가득 채워진 것 같았다.

바짝 굳어 있던 그때, 문 열리는 소리가 들려왔다.

"왕비님."

익숙한 목소리가 들려오자, 그제야 공기가 원래대로 돌아왔다. 황급히 뒤를 돌아보니 문가에 노마가 서 있었다.

"바쁘신 와중 죄송합니다. 국왕 전하께서 찾아오신지라……."

"전하께서?"

그가 무슨 일로 온 걸까? 뭔지는 모르겠지만 무척이나 반가웠다. 사막에서 조갈로 죽어가던 중 비가 내린 것만 같았다.

"가 보셔야겠군요."

다정한 미성이 들려왔다. 뒤를 돌아보니 레이븐은 평소의 모습 그대로였다. 조금 전의 압박감 역시 온데간데없었다. 마치 신기루처럼.

"……네. 오늘은 이만 가 봐야 할 것 같아요."

"그러면 또 언제 뵐 수 있을까요?"

또? 나는 '또'라는 말에 흠칫 놀랐다. 나는 차마 대답할 수 없었다. 레이븐과 단둘이 만나선 안 될 것 같다는 예감을 받았다.

"레이븐 경께서도 시간 내기 어려울 터이니, 제가 차후 디자이너를 불러 이야기 나누도록 하겠습니다."

"네. 그럼 잘 부탁드리겠습니다."

그는 미련 없이 나를 놓아주었다. 시착실을 나서자, 날카로운 발톱에 붙잡혀 있다가 간신히 빠져나오는 기분이 들었다.

내가 딛는 이 바닥이 왠지 모르게 불안하게 느껴졌다. 방금 그건 뭐였을까? 왜 레이븐이 그런 표정을 지은 거지?

차라리 화를 냈더라면 이해했을 것이다. 그러나 그의 눈동자에 비친 것은 분노나 실망이 아니었다. 그의 눈동자는 의미심장하게 빛나고 있었다. 호의라고 하기에는 어둡고, 적의라고 하기에는 온기가 있던 그 눈.

여전히 무언가에 홀린 듯한 기분으로 나는 응접실에 들어섰다. 방 안에 서 있던 세이블이 황급히 나를 돌아보았다.

"아비게일. 오셨습니까."

그의 목소리를 들으니 마음이 울컥했다. 왜 이렇게 안심이 되는 걸까. 세이블에게 다가가 그를 끌어안고 싶었다. 하지만 그 정도의 이성은 남아 있었기에, 나는 태연하려 애쓰며 입을 열었다.

"네, 전하. 급하게 찾으셨다길래. 무슨 문제라도 있으신가요?"

"아뇨. 딱히 문제는 없습니다. 그저 그대와 차라도 한잔하고 싶어서."

고작 차 때문에 날 불렀다고? 뭔가 이상하긴 했지만 아무래도 좋았다. 덕분에 시착실에서 빠져나올 수 있었으니.

"네. 저도 전하와 차를 마시고 싶던 참이에요."

담담히 고개를 끄덕이는 세이블을 보고 있자니 마음이 무척 차분해졌다. 비슷한 얼굴이지만 역시 둘은 다른 사람이구나.

곧 테이블 위로 차와 다과가 나왔다. 정말 차가 마시고 싶어서 온 건 아닐 테고, 뭔가 할 이야기가 있는 거겠지. 그러고 보니 오늘은 국정 회의가 있던 날 아닌가?

"그나저나 전하. 오늘은 국정 회의가 있지 않으셨나요?"

"내일로 연기되었습니다."

"무슨 일이라도 있었나요?"

"급한 안건이 발생하는 바람에 연기시켰습니다."

그때, 목걸이 쪽에서 낄낄대며 웃는 소리가 들려왔다. 세이블의 눈매가 날카로워졌다.

"베리테. 사석이다. 물러나라."

"예, 예. 전하. 물러나겠습니다."

그 와중에도 목소리에는 웃음기가 섞여 있었다. 곧 거울은 조용해졌고, 세이블은 묵묵히 차를 마셨다.

"베리테가 왜 웃었는지 아세요?"

"……모르겠군요."

으음. 세이블, 지금 거짓말을 하고 있는 것 같은데? 나 없는 사이에 두 사람끼리 무슨 이야기라도 나누기라도 한 걸까.

"그나저나 아비게일. 방금 전에는 어딜 다녀오셨습니까?"

세이블이 슬그머니 화제를 바꾸었다. 수상하네. 둘이서 정말 작당이라도 했나? 나중에 베리테에게 물어봐야겠다.

"잠깐 디자이너를 만나고 왔어요."

"새로운 옷을 만드실 계획입니까?"

"그게……."

나는 잠시 망설였다. 어떻게 하지? 레이븐이랑 있었다고 하면 싫어할 것 같은데……. 지난번에도 가까이 지내지 말라고 했으니까. 어떻게 보면 그의 말을 무시한 것처럼 보일지도 모르는 일이다.

솔직하게 말할지, 아니면 적당히 둘러댈지 나는 고민에 빠졌다. 짧은 침묵 끝에 나는 입을 열었다.

"지난번에 받은 선물 답례를 하려고 레이븐 경과 같이 있었어요."

차라리 세이블이 화를 내더라도 솔직하게 말하기로 결심했다. 거짓말을 해 봐야 남들에게 물어보면 쉽게 들킬 내용이고, 오히려 불신만 쌓일 게 뻔하다.

세이블은 나를 가만히 바라보고 있었다. 그의 눈동자는 호수처럼 고요했다.

"그랬군요. 답례라면 어떤 것입니까."

오? 예상외로 세이블은 불쾌한 기색이 아니었다. 솔직하게 말하길 잘했다! 나는 조금 안도하며 입을 열었다.

"새로 옷을 맞추는데 조언을 좀 해 달라고 하더군요. 그래서 원단을 고르다가……."

고르다가, 레이븐이 이상해졌다. 그 눈빛을 떠올리자 또다시 뒷덜미가 서늘해졌다.

"고르다가, 무슨 일이 있었습니까?"

세이블이 차분한 목소리로 되물었다. 이걸 뭐라 설명해야 하나. 나는 잠시 말을 고르곤 입을 열었다.

"그냥 원단 이야기를 좀 했어요. 검은색의 종류 중 레이븐과 세이블이라는 색이 있다, 신기하지 않냐 뭐 그런 이야기를 했거든요."

그리고 레이븐이 자신을 당신의 대체재로 여기고 있더라, 그런 이야기를 할 수는 없었다. 당사자가 없는 자리에서 그런 말을 하기엔 양심이 찔렸다.

"그랬군요."

세이블은 짧게 대답한 뒤 홍차를 머금었다.

어라? 왠지 표정이 조금 좋지 않은데. 역시 레이븐이랑 같이 있었던 게 싫은 걸까.

"그리고 지난번부터 궁금한 게 있었는데요."

"말씀하십시오."

"예전에 레이븐 경을 멀리하라 하셨잖아요. 특별한 이유가 있으신가요? 역시 정치적 입장 때문인가요.”

방금 전의 일 때문에 내 마음속에는 두 가지 감정이 양립하고 있었다. 하나는 레이븐이 안타깝다는 감정, 그리고 또 하나는 그를 멀리하고 싶다는 감정.

형제끼리 잘 지냈으면 하는 바람이 있는 한편 세이블과 레이븐이 멀어졌으면 싶기도 했다. 그토록 흉흉한 눈빛을 지닌 사람을 가까이 둬도 좋을까 싶다가도, 그가 이제껏 보여 준 호의 때문에 판단하기가 어려웠다.

와중에 세이블은 침묵을 고수하고 있었다. 그는 잠시 말을 정리하다 입을 열었다.

“믿음이 가지 않기 때문입니다.”

“믿음이요?”

세이블은 조금 껄끄러운 표정을 지은 채 말을 이어 갔다.

“레이븐 경은 제가 즉위한 이후, 단 한 번도 저의 걸림돌이 된 적이 없습니다. 아이를 낳아 블랑슈의 왕위 계승권을 위협한 적도 없죠.”

“권력에 욕심이 없어 보이긴 해요.”

그렇다면 레이븐을 왜 멀리하는 것일까? 세이블이 내 머릿속이라도 읽은 듯 입을 열었다.

“하지만 그는 결코 궁을 떠나지 않습니다.”

“네?”

“그에게 주어진 영지와 연금이 있으니, 그 땅에 가서 지내도 불편함은 없을 것입니다. 오히려 그쪽이 편할지도 모르죠. 하지만 그는 여전히 이곳에 있습니다. 원한다면 떠나도 상관없다 했지만 거절하더군요.”

그 말을 듣자 나는 조금 얼떨떨해졌다. 그러게, 뭔가 이상하다. 방금 전 레이븐은 궁에 들어온 게 기쁘지 않다고 했었다. 그런데 왜 굳이 궁에서 지내는 거지?

"딱히 수상한 기색을 드러낸 적은 없지만 그 지점이 걸립니다. 물증이 없으니 일단은 주시하고만 있는 상황입니다."

듣고 나니 나도 왠지 모르게 찜찜해졌다. 레이븐의 말과 행동이 일치하지 않는 구석이 있다.

궁이 싫고, 대체재로 사는 게 싫으며, 세이블이 억지로 붙잡고 있는 것도 아니다. 나 같으면 왕궁을 떠나 살았을 텐데……

대체 그는 무슨 생각을 하고 있는 걸까. 머리가 복잡해지던 와중, 세이블이 나를 바라보는 게 느껴졌다.

"그나저나 레이븐 경에게 관심이 많으시군요. 옷에 관해 조언도 주시고."

세이블이 넌지시 꺼내는 말에 정신을 차렸다. 그는 왠지 못마땅한 표정이었다.

"아니, 아니에요! 저도 좀 곤란하던 참이었어요. 다음부터는 함부로 선물 받지 않으려고요."

"……."

"그리고 원단을 살피다 보니 전하 생각이 나더라고요! 이참에 전하의 옷을 새로 한 벌 더 지을까 싶어요."

나는 세이블의 기분을 풀어 주기 위해 괜히 옷 핑계를 댔다. 새 옷이라는 말에 세이블리안의 눈이 커졌다.

"제 옷 말입니까?"

"네. 매번 같은 옷만 입으시면 질리지 않으실까 싶어서요."

오늘도 그는 내가 만들어 준 르댕고트를 입었다. 이쯤 되면 거의 세이블의 교복 수준이었다. 진작 옷 좀 해 줄걸. 뒤늦게 미안한 마음이 들었다.

"당신께서 만들어 주신다면 감사히 받겠습니다."

다행히 그는 내 제안이 꽤 마음에 드는 눈치였다. 방금 전의 언짢은 기색은 사라지고 없었다. 좋아, 좋아. 꼬까옷을 만들 생각에 나도 기분이 좋아졌다.

"좋아요. 그러면 이번에는 전하 취향대로 만들어 볼게요. 전하께서는 어떤 색깔을 좋아하세요? 원하는 장식이나 문양 같은 걸 알려 주시면 만들기 좋을 것 같아요."

"색깔……. 글쎄요. 딱히 그런 취향은 없어서."

우유부단한 건 형제끼리 참 닮았다. 세이블은 잠시 고민하는 기색이 되었다. 그러다 물끄러미 내 얼굴을 응시하며 입을 열었다.

"그대는요?"

"네? 뭐가요?"

"당신께서는 어떤 색을 좋아하시는지 듣고 싶습니다."

엥? 나? 왜 그런 걸 궁금해하지?

세이블이 손깍지를 껴서 테이블에 올려 둔 뒤, 말을 이어 갔다.

"당신께서는 워낙 그 방면에 조예가 깊으시니, 비슷한 색이어도 호불호가 있으시겠죠. 예를 들면……."

그가 진득하게 나를 바라보았다. 구름이 껴서 그런가. 그의 눈동자는 회색을 살짝 섞은 푸른빛을 띠고 있었다.

"레이븐과 세이블 중에서는 어느 쪽이 좋으십니까."

"……네?!"

내, 내가 지금 뭔가를 잘못 들은 건가? 레이븐과 세이블리안 중 누굴 좋아하느냐고? 갑작스러운 직구에 정신이 아찔해졌다.

아니, 정신 차려! 세이블은 지금 색깔 물어보는 거라고! 괜히 착각했다가 이불 찰 짓 만들지 말고 침착해라!

"그, 그러니까. 색깔…… 말씀이신 거죠?"

"예."

그는 색깔 외에 다른 것이 있냐는 듯 태연했다.

맞아. 색깔인 거지. 레이븐과 세이블은 색깔이야! 그 외의 다른 것일 리 없잖아, 그럼 그럼.

……라고 나에게 자기 암시를 걸었으나, 정작 내 머리에 떠오르는 것은 레이븐과 세이블의 얼굴이었다.

신이시여, 왜 저에게 이런 시련을 주십니까. 나는 차마 대답을 하지 못했다. 둘 중 하나를 고를 수 없어서는 아니었다. 색깔이든 사람이든 답은 세이블이었다.

하지만 세이블을 좋아한다 말하기에는 부끄러웠다. 마치 어수룩한 사랑 고백처럼 들려서.

와중에 세이블은 뻔뻔한 얼굴로 나를 바라볼 뿐이었다. 그가 집요하게 캐물었다.

"그래서 둘 중 어느 쪽이 좋으십니까?"

"저는…… 그러니까……."

이 세계에도 지구 온난화가 진행 중인가? 왜 이리 덥지? 세이블은 왜 저렇게 보고 있는 거야.

아니, 이거 내 자의식 과잉이다. 대화 상대가 앞에 있으니 눈을 바라보는 게 당연한 거지.

세이블은 별 뜻 없이 물은 건데 나 혼자 부끄러워하는 꼴이 우스웠다. 으, 하지만 뭐라 대답하지? 세이블이라 대답하면 되나? 하지만 왠지 부끄러운데. 그렇다고 레이븐을 좋아한다 할 수도 없고……!

"저는……."

머리가 검정으로 온통 엉망이었다. 여기서는 그냥 쿨하게 세이블을 좋아한다고 하면 되는 거야!

"저는 검은색보다 빨간색을 좋아해서요!"

아, 실패했다.

나도 모르게 준비하던 것과는 다른 대답이 튀어나왔다. 차마 세이블을 좋아한다고 말할 수 없었다.

그 대답에 세이블은 침묵을 유지했다. 뭐라 형언하기 어려운 표정을 지은 채였다.

"……빨간색."

세이블의 입에서 흘러나온 빨간색이라는 단어가 무척이나 의미심장했다. 마치 핏빛 같은 목소리였다.

"그렇군요. 빨간색을 좋아하시는군요."

"네."

"하지만 저는 레이븐과 세이블 중 어느 쪽이 좋은지 여쭤봤습니다만."

담비야, 오늘따라 왜 이리 끈질기니? 평소 같으면 고개를 끄덕이고 말 사람인데.

하지만 뻔뻔하고 끈질긴 것으로 따지자면 나를 따라올 수는 없었다. 나는 논리정연하게 반박했다.

"전하께서는 제가 어떤 색을 좋아하는지 물어보셨잖아요? 그래서 대답한 것뿐인데요."

"예. 하지만 레이븐과 세이블 중 어느 쪽을 더 좋아하시는지도 알고 싶습니다."

세이블의 기세를 보아하니 대답을 듣지 않으면 물러서지 않을 기색이었다. 그는 입술을 꾹 문 채, 나를 바라보았다.

"혹시…… 레이븐 쪽을 더 좋아하시는 겁니까?"

그러니까 색깔 이름을 그렇게 사람 이름처럼 부르지 말라고! 헷갈리잖아! 게다가 그렇게 침울한 표정으로 물어보면 더더욱!

내가 부정하지 못하고 입만 뻐끔대고 있자, 그는 크게 상심하는 눈치였다. 눈꼬리가 조금 처졌다.

"정말로 레이븐 쪽이 더 좋으신……."

"아뇨! 저는 세이블이 더 좋아요!"

나도 모르게 부정하는 말이 튀어나오고야 말았다. 수십 가지 염료를 부은 것처럼 눈앞이 어지러워, 내가 무슨 말을 하는지도 몰랐다.

그러니까, 사람이 아니라 색깔을 이야기하는 거야! 그렇게 설명을 덧붙이려다 말았다. 세이블의 눈동자가 기쁨으로 빛나고 있었다.

"그렇군요. 세이블 쪽이 더 좋으시군요."

그 반응에 나는 조금 굳어 버렸다. 고작 세이블이라는 색깔이 좋다고 답했을 뿐인데 어째서 저리도 기뻐할까.

으, 으윽. 왠지 부끄러워! 어째서 부끄러움은 나의 몫인가! 다른 사람이 보면 내가 사람 세이블이 좋다고 한 줄 알겠어!

입이 바싹바싹 마른다. 역시 엘니뇨 현상이 일어나고 있는 게 분명해.

나는 시선을 마주치기가 민망해 고개를 숙인 채 홍차만 마셨다.

뜨거운 고요가 방 안을 후끈하게 채우고 있었다. 세이블 쪽에서 찻잔이 달각이는 소리가 들렸다.

"비비. 아까 제가 좋아하는 색을 물어보셔서 잠시 생각해 봤습니다만."

그가 가까스로 화제를 돌려주어 나도 고개를 들었다. 세이블이 내 눈을 지긋이 바라보다 말했다.

"아비게일, 당신의 눈동자는 어떤 색깔입니까?"

"네? 제 눈동자요?"

"예. 저는 그대의 눈동자 색깔이 좋은데, 그 보라색을 무엇이라 부르는지 모릅니다."

간신히 가라앉은 부끄러움이 또다시 머리를 들었다. 차라리 그도 쑥스러워한다면 놀리기라도 할 텐데, 괜히 나만 과민반응하는 것 같잖아!

"그, 글쎄요. 빛을 받을 때마다 색이 달라지니까 잘 모르겠네요. 라벤더? 라일락? 애머시스트? 오어키드?"

나는 태연하려 애썼으나 말이 빨라지는 걸 느낄 수 있었다. 세이블은 가만히 내 말을 듣고 있다가 입을 열었다.

"아직 정확한 이름이 없나 보군요."

"네. 딱히 맞는 색깔은 없는 것 같네요."

"그러면 그대의 눈동자와 같은 보라색을 아비게일이라 부르면 어떻습니까."

순간 나무 몽둥이에 머리를 얻어맞은 듯, 정신이 멍해져 버렸다. 머리가 텅 비었다가 뒤늦게 사고가 흐르기 시작했다.

그러니까⋯⋯. 세이블이 좋아하는 색이 내 눈동자 색이고, 내 눈동자 색에 아비게일이라는 이름을 붙이고 싶다 그런 거지? 그러면 앞으로 누군가가 가장 좋아하는 색이 뭔지 물으면, 아비게일이라고 답하게 되는 거지?

……지금 이 사람, 자기가 무슨 이야기를 하고 있는지 알고는 있는 건가?!

저 순진하고 천연덕스러운 표정을 보아하니 모르는 눈치다. 이 정도면 눈치 없는 것도 재주다. 한숨이 나온다. 내 눈을 바라보며, 자신이 좋아하는 색깔에 내 이름을 붙이고 싶다고 해버리면…….

마치 나를 좋아한다고 말하는 것 같잖아.

사정을 알고 있는 나조차도 오해해 버릴 것 같다. 세이블의 눈치 없음이 이렇게 원망스러웠던 적이 없다. 나는 이를 악물고 웃었다.

"아마 이 색깔에도 이름이 있을 텐데, 나중에 찾아볼게요."

쿨하게 '아 그럽시다! 아비게일이라고 이름 붙이죠!'라고 하면 좋았을 텐데. 차마 내 이름을 붙일 수 없었다.

당신이 아비게일을 가장 좋아한다고 말한다면 내가 너무 괴로워질 것 같았다. 당신이 말하는 아비게일은 사람이 아닌 색깔일 텐데, 그 말을 듣다 보면 왠지 기대하고 오해하게 될 것만 같았다.

정말 나를 좋아하는 게 아닐까, 그런 말도 안 되는 착각을 하게 되겠지. 내가 그를 좋아하게 되면 그 마음을 죽여야 할 텐데.

아직 생겨나지도 않은 연심을 버릴 생각을 하니 너무도 고통스러웠다. 세이블이 짐짓 아쉽다는 듯이 말했다.

"알겠습니다. 나중에 그 색깔의 이름을 찾으시면 꼭 알려 주십시오."

"네. 그러면 다음 옷은 보라색 계열로 만들어 볼게요. 그리고 오늘은……."

나는 잠시 망설이다 말을 이었다.

"따로 자려는데 괜찮으세요?"

기분이 너무 싱숭생숭하다. 세이블에게 그런 의도가 없음을 아는데도 가슴이 울렁거려 버틸 재간이 없었다.

이런 상태에서 세이블과 합방을 한다면? 뭔지는 몰라도 큰일이 날 것이었다. 최소한 오늘만이라도 탈출해야지.

그 와중에 세이블은 큰 충격이라도 받은 사람처럼 보였다. 풍랑이라도 일어난 것처럼 그의 눈동자가 격하게 흔들리고 있었다.

"각방을 쓰자는 말씀이십니까?"

"네. 오늘은 블랑슈랑 자고 싶어서요."

"블랑슈를 저희 방으로 부르면 되지 않습니까?"

"엄마랑 딸끼리 오붓하게 지내려고요."

세이블은 갑자기 말하는 방법을 잊어버린 사람처럼 침묵하고 있었다. 그가 슬그머니 나를 올려다보았다.

"그러면 내일은 오시는 겁니까?"

그 애절한 눈빛에 내 오해가 증폭될 것만 같았다. 심장 새끼야 나대지 마! 쟨 날 좋아해서 저렇게 애타는 표정으로 나를 보는 게 아니라고!

그래, 날 좋아할 순 있지. 하지만 그건 연심이 아니다. 가족을 향한 사랑이지.

내일은 오냐는 질문에 나는 대답할 수 없었다. 저 눈빛을 보니 내일까지 마음을 추스를 자신이 없었다.

"잘 모르겠어요. 내일도 블랑슈랑 잘 지도요."

"혹시 제가 무언가를 잘못했습니까?"

당신에게 죄가 있다면 눈치도 없이 내 마음을 설레게 해서 희망 고문을 하게 한 죄가 있습니다.

하지만 그걸 내 입으로 말할 수는 없었다.

"아니에요. 그냥 블랑슈랑 단둘이 자본 적이 없어서 그럴 뿐이에요."

"……알겠습니다."

그는 조용히 시선을 내리깔았다. 넋이 반쯤 나간 것 같았다. 저런 모습에도 괜한 오해를 할 것 같아 괜히 시선을 돌렸다.

그러고 보니 베리테가 말했지. 그를 사랑하게 되면 고생하게 될 거라고.

나 역시 알고 있다. 그러니 내 선에서 오해를 막아야만 했다. 다행히 포기하는 건 익숙한 일이었다.

괜히 매달렸다가, 예전처럼 어색한 사이가 되고 싶진 않다. 얼른 이 마음을 접어야지. 나는 조용히 홍차를 마셨다. 오늘따라 홍차가 씁쓸했다.

"베리테. 어마마마한테 혹시 무슨 일 있어?"

잠옷 차림의 블랑슈가 침대에 엎드려 누워 있었다. 양손으로 통통한 뺨을 괸 채였다.

그리고 그 머리맡에는 탁상 거울이 세워져 있었다. 베리테가 하늘색 머리를 쓸어 넘기며 말했다.

"왜 물어보는데?"

"그게……. 오늘 식사하실 때 표정이 좀 안 좋으셨던 것 같으셔서."

"그래? 평소랑 똑같았던 것 같은데."

"아냐. 달랐어. 울적해 보이셨단 말이야."

식사 때 보았던 아비게일의 얼굴을 떠올리며 블랑슈는 작게 한숨을 내쉬었다.

사실 베리테의 말이 틀린 것은 아니었다. 그녀는 평소와 크게 다를 바 없었고, 평소처럼 부드럽게 대화를 이끌어 나갔다. 하지만 블랑슈는 알 수 있었다. 왠지 모르게 아비게일이 침울해하고 있다는 것을.

"게다가 오늘은 아바마마랑 안 주무시고, 내 방에서 주무시고 싶다고 하셨는걸."

"음. 그러게."

그 말을 듣자 베리테의 표정도 조금 어두워졌다. 무슨 대화를 나누었기에 일이 이렇게 된 걸까?

레이븐이 아비게일과 시착실로 향하자, 베리테는 약속했던 대로 곧장 세이블리안에게 보고했다. 그러자 그는 국정 회의까지 미루고 아비게일에게 달려왔다. 그 모습에 베리테는 숨죽여 웃고 있었다.

그 뒤로는 세이블리안에게 쫓겨나 무슨 이야기를 하는지 듣지 못했지만, 분명 좋은 시간을 보냈을 터였다. 그런데 각방을 쓴다니. 블랑슈의 심각한 표정을 보고 있자니 베리테마저 초조해졌다.

"블랑슈, 너무 걱정하지 마. 별일 아닐 거야."

"그렇지만……."

블랑슈는 여전히 주눅이 든 모양새였다. 어떻게 해야 주의를 돌릴 수 있을까 고민하던 베리테가 밝은 목소리로 말했다.

"맞아. 블랑슈, 그거 알아? 어떤 사람들은 친한 사람들끼리 모여 파자마 파티라는 걸 한대. 오늘 아비게일도 오니까, 우리도 파자마 파티할까?"

"파자마 파티?"

처음 들어보는 이야기에 블랑슈가 관심을 보였다. 그 반응에 베리테는 황급히 모습을 바꾸었다. 평소의 정복 차림은 사라지고, 원피스 형태의 잠옷을 입은 베리테가 나타났다.

베개까지 쥐고 있는 모습을 보고 있자니, 블랑슈는 저도 모르게 웃어 버렸다. 작은 손으로 입가를 가렸지만 웃음소리마저 가릴 수는 없었다.

"아하하, 베리테도 잠옷 입었네? 잘 어울린다."

"그렇지? 난 뭘 입어도 잘 어울리긴 해."

베리테는 한쪽 손으로 턱을 괴고, 다른 손은 허리에 올리며 뻔뻔하게 포즈까지 취했다. 블랑슈의 두 뺨이 사과처럼 발그레해지고, 기분 좋은 웃음소리가 들려왔다.

그 모습에 베리테도 가만히 미소 지었다. 블랑슈가 웃는 것을 보고 있자니 거울 안에도 봄이 찾아온 것만 같았다.

"그래. 오늘 파자마 파티하자. 어마마마도 기분이 좋아지시겠지? 얼른 오시면 좋겠다."

그렇게 잠옷 차림의 두 아이가 히히 웃고 있던 와중, 노크 소리가 들려왔다. 블랑슈는 토끼처럼 쏜살같이 문가로 뛰어갔다.

문을 열고 들어온 사람은 예상대로 아비게일이었다. 희고 긴 나이트가운이 살짝 바닥에 끌렸다.

"어마마마! 어서 오세요!"

활기찬 목소리에는 주체할 수 없는 반가움이 담겨 있었다. 열렬한

환대에 아비게일이 깜짝 놀랐다가 이내 딸을 안아 주었다.

"블랑슈, 기다리고 있었어요? 더 일찍 올 걸 그랬나 봐요."

"괜찮아요! 베리테랑 이야기하는 중이었어요."

"아비게일. 왔어?"

침대로 다가간 아비게일도 베리테의 모습을 보았다. 베리테는 어느새 깜찍하게 수면용 모자까지 쓰고 있었다.

"푸, 푸훗. 잠옷이야? 잘 어울린다. 꼭 요정 같네. 둘이 무슨 이야기 하고 있었어?"

"파자마 파티하기로 했어. 셋이서."

옆에 서 있던 블랑슈가 고개를 끄덕 끄덕거렸다. 두 눈에는 기대감이 만발해 있었다. 그 모습에 아비게일도 환히 웃었다.

블랑슈와 아비게일이 오종종 함께 누웠다. 이불을 뒤집어쓴 채 엎드려 누워 있는 모양새가 비밀회의라도 하는 것처럼 보였다.

"그런데 베리테, 파자마 파티에서는 뭘 해?"

"글쎄. 무서운 이야기?"

베리테가 씩 웃었다. 어둠 속에서 홀로 빛나고 있는 거울이 짐짓 기괴해, 블랑슈는 베개를 꼭 끌어안고 울상이 되어 버렸다.

"꼭 무서운 이야기만 해야 해……?"

"아, 아니. 미안해. 농담이야."

그 반응에 베리테가 빠르게 사과했다. 블랑슈의 반응에 어쩔 줄 몰라 하는 모양새가 귀여워 아비게일은 소리 죽여 웃었다.

"그냥 이런저런 이야기 나누면 돼요. 무서운 이야기를 할 필요는 없어요."

"다행이다……."

블랑슈는 휴, 하고 작게 한숨을 내쉬었다. 안도하는 모습에 아비게일은 블랑슈의 머리를 가만히 쓰다듬었다. 그러다 블랑슈가 문득 물었다.

"그나저나 파자마 파티 우리끼리만 하나요?"

"응? 누구 불러오게요?"

"아바마마요!"

세이블리안이 거론되자 아비게일의 얼굴에 잠시 망설임이 스쳐 지나갔다. 그러나 그녀는 이내 아무 일도 아니라는 듯 웃었다.

"아마 전하께서는 일찍 주무실 거예요. 다음에 같이 해요. 그나저나 우리는 무슨 이야기를 하면 좋을까요?"

노골적으로 말을 돌리는 것이 두 아이에게도 느껴졌다. 블랑슈와 베리테는 말없이 서로 눈빛만 교환할 뿐이었다.

무슨 일이 있긴 했구나. 베리테는 블랑슈의 짐작이 맞다는 걸 눈치챘다. 아비게일이 의아하다는 듯이 두 사람을 바라보자 베리테가 입을 열었다.

"난 아비게일 이야기 듣고 싶은데."

"내 이야기?"

"응. 오늘 혹시 안 좋은 일 있었어?"

베리테의 직설적인 질문에 아비게일은 적잖이 당황하는 눈치였다. 그녀가 애써 부정했다.

"아냐. 아무 일도 없었어."

"오늘 하루 종일 표정이 심란하던데?"

블랑슈도 침묵으로 동의했다. 아비게일이 조금 멍한 표정이 되었다가 괜히 뒷머리를 긁적였다.

"조금 신경 쓰이는 일이 있긴 했는데, 별일 아니야."

"신경 쓰이는 일이요? 무슨 일 있으셨어요?"

블랑슈까지 합세하자 아비게일은 위기감을 느꼈다. 초롱초롱한 눈빛 공격이 쏟아지자 그녀는 어색하게 웃으며 답했다.

"제 친구한테 연락이 왔는데. 친구의 고민을 듣다 보니 저도 좀 심란해져서요."

"어떤 고민이에요?"

"그게……."

거짓말을 미리 준비해 두었더라면 좋았을 것을. 아비게일은 당황하다 저도 모르게 툭 내뱉고 말았다.

"누가 자기를 좋아하는 것 같은데, 착각인 것 같아서 힘들대요."

그리고는 다급히 덧붙였다.

"그러니까, 친구가 말이에요!"

어설픈 위장에 아비게일은 괜히 민망해졌다. 내 이야기는 아니고 내 친구 이야기인데…… 로 시작하는 거짓말이라니. 유치하기 짝이 없다.

세이블리안 때문에 고민이 많아져 머리까지 굳어 버렸나. 하고 많은 거짓말 중에 어쩜 저리 멍청한 대답을 골랐나. 다른 사람도 아닌 딸 앞에서 추태를 보였다. 아니, 오히려 다행인가. 블랑슈는 눈치채지 못한 것처럼 보였다.

"그렇구나. 친구분이 고민이 많으신가 봐요. 어마마마께서 이렇게 걱정하시는 걸 보면."

"뭐, 하지만 알아서 잘할 거예요."

이대로 넘어가는 것 같아 그녀는 속으로 안도의 한숨을 내쉬었다.

베리테의 목소리가 들려오기 전까지는.

"친구 이야기 맞아? 너 친구 없잖아."

"아, 나도 고향에 친구 많아! 서신 받았어!"

"그래?"

아비게일은 자리에서 벌떡 일어나 씩씩댔다. 베리테는 여전히 의심하는 눈초리였다.

지난번 아비게일이 무심결에 흘렸던 자학을 그는 기억하고 있었다. 세이블리안 같은 사람이 날 좋아할 리가 없다던, 그 말.

그 뒤로 몇 번인가 떠보아도 무반응이었다. 지금 이 기회를 놓치면 못 들을 것 같아 그는 능청스레 말했다.

"그렇구나. 그럼 친구 이야기 좀 들려줘."

"어?"

"누가 자기를 좋아하는데, 착각인 것 같다. 왜 착각이라고 생각한대? 너무 궁금하다. 안 그래, 블랑슈?"

베리테는 순진무구한 아이의 얼굴로 말했다. 자긴 아무것도 모르는 양. 블랑슈가 가만히 고개를 끄덕였다.

"그러게요. 왜 그분은 착각이라 생각하시는 걸까요? 정말 좋아하는 걸 수도 있잖아요."

그 물음에 아비게일은 작게 한숨을 내쉬었다. 그리고는 정말 남의 이야기인 척, 덤덤하게 입을 열었다.

"그건 아닐 거예요. 저도 상대방을 좀 아는데……. 연애에 관심이 없는 사람이라."

블랑슈마저 눈치채기 전에 빨리 이 화제를 덮고 싶었다. 하지만 아비게일은 뜨거운 시선을 느꼈다. 시선의 출처는 거울이었다.

"연애에 관심이 없어도 이번엔 생겼을지도 모르잖아. 착각이 아니라 진짜 좋아할 수도 있다고!"

예전에도 베리테는 저런 말을 했었다. 세이블리안이 아비게일을 좋아하는 것 같다던 그 말. 그때 아비게일은 베리테를 비웃었다. 이번에도 똑같은 대답이었다.

"아니. 그럴 리 없어."

"좋아한다는 착각이 들 정도면, 상대방에서도 뭔가 호감을 표시하고 있는 거 아냐?"

"그렇긴 한데. 사랑은 아냐."

"그걸 어떻게 단정해?"

단정할 이유? 아비게일은 이유를 떠올렸다. 세이블리안은 여자를 좋아하지 않는다. 그리고 설령 그렇다 하더라도…….

"……그 여자가 사랑받을 이유가 없으니까."

거짓말이 서툴러 어정쩡한 본심이 흘러나왔다. 베리테는 무언가에 맞은 듯한 표정이 되었다. 그러나 곧 개의치 않고 맹렬한 질문을 이어 갔다.

"왜 사랑받을 이유가 없는데?"

"그건……."

정적이 흘렀다. 이상할 정도로 긴 침묵이었다. 아비게일은 쉽게 대답하지 못했다. 본인 스스로도 생각이 정리되지 않았다. 그녀가 초조한 듯 시트를 꽉 쥐었다.

"……그 여자가 옛날에 무척 못생겼기 때문이야."

어린아이였을 때부터 그녀는 알고 있었다. 자신이 못생겼으며, 추녀의 사랑은 조롱의 대상이라는 것을.

그 사실을 알면서도 연심을 참지 못해 누군가에게 고백을 한 적이 있었다. 상대방은 잠시 넋이 나갔다가, 이내 이죽거리며 말했다.

[그 얼굴이랑 몸뚱이를 보고 누가 널 좋아하겠냐?]

그것이 이유였다. 자신의 얼굴, 자신의 몸. 자신의 피와 살이 누군가에게 사랑받지 못할 이유였다.

베리테는 잠시 침묵했다. 그녀의 얼굴에서 과거의 흔적을 찾으려는 사람처럼. 그러다 작게 입을 열었다.

"옛날에 못생겼던 거라면, 지금은 아름다운 거 아냐? 그럼 된 거잖아?"

"하지만 그때 들었던 말들이 사라지는 건 아니니까."

그토록 날카로운 말들이 쉽게 사라질 리가 없다. 십수 년간 들어온 말은 뿌리를 뻗어 나가 그녀의 영혼에 깊게 박혀 있었다. 뿌리째 뽑으려면 살점이 함께 딸려 나올 지경이었다.

아비게일의 얼굴이 되었다 하더라도 뿌리는 굳건했다. 거울을 보지 않는 동안, 그녀는 자신이 아름다운지 확인할 수 없었다.

"뭐, 그런 이야기야. 그래서 고민 중이래. 아마 알아서 잘하겠지."

그녀는 웃었다. 무채색의 웃음이었다. 그녀는 남의 이야기를 하듯, 개의치 않아 하며 웃었다. 너무 익숙해서 연기인 티조차 나지 않았다.

베리테는 뭐라 말하지 못했다. 블랑슈 역시 표정이 어두웠다. 그 아이가 아비게일을 향해 물었다.

"어마마마께서는 친구분께 뭐라고 하셨나요?"

"네?"

"친구분이 자기는 사랑받을 이유가 없다고 했을 때……."

그 순박한 얼굴을 보자 뭐라 말을 할 수가 없었다. 어둑한 침실 사이에서 거울만이 조용히 반짝이고 있었다. 잠시 후, 그녀의 입술이 벌어지며 목소리가 흘러나왔다.

"아니라고, 너는 사랑받을 만한 사람이라고 말해 주고 싶지만 솔직히 모르겠어요."

만약 자신과 같은 사람이 있다면 뭐라 말을 해야 할까. 외모가 전부가 아니라 말하기에는 그 상처가 무엇인지 알고 있다.

"괜찮을 거라고, 자신감을 가지라고 응원하는 게 무책임한 일처럼 느껴져요. 세상은 녹록지 않고, 기대했다가 상처받는 게 얼마나 괴로운지 잘 아니까……."

헛된 희망을 품어 봐야 상처만 늘어난다. 세이블리안이 자신을 좋아하는 게 아닐까 지레짐작하고 고백이라도 하게 된다면? 그리고 그가 그 고백을 받아 주지 않는다면. 다른 사람과 마찬가지로 경멸의 시선을 보낸다면.

차라리 사랑하지 않고 살아가는 삶이 나았다. 마음을 버리고 포기하는 것은 익숙했다.

"아무튼 별일 아니에요. 늘 있는 일이죠. 그나저나 블랑슈는 별일 없나요?"

그렇게 말을 끝내고 다른 화제를 꺼내려는데 문득 블랑슈가 옆으로 다가왔다. 그리고 아무런 말 없이 아비게일을 꼭 끌어안았다. 작은 손이 희미하게 떨리는 걸 느낄 수 있었다.

"블랑슈? 왜 그래요?"

"그냥……. 친구분이 걱정되는데 그분을 안아드릴 수가 없고, 또 어쩐지 어마마마를 안아드리고 싶어서요……."

블랑슈는 어떤 말을 해야 할지 알 수 없었다. 아비게일의 친구가 걱정되었고, 또 아비게일이 걱정됐다. 아비게일이 이야기를 하는 동안 블랑슈는 그녀의 보라색 눈동자에 고여 있는 두려움을 보았다.

무엇을 두려워하는지는 알 수 없었다. 그래서 차마 말이 나오지 않았다. 알더라도 아마 위로를 할 수는 없었을 것이다. 다른 사람의 슬픔에 함부로 말을 더할 수가 없었다. 그마저도 상처가 될 것 같았기 때문이었다. 블랑슈는 그저 침묵과 포옹을 나눌 수만 있었다.

그리고 아비게일은 그 온기가 좋았다. 블랑슈나 베리테가 '그래도 외모가 전부는 아니잖아'라고 위로해 주지 않아서 오히려 좋았다. 그런 위로는 이제껏 많이 들어왔다. 하지만 그것을 온전히 받아들일 수는 없었다.

외모는 전부가 아니라는데, 왜 나는 이렇게 괴로울까. 왜 사람들은 그것이 전부인 것처럼 대할까.

그녀는 차라리 지금과 같은 침묵이 고마웠다. 아무 말 없이 자신을 보듬어 주는 온기가 고마웠다. 아비게일은 블랑슈를 꼭 껴안았다.

"고마워요, 블랑슈. 분명 친구도 고마워할 거예요."

작업용 책상이 어지러웠다. 디자인화를 그리기 위한 종이와 연필 등이 놓여 있고, 지금은 여러 종류의 원단 조각들까지 흩어져 있었다.

나는 멍하게 원단을 만지작거리다가 그것을 내팽개쳤다. 일에 집중이 되지 않았다.

하아, 어제 대체 왜 그랬지. 블랑슈, 그리고 베리테와 함께 이야기를 나누다가 나도 모르게 내 이야기를 해버리고 말았다.

친구 이야기라고 했지만 베리테는 눈치챘겠지. 나는 한숨을 푹 내쉬었다. 내 속에서 엉키고 삭혀져 가던 생각을 입 밖으로 낸 게 너무 창피했다. 왜 이렇게 콤플렉스에서 벗어나지 못하는 걸까. 이제는 이럴 필요가 없는데도.

나는 탁상 거울을 힐끗 보았다. 아름다운 얼굴이 보였다. 전생의 내 얼굴은 조금도 남아 있지 않았다. 괜한 고민을 하는 건지도 모르겠다. 못생겼던 백합은 죽었다. 이제 외모로 고민할 필요는 없을 것이다. 그렇다면 세이블도 나를 좋아할 가능성이 있지 않을까? 아비게일의 얼굴은 누가 봐도 아름다우니까.

그런 생각을 하다가 피식 웃었다. 아니, 그런 거라면 애초에 세이블이 아비게일을 막대하지는 않았겠지.

세이블이 사람의 얼굴을 딱히 따지지 않는다는 사실에 안도와 불안을 동시에 느꼈다. 그럼 어떻게 그의 마음을 가질 수 있을까 싶어서.

에휴. 됐다. 난 이제 충분히 예뻐! 딴 생각하지 말고 일어나 하자. 나는 검은색 원단 조각을 집어 들었다. 레이븐의 옷에 사용할 원단 샘플 중 하나였다. 레이븐이 껄끄러워지긴 했지만 일단 약속은 지켜야지. 조언 정도는 해주기로 했으니까.

어떤 원단이 제일 나으려나. 나는 책상 위에 놓인 원단들을 들여다보았다. 얼룩덜룩한 밤하늘을 보는 것만 같았다. 조금씩 톤이 다른 검은 원단들. 그 검은색을 바라보자 레이븐과 대화를 나누던 순간이 떠올랐다.

그가 자신에게는 어떤 색이 어울리냐고 물어봤을 때, 내가 떠올린 색은 반타 블랙이었다. 반타 블랙은 세상에서 가장 검은 검정이라

불리는데, 엄밀히 따지자면 색깔이 아니라 검은 물질이다.

검은색을 띤 물체는 빛을 흡수하기 때문에 검게 보인다. 하지만 이 빛을 100% 흡수할 수 있는 물체는 없다. 때문에 검은 물체라 해도 주름이나 음영이 보이기 마련이다. 그런데 반타 블랙은 빛을 99.96%까지 흡수한다. 반타 블랙을 입힌 물체에 레이저 포인터를 쏘면, 그 빛마저 흡수해 버린다고 할 정도니까.

나는 레이븐이 그 검정을 닮았다고 생각했다. 빛마저 빨아들이는 검은 무언가.

조용히 원단을 만지작거리던 중 노크 소리가 들려왔다.

"비비, 바쁘십니까?"

세이블의 목소리였다. 어제도 들은 목소리인데, 무척이나 오랜만에 듣는 것처럼 느껴졌다. 다행히 하루가 지나자 김칫국을 마시고 설레던 가슴도 얌전해진 상태였다. 나는 밖으로 나왔다.

"전하, 평안하셨……. 아니, 얼굴이 왜 그래요?!"

하루 만에 만난 그는 눈에 띄게 수척해져 있었다. 어디 아픈가? 눈 밑이 쑥 들어가고 뺨마저 패인 것처럼 보였다.

"어디 아프세요? 괜찮아요?"

"괜찮습니다. 어제 잠을 제대로 못 자서 그런 것뿐입니다."

다행히 목소리는 침착했지만 의문은 여전했다. 잠을 못 잤다고 사람이 이리 망가지나? 뭘 해야 사람이 하루 만에 이 꼴이 되는 거지? 마치 중병 앓는 사람처럼 보였다.

"정말 괜찮으신 거 맞아요? 아파서 못 주무신 거 아니에요?"

"저도 잘 모르겠습니다."

"우선 앉아서 이야기해요."

툭 치면 쓰러질 것처럼 그는 연약해 보였다. 그렇게 대죽 같던 사람이 오늘은 난초처럼 낭창낭창해 보였다.

그의 손을 이끌고 가 강제로 소파에 앉혔다. 어렸을 때 허약했다더니 그것 때문인가? 창에서 쏟아지는 빛이 세이블의 얼굴에 닿자 그는 한층 더 해쓱해 보였다.

"의사 불러야 하는 거 아니에요?"

"저는 정말 괜찮습니다."

목소리만 들으면 평소와 똑같아서 기분이 이상했다. 정말 괜찮은 건가? 그러던 와중 세이블이 나지막이 물었다.

"어제 블랑슈와는 잘 주무셨습니까?"

"네, 저는 잘 잤어요."

나도 고민이 많아 새벽까지 잠을 이루지 못했지만 세이블 앞에서 피곤하다는 말을 할 수는 없었다. 양심이 있다면 이 얼굴 보고 피곤하다는 말이 나올 수가 없었다.

우리 담비, 보양식이라도 먹어야 하는 거 아니니. 그 와중에 세이블리안이 조용히 말을 꺼냈다.

"혹시 오늘도 블랑슈와 주무십니까?"

"으음. 글쎄요."

그나저나 왜 이런 걸 물어보는 거지. 혹시 세이블리안도 아파서 혼자 자고 싶은 걸까? 그의 속내를 짐작하려 애쓰는데, 세이블이 입을 열었다.

"아비게일, 부탁 하나만 들어주실 수 있으십니까?"

"부탁이요? 뭔데요?"

다른 것도 아니고 아픈 사람의 부탁을 무시할 수는 없었다. 세이블이 머뭇거리다가 입을 열었다.

"저희…… 다시 합방하면 안 되겠습니까?"

그는 마치 죽기 직전의 유언이라도 남기는 사람처럼 애절하게 물었다. 저 창 너머의 마지막 잎새가 떨어지면 요절할 사람처럼 보였다.

"어제 혼자 자는데, 자꾸 당신 생각이 나서 잠이 오지 않았습니다. 지금 무엇을 하고 계실지, 내일도 각방을 쓰는 건지……."

와중에 창 너머로 봄바람이 불어와 나뭇잎이 하늘하늘 떨어져 내렸다. 어쩐지 『마지막 잎새』 같아서 불안해졌다.

그의 푸른 눈동자가 곧 파도라도 일으킬 것처럼 일렁거렸다. 불면의 원인이 나라는 소리에 혼란스러운 와중, 그가 말을 이어 갔다.

"혹시 제가 무언가를 실수했습니까?"

"아니에요. 실수한 거 없으세요."

"그러면 합방하면 안 되겠습니까? 블랑슈랑 자는 게 좋으시면, 예전처럼 셋이서 자도 저는 괜찮습니다."

나는 여전히 이 상황이 이해가 가지 않았다. 이게 말로만 듣던 분리불안증인가?

꼬치꼬치 캐묻기에는 그의 상태가 너무 나빠 보였다. 일단 세이블 건강부터 챙기자. 하루 각방 썼다고 이렇게 사람이 망가지는데, 하루 더 혼자 재우면 정말 큰일이 날 것 같았다.

"알겠어요. 오늘은 전하랑 같이 잘 테니 걱정 마세요."

"정말이십니까?"

"네. 정말이에요."

그 말을 듣자 세이블의 얼굴에 순식간에 평화가 깃들었다. 여전히 눈 밑이 검긴 했지만, 아까와는 전혀 다른 사람 같았다. 마치 10만원짜리 링겔을 맞고 온 사람처럼.

"하인들에게 말해 시트와 커튼을 새것으로 갈아 두라 하겠습니다. 당신께서 좋아하는 꽃으로 장식해 두라고도 명하겠습니다. 저녁때 괜찮으시면…….."

"전하."

그때 바깥에서 흠흠, 하고 헛기침하는 소리가 났다. 밀러드였다.

"전하. 국정 회의가 곧 시작됩니다. 어제 미루셨으니 오늘은 꼭 가셔야 합니다."

갑작스러운 방해에 세이블은 언짢은 기색이 역력했다. 그는 작게 한숨을 내쉬었다. 그리고는 떠나기 아쉽다는 듯 나를 바라보았다.

"저는 국정 회의가 있어서 이만 가 보겠습니다. 그럼 실례하겠습니다."

"네, 네. 조심히 가세요."

"오늘은 침소에서 뵙겠습니다."

그는 가볍게 고개를 조아린 뒤 방을 떠나갔다. 나는 조금 멍한 기분이 되어 그가 떠나간 자리를 바라보았다. 내가 없어서 저렇게 초조해하고 아쉬워하다니. 또다시 심장이 주책없이 쿵쿵대는 것 같았다.

혹시 정말로 나를 좋아하는 것은 아닐까 싶어졌다. 웃기지도 않는다. 자꾸 주제도 모르고 헛된 생각을 하게 되는 내 자신이 싫었다.

내 오만을 잠재우려 애쓰던 중, 뒤에서 목소리가 들렸다.

"아비게일. 지금 시간 괜찮아?"

"어, 어. 괜찮아. 무슨 일이야?"

베리테의 목소리를 듣자 나는 순간 불안해졌다. 혹시 아까 세이블이랑 내가 대화 나누는 걸 들었을까?

다행히 우리를 지켜보고 있던 것은 아닌지, 내 대답을 들은 뒤에야 베리테가 탁상 거울에 모습을 드러냈다. 그는 평소처럼 무심한 얼굴이었지만 은근히 걱정하는 기색이 어려 있었다.

"기분은 이제 좀 괜찮아졌어? 친구 때문에 걱정이 많았잖아."

"응. 딱히 별일 아니었는걸."

나는 이를 드러내며 씩 웃었다. 베리테가 의심의 눈초리를 보내다가 가볍게 한숨을 쉬었다.

"그러면 다행이고. 그……. 아니다. 그나저나 할 이야기가 좀 있는데. 거울방으로 와 줄래?"

"어? 알았어. 곧 갈게."

말이 끝나자마자 베리테는 다시 거울 뒤로 사라졌다. 그나저나 별일이네. 베리테가 이렇게 날 거울방으로 부른 적이 거의 없는데.

혹시 어제 일 때문에 그런가. 또다시 후회가 밀려들어 왔다. 으윽, 두 번 다시 헛소리하지 말아야지.

거울방으로 들어서자 여느 때처럼 커다란 거울이 보였다. 어린 소년이 가만히 서서 나를 기다리고 있었다.

"무슨 일이야?"

"아비게일. 지난번에 네게 마력이 있는 것 같다고 이야기했었던 거 기억나?"

아, 맞아. 그런 일이 있었지. 그 사이에 여러 일이 일어나 깜빡 잊고 있었다. 나는 고개를 끄덕였다.

"기억나. 어떻게 됐어?"

"그때 네 마력을 느끼긴 했는데, 좀 확인하고 싶은 게 있어서. 소질이 있는지도 확인해야 하고."

베리테가 허공에 손을 뻗자 곧 두꺼운 책 한 권이 나타났다. 꼬맹이인 베리테에게는 꽤나 무거워 보였다. 공중에 떠 있으니 상관은 없겠지만.

베리테가 두꺼운 책을 뒤적거리다가 한 페이지를 펼쳐 내게 보여 주었다.

"우선 네 마력 발현부터 시도해 보려고. 가까이 와서 앉아 봐."

마· 력· 발· 현! 듣는 것만으로도 가슴이 두근거렸다. 나한테도 마력 소질이 있으면 좋겠다. 나는 후다닥 거울 앞에 앉았다.

"우선 지난번처럼 피를 좀 내줘. 양은 좀 더 많은 편이 좋겠네."

으음. 마법은 좋지만 피를 내는 건 무섭다. 달리아가 익숙해지면 피를 안 내도 된다고 했었지. 빨리 익숙해지면 좋겠는데.

나는 지난번처럼 바늘을 가져왔다. 그때처럼 손가락을 딸까? 하지만 피가 많이 필요하다 했으니…….

나는 망설이다가 손가락 끝을 꾹 찔렀다. 으으, 따가워! 순식간에 붉은 피가 맺히더니 손가락을 타고 흘러내렸다. 베리테가 차분한 어조로 설명을 이어 갔다.

"그럼 눈을 감고, 지금 네 몸 밖으로 흘러나온 피의 감각에 집중해 봐."

베리테의 지시에 따라 나는 눈을 감았다. 손을 위로 올리자 피가 흘러내려 손금 사이로 고이는 게 느껴졌다.

"피가 계속 흐르고 있다고 생각해 봐. 그리고 피를 마력의 이미지로 치환해 봐. 상처를 통해 마력이 빠져나오는 이미지를 상상해."

나는 달리아가 클리너를 충전할 때의 모습을 떠올렸다. 피 대신 흘러나오던 그 선명한 녹빛의 마력.

이건 피가 아니라, 마력이다. 마력이 흘러넘치고 있는 것이다…….

그렇게 속으로 중얼거리자, 정말로 무언가가 넘실거리는 것처럼 느껴졌다. 손안에 고여 있던 피의 양이 점점 늘어나는 것 같았다. 액체도 고체도 아닌 묘한 감각이었다. 그때, 베리테가 비명을 내지르듯 소리쳤다.

"아비게일, 멈춰!"

응? 멈추라고? 나는 눈을 번쩍 떴다. 그리고는 내 손에 고인 것을 보고 비명을 삼켰다.

내 손이 검은 무언가로 젖어 있었다. 마치 잉크병에 손을 담갔다 뺀 것처럼. 검은 무언가가 어느새 팔꿈치까지 뒤덮여 있었다.

"빨리 나한테 손 가져다 대! 얼른!"

"으, 응!"

나는 황급히 왼손을 거울에 가져다 댔다. 그러자 내 손에 묻어 있던 검은 액체가 순식간에 빨려 들어갔다.

베리테가 그걸 보고 안도의 한숨을 내쉬었다. 뭐, 뭐였던 거지?

"베리테, 이거 위험한 건 아니지? 네가 흡수해도 괜찮아?"

"괜찮아. 마력 자체만으로는 해될 거 없으니까."

아. 그게 마력이었구나. 내 마력의 색깔이 검은색이었다니……. 빨간색이 아니라 다행이었다. 빨간색이었다면 과다출혈인 줄 알았을 거야.

"아비게일. 생각보다 네게 내재된 마력량이 상당한 것 같아."

낭보임에도 불구하고 나는 기뻐할 수가 없었다. 베리테의 표정이 어두웠기 때문이다.

"검은색 마력은 수가 적다고 들었는데……. 하필이면 네 마력이 검은색일 줄이야."

그러고 보니 연구실 별관에 갔을 때도 검은색 마력인 사람은 보지 못한 것 같다. 나는 불안해져서 물었다.

"혹시 검은색 마력은 안 좋은 거야? 색깔마다 특징이 있다고 했는데, 검은색 마력의 특징은 뭐야?"

"검은색 마력은……."

베리테는 뭐라 설명해야 하나 망설이는 기색이었다. 한참을 머뭇거리던 베리테가 입을 열었다.

"저주, 독 등에 특화되어 있어."

저주? 독?

흉악한 단어에 나는 잠시 넋이 나갔다. 그러다 문득 원작 『백설공주』의 내용이 떠올랐다. 독을 바른 빗으로 백설공주의 머리를 빗기고, 독사과를 주었던 계모.

"나 혹시 마법에 재능이 있니……?"

"응, 많이 있네……."

그래, 있으니까 독사과도 만들고 그랬겠지. 사실 동화 속에 나오는 독이 좀 비범하긴 했어. 한 입 베어 물었는데 가사 상태에 빠지고, 키스하니 되살아나고. 아무리 봐도 평범한 독은 아니잖아.

그게 다 마법이었구나. 이제 납득이 가네. 검은색 마력, 저주와 독의 마력. 아비게일과 미친 듯이 잘 어울린다. 눈물이 날 정도로. 하하하, 하하하하.

제기랄! 이렇게까지 원작에 충실할 필요는 없잖아! 왜 하필 마력이 있어도 이런 마력이 있는 거야!

"아비게일, 너무 상심하지 마! 마력 자체가 나쁜 건 아니니까!"

베리테가 다급히 나를 위로했다. 아마 내 표정이 꽤나 죽상일 것이었다. 나는 괜히 코를 훌쩍였다.

"나쁜 건 아니야?"

"응. 나쁘지 않아. 물론 들키면 좀 곤란해지겠지만."

"어떻게 되는데?"

"음. 보통은 마녀로 분류돼서 화형에 처해질걸. 그래도 왕비니까 거기까진 안 갈 거야."

그게 나쁜 거 아냐?! 나는 울컥해서 반박하려다 입을 다물었다. 베리테한테 화풀이해 봐야 변하는 것은 없으니까.

"아까 저주와 독에 특화가 되어 있다 그랬지? 그러면 다른 마법을 쓸 수는 있는 거야?"

"쓸 수는 있는데 대가가 너무 심해. 예를 들어 붉은 마력을 지닌 사람이 불의 마법을 사용할 때 쓰는 마력이 1이라면, 너는 한……."

"한 10 정도 드나?"

"1,000 정도 써야 할걸."

야, 천? 처어언? 천 배가 더 든다고? 이게 도대체 무슨 소리야?

"원래 검은색 마력은 다른 마법에 더욱 취약해."

와, 그럼 그냥 못 쓴다는 소리잖아. 설명을 들으면 들을수록 진이 빠져나가는 것 같았다. 원작을 알고 있었으니 예측할 법도 했는데, 너무 꿈과 희망에 젖어 있었나. 나는 씁쓸하게 물었다.

"그러면 난 이제 어떡해야 해?"

"일단 네가 검은색 마력을 가진 건 숨기는 게 좋을 것 같아."

그래, 나도 화형당하긴 싫으니까.

나는 고개를 끄덕인 뒤 내 손을 바라보았다. 방금 전, 검은색 마력으로 뒤덮여 있던 것을 떠올리니 조금 소름이 돋았다.

"하아, 너무 아쉬워. 뭔가 다른 종류의 마력이면 좋았을걸. 치료 마법 같은 거 쓰고 싶었는데."

그게 아니면 『신데렐라』의 요정처럼 예쁜 옷을 만들어 내거나. 내가 할 줄 아는 건 자연산 독사과를 만드는 재주밖에 없다니.

"으음. 치료, 치료라……."

그때 베리테가 무언가를 중얼거렸다. 팔짱을 낀 채 생각에 잠겨 있던 그가 나를 바라보았다.

"아비게일. 괜찮으면 마법 배워 볼래?"

"독이랑 저주에 관련한 마법을 배워서 어디다 쓰라고……?"

아냐. 긍정적으로 생각하자! 내가 사람 좀 독살할 수도 있지. 그러다가 끌려가서 화형도 당하고. 역시 원작의 흐름 같은 운명을 맞이하게 되는 것인가?

"의사들에게 독이랑 약은 거의 똑같은 존재야. 어떤 방식으로 쓰느냐에 따라 사람을 죽일 수도 있고 살릴 수도 있어."

베리테가 진지한 목소리로 말했다. 너트맥 때도 그랬었지. 너트맥도 많이 쓰면 독이 되지만, 적당히 쓰면 약이나 향신료로 쓰이는 것처럼.

"그러면 저주 마법도 그런 식으로 쓸 수 있는 거야?"

"응. 저주 역시 거는 방법을 알면 푸는 방법도 알 수 있어."

절망 속에서 들려온 낭보였다. 사람을 해하는 게 아니라 살릴 수도 있다니. 그나마 다행이었다.

이제까지는 별일 없었지만 혹시 또 모르는 일이다. 미리미리 치료법을 배워두면 언젠가 쓸모가 있을지 모른다.

"좋아. 나 마법 배워 볼래."

"알겠어. 그러면 공부 방법 찾아볼게. 난 엄한 스승이니, 각오하도록."

베리테가 짐짓 엄한 목소리로 말하자, 우리는 동시에 웃어 버렸다. 내 꼬마 스승님을 보고 있자니 기분이 좋아졌다.

집중할 일이 생겨서 다행이다. 나는 내 손을 바라보았다. 바늘에 찔린 자국이 검은 점처럼 남아 있었다.

내 마력의 색깔은 검정, 그 검정의 이름은 저주와 독. 나는 가만히 손을 쥐어 보았다. 방금 전, 내 손금 새로 가득 고이던 마력의 감각이 생생했다.

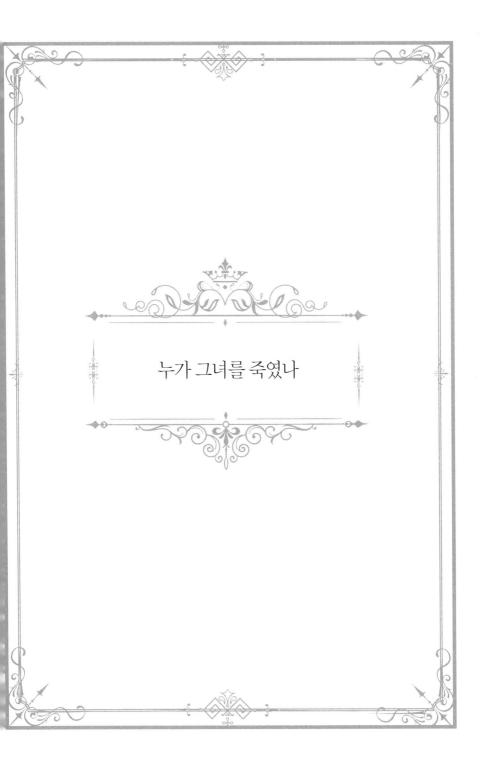

누가 그녀를 죽였나

# 9

## 누가 그녀를 죽였나

"인기가 너무 많은 것도 저주라니까요, 저주."

카린의 투덜거리는 목소리가 다실을 가득 채웠다. 하녀가 쪼르륵 홍차를 따르는 가운데 나와 블랑슈는 카린을 바라보고 있었다.

오늘도 카린은 한껏 치장을 한 채 우리와 차를 마시러 궁에 들렀다. 블랑슈가 멍하게 카린을 바라보다 물었다.

"어, 인기가 많으면 좋지 않아요?"

그렇게 질문을 던지는 블랑슈의 입가에 타르트 크림이 묻어 있었다. 카린은 살짝 눈가를 찌푸리곤 블랑슈의 입가를 냅킨으로 닦아 주었다.

"공주님이 칠칠치 못하게 이게 뭐예요."

"앗! 고마습니다."

입에 먹을 것을 물고 있어 블랑슈의 발음이 살짝 샜다. 카린은 더 지적하지 않고 열심히 블랑슈의 입가를 닦는 중이었다.

핀잔을 주면서도 챙겨 주는 모양새가 참 보기 좋았다. 이렇게 보니 꼭 두 사람이 자매 같네. 귀엽기도 하지. 나는 끊긴 대화를 슬그머니 이어 보았다.

"그나저나 인기가 많은 게 싫은 건가요? 카린 영애."

"아뇨. 싫은 건 아니에요. 제가 인기가 많은 건 예쁘다는 증거니까요. 제가 예쁜 건 당연한 거지만."

카린이 흥 소리를 내며 턱을 치켜올렸다.

우와, 당당해라. 가끔은 저런 카린의 자신감이 부러울 정도다.

"싫은 게 아니라면 왜 인기가 많은 게 저주인가요?"

"그야 주제도 모르고 제게 접근하는 놈들이 많으니까요."

도도하고 뻔뻔한 태도였지만 딱히 밉지는 않았다. 카린에게도 카린의 애환이 있겠지.

카린은 인기가 많은 게 저주 같다고 했지만, 그래도 나는 짐짓 그 저주에 걸려 보고 싶었다. 많은 사람들이 선망하고 가까이하길 원하는 사람이 된다는 것은 어떤 기분일까.

그 와중에 카린이 조금 삐딱하게 고개를 틀고 물었다.

"왕비님도 그렇지 않으세요? 귀찮게 구는 놈들은 없어요?"

"으음, 글쎄요……."

백합의 몸으로 살 때도, 아비게일의 몸으로 살 때도 경험해본 적이 없었다. 굳이 관심을 보인 사람이라 하면……. 세이블 정도인가.

아니, 왜 세이블을 떠올리는 거야! 그쪽이 내게 호의를 보여 주지만 그건 사랑과는 다른 거라고. 그래도 나를 좋아하는 건 맞는 거겠지? 그는 예전과는 비교할 수 없을 정도로 다정해졌다. 연인은 아니어도 특별한 관계는 될 수 있지는 않을까.

"왕비님을 좋아하는 사람 많죠?"

"아뇨. 딱히 없는 것 같아요."

"이상하네. 왕비님처럼 예쁜 사람이 인기가 없다구요?"

카린이 조금 뾰로통한 표정이 되어 말했다. 이유는 모르겠지만 기분이 상한 것 같았다.

희한한 일이다. 예전 같았으면 자신이 아비게일보다 인기가 많다는 사실에 뿌듯함을 느꼈을 것 같은데.

"공주님은요? 누가 귀찮게 굴지 않아요?"

"어어, 저도 딱히 그런 일 없는데요……."

"다들 눈이 삐었나?"

카린이 볼멘 어조로 말했다. 얘도 참 많이 바뀌었구나. 그 모습이 귀여워서 나도 모르게 쿡쿡 웃었다.

"아까는 인기 많은 게 저주라면서요. 우리가 인기 없으면 좋은 거 아닌가요?"

"그러니까, 인기가 있는 건 좋아요. 하지만 쓸데없는 놈들이 제멋대로 오해를 하고 들러붙는 건 싫다고요."

"오해요?"

카린은 조용히 홍차를 들이켰다. 꽤 목이 말랐던 모양인지 반절 정도 되는 홍차가 순식간에 사라졌다.

"조금 친절하게 대해 주면 제가 자기를 좋아한다고 착각해서 들이댄단 말이에요. 착각도 유분수지."

쿨럭. 마시고 있던 홍차를 뱉을 뻔했다. 왠지 모르게 공격받은 기분이었다. 카린은 쫑알쫑알 말을 이어 나갔다.

"정말 어이없어요. 심지어 지난번에는 무도회에서 춤추느라 손잡은 걸 가지고 저한테 고백하더라니까요."

방금 전 내가 했던 생각들이 해일처럼 밀려 돌아왔다. 세이블이 나에게 친절해진 것을 보고 혹 그가 나를 좋아하는 게 아닐까 생각했었는데…….

"보는 눈이 많고, 가문 간의 관계도 있으니까 우호적으로 지내는 건데. 정말 눈치가 없는 건지, 생각이 없는 건지……. 어라, 왕비님 괜찮으세요?"

"괘, 괜찮아요……."

카린의 말이 투창처럼 푹푹 내 마음에 꽂혔다. 손이 떨리는 바람에 찻잔이 덜그럭거리고 있었다.

고맙다, 카린. 김칫국을 사발로 마실 뻔했는데 네 덕분에 참을 수 있었어.

"카린 영애도 인기가 많아 참 피곤하겠어요."

"맞아요. 그런 사람들의 관심은 필요 없는데."

카린은 작게 한숨을 내쉬고선 내 얼굴을 힐끗 보았다. 내 얼굴에 뭐가 묻기라도 한 걸까?

"그리고 보니까 어떤 귀부인이 애인을 만들었다고 하는데요."

애인? 나는 잠시 멍하게 그 이야기를 듣다가 황급히 블랑슈를 돌아보았다. 이런 이야기는 블랑슈에게 너무 이르다!

나는 부리나케 블랑슈의 귀를 막았다. 블랑슈가 왜 그러냐는 듯 나를 바라보았다.

"카린 영애. 이런 이야기는 너무 이르지 않을까요?"

그나저나 카린, 너도 애잖아! 물론 이 나라 나이로는 성인이지만. 카린이 콧방귀를 뀌었다.

"뭐 어때요. 다들 아는 사실인걸."

"그래도 어린아이가 있으니 표현을 다르게 하면 어떨까요?"

블랑슈는 무슨 소리를 하는 걸까, 궁금한 듯이 눈을 깜빡이고 있었다. 카린이 슬쩍 블랑슈를 보고는 작게 한숨을 내쉬었다.

"어떤 귀부인이 절친한 친구를 사귀었다고 하는데요."

카린은 어두운 현실을 꿈과 희망이 가득한 버전으로 바꾸어 주었다. 나도 그제야 안도하고 블랑슈의 귀에서 손을 떼어 냈다.

"귀부인이 절친한 친구를 사귀었군요. 그런데요?"

"글쎄, 그 친구가…… 여자라지 뭐예요."

카린은 엄청난 비밀이라도 말하는 듯, 비장한 얼굴이 되어 말했다. 귀부인이 여자 애인이라. 보기 드물긴 하지. 이 세계에서도 동성애는 터부시되는 경향이 있으니까.

"좀 그렇지 않아요? 어떻게 여자끼리 사귈…… 절친이 될 수 있어요?"

그 아이는 작게 속삭였다. 왠지 모르게 조금 긴장한 것처럼 보이기도 했다. 뭐라고 해야 하면 좋을까 잠시 표현을 고르다가 나는 입을 열었다.

"카린 영애. 그런 말은 하면 안 돼요. 사랑하는 사람의 성별이 동성이란 이유로 비난해서는 안 되는 거예요."

카린 성격이라면 같이 험담해 주길 바랐겠지만, 나는 그럴 생각이 없었다. 내 이야기를 듣고 눈만 깜빡이던 카린이 밝은 목소리로 말했다.

"역시 그렇죠?"

음? 반박할 줄 알았는데 카린은 도리어 반색을 했다. 심지어 웃음을 참으려고 하는 모양인지 입꼬리가 씰룩이고 있었다.

"왕비님은 그러면 여자끼리 사귀는 거에 거부감 없으세요?"

"네. 사랑에는 성별도, 국적도 없으니까요."

"그러면 나이는요? 나이 차 연애에 대해서는 어떻게 생각하세요?"

아까는 성별이더니, 이번에는 나이인가? 그 귀부인이랑 애인이란 사람 나이 차이가 심한 모양이다.

"둘 다 성인이면 모르겠지만 나이 차이가 너무 많이 나는 건 좀 그렇겠네요. 그 귀부인과 절친은 나이가 어떻게 되나요?"

"한쪽은 10대 중반이고 한쪽은 20대 중반이에요."

"아. 그건 안 돼요."

"왜 안 되는데요?!"

카린이 벌떡 일어설 기세로 물었다. 아까는 얌전하게 있더니 왜 지금은 화를 내고 있는 건지 알 수가 없었다. 그 귀부인이랑 친한 사이인가?

"그야 한쪽이 10대잖아요. 미성년자랑 성인의 연애는 당연히 안 되죠."

"10대지만 16살은 지났는데요?"

"그래도 10대는 좀 그래요."

아무리 이 나라에서는 16살이 성인이라지만 나는 받아들일 수 없었다. 그나저나 그 귀부인, 10대랑 사귀다니. 정말 몹쓸 사람이로구만.

"그러면 어린 쪽이 스무 살이 되면 괜찮아요?"

"으음. 좀 더 나이가 든 뒤 사귀는 게 나을 것 같지만, 일단 10대는 안 돼요."

"……알았어요."

카린은 그제야 이해를 한 것인지 얌전해졌다. 어쩐지 얼굴에 비장한 기운이 감돌고 있었다.

"앞으로 3년인가⋯⋯."

"네? 뭐라고 했나요?"

"아, 아니. 아무것도 아니에요!"

뭔가 중얼거린 것 같았지만 목소리가 너무 작아 제대로 듣지 못했다. 카린의 얼굴이 조금 발그레해져 있었다.

그 와중에 블랑슈는 가만히 우리의 이야기를 듣고 있었다. 그러다 카린을 바라보며 물었다.

"여자끼리는 절친하면 안 돼요?"

"아뇨. 된대요. 아까 왕비님이 된다고 하셨어요."

카린은 조금 즐거운 어조로 말했다. 블랑슈가 그 얼굴을 빤히 바라보다 따라 웃었다.

"그러면 우리도 절친해요, 카린 영애!"

"네? 고, 공주님. 그건 안 돼요!"

그래, 그건 안 된다! 사랑에 국적과 성별은 없어도 가계도는 중요해! 족보대로 따지면 카린이 블랑슈의 이모인걸!

카린 역시 몹시 당황한 눈치였다. 그 반응에 블랑슈는 시무룩해져서 말했다.

"저랑 친구 하기 싫으셨군요⋯⋯."

"아니, 그건 아니에요! 우린 이미 친구라구요! 그 절친 말고 이 절친해요!"

"그 절친이랑 이 절친은 뭐가 달라요?"

카린이 그 절친보다 이 절친이 더 좋은 거라고 설득한 뒤에야 블랑슈도 안도하는 기색이었다.

간신히 사태를 진압한 카린이 깊은 한숨을 내쉬었다. 그리고는 조금 지친듯한 얼굴로 입을 열었다.

"그러고 보니 오늘따라 왕궁이 좀 소란스럽던데. 무슨 일이 있나요?"

"아, 네. 제 오라버니인 케인 경이 방문을 요청하셨거든요."

얼마 전, 모이즈 경이 크로넨버그로부터 도착한 서신을 내게 건네주었다. 거기에 적힌 내용은 크로넨버그의 제 2왕자이자 샤보 공작인 케인 크로넨버그가 방문을 요청한다는 내용이었다.

"왕비님도 오랜만에 가족을 만나는 거니 기쁘시겠네요."

"네. 기뻐요."

사실 나는 그다지 기쁘지 않았다. 아비게일이 크로넨버그에서 지낼 때의 기억이 흐릿했기 때문이었다.

케인은 아비게일의 두 번째 오빠로, 사실 어떤 사람인지는 잘 기억이 나지 않았다. 결혼식 때 본 것이 마지막이었던가. 자칫 잘못하면 블랑슈와 결혼할 뻔한 남자였다는 것 정도만이 기억에 남았다.

그 때문인지 인상이 좋지 않았다. 뭐, 일단은 아비게일의 가족이니 잘 대접해야지.

나는 눈을 감고 호흡에 집중했다. 숨을 내쉴 때마다 몸의 어느 부분이 움직이고, 호흡과 피가 어디로 흘러가고 있는지를 파악하려 애를 썼다.

피를 따라 내 몸을 흐르는 마력을 상상했다. 베리테는 물의 이미지를 상상하라고 했다. 그러자 내 몸속에 검은 강물이 넘실대는 것 같았다.

"좋아, 아비게일. 잘하고 있어. 눈 떠봐."

나는 서서히 눈을 떴다. 그러자 손 위에 생긴 거대한 물방울을 볼 수 있었다. 정확히 말하자면 검은 마력이었지만.

"으아, 성공했다! 성공이야!"

"축하해. 확실히 재능이 있는 편인 것 같네."

마력 운용법을 배우기 시작한 지 한 달째. 나는 피를 내지 않고도 마력을 밖으로 빼내는 방법을 간신히 터득하게 되었다. 그전까지는 꼭 피를 내야 해서 양 손가락에 피멍이 가득했었다.

나는 안도의 한숨을 내쉬었다. 세이블이랑 실랑이할 일은 없겠구나.

마법 수업도 무탈하게 흘러가고, 세이블과의 관계도 그랬다. 표면적으로는. 겉으로는 태연한 척하지만 속은 아니었다. 그가 무척 신경이 쓰여 밤잠을 제대로 잘 수가 없었다.

와중에도 세이블은 다정했다. 어젯밤 그는 내 손을 보고는 심각한 얼굴이 되어 물었다.

[왜 이리 다쳤습니까?]

[아, 그게 바느질을 하다가 좀 찔려서…….]

피를 내기 위해 수십 번 손을 땄던지라, 내 손가락은 멍투성이가 되어 있었다.

[바느질하지 마십시오. 하녀들에게 시키면 될 것 아닙니까?]

[제 취미니까요. 그리고 골무 끼면 안 다쳐요.]

[그러면 앞으로는 꼭 보호 장비를 하고 하십시오.]

고작 찔린 상처인데 과보호가 심했다. 세이블의 얼굴이 심각하게 굳어지는 걸 보며, 나는 기분이 좋은 동시에 답답했다.

차라리 냉정하게 대해 주면 기대라도 접을 텐데 자꾸 착각하게 되었다. 담비야, 왜 자꾸 이러니. 누나 힘들다.

이런 생각을 하는 것도 자의식 과잉이겠지. 어쨌거나 이제는 피낼 일도 없으니, 세이블이 걱정할 일도 없을 것이다.

나는 허공에 둥둥 떠 있는 마력을 바라보았다. 마치 거대한 잉크 방울처럼 보이는 검은 마력. 여러 차례 보아도 익숙해지지 않았다. 나는 베리테를 힐끗 보았다.

"그런데 이거 어떻게 없애?"

"오늘 수업에 쓸 거니까 일단 내버려 둬."

"네, 베리테 선생님."

나는 얌전히 베리테의 말을 기다렸다. 잠시 후, 거울 위로 푸르게 빛나는 문자들이 떠올랐다.

"좋아. 그러면 오늘은 진도를 더 나갈게."

"오, 좋아. 오늘은 뭘 하나요? 선생님."

"일단 누군가를 저주해 보자."

"뭐?"

베리테는 생긋 웃고 있었다. 나는 당황해서 베리테를 바라보았다. 얘가 지난번에 내가 한 말을 잘못 들었나?

"선생님, 저는 누군가를 저주하고 싶은 게 아닙니다. 그걸 푸는 방법을 배우고 싶은 거지."

"저주하는 방법을 알아야 푸는 방법도 알 수 있다고."

"그렇다 해도 누군가를 저주하는 건 좀 그렇……."

"스토크 공작이나 기드온은 어때?"

그거 꽤 흥미로운 제안이로군. 스토크 공작과 기드온이라. 아, 아니. 안 돼. 그래도 사람을 죽여 버릴 수는 없지.

"몹시 구미가 당기는 제안이지만 좀 더 익숙해진 다음에 해 볼게."

"저주를 안 거는 건 아니구나?"

그렇게까지 착한 사람은 아니라서. 나중에 기회가 된다면 소소한 저주를 걸어 보고 싶었다. 일단 그때까지는 얌전하게 살아야지.

"좋아. 그러면 우선 해제 방법에 관해 설명할게. 그러려면 저주의 구조를 알아야 하는데……."

베리테가 가볍게 손가락을 흔들자, 거울 위의 문자들이 춤을 추듯 형태를 바꾸기 시작했다. 그리고는 열쇠와 자물쇠의 그림이 떠올랐다.

"저주는 자물쇠와 열쇠로 구성되어 있어. 자물쇠를 걸듯 저주를 걸고, 그걸 풀 방법으로 열쇠를 마련해 두지. 예를 들면……."

"진실한 사랑을 알게 되면 야수에서 원래의 모습으로 돌아온다든가?"

몇몇 동화에서는 저주를 거는 동시에 저주를 푸는 방법에 대해 알려 주곤 했었다. 『미녀와 야수』나 『인어공주』가 그랬었지. 베리테는 그 대답을 듣고 의심쩍다는 듯 나를 바라보았다.

"너 왜 이렇게 잘 알아?"

"아. 그냥 찍어서 맞춰 봤어."

나는 어색하게 웃어 보았지만, 베리테는 여전히 수상한 사람을 보는 듯한 시선이었다. 나는 황급히 말을 돌렸다.

"그런데 왜 굳이 그런 해제 방법을 알려 주는 거야? 안 알려 주는 게 좋은 거 아냐?"

독을 먹인 뒤 뭘 먹으면 나을지 알려 주는 격이니 이상하긴 했다. 베리테는 의심을 흘려보내고 이야기를 이어 갔다.

"저주를 걸 때는 누군가가 대가를 치러야 하는데, 이렇게 열쇠를 마련해 두면 그 대가가 적어지거든. 해제 방법을 상대에게 알려 주면 더 적어지고."

오, 그런 원리구나. 그런데 어떤 동화에서는 저주를 해제하는 방법을 알려 주지 않았는데, 그 경우는 어떻게 되는 걸까?

"열쇠를 마련하지 않는 방법도 있어?"

"있긴 있어. 저주를 건 사람이 그만큼의 대가를 더 지불하면 돼."

"그 대가가 뭐야?"

"수명이나 건강, 신체 일부. 목숨을 걸면 강력한 저주를 걸 수 있으면서도 열쇠를 만들지 않아도 된대."

베리테가 공중에 떠오른 책을 넘겨 무언가를 찾았다. 그리고는 어떤 페이지를 펼쳐 내게 보여 주었다.

그것은 다소 끔찍한 삽화였다. 죽어 가는 사람들의 얼굴과 무너져 가는 도시들이 그려져 있었다. 흑백임에도 불구하고 피비린내가 물씬 풍기는 것 같았다.

"만 명의 목숨을 대가로 저주를 만들면, 나라를 멸망시킬 수도 있대."

"……."

그 말을 듣자 왠지 팔에 닭살이 돋았다. 사람들이 검은 마력을 꺼리는 이유를 알 것 같기도 했다. 처음에는 잘 감이 오지 않았는데 이렇게 설명을 들으니 조금 무서워졌다.

"으음, 나는 저주를 푸는 방법만 알고 싶은데……. 정말 누군가를 저주해야 해?"

"일단 저주를 풀려면 저주받은 무언가가 있어야 하니까. 무시무시한 것 말고 사소한 저주도 많으니, 너무 걱정하지 마."

베리테는 다시 책을 가져갔다. 그리고 산뜻한 어조로 책을 읽어내려갔다.

"자, 골라봐. 상대를 개구리로 만드는 저주, 100년간의 잠에 빠지게 하는 저주, 야수의 모습으로 바꾸는 저주……."

선생님, 사소하다의 기준이 뭡니까? 왠지 익숙한 저주들인데. 저거 다 배우면 정말 개판 나겠다.

"다른 건 없어? 좀 더 스케일 작은 거로."

"잠깐만 기다려 봐. 말을 잃는 저주, 성격이 반대가 되는 저주, 사랑에 빠지는 저주 같은 것도 있어."

중간에 좀 귀여운 게 하나 껴 있었다. 사랑에 빠지는 저주라니. 저주라는 표현은 좀 부적합한 것 아닌가?

"사랑에 빠지는 것도 저주야?"

"그렇다고 하네."

흐음, 어쩐지 이해가 안 가면서도 그럴싸한 것 같기도 하다.

사랑은 사람을 변화시킨다. 그리고 그 변화가 늘 좋은 방향이라고는 장담할 수는 없다. 과거의 아비게일만 해도 사랑을 갈구하며 점점 잔인하고 악랄하게 변해갔으니까.

"세이블리안한테 걸어 볼래?"

"뭘?"

"사랑에 빠지는 저주."

베리테의 말에 나는 순간 움찔하고 말았다. 사랑에 빠지는 저주? 그걸 세이블에게?

"아무 조건 없이 대상을 사랑하게 되는 저주야. 충분한 대가를 지불하면 영원히 사랑에 빠질 수도 있어."

영원히, 조건 없는 사랑. 그 말은 폭력적인 동시에 혼이 빠질 정도로 매력적이었다.

나는 사랑에 빠진 세이블을 상상해 보았다. 나를 바라볼 때마다 그의 시선에 애정이 가득하고, 사랑한다고 속삭이는 목소리는 무척 달 것이다.

……하지만 기쁘지는 않았다. 세이블의 자유 의지를 빼앗고, 그가 앞으로 사랑할 기회를 박탈해 버리는 것이니까.

내가 보고 싶은 건 행복해진 세이블이지, 저주에 걸린 세이블이 아니었다. 때문에 나는 고개를 저었다.

"아니. 괜찮아. 그런 저주는 걸지 않을래."

차라리 나를 사랑하지 않아도 괜찮으니 그가 행복하게 살아가면 좋겠다. 언젠가 내가 아닌 다른 사람을 사랑하더라도.

베리테는 그저 조용했다. 그리고는 제 머리를 긁적이고는 책장을 넘겼다.

"그래. 네 마력이 방대하더라도 대가가 너무 커. 차라리 동물로 변하는 저주를 거는 게 쉽겠다. 이건 어때?"

이 양반이 진짜! 세이블이 동물로 변하는 것도 당연히 싫지. 흑담비라면 좀 귀여울 것 같긴 하지만.

"싫어. 그나저나 좀 의외다. 사랑에 빠지는 저주는 대가가 커? 별 것 아닌 것처럼 보이는데."

"응. 사람의 마음을 바꾸는 마법이 가장 어려운 법이니까."

마법조차도 마음을 바꾸는 것은 어려운 일이구나. 사랑에 빠지는 것이 새삼 굉장한 일이라는 생각이 들었다.

"그나저나 요즘 친구는 어때?"

베리테의 물음에 나는 잠시 그를 응시했다. 그의 눈동자에서 걱정이 느껴졌다.

친구라면 그때 그 일이겠지. 베리테라면 눈치챘을 거라 생각하긴
했지만.

"그 상대 남자가 뭐라 안 해? 고백이라든지, 데이트 신청이라든지……."

"응. 그냥 지내고 있어."

나는 괜찮다는 듯이 웃었다. 괜찮아. 그녀는 괜찮아. 사랑하지 않
으면 실연할 필요도 없으니까. 저주에 걸리지 않으면 자물쇠를 풀
필요 없으니까.

그러니 아무런 문제도 없었다. 베리테는 여전히 묵묵한 눈으로 나
를 보고 있었다. 나는 그저 웃기만 했다.

하오의 햇빛 속에서 세이블리안은 눈을 떴다. 소리 없이 눈꺼풀이
올라가며 아직 잠기운이 남은 벽안이 비쳤다.

조금 떨어진 책상에 앉아 있던 밀러드는 미동 없이 서류를 보는
중이었다. 세이블리안이 낮게 중얼거렸다.

"깜빡 졸았군."

"예?"

그 말에 밀러드가 놀라 그를 돌아보았다. 세이블리안은 집무실의
책상 앞에 앉아, 한쪽 손으로 관자놀이께를 괴고 있는 채였다.

그 자세가 너무도 곧았기에 밀러드는 그가 낮잠을 잔 줄도 몰랐
다. 낮잠. 전하가 낮잠이라니. 밀러드는 그 사실에 놀라고 있었다.
그로서는 상상도 할 수 없는 일이었으니까.

"무슨 일 있으십니까?"

"요즘 늦게 자다 보니, 나도 모르게 잠들었군."

아비게일이 밤잠을 설치는 것만큼이나 그 역시 잠을 이루지 못하고 있었다. 하루 각방을 쓰고 다시 만나니 그녀와 나누는 시간이 더욱 애틋해졌다. 아비게일이 옆에 있다는 사실만으로도 긴장되고 흥분하여 잠이 오지 않았다.

어둠 속에서 아비게일의 얼굴은 보이지 않았으나, 그녀는 분명히 옆에 있었다. 눈을 감아도 선명하게 들려오는 숨소리, 그녀의 향기, 손가락에 닿는 머리카락의 감촉.

그 모든 것들이 불면의 이유였다. 내일 또 만날 사람임에도 잠이 오지 않았다.

"그러십니까. 너무 무리하지는 마십시오."

밀러드는 약간의 우려와 민망함이 어린 얼굴로 말했다. 며칠째 잠을 이루지 못하고 있다는 말을 그는 조금 다른 의미로 해석했다. 아니, 다른 사람들도 밀러드와 비슷하게 이해할 터였다. 합방을 한 부부가 수면 부족이라니. 답은 하나였다.

"요리장에게 기력에 좋은 요리를 만들어 올리라고 말해 두겠습니다. 그럼 이만 실례하겠습니다."

그는 흠흠, 기침을 하고는 집무실을 빠져나갔다. 세이블리안은 살짝 눈썹을 찌푸린 채 밀러드의 뒷모습을 바라보았다.

기력에 좋은 요리는 수면이 부족한 자신을 배려한 모양이었다. 하지만 무리하지 말라고? 대체 무슨 뜻인지 이해가 가지 않았다. 자신이 긴장해서 잠 이루지 못하는 걸 밀러드가 알 턱이 없을 터인데.

잠시 고민에 빠져 있던 와중, 어디선가 목소리가 들려왔다.

"세이블리안. 이야기 좀 하자."

앙칼진 소년의 목소리가 들려왔다. 세이블리안은 묵묵히 거울로 시선을 돌렸다.

"비비에게 무슨 일이라도 있나? 베리테."

거울 속의 소년을 향해 세이블리안은 무감한 목소리로 말했다. 살 가운 태도는 아니었으나 예전처럼 박대하는 것도 아니었다.

베리테는 그때 했던 약속대로 아비게일에게 무슨 일이 있을 때마 다 보고를 해 주었다. 그는 그것이 퍽 만족스러웠다.

요즘은 레이븐이나 기드온도 잠잠한 터라 별일이 없어 다행이었 는데, 혹 무슨 일이 있는 것일까 싶었다.

"너 아비게일 갖고 노냐?"

베리테가 잔뜩 심통이 난 얼굴로 물었다. 갑작스러운 말에 세이블 리안은 눈을 가늘게 떴다. 이 자가 대체 무슨 소리를 하는 건지 가늠 하는 중이었다.

"왜 그런 말을 하는 거지? 역시 네가 비비를 마음에 두었기 때문 인가?"

"몇 번이고 말하지만 난 아비게일을 좋아하지 않아. 그러는 넌 아 비게일을 좋아해?"

"물론 좋아한다."

그리고 그는 잠시 망설이다 말을 덧붙였다.

"가족으로."

그 말에 베리테가 시고 쓴 것이라도 먹은 것마냥 얼굴이 자비 없 이 구겨졌다.

그 대답을 들으니 속이 탔다. 저런 미적지근한 태도를 보이고 있 으니, 아비게일이 괜한 고민 따위나 하고 있는 것 아닌가.

인간이 아닌 거울이 보아도 아비게일을 향한 세이블리안의 마음은 단순한 친애보다 연정에 가까웠다. 그런데 정작 당사자는 '가족으로' 좋아한다는 소리를 하고 있다니. 베리테는 울분을 꾹 눌러 담았다.

"정말 가족으로 좋아하는 거야? 사랑이 아니고?"

"사랑?"

세이블리안은 처음 들어보는 단어처럼 발음했다. 그는 잠시 고민에 잠겼다 입을 열었다.

"성욕을 느끼냐는 말인가?"

성욕. 베리테는 그 단어에 얼굴이 확 붉어졌다. 그 반응을 보자 세이블리안은 괜히 민망해졌다. 거울 속의 소년은 아무리 봐도 블랑슈 또래였다.

"아니다. 그녀를 친애하지만 사랑하지는 않는다."

그는 사랑이 무엇인지 알지 못했다. 하지만 주위에서 사랑을 논하는 자들을 보면, 그것이 딱히 아름다운 감정은 아닌 듯했다.

사랑은 결혼식장에 있었다. 하지만 그가 본 대다수의 사람들은 가문의 입장과 이해관계에 맞춰 결혼을 결정했을 뿐이었다. 자신을 포함해서.

사랑은 홍등가에도 있었다. 사랑을 속삭이며 여자를 사고, 애인을 만드는 기혼자들의 이야기는 어디서나 쉽게 들을 수 있는 것이었다. 때문에 그에게 있어 사랑은 명분 혹은 성욕이었다. 그는 아비게일을 그런 식으로 취급하고 싶지 않았다.

"사랑이 아닌 거야, 아니면 그게 뭔지 모르는 거야?"

베리테가 입을 삐죽대며 물었다. 아비게일이 고생하고 있는 모습을 지켜보았던 베리테에게는 진지한 문제였다.

사랑을 하고 있지만 자각하지 못한 경우, 그것을 깨닫게 해 줘야했다. 그래야지만 아비게일이 편해질 수 있다.

세이블리안은 다시 입을 다물었다. 베리테의 표정을 보아하니, 그가 말하는 사랑이란 명분이나 성욕과는 좀 다른 모양이었다.

"네가 말하는 사랑이라는 게 대체 뭐지?"

"어, 그게……."

베리테가 조금 주춤거렸다. 기세등등하게 나왔던 베리테였지만, 사실 그로서도 연애를 해 본 적이 없었다. 또한 이런 질문을 받을 거라고도 예상치 못했다.

하지만 물러설 수는 없었다. 베리테는 종종 궁 안의 사람들이 했던 이야기들을 짜깁기해서 말했다. 주로 클라라가 한 이야기들이었다.

"사랑을 하게 되면 그 사람이 계속 생각나고, 보고 싶고, 걱정되고, 맛있는 것도 주고 싶은 거래. 그리고 또……."

베리테가 나열하는 증상들을 들으며 세이블리안의 표정이 자못 심각해졌다. 일치하는 것이 제법 많았다.

그는 아비게일을 자주 생각했다. 보고 싶었다. 그녀의 손에 남은 상처를 보면 걱정되었고, 달고 귀한 것들을 먹여 주고 싶었다.

"누군가는 상대방을 안아 보면 알 수 있댔어."

"안는다고?"

"응. 사랑하는 사람을 안는 거랑 그렇지 않은 사람을 안는 거랑 느낌이 다르대."

그 부분은 아직 경험해 보지 못해, 뭐라 결론을 내릴 수가 없었다. 포옹으로 그런 것을 판별할 수 있단 말인가?

예전에 잠든 아비게일을 안았을 때 가슴이 무척이나 뛰긴 했었다. 하지만 그건 자신의 병중 때문이었다.

아비게일과 블랑슈를 동시에 끌어안은 적도 있었다. 그때는 가슴이 뛰기보다는 죄책감과 감사함에 정신이 혼미했었다.

만약 지금 그녀를 다시 안아 보면 뭔가 다를까? 다른 사람과 포옹하는 것과는 어떤 차이가 있을까.

그가 고민에 잠겨 있던 와중, 베리테가 움찔하며 거울 속 어딘가를 바라보았다. 밀러드가 집무실로 오고 있었다.

"나 일단 가 볼게. 밀러드 온다."

물러가라는 명이 없었음에도 베리테는 사라졌다. 밀러드가 노크를 하고 안으로 들어섰다.

"전하, 방금 전 전달하지 못한 서류가 있어 다시 왔습니다."

"놓고 가게. ……아니, 잠깐."

밀러드는 서류를 내려놓고 물러서다가 잠시 멈춰 섰다. 뒤를 돌아보니 세이블리안이 심각한 표정이 되어 있었다.

"잠시 이리 오게."

그 표정에 밀러드는 또 무슨 일이 났구나, 속으로 한숨을 쉬었다. 밀러드가 가까이 오자 세이블리안은 근엄하게 하명했다.

"내 품에 안기게."

"……예?"

세이블리안의 눈빛이 불꽃처럼 타오르고 있었다.

그 짧은 사이 주군에게 무슨 일이 생긴 것인가? 제 품에 안기라고? 그 냉혈한 군주가 포옹을 하자고 하다니. 사태 파악이 되지 않아 밀러드가 어버버하는 사이, 세이블리안이 다시 한번 말했다.

"어서 내게 안기게."

"저, 전하. 저는⋯⋯!"

놀라서 차마 말이 나오지 않았다. 그 사이 세이블리안은 양팔을 벌린 채 그에게 다가왔다. 밀러드의 얼굴에 암운이 드리워졌다.

장대비가 온 세상을 때리고 있었다. 왕이 사는 지엄한 궁전조차도 그 폭력에서 벗어날 수는 없었다. 장마였다. 며칠째 거센 빗줄기가 내렸다. 먹구름이 진하여 낮인데도 곧 여명이 찾아올 듯이 어두웠다.

시종들은 부지런히 돌아다니며 샹들리에에 불을 붙였다. 블랑슈는 어둑한 복도를 거닐다가 문득 맞은편에 서 있는 밀러드를 보았다.

한 대신과 말을 나누고 있었다. 빗소리에 파묻혀 무슨 이야기를 나누고 있는지는 알 수 없었다. 다만 좋지 않은 이야기인 것 같았다. 밀러드는 비를 쫄딱 맞은 사람처럼 표정이 굳어 있었다.

두 사람은 이야기를 나누고 이별했다. 밀러드가 한숨을 푹 내쉬고 뒤를 돌다가 블랑슈를 발견했다.

"아, 공주님. 평안하셨나요."

"밀러드 경. 안녕하세요."

장마 속에서도 블랑슈만큼은 밝았다. 그 얼굴을 보자 밀러드에게도 햇볕이 한 뼘 내리쬐는 것 같았다.

"어디 가시던 길입니까?"

"공부방에요!"

"그렇군요. 그 앞까지 동행해도 괜찮겠습니까?"

"물론이에요."

블랑슈가 흔쾌히 승낙하자 밀러드는 웃었다. 미소 짓는 것이 무척 오랜만인 듯, 뺨에 어색한 주름이 잡혔다.

빗소리 사이를 거닐어 두 사람은 공부방으로 향했다. 후두둑 떨어지는 빗줄기가 궁 안의 분위기를 더욱 우중충하게 했다. 아니, 비 때문만은 아닌지도 모른다. 비가 내리기 전부터 밀러드는 이른 장마를 겪고 있는 사람처럼 보였으니까.

"공주님, 요즘 별일 없으십니까?"

"네. 전 잘 지내고 있어요."

"국왕 전하와도 잘 지내시고요?"

블랑슈는 고개를 끄덕였다. 밀러드는 먹구름처럼 입을 다물었다가 넌지시 물었다.

"……국왕 전하께서 요즘 고민이 있으시거나, 신변에 무슨 문제가 생기신 건 아니지요?"

장마가 오기 전부터 궁 안이 혼란스러운 이유는 세이블리안 때문이었다. 정확히 말하면 세이블리안의 기행 때문이었다.

밀러드를 껴안은 뒤, 그는 궁에서 마주치는 사람에게 포옹을 요구하곤 했다. 그 요구를 받을 때마다 사람들의 얼굴에는 당혹의 빛이 어렸다.

그는 다정한 왕은 아니었다. 공로를 치하하는 방법으로 금전적인 보상을 택하지, 포옹을 하는 식으로 기쁨을 표하는 사람은 아니었다.

그런 와중 보는 사람마다 끌어안고 다니니, 사람들로서는 당혹스러울 수밖에 없었다. 심지어는 '그' 스토크 공작까지도 껴안았으니까.

하인과 하녀들 사이에서는 국왕 전하가 저주에 걸린 게 아니냐는 불충한 말까지 나오고 있었다. 저주까지는 아니어도 뭔가 고민이 있거나 문제가 생긴 것은 틀림없다. 밀러드는 그리 추측하고 있었다.

때문에 블랑슈에게 넌지시 질문을 던져본 것이었다. 블랑슈는 잠시 고민하다 말했다.

"잘 모르겠어요. 별일 없으신 것 같은데……."

"그렇군요."

슬쩍 떠보았으나 기대했던 대답은 돌아오지 않았다. 그러던 중, 어느새 공부방 앞에 도착했다.

"그럼 저는 이만 실례하겠습니다."

"네, 바래다주셔서 감사해요. 밀러드 경."

블랑슈는 떠나가는 밀러드를 가만 바라보았다. 밀러드의 표정이 왜 저렇게 어두운지, 블랑슈는 이유를 어림짐작하고 있었다.

공부방으로 들어온 뒤 블랑슈는 사용인들을 물렸다. 공부방에는 전에 없던 물건이 생겨나 있었는데, 다소 이질적인 물건이었다.

"밀러드가 고민이 많나 봐."

전신 거울에 베리테가 나타나며 입을 열었다. 크기가 워낙 큰지라 거울이 아니라 유리창 너머에 있는 것처럼 보였다. 블랑슈는 익숙한 듯이 전신 거울 앞에 털썩 주저앉았다.

"응. 아바마마가 자꾸 사람들을 껴안고 다니셔서 그런가 봐."

이 소동 속에서 태연할 수 있는 사람은 베리테 뿐이었다. 그가 씩 웃었다.

"뭐, 포옹하면 좋은 거 아냐? 너도 안아 주셨어?"

"맞아. 나도 꼭 안아 주셨어."

블랑슈는 밀러드가 고뇌하는 것을 이해하기가 힘들었다. 세이블리안이 다정해져서 블랑슈는 마냥 좋았다.

세이블리안은 볼 때마다 블랑슈를 꼭 안아 주었다. 10년간 못한 포옹이 쏟아지니 블랑슈로서는 행복했다.

"그런데 왜 어마마마랑은 포옹을 안 하시는 걸까?"

블랑슈가 고개를 갸웃했다. 이상하게도 세이블리안은 아비게일에게는 팔을 벌리지 않았다. 베리테가 미간을 찌푸렸다.

'세이블리안 그 자식, 대체 무슨 생각을 하고 있는 거지?'

아비게일을 좀 챙기라는 의미에서 참견을 한 것인데, 아비게일만 안지 않는다니. 베리테로서는 불만일 수밖에 없었다.

그리고 또한 불안했다. 포옹을 하면 알 수 있다고 조언한 것은 자신이지 않은가. 그게 정말 확신한 방법일까?

'클라라 말을 괜히 믿었나.'

클라라는 좋아하는 사람을 안으면 행복을 안는 것 같은 기분이 든다고 했다. 그건 어떤 기분일까? 베리테로서는 알 수 없었다. 이 공간에 있는 사람은 혼자뿐이었으니까.

베리테는 무의식적으로 팔을 뻗어 자신을 안아 보았다. 손으로 감싼 팔뚝이 조금 따뜻해지는 것도 같았지만 그래 봐야 자신의 체온이었다.

"베리테, 왜 그래?"

블랑슈가 묻자 그는 그제야 정신을 차렸다. 우스운 짓을 했다는 것을 뒤늦게 깨달았다.

"아, 아니야. 포옹하면 어떤 기분인지 궁금해서."

그 말에 듣자 블랑슈의 얼굴에서 미소가 가셨다. 얼굴에 옅은 연민이 드리워졌다.

"내가 베리테를 안아 줄 수 있다면 좋을 텐데……."

"됐어. 난 나랑 껴안으면 돼. 난 내가 좋아."

베리테는 블랑슈가 울적해하는 것이 싫어 일부러 장난스레 말했다. 스스로를 꼭 껴안은 채 이것 보라는 듯이 씩 웃었다.

그 모습에 블랑슈가 작게 웃었다. 하지만 약간의 얼룩이 남아 있었다.

"그래도 난 베리테가 걱정이야. 누군가랑 꼭 안고 싶고, 손잡고 싶을 때가 있는데……. 아무도 그렇게 해 주지 않으면 슬프잖아. 나도 그랬는걸."

나도 그랬다는 말에 베리테는 제 몸을 쓸어내리던 손을 멈추었다. 거울 밖의 소녀에게 왠지 모를 동질감이 느껴졌다.

만들어진 지 햇수로 2년째. 그동안 베리테는 고독에 둘러싸여 있었다. 아비게일의 목소리만이 유일한 소통이고 위안이었다.

거울 밖의 사람들은 누군가와 함께 있을 때가 많았다. 손을 잡고, 이야기를 나누는 사람들을 보며 짐짓 부러워하기도 했다.

어떨 때는 자신의 현명함을 원망하기도 했다. 차라리 아부만 떠는 멍청한 거울들의 신세가 부러웠다. 그러면 이런 고독을 느낄 필요도 없을 텐데.

아비게일은 베리테를 좋아하고, 또 여러모로 걱정해 주었지만 그의 외로움을 이해하는 것은 아니었다. 하지만 블랑슈는 같은 외로움을 느끼고 있었다. 아버지도, 어머니도 블랑슈를 안아 주지 않았다. 이야기를 나누지도 않았다. 약 10년간.

"너도 외로웠어?"

베리테가 조심스레 물었다. 블랑슈는 가만히 고개를 끄덕였다.

"응. 외로웠어. 그러니까 베리테는 외롭지 않으면 좋겠어."

그렇게 말하고 블랑슈는 거울 위로 손을 올렸다. 거울을 지그시 누르고 있는 손은 무척이나 작았다.

"우리 손 잡을까? 안아 줄 수는 없지만."

손을 잡아? 어떻게? 그냥 맞대고 있자는 말인가. 그게 무슨 소용인가. 만져 봐야 느껴지는 것은 딱딱한 유리의 감촉일 뿐인데.

그렇게 생각하면서도 베리테는 슬그머니 그 위로 제 손을 겹쳤다. 거울을 사이에 둔 채, 두 아이는 손을 마주 대고 있었다.

이상한 기분이 들었다. 마치 손이 닿은 곳이 따뜻해져 오는 것 같았다.

"왠지 이러니까 같은 방에 있는 것 같다."

블랑슈가 헤헤 웃으며 말했다. 마침 베리테 역시 그와 비슷한 생각을 하고 있던 참이었다. 유리창이 가운데에 있을 뿐, 같은 공간에 있는 것 같았다. 이 유리문을 열기만 하면 나갈 수 있을 것 같았다.

"베리테, 네가 외로울 때마다 나를 불러 줘. 그러면 이렇게 손을 잡아 줄게."

마주 대고 있는 손과 블랑슈의 목소리가 너무 따뜻했다. 베리테는 제 얼굴을 보이기 싫어 고개를 푹 숙였다.

"……너도 말해."

"응?"

"너도 외로우면 말하라고. 손잡아 줄게."

그 말에 블랑슈의 눈이 조금 커졌다. 그러다 이내 부드럽게 휘었다. 블랑슈가 무척 행복하다는 듯이 웃었다.

"응. 외로울 때마다 너를 부를게. 우리 약속하자."

웃고 있는 블랑슈를 보자 베리테는 왠지 모르게 자신이 조금 미워졌다.

블랑슈도 자신만큼 외로웠을 것이다. 아니, 그보다 더 심했을지도 모른다. 그도 그럴 것이 10년이지 않은가.

블랑슈를 믿지 못해 아비게일에게 자신의 정체를 숨겨달라 했던 것을 후회했다. 조금 더 빨리 말했더라면, 조금 더 빨리 너와 친구가 되었더라면 네가 그만큼 덜 외로웠을 텐데.

"네가 부르면 언제라도 나타날게. 그러니 걱정하지 마, 블랑슈."

베리테는 마주 댄 손을 가만히 움직여 보았다. 깍지 껴 잡고 싶었지만 그럴 수 없어 아쉬웠다.

'이 거울을 나갈 수만 있다면……'

너의 손을 꼭 잡을 수 있을 텐데. 어떻게 하면 이 거울을 나갈 수 있을지, 그는 그런 고민을 하며 제 손을 바라보고 있었다.

"베리테! 베리테 지금 바빠?"

그때 거울 안쪽에서 목소리가 흘러나왔다. 베리테가 살펴보니 제 본체인 거울에서 들려온 목소리였다. 아비게일의 것이었다.

"아, 나 아비게일이 부른다."

"어마마마마가? 다녀와. 나도 슬슬 공부하러 가야 해."

블랑슈는 슬그머니 거울에서 손을 떼어냈다. 베리테는 그것이 퍽 아쉬웠으나 아비게일이 급한 일로 부르는 것인지도 몰랐다.

자리에서 일어나 아비게일이 비친 거울로 다가갔다. 그녀는 무척이나 초조한 얼굴이었다.

"아비게일, 무슨 일이야?"

"그게, 세이블이 이상해!"

아비게일도 세이블리안의 기행을 들은 모양이었다. 자신이 괜한 짓을 한 건가 싶어 베리테는 조금 착잡한 기분이 되었다. 아비게일이 울적한 목소리로 말했다.

"세이블이 사람들을 껴안고 다니는데, 혹시 나 때문인가 싶어서……."

그 말에 베리테는 움찔 놀랐다. 저와 세이블리안 사이의 일을 모를 텐데, 왜 저런 이야기를 하는 것일까.

아비게일의 표정이 어두웠다. 마치 이 모든 사태가 자기 탓이라는 듯. 그녀는 걱정 가득한 눈으로 말했다.

"내가 만든 저주가 설마 세이블한테 걸린 건 아니겠지?"

"……응?"

저주? 베리테가 무슨 말인지 모르겠다는 표정이 되었다. 아비게일이 어쩔 줄 몰라 하며 말을 이어 갔다.

"내가 얼마 전에 저주 만든 거 있잖아. 성격이 정반대가 되는 저주."

아비게일은 여전히 베리테와 특훈 중이었다. 그녀는 자신에게 저주를 거는 연습을 하고 있었으나, 모두 실패로 돌아갔다.

성격이 반대가 되는 저주를 걸었지만 아무런 효과도 없었다. 그런데 그 무렵, 세이블리안이 이상 증세를 보이기 시작한 것이다.

"나한테 걸어야 했는데, 실수로 세이블한테 건 거면 어떡하지? 그래서 그렇게 사람들을 안고 다니는 거면 어떡하지?"

그 반응에 베리테는 순간 넋이 나가 버렸다. 두 사람의 오해를 풀려고 시작한 일인데, 어째서 일이 이렇게 꼬여가는가.

"세이블리안은 저주에 걸린 게 아니야. 걱정하지 마."

한 사람은 저주에 걸린 것처럼 행동하고, 한 사람은 자기가 저주를 건 게 아닐까 초조해하고 있다니.

베리테는 한숨을 내쉬었다. 세이블리안이 아비게일을 껴안아 주면 끝날 일인데. 대체 그 자식은 무슨 생각을 하고 있는 것인가.

베리테는 답답한 마음에 한숨만 푹 내쉬었다.

◇

꽤 길게 이어지던 장마는 국빈이 오는 날짜가 가까이 오자 조용히 사그라들었다. 덕분에 시야는 푸르렀다. 바깥을 보지 않아도 물기를 머금은 초목의 싱그러운 향기를 맡을 수 있었다.

물론 알현실의 분위기는 그런 것과 상관없이 엄중했다. 크로넨버그의 왕자를 맞이하는 자리이니 그럴 수밖에. 나 역시 오랜만에 성장을 차려입고 왕관까지 쓴 채였다.

왕좌에는 세이블이, 그리고 그 옆에는 블랑슈가 앉아 있었다. 근엄한 모습에 나도 모르게 시선이 갔다.

"비비, 왜 그리 보십니까?"

"아니. 아니에요."

음. 세이블이 맞구나. 요 며칠 동안 그가 보여 준 모습 때문에 이토록 위엄 넘치는 모습이 조금 생경하게 느껴졌다. 갑작스럽게 왕궁에 불어닥친 프리허그 붐에 이 사람이 이토록 위엄 있는 왕이라는 사실을 깜빡 잊었다.

아직까지도 왜 세이블이 프리허그를 전파하고 다니는지는 알 수 없었다. 저주는 아니라고 하니 다행이지만…….

왜 그 프리허그에 나는 해당이 안 되는지 조금 섭섭했다. 언제는 냉정하게 대해 주길 바랐으면서 정작 거리감이 생기니 서운했다.

나도 내가 우스울 지경이다. 이랬다가 저랬다가 대체 어느 장단에 맞춰야 하는지 원.

"크로넨버그의 제 2왕자, 케인 크로넨버그 왕자께서 들어오십니다."

그 와중, 나팔 소리와 함께 케인의 입성을 알리는 외침이 들려왔다. 세이블과 블랑슈가 자리에서 일어났다. 나 역시 그들을 따라 일어서서 입구를 바라보았다.

그곳에 아비게일을 닮은 남자가 들어오고 있었다. 부서질 듯이 찬란히 빛나는 은발에 신비로운 자안을 가진 사내. 사내는 누가 봐도 아비게일의 남매였다.

즉, 싸가지가 없게 생겼다는 의미였다. 얼굴만으로도 신분 증명이 가능할 줄이야. 다만 차이가 있다면 케인의 미소는 아비게일의 것과는 달리 꽤 부드러웠다. 그가 한쪽 손을 가슴께에 올린 뒤 머리를 숙였다.

"네르겐의 왕을 뵙게 되어 영광입니다. 크로넨버그의 제 2왕자이자 샤보 공작인 케인 크로넨버그라고 합니다."

"뵙게 되어 영광이오, 케인 경."

세이블은 다소 담담하게 인사를 주고받는가 싶더니 단상에서 내려왔다. 그리고는 조용히 케인에게 다가갔다. 다들 의아한 얼굴이 되었다가, 이내 경악으로 물들었다.

세이블이 케인을 와락 끌어안았기 때문이었다. 전례가 없는 일이었다. 그 어떤 귀빈이 오더라도 저리 환영을 하는 일이 없었다.

장내의 공기가 일순간 술렁이던 와중, 그 위로 케인의 유쾌한 웃음소리가 쏟아졌다. 그는 시원하게 웃고 있었다.

"이토록 환영해 주시니 감사드립니다, 전하."

"먼 길 오느라 수고 많으셨소."

아니, 뭐지 이 훈훈한 광경은. 다른 사람들이 얼떨떨한 와중 두 사람만이 태연했다.

"이쪽은 내 딸, 블랑슈 프리드킨이오."

"어서 오세요, 케인 경. 네르겐의 공주인 블랑슈 프리드킨입니다."

어느새 세이블의 옆으로 내려온 블랑슈가 정중히 인사를 올렸다. 케인도 미소를 머금은 채 답했다.

"만나서 반갑습니다, 블랑슈 공주님."

정중하지만 어쩐지 거리감이 느껴지는 목소리였다. 케인의 눈빛 역시 정 없이 건조해 보였다.

그러다 케인은 고개를 틀어 나를 바라보았다. 아비게일을 닮은 그 사내가 무척 반갑다는 듯이 말을 걸었다.

"아비게일 전하, 오랜만에 뵙게 되어 영광입니다."

"저야말로 뵙게 되어 반가워요, 오라버니."

아비게일의 기억이 좀 더 있었다면 이 사람을 반길 수 있었을 텐데. 나도 뛰어 내려가서 꽉 끌어안아야 했나?

그를 마지막으로 본 것은 아비게일의 결혼식 때였는데, 무슨 이야기를 나눴는지는 생각나지 않았다. 음, 케인도 결혼을 했던 것 같은데 아내의 안부라도 물을까.

고민하는 사이 잠시 침묵이 고였고, 그 사이로 세이블이 끼어들었다.

"먼 길 오느라 고생 했을 테니 푹 쉬십시오. 저녁에는 연회를 준비해 두었소."

"감사합니다, 전하. 그 사이 오랜만에 만난 여동생과 이야기라도 나누고 싶군요."

케인이 나를 바라보며 빙그레 웃었다. 나도 마주 웃어 보았지만, 어쩐지 어색한 미소일 것 같았다.

알현이 마무리된 뒤 나는 케인과 함께 자리를 이동했다. 그의 처소는 본궁에 마련되어 있었다.

원래 국빈들이 머무는 방은 호화스럽기 마련이지만, 어째 이 방은 더욱 고급스러워 보이는데. 세이블이 신경을 써줬나?

그나저나 이제 사석이었다. 무슨 이야기를 하면 좋으려나. 하녀마저 나가고 둘만 남게 되자, 케인이 나를 향해 미소 지었다.

"아비게일. 정말 오랜만에 보는구나. 잘 지냈니?"

그의 시선에서 반가움이 뚝뚝 묻어났다. 어라, 태도를 보아하니 둘의 사이가 나쁘지는 않았던 모양이다.

"물론이죠. 저는 잘 지냈어요."

"그래. 잘 지내는 것 같구나. 좀 지나치게 건강하게 보이는 것 같지만."

음? 뭐지? 뉘앙스가 좀 이상한데. 내가 그를 가만히 응시하자 케인이 빙긋 웃으며 말했다.

"못 본 사이에 살이 너무 쪄서 다른 사람인 줄 알았다."

아, 사이 좋은 오누이라는 말은 취소다. 취소. 아비게일이나 그 오빠나 성질 한번 더럽다.

보자마자 인신공격을 하는 걸 보니 친남매가 맞는 것 같긴 했다. 어떻게 대처해야 하나 고민이 되어 나는 잠시 굳어 있었다. 반박해야 할지 그저 웃어야 할지 조금 난감했다. 아비게일은 어떻게 대처했으려나?

그나저나 이 몸을 보고 살이 쪘다니. 지금도 충분히 말랐는데 저

자식은 기준이 대체 뭐지?

망설이고 있는 사이 케인은 소파에 앉았다. 그가 앉아도 좋다는 듯이 턱으로 맞은편을 가리켰다.

음. 일단 네가 손님인데 말이지. 굳이 말다툼을 하고 싶지는 않았다. 자리에 앉자마자 그가 불쑥 물었다.

"그나저나 아이는?"

말다툼하기 싫은데 굳이 케인이 불을 붙인다. 대뜸 아이 이야기라니. 진짜 내가 무슨 애 만드는 기계도 아니고 보는 인간마다 애 타령이야.

"아직 소식 없어요."

"얼른 낳아야지. 보아하니 공주가 성인이 될 때까지 얼마 안 남았던데."

여기서 블랑슈 이야기는 또 왜 나와? 슬쩍 째려보자 케인이 한심하다는 듯이 말했다.

"이대로 가면 그 공주가 왕위 계승자가 될 거 아니냐. 지금이라도 늦지 않았어. 네가 왕자를 낳으면 그 아이가 다음 계승자가 될 거다."

대화한 지 5분도 안 되었는데 방을 나가고 싶어졌다. 케인은 나름대로 아비게일을 걱정해 준 것이겠지만 듣고 싶지 않았다.

그의 말대로 내가 왕자를 낳으면 궁에서의 내 입지는 더욱 굳건해질 것이다. 하지만 나는 딱히 권력을 원하지 않는다. 그냥 이대로 세이블이랑 블랑슈와 함께 오순도순 살고 싶다. 어차피 세이블이랑 옹냥냥을 못하니 애도 못 낳는걸.

혹여 낳는다 하더라도 블랑슈가 왕이 되고 싶다고 했다. 굳이 블랑슈가 가려는 길을 막고 싶지 않다.

"전 블랑슈를 제 아이라 생각하고 있어요. 그러니 굳이 왕자를 낳을 필요는 없죠."

"아비게일, 너……!"

"부모님은 어떻게 지내시나요? 잘 지내시죠?"

싸우고 싶지 않아 일단 말을 돌렸다. 케인은 잠시 나를 노려보다가 한숨을 쉬었다. 그도 한발 물러나기로 한 모양이었다.

"두 분 다 강건하셔."

"아내분은요?"

"아. 내 아내가 넷째를 임신했다."

"어머, 축하드려요."

조카가 생긴다니 축하할 일이지만 내심 걱정이 되었다. 나는 아이를 낳아본 적이 없다. 그러나 임신이 얼마나 고통스러운지는 여러 사람을 통해 들어왔다.

이 세계는 내가 살던 세계만큼 의학이 발전하지도 않았을 텐데. 그 고통과 위험을 다 겪으면서 애를 네 번이나 낳다니. 둘이 금실이 좋은가. 말하는 꼬락서니를 보아하니 아닐 것 같기도 하고. 아내가 임신했는데 이렇게 외국까지 와도 괜찮은 건가.

"그나저나 무슨 일로 오신 건가요? 무슨 중요한 일이라도 있으신가요."

내가 전달받기로는 시집간 동생이 보고 싶어서 방문한다고 했다. 하지만 두 사람이 그렇게 애틋한 오누이처럼 보이지는 않았다.

하물며 왕가의 사람이 고작 그런 이유로 방문을 할 리가 없다. 뭔가 중요한 이유가 있겠지. 케인은 잠시 나를 바라보다 입을 열었다.

"오랜만에 널 만나러 온 것뿐이다. 곧 건국제도 시작되니 그보다 일찍 도착한 것도 있고."

으음. 수상한데. 고작 그런 이유로? 나도 이제 짬밥이 제법 쌓여서 눈치라는 게 생겼다.

케인의 표정을 살피고 있자 그가 시선을 돌렸다.

"뭐, 어쨌든 오랜만에 봐서 반갑구나. 네 선물도 가져왔으니 나중에 살펴봐라."

"네, 감사해요."

형식적인 감사 인사가 흘러나왔다. 선물을 받았지만 아까 들은 폭언들 때문에 기분이 좋지 않았다.

정말 순수한 목적으로 방문을 한 것일까? 그런 거라면 얼굴도 봤으니 빨리 돌아가 줬으면 좋겠다. 연회 때도 헛소리를 하는 건 아니겠지.

아비게일의 우려와 달리 연회는 우호적인 분위기로 마무리되었다. 축제처럼 들뜨거나 흥겹지는 않아도 그럭저럭 괜찮은 자리였다.

케인은 왕족 특유의 우아함과 예로 세이블리안을 대했다. 딱히 말이 많은 성격이 아닌 세이블리안을 상대로 대화를 잘 이끌어 나가는 것을 보며 아비게일은 짐짓 감탄했다.

그는 때때로 농을 던지기도 하였고, 잘 숨겨 둔 보석을 꺼내 보여 주듯 아비게일의 어린 시절을 이야기하기도 했다.

[이 아이가 말을 하기도 전부터, 모든 사람이 아비게일을 보고 사랑에 빠졌죠. 자신도 그것을 아는 모양인지 매일같이 거울 앞에 앉

아 있지 뭡니까.]

주로 아비게일이 얼마나 귀엽고 사랑스러웠는지, 그런 것을 칭찬하는 내용들이었다.

아비게일 역시 낯설고도 흥미가 가는 일들이었다. 제 기억에는 없는 과거들을 한 조각씩 주울 때마다 어쩐지 모르게 안도했다.

연회의 내용은 대부분 그런 이야기들로 이루어졌다. 정말 우애를 목적으로 방문한 사람처럼.

아비게일은 그가 연회 도중 헛소리를 하지 않아 다행이라 생각하면서도, 너무 무탈하게 끝이 나 조금은 어리둥절했다.

"가족을 오랜만에 만나니 반가우시겠습니다."

세이블리안과 아비게일은 침소로 돌아와 잘 준비를 하는 중이었다. 소파에 앉아 생각에 잠겨 있던 아비게일이 고개를 끄덕였다.

감정이 담긴 고갯짓은 아니었다. 그저 반사적인 행동이었을 뿐. 연회에 참석하기 전, 케인과 사석을 가지지 않았더라면 조금 더 성의 있는 반응이 나왔을지도 모른다.

"유쾌한 사람이더군요."

"케인 오라버니가요?"

"예."

세이블리안은 케인에게 꽤 후한 평가를 내주었다. 아비게일의 가족이기에 가능한 것이었다.

아비게일과 같은 머리카락과 눈동자를 지닌 사람이었다. 그것만으로도 세이블리안은 케인에게 친근함을 느꼈다.

게다가 그는 귀한 선물을 주었다. 세이블리안은 탁자 위에 올려두었던 작은 초상화를 들여다보았다. 그것은 어린 시절의 아비게일을 그린 것이었다. 지금 블랑슈의 나이 정도 되었을까.

손바닥 정도 크기의 초상화를 보며 그는 가만히 웃었다. 어렸을 때부터 얼굴이 제법 앙칼졌다. 입술을 꾹 다문 채 정면을 노려보는 시선이 귀여웠다.

"그거 아직도 보세요? 그만 봐요."

아비게일은 민망하다는 듯이 초상화를 슬쩍 빼갔다. 제 어린 시절의 얼굴을 힐끗 보고는 가운 주머니에 넣었다.

"그나저나 전하께서 제 오라버니를 그리 반겨 주실 줄은 몰랐어요."

"반긴다면?"

"보자마자 안으셨잖아요. 저는 좀 놀랐어요."

그 말에 세이블리안은 긍정도 부정도 하지 않았다. 딱히 그를 반겨서 끌어안은 것은 아니었다.

"요즘 전하께서 성격이 많이 살가워지신 것 같아요. 신하들도 잘 안아 주시고."

그 역시 사실과는 달랐다. 딱히 성격이 살가워져서라기보다는 실험을 위해서였다.

베리테는 사랑하는 사람을 안는 것과 그렇지 않은 사람을 안는 것이 다르다고 했다. 그래서 확인을 해 보고자 했다. 실험을 하려면 비교 대상군이 있어야 하기에, 그는 사랑하지 않는 사람들부터 껴안았다.

수십 명의 남자들을 안아 봤지만 감흥은 없었다. 다만 싫은 인간을 안을 때는 그 체온마저 역겹다는 것을 스토크 공작 덕분에 깨달았다.

실험을 하다 보니 베리테의 말이 일리가 있다는 생각이 들기 시작했다. 블랑슈를 껴안았을 때는 확실히 느낌이 달랐으니까.

조금 더 보듬어 주고 싶고, 도닥여 주고 싶은 기분이 들었다. 아비게일을 안는다면 이것과 비슷한 기분이 들까?

"블랑슈도 안아 주시니 보기 좋아요. 음, 그런데……."

아비게일이 민망한 듯 말끝을 흐렸다. 세이블리안은 가만히 그녀를 무언으로 응시하였다. 그러다 아비게일이 조심스레 물었다.

"왜 저랑은 포옹 안 하시나요?"

그 질문에 세이블리안은 순간 당황했다. 문득 어제 베리테가 와서 길길이 날뛰던 것이 생각났다.

[야! 왜 아비게일은 내버려 두고 엄한 애들만 안고 다니냐?]

[비교 대상들에게 먼저 실험해 본 것뿐이다만.]

[아씨, 답답해 죽겠네. 언제까지 실험할 건데? 이 궁의 모든 사람들을 껴안을 때까지?]

그 물음에 세이블리안은 침묵으로 응수했다. 사실 그도 실험은 충분하다 생각하고 있었다. 하지만 아직 아비게일을 안을 준비가 되어 있지 않았다. 만약 그녀를 안았는데 다른 사람과 똑같으면 어떡하나, 아니면 완전히 다르면 어떡하나.

그 말을 듣자 베리테는 급체라도 한 듯한 얼굴이 되었다. 속이 터져 죽을 노릇이었다. 베리테가 삿대질을 하며 말했다.

[너 계속 헛짓거리하면 아비게일한테 확 말해 버릴 거야. 네가 왜 이러고 다니는지. 그러니까 처신 좀 잘해!]

그런 와중 아비게일로부터 왜 자신은 안아 주지 않느냐는 질문을 받았다. 이것은 기회였다. 세이블리안이 조심스레 물었다.

"……당신을 안아 봐도 괜찮습니까?"

다른 이들에게는 명령이었으나, 아비게일에게는 물음이 닿았다.

감히 그녀에게 하명을 할 수는 없는 노릇이었다.

혹여라도 아비게일이 거절할까 덜컥 겁이 났으나, 다행히도 그녀는 고개를 끄덕였다.

세이블리안은 슬그머니 자리에서 일어나 그녀에게 다가갔다. 우악스럽게 밀러드를 껴안던 것과는 사뭇 다른 모습이었다. 안아도 된다는 허락이 떨어졌음에도 그는 주저하는 기색이었다. 그러다 숨을 한 번 들이마시고는 아주 조심스레 그녀에게 팔을 둘렀다.

덥석 안으면 그녀가 우그러지기라도 할까 봐 겁이 났다. 아비게일을 끌어안은 양팔은 공중에 살짝 떠 있는 채였다. 그때, 아비게일이 가만히 그에게 몸을 기댔다.

그와 동시에 세이블리안의 심장이 미친 듯이 뛰기 시작했다. 지난번, 잠든 아비게일을 안아 옮길 때처럼.

자신의 손마저 떨리는 것이 느껴졌다. 이 반응은 무엇일까? 결국 자신의 병증 때문일까? 하지만 병이라도 상관없지 않을까 싶어질 정도로 기분이 좋았다. 이대로 심장이 터져 죽어도 행복한 죽음일 것 같았다.

그가 아찔한 온기 속에서 정신을 차리지 못하고 있을 때, 아비게일의 목소리가 들려왔다.

"음, 전하? 괜찮으세요? 기절하신 거 아니죠?"

그녀의 목소리에는 걱정이 묻어 있었다. 세이블리안은 눈치채지 못했지만 어느새 몇 분이 흐른 상태였다.

자신을 안고 굳어 버린 세이블리안을 보고 그녀는 걱정하고 있었다. 너무 큰 충격을 받아 실신한 것은 아닌가 싶었다.

"……멀쩡합니다."

"기분이 안 좋거나 속이 메스껍거나 눈앞이 흐리거나 그러진 않으시고요?"

"예."

그 대답에도 아비게일은 심각한 표정이 되어 세이블리안의 안색을 살폈다. 정말 괜찮은가. 식은땀은 나지 않나.

아비게일은 괜히 안아 달라고 부탁했다며 후회했다. 그녀는 천천히 세이블리안을 놓았다. 그의 눈동자에 뜻 모를 흔들림이 비쳤다.

"전하. 그럼 이만 잘까요? 피곤하실 텐데."

"……예. 누웁시다."

세이블리안은 작게 한숨을 내쉬었다. 아비게일은 그가 안도하는 것이라 생각했다.

꽤 긴 포옹 때문에 어색해진 분위기 사이로, 두 사람은 침대에 나란히 누웠다. 아비게일은 두 눈을 질끈 감고 잠을 청하려 했다. 아침부터 손님을 맞이하느라 분주했으니 머리를 대자마자 잠들 줄 알았는데 의외로 잠이 오지 않았다.

아까 자신을 끌어안은 세이블리안 때문이었다. 자신에게 채 닿지도 못한 채 덜덜 떨리던 그 팔.

두려움인가. 두려움일 것이다. 그 외에 무엇이 있겠는가. 이렇게 옆자리에 누워 있는 것조차 미안했다. 오늘도 블랑슈의 방에 가서 잘…….

"아비게일, 좀 춥지 않습니까?"

세이블리안의 질문에 생각이 끊겼다. 잠든 줄 알았는데 그의 목소리가 들려 한 번 놀랐고, 질문의 내용에 두 번 놀랐다.

그도 그럴 것이 초여름이었다. 밤에는 선선하긴 했지만 추위를 느낄만한 계절은 아니었다.

"추우세요? 몸이 안 좋으신가?"

아비게일이 슬금 몸을 일으켜 세이블리안에게 다가갔다. 여름 감기에라도 걸린 모양인가 싶었다.

"잠깐 이마 좀 짚어 봐도 될까요?"

세이블리안은 가만히 고개를 끄덕였다. 그녀는 망설이면서도 조심스레 그의 이마를 짚어보았다.

"아, 열이 좀 있는 것도 같네요."

손등을 세이블리안의 뺨에 대보자 미열은 더욱 확실하게 느껴졌다. 병치레가 없던 사람이라 괜히 더 걱정되었다.

"주치의를 부를까요?"

"아뇨. 그 정도로 아픈 것은 아닙니다."

"하지만 추우신 거죠? 이불이라도 더 가져오라 할게요."

아니, 이럴 때는 오히려 몸을 식혀주는 편이 나은가. 아비게일이 어찌해야 하나 고민하고 있던 중, 세이블리안의 목소리가 들려왔다.

"만약 괜찮다면 안고 자도 괜찮습니까? ……조금 한기가 느껴져서 말입니다."

그 요청에 아비게일은 대답하지 않았다. 두 사람 모두 정적이었다. 아비게일은 어리둥절한 표정이 되어 그를 보고 있었다.

"추워서 저를 안고 주무시겠다고요?"

그 질문에 세이블리안은 고개를 끄덕이면서도 괜한 짓을 했다고 자책했다.

이 여름에 추위라니. 웃기지도 않은 거짓말이었다. 방금 전의 포옹이 너무나 기분 좋아 저도 모르게 그런 말이 흘러나왔다.

차마 솔직하게 말할 자신이 없어 그런 유치한 변명을 지어냈다. 아비게일도 눈치를 챘을 것이다. 어린아이라 해도 알아차릴 거짓말이었다.

그녀는 자신을 경멸할까. 아니면 질타할까. 차라리 웃긴 농담을 한다고 비웃어주면 좋겠다고 생각했다. 그러던 와중, 아비게일이 입을 열었다.

"음. 좋아요."

아비게일은 부끄러운 기색으로, 그러나 흔쾌히 수락했다. 그 말에 이번에는 세이블리안이 얼떨떨한 표정이 되었다.

그 사이 아비게일은 슬금슬금 세이블리안 쪽으로 몸을 옮겼다. 어느새 두 사람 사이에는 주먹 하나만 들어갈 공간이 남았다. 그리고 아비게일은 팔을 뻗어 세이블리안을 끌어안았다. 제 허리 부근을 휘감고 있는 손길이 부드러웠다.

"불편하면 언제든 말씀하시고요."

아비게일의 눈동자가 가까웠다. 그가 가장 사랑하는 보랏빛의 눈동자가 오늘따라 더욱 고혹적이었다.

세이블리안은 그 눈동자를 멍하게 바라보다 저도 모르게 손을 뻗어 그녀를 꽉 끌어안았다. 아, 정말이지 혼절할 노릇이었다. 아비게일의 체온, 감촉, 체취 그 모든 것에 취하는 것 같았다.

그는 그 아찔한 기쁨 속에서 두려움을 느꼈다. 가끔 다른 이들이 이야기하는 것을 들은 적이 있었다. 여자를 안으면 온몸이 녹아 버리는 것처럼 기분이 좋다고.

그 말은 이런 뜻이었단 말인가. 이런 게 사랑일까? 아비게일을 안아서 기쁜 것인가, 여자를 안아서 기쁜 것인가. 그로서는 비교할 수가 없었다.

다른 여자를 안아 보면 차이를 알 수 있을지 모른다. 하지만 그는 아비게일 외의 다른 여자에게 손을 대고 싶지 않았다. 만약 이 감정이 단순히 여체에서 비롯된 것이라면……

세이블리안은 두 눈을 질끈 감았다. 더 이상 생각하고 싶지 않았다. 지금은 그저 이 행복을, 아무 고민 없이 누리고 싶었다.

그는 아비게일에게 팔베개를 해 준 뒤, 한참이나 그녀의 머리카락을 어루만졌다. 오늘도 일찍 잠들기에는 그른 것 같았다.

"밀러드. 한 번만 더 안아 보겠네."

집무실 한구석에 서 있는 하인이 흘낏 밀러드와 세이블리안을 바라보았다. 몇 년간 세이블리안을 보필해 왔지만 이런 장관은 또 처음이었다. 세이블리안은 팔을 벌린 채 밀러드를 바라보고, 밀러드는 거의 애원하는 모양새가 되어 쩔쩔매고 있었다.

"전하. 제발 이유라도 말씀해 주십시오. 오늘만 이게 몇 번째입니까."

단순한 포옹임은 알고 있었지만 유쾌한 경험은 아니었다. 이게 대체 몇 번째란 말인가. 지난번 그를 한 차례 안은 뒤, 잠잠했던 세이블리안이었다.

그런데 오늘은 시도 때도 없이 한 번만 안아 보겠다 명을 내리고 있었다. 안기는 것은 익숙해졌지만 이유를 모르니 갑갑할 노릇이었다.

"안기게."

"하아……."

밀러드는 자신이 무례하다는 것도 깜빡 잊은 채 한숨을 내쉬었다. 슬금슬금 다가가 세이블리안을 가볍게 끌어안았다.

"됐다. 놓게."

세이블리안은 십 초도 지나지 않아 다 쓴 패를 버리듯이 밀러드를 놓아 버렸다. 얼굴에는 언짢은 기색이 가득하여 밀러드 역시 기분이 좋지 않았다. 저런 표정을 지을 거면서 왜 그리 껴안는단 말인가.

세이블리안이 골똘히 생각에 잠겼다가 다시 팔을 벌렸다.

"한 번 더."

밀러드는 혀를 깨물고 자진이라도 해 버릴까 고뇌했다. 하지만 별수 있겠는가. 그는 체념하여 왕에게 안겼다.

세이블리안은 팔에 힘을 주어 밀러드를 끌어안았다. 그는 아비게일을 떠올렸다. 확실히 다르다. 아비게일을 안을 때와는 모든 것이 달랐다.

다르다는 것을 깨달을 때마다 아비게일의 체온이 선명하게 도드라졌다. 같은 뼈와 살을 가진 인간인데 이렇게까지 다를 수가 있나.

세이블리안은 혼란스러웠다. 이 차이가 성별에서 오는 것인지, 아비게일의 존재에서 오는 것인지 가늠할 길이 없었다.

때문에 애꿎은 밀러드만 희생되고 있었다. 그는 앓는 소리도 내지 못한 채, 먼 곳만 바라보고 있었다. 그러다 무언가를 보고는 놀라 바둥거렸다.

"가만히 있게."

"전하, 저기. 케인 경께서 오셨습니다!"

밀러드가 다급히 소리를 질렀다. 그의 말대로 문가에는 시종과 케인이 서 있었다. 케인은 조금 얼떨떨한 눈치였다. 세이블리안이 포옹을 풀고 말했다.

"언질도 없이 무슨 일이오, 케인 경."

얼굴이 벌게진 밀러드와 달리 세이블리안은 담담했다. 그로서는 부끄러워할 이유가 하나도 없었다. 소리소문없이 들어온 방문객에게는 더더욱.

"실례했습니다. 약속 시각이 다 된 지라."

눈치를 살피던 케인이 머쓱하게 말했다. 마치 밀회를 목격한 사람 같은 모양새였다. 밀러드가 괜히 헛기침하는 소리가 요란했다.

"혹시 지금 바쁘신 것이라면 다음에 뵙겠습니다."

"괜찮소. 잠시 자리를 비켜 주게, 밀러드."

밀러드는 그 말에 화색이 돌았다. 이렇게 벗어날 수 있어 기쁜 눈치였다. 그는 빠르게 집무실을 빠져나갔다.

"다실로 자리를 옮기시겠소?"

"아뇨. 괜찮습니다. 이곳에서도 충분합니다."

케인은 빙긋 웃었다. 세이블리안은 굳이 재차 권하지 않고 마호가니 책상 앞에 앉았다. 그 위에 놓인 서류들을 무심하게 한쪽으로 치워 두는 것도 잊지 않았다.

그 앞에 케인이 거리를 두고 앉았다. 그렇게 서로 마주 보고 있는 모양새가 조금 우스웠다. 마치 선생과 면담을 하러 온 학생처럼 보였다.

"제 동생이 전하를 귀찮게 하는 것은 아니지요?"

"아비게일은 훌륭한 배우자요."

무뚝뚝하지만 진심 어린 대답이었다. 케인은 사실 어떤 대답이 돌아와도 상관없다는 듯 무심하게 웃고 있었다.

"그렇다면 다행입니다."

"그나저나 무슨 일로 알현을 요청하셨소. 아비게일의 일이오?"

굳이 지지부진한 대화로 시간을 끌고 싶지는 않았다. 케인 역시 그편이 좋은 듯, 당혹한 기색 없이 말을 이어 갔다.

"크로넨버그의 국왕 전하로부터 전언이 있어 찾아왔습니다."

공식적인 방문 목적은 아비게일을 만나기 위해서였지만 그것은 그저 위장일 뿐이었다.

아비게일이 그랬듯, 세이블리안 역시 케인이 아무 목적 없이 방문한 것은 아닐 것이라 예감하고 있었다. 때문에 왜 거짓을 말했냐고 질책하는 대신 시선만 보냈다.

"네르겐의 영토는 부족하지 않으십니까?"

"그대의 나라라도 주겠다는 이야기는 아니겠지."

케인은 재미있는 이야기라도 들은 듯 픽 웃었다. 그는 한쪽 다리를 꼬아 앉은 채, 제법 고상한 어조로 말을 이어 갔다.

"아쉽게도 그렇지는 않습니다. 다만 다른 땅을 나눠 가질 수는 있겠지요."

순간 방 안의 공기가 바뀐 것 같았다. 세이블리안은 그의 말에 묻어난 전쟁의 냄새를 맡았다. 건조한 먼지의 냄새와 피인지 철인지 구분할 수 없는 쇠 비린내.

"그대가 말하는 다른 땅이 어디지?"

"모르카와 레타입니다."

케인이라면 모르카가 대비의 고향이라는 것을 알고 있을 터였다. 하지만 그게 무슨 상관이란 말인가. 왕가와 피를 섞은 땅을 제외하다 보면, 가질 수 있는 땅은 한 뼘도 없었다.

"왜 하필 그 두 나라인가?"

"지금 모르카와 레타가 동맹을 체결할지 모른다는 소식이 있습니다."

케인이 아주 중요한 정보를 알려 주는 듯이 말했다. 그 어조가 세이블리안으로서는 우스웠다. 그 정보를 자신이 모를 거라 생각하고 있는 건가.

"그 두 나라가 합세하게 되면 저희의 입장에서는 골치 아픈 적이 생기는 법입니다. 그러니 미리 싹을 뽑아 둬야 우환이 없을 것입니다."

세이블리안은 저희라는 단어를 듣고 표정을 굳혔다. 이 자는 크로넨버그와 네르겐이 거의 동등한 것처럼 표현하고 있었다.

네르겐은 그 어떤 인간의 왕국보다 압도적으로 강했다. 레타와 모르카가 동맹을 체결한다 한들, 그것을 막아낼 자신이 있다. 다급한 것은 크로넨버그일 것이다. 바짝 엎드려 나와도 모자랄 것인데, '저희'?

그 오만함이 불쾌하기보다는 하찮게 느껴졌다. 그러나 세이블리안은 경을 치지 않았다. 어찌 되었든 아비게일의 고국이니까.

"그래서 전쟁을 일으키자는 것이오?"

"네르겐도 과거의 영광을 되찾아야 하지 않겠습니까? 레타와 모르카에게 영토를 넘긴 것이 상당하지 않습니까."

과거 네르겐의 왕이 무리한 정복 전쟁을 펼치다가 도리어 땅을 배상한 것이 꽤 컸다. 오로지 자존심 때문에 일어난 전쟁이었다.

"이참에 레타를 제패하고, 그 다음은 모르카를 삼켜 통일시켜 버리는 것입니다. 네르겐과 크로넨버그가 인간의 주인이 되는……."

"케인 경. 그대가 뻔뻔한 말을 하고 있다는 것은 스스로도 잘 알고 있겠지."

비난의 목소리임에도 어조는 고요했다. 그 반응에 케인이 짐짓 당황하는 것이 보였다.

"전쟁을 일으키게 되면 가장 손해를 보는 것이 우리지. 남부에는 레타, 동부에는 모르카가 인접해 있으니까."

"……."

"우리 국토가 쑥대밭이 되는 사이 크로넨버그는 그걸 뒤에서 관망하고 있을 테고. 그러면서 크로넨버그와 네르겐이 함께 인간의 주인이 되자?"

세이블리안의 목소리에는 노기가 없었다. 화를 낼 가치조차 없었다. 그저 이런 멍청이를 아들로 둔 크로넨버그 국왕의 박복을 동정했을 뿐이다.

"경. 나를 설득하려면 제대로 된 이익을 제시하게. 이 전쟁으로 네르겐이 얻는 것은 무엇이지?"

그 말에 케인은 흠칫 어깨를 떨었다. 두 사람은 거의 엇비슷한 나이였으나 각기 가진 위압감은 비교조차 할 수 없었다. 한쪽이 토끼 굴을 뒤지는 여우라면 한쪽은 다른 육식 동물의 목덜미를 물어뜯는 흑표였다.

케인이 주저하다 한층 작아진 목소리로 말했다.

"인간의 제국을……."

"내 백성들의 목숨을 요구하려면 땅 따위나 황제 같은 호칭으로는 어림도 없소."

검은 머리카락을 가진 맹수가 낮게 으르렁댔다.

피 냄새가 풍기지 않는 전쟁은 없다. 고작 군사와 군마의 피로 얼룩진 땅을 얻기 위해 네르겐의 사람들을 전장으로 보낼 마음은 추호도 없었다.

케인은 입을 다물었다. 세이블리안은 이 지루한 대화를 끝내고 싶었다. 축객령을 내릴까 고민하던 중, 케인이 입을 열었다.

"인간이 아닌 온 종족의 왕이라면?"

그의 목소리가 기이할 정도로 날이 서 있었다. 자존심이 상한 것인지, 아니면 그가 내뱉는 단어가 무거운 탓인지 가늠이 되지 않았다.

"이종족과 전쟁이라도 벌이자는 것이오?"

"과거에는 패배했지만 인간의 제국을 건설한다면 가능하지 않겠습니까?"

케인의 눈동자가 아비게일과 닮은 보랏빛으로, 하지만 엄연히 다른 빛깔로 번뜩였다.

어찌 저토록 탐욕스러운 보랏빛인가. 케인의 진짜 속내를 알게 되자 그 탐욕스러움이 감탄스러울 지경이었다.

레타, 모르카를 제패하는 것은 목적이 아닌 과정일 뿐이었다. 크로넨버그의 최종 목표는 이종족과의 전쟁. 그런 생각을 하는 자가 케인은 처음이 아니었다. 또한 마지막도 아닐 것이다. 케인은 두 눈을 흉흉하게 빛내며 말을 이어 갔다.

"이종족들에게 마력이 있다 한들 그 수는 적습니다. 제국의 머릿수라면 충분히 대승할 수 있을 것입니다. 언어와 요정의 마법을 손에 넣는다면 인간의 제국이 얼마나 빛날지, 상상이 가지 않으십니까?"

바꿔 말하면 머릿수가 이종족의 서너 배는 되는데도 그들을 차마 함부로 대하지 못하는 것은 마법 때문이었다.

그들이 부리는 마법은 얼마나 현란하고 또 값진 것이었던가. 인간들이 비싼 값을 주고 마도구를 사 오는 것만 봐도 알 수 있었다.

만에 하나 그들의 마법을 손에 넣을 수 있다면, 인간들은 훨씬 발전할 수 있을 것이다.

케인은 세이블리안을 노려보고 있었다. 이 정도면 구미가 당기냐는 듯이. 세이블리안은 묵묵히 그 시선을 응시하다 입을 열었다.

"확실히 땅이나 호칭보다는 값어치가 나갈 거 같군."

그 대답에 케인은 웃었다. 뒤에 이어지는 답을 듣기 전까진.

"하지만 아직도 내 백성들의 목숨값에는 이르지 못해."

세이블리안의 목소리가 쇠처럼 차갑고 무거웠다. 그 말에 케인은 숨이 턱 막혔다.

어이가 없었다. 아직도 이르지 못했다고? 저 너른 땅과 바다, 인간의 목숨 수십만 개와는 비교도 할 수 없을 마법을 가질 수도 있는데도 부족하다니.

"더 제시할 것이 있소?"

세이블리안은 묵묵히 물었다. 노기도 비아냥도 없이 그저 건조한 물음인데 벽안 만큼은 흉흉한 푸른빛으로 빛나고 있어 더욱 소름이 돋았다. 케인으로서는 더 제시할 것이 없었다. 그는 주먹을 꾹 움켜쥔 채 말했다.

"······이만 실례하겠습니다."

"푹 쉬시오, 케인 경."

그는 비틀거리며 자리에서 일어났다. 얼굴에 서리라도 내린 듯 핏기가 없었다.

케인이 떠나가는 와중에도 세이블리안은 고요했다. 문 닫히는 소리가 들리자, 세이블리안은 아까 밀어두었던 서류를 가져와 다시 정무를 시작하였다. 아무 일도 없었다는 듯이.

◇

고양이가 기지개를 켜듯 부드럽고 긴 하품이 흘러나왔다. 나는 졸음이 가득한 눈가를 가만히 비볐다.

"어마마마, 많이 피곤하세요?"

내 옆에 앉아 책을 읽고 있던 블랑슈가 물었다. 자수를 놓고 있던 클라라와 노마도 내 쪽을 바라보았다.

"네. 조금 졸리네요."

"어제 잠을 잘 못 주무셨어요?"

나는 머쓱하게 웃었다. 졸린 티를 내지 않으려 했지만, 어젯밤 늦게 잠들어 나도 모르게 자꾸 하품이 나왔다.

수면 부족의 이유는 두 가지였다. 하나는 케인 때문이었다. 어제 잠자리에 들기 전, 세이블은 케인이 진짜로 방문한 목적을 알려 주었다. 그 이야기를 듣고 나는 한참이나 넋이 나가 있었다.

전쟁. 전쟁이라니. 케인이 방문할 정도면 중요한 일이리라 짐작했지만 전쟁일 줄은 꿈에도 몰랐다.

세이블이 거절했다는 이야기에 가슴을 쓸어내렸다. 하지만 동시에 걱정도 일어났다.

[모르카와 레타가 동맹을 맺으면 그쪽에서 침략할 가능성도 있지 않을까요?]

[그에 대비해서 우리가 양국에 평화 협정을 제안하는 방법도 있습니다. 모르카와 레타로서는 전쟁보다 그쪽이 더 이익일 겁니다.]

전쟁으로 제국을 통일하는 방법도 있지만 협정으로 평화를 유지하는 방법도 있다. 후자의 방법이 언제까지나 이어지지는 않겠지만.

그리고 내가 늦게 잔 두 번째 이유는 세이블 때문이었다. 그는 전쟁 이야기를 끝낸 뒤, 오늘도 날이 춥다면서 포옹을 요청했다. 진짜 심장 터져서 죽는 줄 알았다. 이불을 더 가져오면 될 텐데 왜 굳이 날 껴안고 자는 것일까. 내가 바디 필로우처럼 느껴지나.

때문에 어젯밤에는 몇 시간도 제대로 자지 못했다. 내가 또 하품하자 클라라가 말했다.

"초콜릿이라도 드실래요? 그러면 기운이 좀 나실지도 몰라요."

클라라가 한쪽에 놓여 있던 초콜릿 접시를 가져오며 말했다. 먹음직스러워 보이는 디저트를 향해 나는 손을 뻗었다.

"고마워, 잘 먹을……."

그러다 나는 손을 멈췄다. 초콜릿을 집으려는 순간, 케인이 했던 말이 문득 떠올랐다.

[못 본 사이에 살이 너무 쪄서 다른 사람인 줄 알았다.]

그 당시에는 헛소리를 하는구나, 하고 그냥 넘겼다. 아비게일의 몸은 아직도 저체중에 가까운 상태였으니까. 지금도 종종 빈혈 때문에 쓰러지곤 하는데. 이런 몸을 보고 살이 쪘다니, 말이 안 되는 이야기였다.

하지만 이상하게도 케인의 말이 귓가에 계속 남아 있었다. 남이 보기에 이상할 정도로 살이 찐 걸까? 거울을 보면 아닌 것 같긴 한데…….

나는 결국 망설이다가 초콜릿을 다시 내려놓았다. 클라라가 고개를 갸웃거렸다.

"맘에 안 드시나요? 다른 걸 가져오라 할까요?"

"아니, 괜찮아. 배가 딱히 안 고파서."

별로 식욕이 없기도 했고, 배가 고프지도 않았다. 딱히 케인의 말이 신경 쓰여서 안 먹는 건 아니야! 정말로 식욕이 없을 뿐이라고. 와중에 클라라가 먹고 싶은지 눈치를 보길래 나는 웃으며 말했다.

"클라라, 먹고 싶으면 먹어. 내 눈치 안 봐도 돼."

"네. 잘 먹겠습니다!"

클라라는 수줍게 초콜릿을 하나 집어 먹었다. 얼굴에 행복한 미소가 빠르게 퍼져 나갔다.

그 모습을 보고 있자니 흐뭇했다. 맛있게 먹는 것만 봐도 배가 부르네. 평온하고 행복한 그 미소를 바라보고 있자니, 이상하게 전쟁 생각이 또 떠올랐다.

평소처럼 재잘거리고 있는 클라라, 조용히 자수를 놓고 있는 노마와 독서에 빠져 있는 블랑슈……

만약 전쟁이 일어나면 이렇게 평온한 일상을 보낼 수 있을까? 사람들의 얼굴은 슬픔으로 굳어 가겠지. 역시 전쟁은 싫다. 만약 크로넨버그 측에서 계속해서 전쟁을 일으키려 한다면…….

그때 클라라가 벽에 걸린 시계를 보고는 깜짝 놀라 말했다.

"앗, 왕비님. 슬슬 준비하셔야 할 것 같아요. 약속 시각이 다 되어 가네요."

"아, 벌써 그렇게 됐나?"

오후에는 케인과 함께 시간을 보내기로 했다. 내게도 전쟁 이야기를 하려나. 블랑슈는 꽤 아쉬운 얼굴이 되어 말했다.

"외숙부님을 만나시는 거죠? 저도 같이 가고 싶은데……."

흑흑, 블랑슈. 케인 같은 놈이 삼촌이라니. 케인이 블랑슈를 눈엣가시로 여기니 차라리 만나지 않는 편이 나았다.

"미안해요, 블랑슈. 둘이서만 할 이야기가 있어서요."

"아니에요. 괜찮아요. 다음에 뵈면 그때 인사드릴게요!"

블랑슈는 씩씩하게 대답했다. 으휴, 이렇게 귀여운 조카를 예뻐하지 못하다니. 못난 케인 같으니라고.

됐다. 삼촌 자격 없는 놈한테는 블랑슈 안 보여줘. 나는 노마, 클라라와 함께 다실로 향했다. 거의 동시에 케인도 도착했다. 오늘따라 케인의 표정이 좋지 않았다.

"어서 오세요, 오라버니."

방문 첫날에는 내내 웃는 낯이더니 지금은 심기가 무척 불편해 보였다. 게다가 이거, 술 냄새야? 거리가 좀 떨어져 있는데도 술 냄새가 진동한다! 대체 얼마나 퍼마신 거야? 어제 일 때문에 빈정이 상했나. 보아하니 아직 술도 덜 깬 것 같은데.

그의 눈에 실핏줄이 서 있었다. 케인은 들어오자마자 나를 위아래로 훑어보더니 입을 열었다.

"옷은?"

"네?"

"내가 선물로 준 옷은 왜 안 입은 거야?"

아, 그 이야기인가. 그가 가져온 선물 중에는 드레스도 있었다. 코르셋을 입어야 하는 옷이라 못 본 척하고 있었는데.

"다음에 입고 올게요. 차는 어떤 거로 하시겠어요?"

"뭐든 상관없어."

그의 목소리에 가시가 잔뜩 돋쳐 있었다. 아, 불길한 예감이 든다. 이거 나한테 화풀이하는 패턴 같은데.

나는 하녀들에게 궁에서 가장 귀하고 좋은 차로 가져다 달라 말했다. 케인이 핏발 선 눈으로 주위를 둘러보고는 말했다.

"다 나가라 그래."

하녀들이 가만히 내 눈치를 살폈다. 내가 고개를 끄덕이자 다들 급히 차를 내려놓고는 다실을 떠났다. 일단 베리테가 지켜보고 있으니 별일은 없겠지.

"하아, 제기랄. 속 터져 죽겠네."

둘만 남게 되자 케인은 기다렸다는 듯이 푸념을 늘어놓았다. 가까이에 앉으니 술 냄새에 나까지 취할 것 같았다.

"무슨 일인데 그러세요?"

"……됐다. 네가 알아서 뭐 하냐."

이거, 이거. 나 무시하는 거 봐라. 그러면 차라리 부르질 말든가. 그는 대화할 의지가 없는 듯, 삐딱하게 앉아 허공을 바라보고 있었다.

"젠장. 너는 애 하나 안 낳고 뭐 했냐?"

그가 뜬금없이 나를 힐난했다. 휴. 왜 슬픈 예감은 틀린 적이 없나. 나한테 화풀이하려는 것이 분명했다.

"네가 왕에게 예쁨이라도 받으면 뭐라도 어떻게든 해볼 텐데. 하아, 네가 얼마나 매력이 없으면 남자 정부를 만드냐!"

그가 분통이 터진다는 듯 소리를 쳤다. 음? 지금 뭔가 이상한 소리를 들은 것 같은데.

"남자 정부요?"

"그래!"

이 새끼, 술이 덜 깼나? 어디서 이런 헛소리를 하고 있는 거지. 나까지 머리가 아파 오는 것 같았다. 나는 씩씩대고 있는 케인을 향해 물었다.

"오라버니, 대체 무슨 이야기를 하는 거예요?"

"내가 똑똑히 봤다! 그놈이 다른 남자를 껴안고 있는걸!"

그가 두 눈을 부릅뜨고 말했다. 대체 뭘 본 거지? 요즘 세이블이 사람들 껴안고 다니는 걸 보고 이러는 듯싶었다.

"정확히 무슨 상황인지는 모르겠지만 아마 친애의 표시겠죠. 전하에게는 정부가 없어요."

"순진해 빠진 소리 하지 마라, 아비게일. 세상에 정부 없는 남자가 어디 있겠어? 다 한둘씩은 끼고 사는 법이야."

"참나. 그러면 오라버니도 정부가 있어요?"

"당연하지."

뭐지, 이 당당한 쓰레기는? 나는 순간 말을 잃었다. 그는 한 점 부끄럼 없이 뻔뻔한 얼굴이었다.

이 세계에서 권력자들이 정부를 만드는 것은 흔한 일이었다. 그렇다 하더라도 이렇게 당당하게 말할 줄이야.

"부끄러운 줄 아세요, 오라버니. 임신한 아내에게 부끄럽지도 않아요?"

"왜 내가 부끄럽지? 부끄러워해야 할 사람이 있다면 내 아내지, 내가 아니야."

"올케가 뭘 잘못했는데요?"

"내 아내가 아름다웠으면 내가 굳이 정부를 만들었겠어? 임신한 뒤로는 살이 쪄서 얼굴 보기도 싫다."

와, 와. 순식간에 피가 거꾸로 솟는 것 같았다. 이런 상종 못할 쓰레기가 아비게일의 오빠라니! 얼굴만 간신히 기억 나는 아비게일의 새언니가 가여워졌다.

"나도 어쩔 수 없는 일이야. 게다가 후계를 만드는 건 사내의 본능인걸. 아내도 이해할 거다."

"헛소리하지 마세요. 그게 본능이면 저는 사람 패는 게 본능이니까 오라버니를 패도 되나요?"

참으려 해도 참을 수가 없었다. 당장이라도 내 귀를 물에 씻어내고 싶었다. 더러운 말을 너무 많이 들어 속이 울렁거릴 지경이었다.

케인은 내 말에 적잖이 놀란 눈치였다. 그는 어이없다는 듯 말했다.

"너 예전에는 별말 안 하더니 갑자기 마음이라도 바뀐 거냐? 그 더러운 성질머리도 좀 바뀌었으면 좋았을걸."

"제 성질머리가 더러워도 오라버니 하반신만큼이나 더럽겠어요?"

"허."

그가 기가 막힌다는 듯이 숨소리를 냈다. 갑작스레 날아온 폭언에 정신이 없어 보였다.

"왜 갑자기 그런 말을 하는 거지? 너도 동의하지 않았어? 남편이 다른 여자를 만나는 건 아내가 매력이 없어서라고 했잖아."

아비게일이 그런 헛소리를 했다고? 이야기를 듣고 있으니, 과거의 기억이 스멀스멀 피어오르기 시작했다.

아비게일이 10대 초반쯤으로 가족들과 식사를 하는 자리였다. 그녀의 아버지가 냅킨으로 입가를 닦은 뒤, 입을 열었다.

[아비게일, 남자는 여자 하기 나름이야. 네가 아름답고 매력적이면 절대로 남자는 바람을 피우지 않아. 네가 잘 처신하면 얼마든지 사랑받을 수 있어.]

그 말에 가족들 역시 동의의 뜻을 더했다. 아비게일도 고개를 끄덕였다. 그렇구나. 내가 잘하면 남편의 사랑을 받을 수 있구나.

그렇게 아비게일은 성인이 됐다. 그리고 남편에게 애인이 생겼다는 귀부인들의 이야기를 건너 들을 때마다 코웃음을 쳤다. 얼마나 추하고 매력이 없었으면 남편이 상대조차 해 주지 않았을까. 자신은 절대로 저렇게 되지 않을 것이라며 콧대를 세웠다.

하지만 결혼을 하게 되자, 아비게일은 자신이 비웃던 여자들과 유사한 상황에 빠졌다. 그러자 케인이 했던 말이 떠올랐다. 여자가 아름답고 매력적이면 절대로 바람을 피우지 않는다는 말.

아비게일은 공포에 질렸다. 아무리 아름다워도 남편이 상대를 해 주지 않으니 추한 것이나 다름없었다. 자신의 아름다움은 오로지 남자의 시선을 통해서만 입증할 수 있었다.

그 사실을 자각하자 아비게일은 초조해졌다. 초조함은 시기와 증오가 되어 다른 여자들을 향했다. 블랑슈를 포함해서.

나는 그 기억들에 뺨이라도 얻어맞은 듯한 기분이 되었다. 어째서 아름다운 아비게일이 그토록 남을 질투하고 괴롭혔는지 이제 이해가 되는 것 같았다.

"너도 알고 있을 텐데 부정하지 마라. 네가 아름다웠다면 세이블리안이 굳이 남자 따위를 안았겠어?"

멍한 의식 사이로 그의 힐난이 날아왔다. 그가 자리에서 벌떡 일어나 내 옆구리를 콱 쥐었다. 술 냄새가 훅 끼쳤다.

"너를 봤을 때 얼마나 기겁한 줄 아냐? 이렇게 돼지처럼 피둥피둥 살이 쪘는데 어떤 남자가 널 사랑하겠어?"

그 말을 들은 순간, 이상하게 숨이 막혔다. 그리고 전생에 들었던 말이 떠올랐다.

[그 얼굴이랑 몸뚱이를 보고 누가 널 좋아하겠냐?]

케인이 하는 말은 분명히 잘못됐다. 저 말이 옳지 않다는 것을 안다. 화를 내야 한다는 사실도 알고 있다. 하지만 나는 굳어 있었다. 입이 벌어지지 않았다. 케인은 우악스럽게 내 옆구리를 비틀었다.

"네가 왕의 애정을 받지 못해 초조한 것은 알겠다. 그렇다고 해서 이렇게 나를 매도해서는 안 되지."

반박하고 싶었다. 세이블이 나를 사랑한다고. 그가 무척이나 나를 귀애한다고.

하지만 그리 말할 수 없었다. 그가 나를 사랑하지 않는 건 사실이니까.

"성격부터 죽여라. 조신하고 얌전하게. 아니, 우선 살부터 빼야겠군. 살찐 왕비와 자느니 마른 거지와 동침하겠다."

그는 그제야 내 옆구리를 놓아주었다. 이상하게도 수치심이 들었다. 어딘가로 도망치고 싶었다. 나는 주춤거리며 뒤로 물러났다.

케인은 나를 보고 웃었다. 만족스러운 것처럼 보이기도 했다. 그는 테이블 위를 힐끗 보았다.

"이대로 차를 마시긴 힘들 것 같군. 나중에 보자, 아비게일."

그는 미련 없이 다실을 떠나갔다. 나는 한참이나 멍하게 앉아 있었다. 옆구리가 시큰거린다는 걸 한참이 지난 뒤에야 깨달았지만 살펴볼 기력이 없었다.

누군가가 내게 커다란 대못을 박은 것 같았다. 그 구멍으로 내 영혼이 줄줄 흘러나가는 것 같았다. 구멍을 막을 방법을 몰라, 나는 그저 앉아 있을 수밖에 없었다.

은은한 조명이 서재를 밝히고 있었다. 정무를 마친 세이블리안은 오랜만에 서재에서 휴식을 취하고 있었다.

시선은 책을 향해 있었으나, 내용은 머릿속에 들어오지 않았다. 오늘 회의 때도 그는 다른 생각을 하고 있었다.

크로넨버그에서 제안한 전쟁 때문이었다. 레타와 모르카에서 동맹 체결을 준비한다는 것은 알고 있었고 그에 대한 대책을 준비하고 있었다.

하지만 크로넨버그가 전쟁을, 그것도 온 종족을 상대로 한 전쟁을 계획하고 있을지는 몰랐다. 자신들에게 충분한 군사력이 없으니 네르겐을 끌어들일 정도로 뻔뻔할 줄이야.

아비게일이 아니었더라면 케인을 당장 궁에서 내쫓았을지도 모른다. 크로넨버그에 경고를 남기는 편이 좋을까 고민하고 있던 그때. 어디선가 날 선 목소리가 들려왔다.

"너 또 밀러드 껴안고 있더라?"

거울 속에 불만스러운 얼굴을 한 소년이 나타나 있었다. 또 이놈인가. 세이블리안이 귀찮다는 듯이 옆을 돌아보았다.

"그래. 확인할 것이 있어서."

베리테는 작게 한숨을 쉬었다. 세이블리안은 왜 저런 반응을 보이는지 이해할 수가 없었다. 베리테가 잠시 망설이다가 입을 열었다.

"저기, 아비게일이 좀 울적한 것 같아."

방금 전, 베리테는 케인이 아비게일에게 쏟아붓는 힐난을 똑똑히 목격했다. 그 말에 베리테는 길길이 날뛰며 아비게일을 위로하려 했다. 하지만 아비게일은 그저 바보처럼 웃고는 피곤하다며 침대에 누웠다.

어떻게 아비게일을 위로해야 할지 베리테로서는 감이 오지 않았다. 그저 세이블리안이라면 자기보다는 나을 것 같다는 생각이 들었다.

"비비에게 무슨 일이 있었나?"

예상대로 그는 걱정 가득한 표정이 되어 있었다. 베리테는 머리를 긁적였다. 어디서부터 어디까지 말해야 하는지, 자신이 감히 말해도 되는지 감이 오지 않았다.

"음, 아비게일한테 물어봐."

"알겠다. 바로 가도록 하지."

세이블리안도 읽던 책을 덮어두고 곧장 자리에서 일어났다. 이 시각이면 방에 있을까. 잠을 자기엔 이른 시각이었다.

하지만 개인실에 아비게일은 없었다. 시녀들은 아비게일이 일찍 잠자리에 들었다고 알려 주었다.

침소로 와보니 아비게일이 소파에 앉아 있었다. 그녀는 세이블리안을 보고 꽤 놀란 눈치였다.

"전하? 왜 이 시각에······?"

베리테의 말대로 그녀는 기운이 없어 보였다. 뭐라 말할까 고민하다 세이블리안은 입을 열었다.

"조금 피곤해서 오늘은 일찍 왔습니다."

"전하도 그러셨군요."

아비게일은 희미하게 웃었다. 며칠 앓은 사람처럼 기운이 없어 보였다. 세이블리안은 가만히 그녀의 옆자리에 앉았다.

"오늘 무슨 일 있으셨습니까?"

"아뇨. 딱히 없었어요."

"케인 경과는 좋은 시간 보내셨습니까?"

"네. 그럼요."

아비게일은 태연히 거짓말을 했다. 좋은 시간을 보낸 것은 아니지만 솔직히 말할 수는 없었다.

"전하께서도 피곤하시면 일찍 잘까요?"

"예. 그러죠."

아비게일이 정말 지쳐 보였다. 그 처진 어깨를 보자 그는 문득 아비게일을 안고 싶어졌다. 어젯밤에 느낀 것과는 조금 다른 마음이었다.

지난번, 블랑슈와 아비게일을 끌어안았을 때 그는 이루 말할 수 없는 안도감을 느꼈다. 포옹이 위로가 될 수 있다는 것을 그는 그때 처음 알았다. 세이블리안은 자신이 받았던 위로를 그녀에게 돌려주고 싶었다.

"비비. 안아 봐도 됩니까?"

내 온기가 당신에게 위로가 될 수 있다면 좋겠다. 그 바람뿐이었다. 아비게일이 이불을 끌어 올리다가 그를 돌아보았다.

"아직 감기가 낫지 않으셨나요?"

"아뇨. 추워서 그런 것은 아닙니다. 그저 다만……."

당신을 안아 주고 싶어서. 당신을 위로하고 싶어서. 그 말이 나오지 않았다.

아비게일은 잠시 고뇌하는 눈이 되었다가 가만히 웃었다. 그 미소가 여느 때와는 달라 세이블리안은 가슴이 서늘해졌다.

"음. 전하, 오해하지 말고 들어주세요. 저희 좀 거리를 두면 어떨까요?"

"어떤 거리 말씀이십니까."

"우리 요즘 너무 가까이 붙어 자는 것 같아요. 좀 거리를 두고 자고 싶어요."

아비게일을 발랄한 목소리로 말했다. 방금 전의 울적함은 조금도 느껴지지 않아서 오히려 위화감이 들었다.

"죄송합니다. 저 때문에 불편하셨군요."

"아니, 그런 건 아닌데…… 저를 못 믿어서 이러는 거예요! 제가 잠결에 더듬을지도 모르는 거잖아요?"

아비게일은 살짝 장난기 섞인 어조로 말했다. 사실 그건 핑계일 뿐이었다. 진짜 이유는 케인의 말 때문이었다. 그가 한 말 중 대다수는 들을 가치가 없었지만, 살이 쪘다는 말이 계속 마음에 걸렸다.

지금도 마른 편이기는 하지만, 막 빙의했을 때에 비하면 살이 붙기는 했다. 그렇지만 이제까지 그 사실에 불만을 가진 적은 없었다. 왜냐면 그때보다 몸이 건강해졌기 때문이었다.

백합이 아비게일의 몸에 처음 빙의했을 때는 작은 병에 걸려도 오랫동안 앓곤 했었다. 시시때때로 빈혈 때문에 쓰러졌고, 제대로 활동을 할 수가 없었다.

그동안 극단적으로 적게 식사를 했으니, 어찌 보면 당연한 일이었다. 너무 말라 한 손에 잡힐 듯한 허리는 아름답기보다는 안쓰러울 지경이었다.

이렇게 살다가는 또 죽을 것 같았다. 그래서 백합은 식사량을 늘리고, 운동을 병행하였다. 그러면서 몸은 다시 건강해졌다. 살이 붙기는 했지만 타인의 시선으로 봤을 때, 아비게일의 몸은 여전히 마른 축에 속했다. 하지만 그녀는 불안했다. 예전보다 살이 찐 것은 맞는 말이었으니까.

사실 다른 사람들도 모두 케인처럼 생각하고 있으면서, 속으로 진심을 삼키고 있는 것인지도 몰랐다. 세이블리안 역시 그런 생각을 하고 있는지 모른다.

그녀는 두려워졌다. 세이블리안의 평가가, 그리고 자신의 몸이 두려웠다. 그에게 안기는 것 역시 두려웠다. 하지만 그 사실을 말할 수는 없었다. 그녀는 모든 두려움을 삼킨 채, 아무런 일도 아니라는 듯이 웃었다.

"얼떨결에 전하에게 엄한 짓 하기 싫어요. 그것뿐이에요."

엄한 짓, 엄한 짓이라. 세이블리안은 그 말을 곱씹고 있었다. 그녀가 말하는 엄한 짓이 무엇인지는 모르겠지만······.

"괜찮습니다."

"네?"

"엄한 짓 하셔도 괜찮습니다."

아비게일이라면 뭐든 괜찮을 것 같았다. 그녀라면 언제든지 자신의 의사를 존중해 줄 테니까.

그 말에 아비게일의 얼굴이 확 달아올랐다. 그녀가 당황하는 것이 느껴졌다.

"전하! 그런 말 함부로 하시면 안 돼요! 제가 무슨 짓을 할 줄 아시고!"

"무슨 짓을 하실 생각입니까?"

비꼬는 것도, 떠보는 것도 아니었다. 그는 정말 순수하게 그녀가 말하는 '엄한 짓'이라는 게 궁금했다.

아비게일의 입이 떡 벌어졌다. 그녀는 뭐라 말도 하지 못한 채, 얼굴색만 끊임없이 바뀌고 있었다. 세이블리안은 그 표정을 보는 게 조금 재미있었다.

그러나 재미있는 일은 곧 끝났다. 혼란에 빠져 있던 아비게일이 주먹을 불끈 쥐고는 단호히 말했다.

"아무튼! 제가 엄한 짓 하기 싫어요! 그러니 거리를 둡시다!"

"……어떻게 거리를 두길 바라십니까? 설마, 각방?"

제발 각방만은 아니길 빌었다. 각방을 쓰겠다는 아비게일에게 사정사정하여 만류한 것이 고작 얼마 전의 일이었다. 다행히 아비게일은 고개를 저었다.

"각방은 아니고 그냥 서로의 공간을 존중해 주는 건 어떨까 싶어요. 제가 다 준비해 놨어요. 짜잔!"

그녀는 비장의 카드를 꺼내는 사람처럼 베개 아래에서 무언가를 꺼냈다. 긴 리본 끈이었다.

세이블리안은 멀뚱히 리본을 바라보았다. 대체 저것을 어떤 이유로 꺼내 들었는지 감이 오지 않았다. 혹 자신을 묶어두고 잘 생각인가. 그런 취향을 가진 사람이 있다고 듣긴 했다.

그녀가 말하는 엄한 짓이 바로 이건가. 그는 조금 당황스러웠지만 부인의 취향을 존중하기로 했다. 세이블리안은 짧게 심호흡을 하고 아비게일의 손길을 기다렸다.

그녀가 끈을 천천히 풀기 시작했다. 그는 마른 침을 삼켰다. 아비게일은 끈을 든 채 빙긋 웃었다. 세이블리안이 바짝 긴장해, 얌전히 손을 내밀려던 찰나.

붉은 리본이 늘어지며 침대를 세로로 이등분했다. 시침핀으로 리본을 고정한 뒤, 아비게일은 오른편에 앉았다.

"서로 이 선을 넘지 않는 거예요. 어떠세요?"

큰 충격에 세이블리안의 입이 떡 벌어졌다. 각방까지는 아니어도 그에 준하는 엄벌이었다. 차라리 자신이 꽁꽁 묶이는 편이 나았다.

그는 아비게일을 아주 조금, 설탕 알갱이만큼 원망했다. 하지만 감히 그녀의 뜻에 반론을 펼칠 수는 없었다. 그랬다가는 또다시 각방을 쓸 것 같아, 그는 울며 겨자 먹기로 고개를 끄덕이고 말았다.

"알겠습니다. 그런데 손도 잡으면 안 됩니까?"

"손은……."

아비게일은 잠시 망설였다. 다행히 손은 살이 찌지 않은 것 같았다.

"그러면 손만 잡고 자요."

"좋습니다."

세이블리안은 구명줄이라도 발견한 사람처럼 크게 안도했다. 붉은 끈 위로 두 손을 꼭 잡은 채 두 사람은 잠자리에 누웠다. 하지만 손을 잡고 있음에도 왠지 멀리 떨어져 있는 듯한 기분이 들었다. 침대 사이의 공백이 우주처럼 느껴졌다.

아비게일은 한숨이 나오는 것을 참으며 눈을 감았다. 옛날 몸매로 돌아가면 그때는 이 리본을 치울 수 있으리라. 아름답고 마른 모습이 된다면 그의 품에 안겨도 불안하지 않을 것이다. 예전의 몸매로 돌아가려면 얼마나 더 걸릴까?

그녀는 기약 없는 계산을 하며 세이블리안의 손을 꼭 쥐었다. 그 온기만이 유일한 희망이었다.

"문제. 다음 중 독이 포함되지 않은 것은? 디기탈리스, 벨라도나, 투구꽃, 아마릴리스."

"정답! 아마릴리스!"

나는 조마조마한 눈으로 베리테를 바라보았다. 맞췄을까? 베리테의 얼굴이 심각한 굳어 있었다. 그러다 잠시 후, 베리테는 엄지와 검지를 붙여 동그라미를 만들었다.

"정답."

"와, 드디어 맞췄다! 머리 깨질 것 같아."

나는 거울방의 바닥에 털썩 드러누웠다. 채신머리없는 행동이지만 뭐 어때. 오랜만에 공부하다 보니 머리가 지끈거렸다.

오늘도 베리테에게 수업을 듣고 있었다. 지금 배우는 건 저주가 아닌 독에 관련한 내용이었다. 수십 가지 독의 종류를 배우느라 머리가 아팠다. 나는 두꺼운 약초학 사전 위로 털썩 머리를 기댔다.

"세상에 무슨 독 종류가 이렇게 많아?"

"그만큼 해독하는 약도 많아. 더 외워야 해."

저주 거는 법도 배워야 하고, 독에 대해서도 배워야 하고. 마법은 쉽게 거는 건 줄 알았는데 생각보다 배워야 할 게 많았다.

"그래도 아비게일은 소질이 있는 것 같네."

"아직 저주 못 거는데?"

"원래는 몇 년 걸리는 일이야. 이렇게 배우다 보면 조만간 중독되거나 저주받은 대상을 판별할 수도 있을 것 같아."

소질이 있다는 말이 그나마 위안이었다. 그러면 이번에는 해독 부분을 살펴볼까. 책을 뒤적거리고 있는데 베리테가 슬그머니 물었다.

"아비게일. 괜찮아? 어제 많이 걱정했어."

"어제? 아, 괜찮아! 익숙한걸. 자고 나니까 다 잊었어."

나는 베리테를 보며 히죽 웃었다. 그럼에도 베리테의 표정은 어두웠다. 나는 책으로 시선을 떨구면서 말했다.

"그러면 공부하자. 뭘 더 외우면 돼?"

"오늘은 좀 일찍 끝내줄게."

어라? 오늘은 수업한 지 30분밖에 안 됐는데? 예정대로라면 적어도 두 시간은 더 수업을 들어야 했다. 매번 스파르타식으로 가르치는 거울인데 오늘은 무슨 바람이 불어 일찍 끝내주는 거지?

베리테가 얼른 나가보라는 듯이 손을 휘휘 저었다.

"얼른 나가 봐. 기다리고 있을 테니."

"응? 누가?"

"나가보기나 해."

대체 누가 기다리고 있다는 걸까? 베리테에게 떠밀리듯이 밖으로 나오자, 소파에 블랑슈가 앉아 있다가 벌떡 일어났다. 블랑슈가 햇살처럼 환히 웃으며 말했다.

"어마마마! 우리 피크닉 가요!"

예정에 없었던 만남에 나는 조금 어리둥절해져 있었다. 그 와중에 블랑슈가 입은 나들이 복장이 너무 사랑스러워 잠시 넋을 놓았다.

블랑슈는 오늘 장미색의 깜찍한 드레스를 입고 있었다. 꽃장식과 레이스를 잔뜩 달고, 그에 어울리는 보닛까지 맞추니 눈을 뗄 수가 없었다.

"베리테가 오늘 어마마마 일정 없다고 그래서⋯⋯. 날씨도 좋아서 근처 숲에 가면 어떨까 싶어서요."

블랑슈는 쑥스러운 듯이 헤헤 웃었다. 아, 이래서 베리테가 수업을 일찍 끝내줬구나. 어제부터 내 컨디션을 걱정하더니 두 아이가 이런 걸 준비해 놨을 줄이야. 고마워서 가슴이 찡해졌다.

"저어, 바쁘시면 괜찮고요……!"

"아니, 아니에요. 안 바빠요. 정말 좋아요. 저도 금방 외출 준비하고 올게요!"

울적하던 참에 피크닉이라니, 마다할 이유가 없었다. 나는 드레스 룸에 가서 황급히 옷을 갈아입었다. 그러다 순간, 전신 거울에 비친 내 모습을 발견했다. 나는 흠칫 놀라 시선을 피하고 몸을 가릴 수 있는 얇은 숄을 집어 든 뒤 곧바로 나왔다.

블랑슈가 피크닉 장소로 정한 곳은 인근 숲이었다. 본궁 옆에 조성된 작은 숲으로 이 역시 궁에서 관리하는 곳이었다.

마차는 금세 숲 입구에 도착했다. 바람이 조용히 불어오며 여름의 향기가 흩날렸다. 여름 어귀인지라 날이 조금 더웠지만 숲 바람만큼은 선선했다. 온몸에 새로운 공기가 들어오는 것 같았다.

정말이지 피크닉 하기 좋은 날씨다. 방구석에 처박혀서 독초 이름 외우기에는 아까운 날씨야.

"오랜만에 나오니 정말 좋네요. 피크닉 가자고 해 줘서 고마워요, 블랑슈."

"헤헤, 저야말로 같이 와 주셔서 감사해요. 아바마마는 일이 바쁘셔서 못 오신대요. 엄청 아쉬워하셨어요."

아마 케인의 일 때문이려나. 전쟁 이야기를 들었으니 대신들과 논의해야 할 것도 많겠지. 나중에 일이 잘 마무리되면 다시 한번 날을 잡아 다 같이 피크닉을 가면 좋겠다.

그런 생각을 하며 나는 사용인들을 바라보았다. 그들은 테이블을 나르고 식탁보를 깔며 부지런히 준비를 하고 있었다. 아마 시간이 조금 걸릴 것 같았다.

멍하니 지켜보고 있는 것도 그렇고, 산책이나 갈까.

"블랑슈, 준비하는 동안 근처라도 둘러볼까요?"

"네. 좋아요!"

호위 기사를 대동한 채, 우리는 근처의 오솔길을 걸었다. 깔끔하게 정돈한 길은 걷기 편했으며 주위 경관도 아름다웠다. 나뭇잎 사이로 스며드는 햇빛이 찬란했다. 오솔길 위로 흩뿌려진 빛이 이정표처럼 보였다.

싱그러운 초목의 향기가 비강을 가득 채웠다. 흐음, 이것이 피톤치드인가. 삼림욕을 하고 있자니 기분이 좋다.

"산책 오니까 너무 좋아요. 외숙부님도 초대할 걸 그랬나요?"

블랑슈가 순진무구한 어조로 물었다. 나는 쓰게 웃으며 고개를 저었다.

"아니에요. 오라버니도 할 일이 많다고 들었어요."

이 귀중한 시간을 케인 때문에 망치고 싶지 않았다. 그에게 붙잡혔던 옆구리가 어쩐지 시큰거렸다. 생각하지 말자, 생각하지 마. 케인 따위, 케인이 했던 말 따위 떠올리지 마.

"어머, 블랑슈. 저것 봐요. 꽃이 잔뜩 있네요."

나는 말을 돌리려 애쓰다가 풀숲 사이에 나 있는 작은 꽃밭을 발견했다.

볕이 잘 드는 꽃밭에는 이름 모를 들꽃들과 토끼풀들이 오종종하게 피어 있었다. 흰 토끼의 꼬리 같은 토끼풀꽃도 잔뜩이었다.

"와, 너무 예뻐요! 네잎클로버도 있을까요?"

"그러게요. 찾아보죠."

"네! 어마마마께 네잎클로버를 찾아 드릴게요."

블랑슈는 그렇게 말하곤 꽃밭으로 다다다 달려갔다. 후후, 이럴 때 보면 영락없이 애라니까.

나도 네잎클로버를 찾아서 블랑슈에게 줘야지. 우리는 열심히 꽃밭에 쪼그려 앉아 네잎클로버를 찾았다.

으음, 그런데 잘 안 보이네. 클로버를 살펴보았지만 세 잎짜리밖에 보이지 않았다. 역시 쉽게 찾으면 행운의 상징이 아니…….

"여기 네잎클로버 찾았어요!"

블랑슈가 네잎클로버를 번쩍 들며 말했다. 오오, 우리 애는 운도 좋아! 내가 감탄해서 박수를 치자, 블랑슈가 네잎클로버를 내 머리카락에 끼워 주었다.

"나 주는 거예요? 고마워요, 블랑슈."

"더 많이 찾아서 드릴게요."

그렇게 말하고 블랑슈는 다시 열심히 클로버를 뒤지기 시작했다. 이렇게 보니 정말 토끼 같네. 귀엽기도 해라. 역시 케인같은 쓰레기가 있다면 블랑슈 같은 천사도 있어야 세상의 균형이 맞는 법이지.

나는 블랑슈를 흐뭇하게 바라보았다. 블랑슈는 네잎클로버를 두 개 더 찾아 건네준 뒤, 이번에는 토끼풀꽃을 모으기 시작했다.

"꽃도 따가게요?"

"네. 베리테에게 선물로 가져다주려구요. 베리테는 밖에 못 나오니까."

베리테도 내내 궁 안에만 있으니 답답하긴 할 테지. 함께 나올 수는 없어도 선물로 꽃을 챙겨다 주는 건 좋은 아이디어 같았다.

블랑슈는 토끼풀꽃과 들꽃을 엮어 화관을 만들기 시작했다. 그렇게 꽃밭에 앉아 있는 사이, 어느샌가 블랑슈의 주위로 작은 새들이 모여들기 시작했다.

"아하하, 간지러워."

새들이 블랑슈의 어깨에 앉아 머리를 비비고 고운 목소리로 울었다. 와, 꽃밭에 앉은 공주님과 새들이라니. 정말 동화 속의 한 장면 같다. 이거 찍어 놔야 하는데.

카메라가 없음에 아쉬움을 토하는 사이, 블랑슈는 화관을 완성했다. 그리고는 자리에서 벌떡 일어나 내 머리에 화관을 올려 주었다.

"선물이에요, 어마마마!"

블랑슈가 뿌듯한 얼굴로 웃었다. 나는 조금 멍한 얼굴로 그 아이를 바라보았다. 토끼풀꽃처럼 해맑은 미소였다.

"거울이 있으면 좋을 텐데 아쉽네요."

블랑슈는 그렇게 말했지만, 나는 거울이 없어서 오히려 다행이었다. 내 얼굴을 보고 싶지 않았다. 나를 제외한 이 아름다운 세상을 보고 싶을 뿐이었다.

"선물 고마워요, 블랑슈. 이제 슬슬 가 볼까요? 아마 식사 준비가 다 되었을 것 같은데."

"네. 좋아요!"

내 솔에 베리테에게 줄 꽃들을 그득히 담은 뒤, 우리는 도착 장소로 돌아갔다. 어느새 사용인들이 깔끔하게 세팅을 마쳐 두었다.

궁의 식당과 거의 비슷한 모습이었다. 흰 린넨 테이블보를 깔고, 그 위로 은 식기를 세팅해 두었다. 내 상상 속의 피크닉은 돗자리를 깔고 앉는 거지만, 이렇게 테이블과 의자가 있는 것도 꽤 멋졌다.

탁 트인 숲을 뒤로 한 채 우리는 식탁 앞에 앉았다. 먹음직스러운 음식들이 많이 보였다.

"잘 먹겠습니다!"

"많이 먹어요, 블랑슈."

테이블 위에는 궁에서 미리 만들어 온 샌드위치와 콜드 수프, 샐러드가 있었고 수많은 디저트가 있었다. 에클레어, 슈크림, 케이크와 파이……. 케이크 위로 듬뿍 올라간 흰 크림과 파이 사이로 흘러나오는 녹진한 가나슈 크림이 아찔했다.

저거 다 먹으면 대체 몇 칼로리야? 엄두가 나지 않았다. 여기서 내가 먹을 수 있는 건 샐러드 정도뿐인 것 같았다.

음. 채소 좋아. 아주 신선하고 아삭아삭하군. 나는 포크로 양상추를 찍으며 블랑슈를 바라보았다.

블랑슈가 양 볼을 햄스터처럼 가득 채운 채, 샌드위치를 우물거리고 있었다. 크흑, 귀여워. 보기만 해도 배가 부르는 것 같다. 복스럽게 먹는 걸 보니 나까지 기분이 좋아졌다.

어느새 샌드위치를 다 먹은 블랑슈가 슈크림을 덥석 베어 물었다. 달콤한 크림이 입에 들어가자 블랑슈의 눈동자가 감동으로 반짝였다.

"어마마마, 이 슈크림 너무 맛있어요! 좀 드셔보세요."

그 표정이 너무도 행복해 보였다. 분명 맛있겠지. 우리 주방장의 디저트는 최고니까. 하지만 안 돼. 참아야 한다!

"미안해요, 살을 빼야 해서요. 블랑슈 많이 먹어요."

블랑슈는 내 말에 눈이 동그래졌다. 그러다가 내 앞에 놓인 샐러드를 바라보았다.

"그, 그러면 다른 것도 안 드시는 거예요? 샐러드만 드셔도 괜찮아요?"

"전 샐러드면 충분해요. 채소가 맛있네요."

"그렇지만 어마마마, 요즘 너무 야위셨어요……."

목소리에는 걱정이 배어 있었다. 블랑슈가 나를 걱정하고 있다는 사실을 알면서도, 야위었다는 말을 듣자 이상하게도 조금 기뻤다.

"식사도 제대로 안 하시고, 오늘 오전 내내 춤 수업 들으셔서 배고프실 것 같은데……."

그러고 보니 요 며칠 내내 제대로 먹은 게 없기도 했다. 배가 고팠고, 어지러웠지만 뭔가를 먹고 싶지는 않았다.

아무리 적게 먹어도 살이 빠지지 않는 것 같았다. 그래서 식사량은 줄인 대신, 몸을 움직이는 시간을 배로 늘렸다.

나는 요즘 대부분의 시간을 무용실에서 보내곤 했다. 몇 시간 내내 발이 부르트도록 춤을 추고 있으면 조금 덜 불안했다.

조금만 더 참으면 옛날로 돌아갈 수 있겠지. 나는 블랑슈를 향해 웃어 보였다.

"전 정말 괜찮아요. 블랑슈 많이 먹어요."

그러나 블랑슈는 여전히 표정이 어두웠다. 그 아이는 손에 든 슈크림을 물끄러미 바라보다가 조용히 내려놓았다.

"그러면 저도 그만 먹을래요……."

"네? 왜요? 많이 먹어요, 블랑슈!"

"저 혼자만 맛있는 걸 먹을 수는 없는걸요……."

아니, 우리 애 너무 착하잖아. 너까지 참을 필요는 없는데. 블랑슈가 힐끗 나를 보며 물었다.

"저도 다이어트를 하는 게 좋을까요?"

"그게 무슨 말이에요. 블랑슈는 어리잖아요. 아직은 관리할 필요 없어요."

예전에 블랑슈가 식단 조절을 했던 것이 떠올라 나는 다급히 말했다. 지금은 뺨에 젖살이 오동통하게 붙어 보기 좋았다.

저 말랑말랑한 뺨이 홀쭉해지는 상상을 하자니 끔찍했다. 응응. 우리 애기는 관리 안 해도 돼.

블랑슈는 내 말을 얌전히 듣다가 문득 물었다.

"그러면 저는 몇 살부터 관리를 하면 되나요?"

그 질문에 나는 잠시 침묵했다. 이제 막 12살이 된 아이가 나를 바라보며, 자신은 언제부터 관리를 해야 하는지 묻고 있다.

대답하고 싶었다. 살 뺄 필요 없다고. 외모는 중요하지 않다고. 하지만 정말 중요하지 않나? 중요하지 않으면 왜 이리 고통스럽나.

블랑슈가 이 고통을 겪게 하고 싶지는 않았다. 그러면 일찍부터 관리를 하는 게 좋을까. 그러면 후회도 덜 할 것이다. 아직은 성장기이니, 성징기가 끝난 뒤부터는 신경 써야겠지. 당분간은 걱정할 필요 없을 것이다.

그렇게 말하려는데, 말간 눈으로 나를 응시하는 블랑슈가 보였다. 뭐라 말이 나오지 않았다. 내 속에서 누군가가 침묵하라 소리치는 것도 같았다. 그때, 어디선가 말발굽 소리가 들려왔다.

다행히 그 소리에 블랑슈의 시선이 분산되었다. 그 아이는 소리가 나는 곳을 바라보았다. 숲 안쪽에서 들려오는 소리였다. 주먹만 했던 형체가 점점 커지기 시작했다. 예상대로 말이었다.

말에 탄 사람은 긴 머리카락을 풀어헤치고 있었다. 검은 파도 같은 머리카락이 바람에 휘날리고 있었다. 레이븐이었다.

"아니, 공주님 아니십니까? 왕비님도 계셨군요."

그는 지난번, 내가 고른 검은 원단으로 만든 재킷을 입고 있었다. 우리를 보고 적잖이 반가운 눈치였다.

그 일 이후로 만나지 않으려 애썼는데 이리 마주칠 줄이야. 외면할 수도 없어 나는 미소 지었다.

"레이븐 경. 오랜만이군요. 어쩐 일이신가요?"

"잠시 승마를 하고 오는 길입니다. 이렇게 뵙다니 반갑군요."

레이븐이 나타나자 블랑슈는 잔뜩 경계하는 다람쥐 같은 얼굴이 되어 있었다. 그 표정을 보고도 레이븐은 스스럼없이 말했다.

"실례가 안 된다면 물 한 잔 마실 수 있겠습니까?"

고작해야 물 한 잔을 거절할 명분이 없었다. 나는 고개를 끄덕였다.

"네. 앉으세요."

그 말에 레이븐이 훌쩍 말에서 뛰어 내렸다. 그 몸놀림이 꽤나 우아했다.

하인들이 빠르게 여분의 의자와 식기를 가져다주었다. 레이븐은 원래부터 피크닉을 함께 온 사람처럼 자연스레 합류했다.

그는 꽤 목이 탔던 모양인지 물을 무척이나 달게 마셨다. 순식간에 컵 한가득 담겨 있던 물이 사라졌다.

"승마를 즐기시나 봐요?"

"예. 가끔 답답할 때 말을 타고 달리면 꽤 후련해지거든요."

그는 산들바람처럼 은은한 미소를 띠고 있었다. 그러다 내게 시선을 주고는 쿡쿡 웃었다. 대체 왜 웃는 거지? 그가 제 귀 부분을 손가락으로 가리켰다.

"귀에 예쁜 걸 꽂고 계셔서요."

나도 모르게 내 귓가를 더듬자, 얇은 이파리가 닿았다. 아까 블랑슈가 꽂아준 네잎클로버였다. 아차, 아까 화관은 벗었는데 이걸 깜빡했다.

"잘 어울리십니다."

"……고마워요."

으, 왠지 민망하다. 혹시 머리카락에 더 남은 건 없겠지? 가만히 머리카락을 만져 보던 와중, 레이븐은 블랑슈에게 말을 걸었다.

"공주님께서 드리신 건가요?"

"네."

"네잎클로버는 찾기 힘들다 들었는데, 정말 굉장하시네요."

"감사합니다."

블랑슈는 새침하게 대답했다. 레이븐은 나름대로 블랑슈와 친해져 보려 노력하는 것 같지만 소용 없…….

꼬르륵.

누구지? 누가 꼬르륵 소리를 내었느냔 말이야? 눈치도 없군. 정말이지 눈치가 없어, 내 몸뚱이! 아악, 창피해! 이 와중에 꼬르륵 소리라니!

레이븐과 블랑슈가 동시에 나를 바라보았다. 나는 아무 일도 없었다는 듯 침착하게 말했다.

"물 말고 디저트도 좀 드시죠, 레이븐 경."

"그럴까요. 전하께서도 드시는 게 어떻습니까?"

"전 배가 고프지 않아요."

그러자 또 꼬르륵 소리가 났다. 이번엔 거의 꽈르릉에 가까운 수준이었다. 아! 제발! 내 몸뚱이야 상황 파악 좀 해 봐!

레이븐은 웃음을 참는 기색이 역력했다. 차라리 대놓고 웃어라. 나는 괜히 심통이 나서 말했다.

"요즘 식단 조절을 하고 있는 중이라서요. 전 신경 쓰지 마세요."

"식단 조절을 하십니까?"

그의 목소리에 의아함이 묻어 있었다. 레이븐이 나를 잠시 살펴보다 입을 열었다.

"충분히 날씬한 편이신데요."

다행히 남이 보기에도 아직은 날씬한 축에 속하는 모양이었다. 하지만 마냥 안도할 수는 없었다.

아직은 날씬한 편이라면 어디서부터는 날씬하지 않은 걸까. 여기서 1kg 더 늘면 그때부터는 날씬하지 않은 사람이 되는 걸까. 역시 체중 조절을 해야 할 것 같다.

주린 배에 샐러드를 집어넣는 와중 레이븐이 물었다.

"그나저나 형제분께서 방문하셨죠. 먼 곳에서 오셨는데 무슨 일이라도 있으십니까?"

그는 지나가는 듯한 말투였다. 마치 안부라도 묻는 듯한 가벼운 어조. 나는 지난번 세이블이 한 이야기를 떠올렸다.

[하지만 그는 결코 궁을 떠나지 않습니다.]

지금 던지는 이 질문도 단순한 궁금증인지, 아니면 어떤 의도가 있는 것인지 알 수 없었다. 나는 적당히 대꾸했다.

"오랫동안 만나지 못해 절 걱정해서 오신 거라 하더군요. 곧 건국제도 있으니 말이에요."

"그렇군요. 오래 떨어져 있으니 보고 싶을 만도 하셨겠지요."

그는 두 번 묻지 않았다. 이 사람, 정말이지 속내를 읽기가 힘들다. 그는 새로 받은 물을 한 잔 더 마신 뒤, 자리에서 일어났다.

"덕분에 목을 축일 수 있었습니다. 이만 실례하겠습니다."

"아, 들어가 보세요."

"안녕히 가세요."

그는 다소 삭막한 배웅 인사를 받은 채 말에 올라탔다. 아직 몸이 덜 풀린 것인지 그는 왕궁이 아닌 숲속으로 말을 몰았다. 떠나가는 레이븐을 바라보던 블랑슈가 물었다.

"말을 타는 건 재미있을까요?"

"아마도 그렇지 않을까요? 블랑슈도 관심 있어요?"

"네! 나중에 한번 타 보고 싶어요."

나중에 마장에 함께 가자는 이야기를 하고 있자니 어느새 시간이 훌쩍 지나 있었다.

궁으로 돌아온 뒤, 블랑슈는 베리테에게 꽃을 보여 주겠다며 거울 방으로 들어갔다. 따라 들어가려는데 클라라가 내게 말을 걸었다.

"왕비님. 피크닉은 잘 다녀오셨어요?"

"응. 즐거웠어. 별일 없었지?"

"사실 케인 님께서 기다리다 가셨어요."

뭐? 케인이? 그 자식은 또 무슨 생각으로 온 거지?

"무슨 일로 왔대? 언제 왔었어?"

"피크닉 가신 뒤 한 시간쯤 뒤에 오셨어요. 용건을 대신 전해드리겠다고 했더니, 사과를 해야 해서 직접 봬야 한다 하시더라고요."

그 케인이 사과를 한다고? 어쩐지 모르게 찜찜한 마음이 들었다. 술 먹고 사고 쳤다가 제정신 돌아오니 후회라도 들었나.

"내일 차라도 함께 하자는 전언을 남기셨는데……. 어떻게 할까요?"

"참석하겠다고 전언 전해 줘. 일단 옷부터 갈아입어야겠다."

에휴, 그래도 가족이니 얼굴은 봐야겠지. 나는 속으로 한숨을 쉬며 드레스룸으로 향했다.

꽃밭에 있다 보니 드레스에 풀이나 꽃잎 등이 많이 묻어 있었다.

차라리 샤워를 할까. 새 옷으로 갈아입던 중, 어떤 드레스가 눈에 들어왔다. 케인이 선물로 준 드레스였다. 쪽빛 원단을 사용한 로브 아라 프랑세즈였다.

으음, 이거 코르셋을 입어야 해서 싫은데……

답답할뿐더러 오래 입으면 건강에 치명적인 악영향을 주는 옷이었다. 그렇게 허리를 조이니 내장 기관들이 버틸 수가 없겠지.

그래도 선물로 받았으니 한 번쯤은 입어야 했다. 나는 잠시 망설이다 드레스를 이리저리 살펴보았다. 기왕 입는 거, 조금 편하게 수선해서 입어야겠다.

케인은 어제의 일을 후회하고 있었다. 아비게일에게 윽박지를 당시에는 분이 풀려 후련했는데, 방으로 돌아오자 그제야 약간의 이성이 돌아왔다.

'제기랄. 그것이 뭐라 하더라도 잘 구슬려서 달래야만 했는데.'

세이블리안이 동맹을 거부한 이상, 남은 손 패는 아비게일 정도였다. 아무리 정부가 있다 하더라도 일단은 왕비였다. 모이즈 역시 예전과는 비교할 수 없을 정도로 국왕 부부의 금실이 좋아졌다 했다.

아비게일이 세이블리안을 잘 설득한다면 가능성이 있다. 하지만 그것이 가능할까? 살이 오른 아비게일의 모습을 떠올리자니 짜증이 일었다. 성격도 괴팍하고 성마를 거라면 겉모습이라도 잘 가꿔 놔야 할 것 아닌가. 성질이 울컥 밀려오려는 것을 간신히 억눌렀다.

'만약 아비게일이 세이블리안을 설득시키지 못한다면, 그 물건에

대해서도 이야기를 해야 할까.'

사실 그는 세이블리안에게 모든 것을 말하지 않았다. 끝까지 숨겨 놓고 있는 패가 하나 있었다.

그것은 바로 요정들에게 구입한 마법 병기였다. 바로 마탄(魔彈)이었다. 요정들은 그것을 총이라고 불렀다. 아직까지 인간들은 검과 창으로 무장하여 싸우는 시대. 그런 와중 요정들이 내보인 것은 활처럼 원거리에서 공격할 수 있되, 그보다 강력한 무기였다.

이 정도 무기라면 전쟁에서 우위를 선점할 수 있었다. 세이블리안이 이 사실을 알게 되면 전쟁에 흥미를 가질지도 모르지만······.

'오히려 우리가 견제 대상이 될지도 몰라.'

어중간하게 강한 적은 모두의 목표가 된다. 그러니 이 사실은 끝까지 비밀로 남겨두고 싶었다.

'재수 없는 자식. 차라리 네르겐을 상대로 선전 포고를 할까.'

케인은 울컥하여 잠시 가능성 없는 상상을 해 보았다. 아무리 마법 병기가 있다 한들, 네르겐으로부터 전승을 할 자신은 없었다. 레타와 일 대 일로 맞붙는다면 비등비등하겠지만 손실이 컸다. 역시 세이블리안을 설득하는 수밖에 없었다.

그러니 아비게일을 잘 달래야 했다. 케인은 어떻게 아비게일의 마음을 돌릴까 고뇌하며 다실로 들어섰다.

"오라버니, 오셨어요."

아비게일이 먼저 도착해 그를 기다리고 있었다. 그 모습을 보자 기분이 조금 나아졌다. 게다가 제가 선물로 준 옷을 입고 있었다.

허리 사이즈가 늘어나 기대했던 것만큼의 맵시는 나지 않으나, 일단은 모른 척했다. 케인은 자비롭게 웃어 보였다.

"그래. 아비게일. 옷이 참 잘 어울리는구나. 참 아름다워."

아름답다는 말에 아비게일은 희미하게 웃었다. 역시 예쁘다고 구슬리면 얌전해질 터였다. 저 불같은 성미를 잘 누르고 그녀를 달래야만 했다.

"어제는 내가 너무 심했던 것 같다. 국사로 인해 머리가 복잡해서 그런 거니, 네가 이해해 다오."

사과인지 변명인지 구분이 가지 않는 말이었다. 아비게일이 용서의 말을 꺼내는 대신 가만히 바라만 보자, 케인이 헛기침을 하며 말했다.

"다름이 아니라 네게 도와줄 일이 있다. 중요한 문제야."

"전쟁 말씀이신가요?"

아비게일의 입에서 먼저 전쟁이라는 말이 흘러나올 줄은 예상치 못했다. 케인이 크게 놀라며 물었다.

"어떻게 알고 있어? 세이블리안이 말했냐?"

"네. 그리고 경칭을 쓰세요."

얼떨떨한 기분이 되었다. 그런 중대사를 아비게일에게 말했단 말인가?

자신은 아내에게 정치에 관해 이야기하지 않았다. 이야기해 봐야 이해도 못 할뿐더러, 혹 다른 이들에게 생각 없이 말을 흘릴까 염려했기 때문이다.

세이블리안 역시 비슷하리라 생각했는데, 아비게일에게? 생각보다 두 사람의 사이가 돈독한 모양이었다.

다행이었다. 케인은 조금 긴장이 풀리는 것을 느꼈다. 그러나 곧 아비게일의 입에서 건조한 목소리가 새어 나왔다.

"전 전쟁에 반대해요. 혹 세이블리안 전하를 설득해 달라는 부탁
이라면 말씀하지 마세요."

"뭐?"

일이 잘 풀린다 싶더니 또 이게 무슨 일인가 싶었다. 설마 어제 타
박한 것 때문에 이리 나오는 것인가.

"아비게일, 어제 일은 내가 미안하다. 쪼잔하게 굴지 말고 제발 대
의를 생각해라. 내 너를 위해 선물도 따로 준비했다."

아비게일은 헛웃음을 쳤다. 쪼잔해? 대의? 그가 준비한 선물이 뭔
지는 몰라도 전혀 받고 싶지 않았다. 사과한다기에 시간을 냈더니
어쭙잖은 변명만 늘어놓았다. 애초에 사과는 구실일 뿐, 본 목적은
따로 있는 게 눈에 훤히 보였다.

그녀는 자리에서 벌떡 일어났다. 더 이상 시간 낭비를 하고 싶지
않았다.

"제 개인감정 때문에 이런 말을 하는 게 아니에요. 저는 충분히 대
의를 생각하고 있어요. 전 오라버니처럼 쪼잔하지 않거든요."

아비게일의 태도에 케인은 말을 버벅거리고 있었다. 이 계집애를
어찌해야 하나 고민하던 중, 자리에서 일어난 아비게일의 복장에 더
욱 경악했다.

"너…… 너 지금 대체 뭘 입은 거냐?"

아비게일은 분명 자신이 선물한 드레스를 입고 있었다. 하지만 뭔
가가 이상했다. 발목이 드러나 있었다. 스커트 자락을 위로 걸어 올
려 고정시켜 뒷부분이 마치 꽃송이처럼 보였다.

케인의 반응을 보고 아비게일은 조금 긴장하였으나, 이 역시 역사
의 흐름을 따라가고 있으니 괜찮으리라 생각했다.

로브 아 라 프랑세즈가 유행하던 로코코 말기, 그 뒤를 이어 유행한 것이 로브 아 라 폴로네즈라 불리는 옷이었다. 로브 아 라 프랑세즈의 변형으로 기존의 드레스에 비해 스커트의 통이 좁고 길이가 짧은 덕에 움직이기가 훨씬 쉬웠다.

그리고 아비게일이 지금 입고 있는 것은 그보다 더욱 길이가 짧아진 로브 아 라 시르카시엔느였다. 유럽 역사상 처음으로 다리가 보이는 여자 복식이었다.

"오라버니가 주신 드레스예요. 불편해서 조금 제가 손봤어요."

"네가 길거리 논다니도 아니고 다리를 드러내?"

분노와 경멸이 어린 질책에 아비게일은 얼굴을 찌푸렸다. 거부 반응을 보일 거라곤 예상했으나 이 정도일 줄은 몰랐다. 고작 발목에서 반 뼘 더 드러난 정도였다. 그럼에도 케인은 얼굴이 희게 질려 금세라도 쓰러질 것처럼 보였다.

"오라버니가 이렇게 정숙한 사람인 줄은 몰랐네요. 정부도 끼고 다니시는 분이 뭐 그리 놀래요?"

차분한 조롱이 들려왔다. 케인은 화가 머리끝까지 끓어 혼절해 버릴 것만 같았다.

마음 같아서는 저 음란한 옷을 찢어 갈기고 싶었다. 하지만 참아야 했다. 아비게일을 달래야 세이블리안도 설득할 수 있었다.

"제발 제정신 좀 차려라, 아비게일. 그 꼴을 보면 남편이 뭐라 하겠냐? 그렇게 속살을 다른 남자들에게 내보이고 다니는데 뭐라 하겠어? 왕비로서의 네 위엄은?"

그 반응에 아비게일은 순간 주춤했다. 방금 전까지만 해도 케인의 말을 귓등으로 흘려 넘겼지만, 지금 하는 말은 덫처럼 그녀의 발목을 물었다.

세이블리안이 생각났다. 당신이라면 지금 내 모습을 보고 뭐라고 말할까. 지금 이 시대에서는 자극적이고 과한 노출일지 모른다. 세이블리안 역시 케인처럼 기겁할 가능성이 높았다.

아비게일이 잠잠해지자 케인은 나지막이 한숨을 쉬었다. 그는 제 여동생을 어르고 달래듯이 말했다.

"아비게일. 네가 왜 이러는지 모르겠다. 너로서도 남편에게 사랑받으면 좋은 일 아니냐. 그래. 내가 널 위해 줄 게 있다."

그는 그렇게 말하곤 품 안쪽에서 무언가를 꺼냈다. 손가락 두 마디 정도 되는 작은 병이었다. 그는 무척 귀한 것을 주듯 생색을 내었다.

"내 아내에게 선물하려던 것인데, 네게 더 필요할 것 같다. 눈을 아름답게 만들어 주는 약이다. 눈동자가 커지고 또렷해진다고 하더군."

아비게일은 그 병을 가만히 바라보다 손에 쥐었다. 처음에는 그가 주는 선물을 받지 않으려 했지만, 조금 다른 생각이 들었다. 눈동자가 조금만 더 커질 수 있다면, 조금만 더 아름다워질 수 있다면.

방금 전의 독한 기세는 어느새 사라지고 없었다. 그녀는 병을 꼭 쥔 채 물었다.

"고마워요, 오라버니. 그나저나 이 약은 이름이 뭔가요?"

"벨라도나 즙이다."

벨라도나. 벨라도나? 익숙한 이름이었다. 그때 다실 구석에서 요란한 소리가 났다. 마치 유리창을 두드리는 듯한 소리.

"뭐야? 누가 뭘 깨트렸나?"

하지만 그곳에는 아무도 없었다. 거울 하나만 있을 뿐.

그 소리에 아비게일은 퍼뜩 정신을 차렸다. 그것이 베리테가 보내는 신호라는 걸 알 수 있었다. 다급한 주먹질 소리는 경고였다. 위험을 알리는 신호. 그 순간 아비게일은 벨라도나라는 이름을 어디서 보았는지 떠올렸다.

[문제. 다음 중 독이 포함되지 않은 것은? 디기탈리스, 벨라도나, 투구꽃, 아마릴리스.]

벨라도나. 책에 적혀 있던 독초의 이름.

소름이 아비게일의 온몸을 뒤덮었다. 그녀가 더듬거리며 말했다.

"이건…… 이건 독이잖아요."

"미량만 쓰면 약이다."

약이라면 베리테가 저렇게 위험을 감수하고 신호를 보낼 리가 없다. 이걸 제 여동생에게, 제 아내에게 주려 한다니.

"싫어요. 이런 건 눈에 못 넣어요!"

아비게일이 경악하며 병을 내던졌다. 쨍강 소리와 함께 파편이 튀었다. 그것을 본 케인의 목덜미에 핏줄이 돋았다.

동생의 비위를 맞추느라 그의 인내심이 바닥을 드러내는 중이었다. 그가 고함을 질러댔다.

"아비게일 크로넨버그! 감히 뭐 하는 짓이야!"

케인이 아비게일의 팔뚝을 덥석 잡았다. 그 악력에 아비게일은 신음이 터져 나오려는 걸 간신히 참았다. 목이라도 졸라 죽일 기세로 케인이 소리쳤다.

"염병할. 성격이 괄괄하면 얼굴이라도 가꿔야지. 추하게 살만 쪄 가지고. 그런데 음탕한 옷을 입고, 약도 안 쓰겠다? 독이라서 싫다고? 죽는 건 두렵나? 이런 몸으로 살아가느니 콱 뒈져 버리라지!"

그의 폭언에 아비게일은 또다시 몸이 뻣뻣하게 굳었다.

죽으라고? 그 말을 듣자, 고함 사이로 백합의 기억과 아비게일이 기억이 중구난방으로 뒤섞여 몰려왔다.

막 시집을 왔을 때의 아비게일의 기억이었다. 아비게일은 매일 같이 거울을 들여다보고, 코르셋을 조금이라도 더 조이려고 노력하고 있었다. 그녀는 두려웠다. 추하게 사느니 아름답게 죽는 편이 나았다.

수은이 든 백분을 발랐다. 독성이 있다는 것을 알면서도 벨라도나 즙을 눈에 넣었다. 숨이 막힐 정도로 코르셋을 조이고, 잠을 잘 때마저도 코르셋을 찼다.

이번에는 백합의 기억이었다.

그녀는 무언가를 입에 넣으면 곧바로 화장실로 달려가 속을 게워 냈다. 불안해서 참을 수가 없었다. 자신이 아무리 뛰어난 디자이너고, 본업에 최선을 다해도 사람들은 그녀의 외모만 보고 나태하다 손가락질했다. 그녀는 누구라도 인정할 수 있도록 열심히 일했고, 과로를 하는 와중에도 살이 찌지 않으려 애썼다.

아비게일은 거울 속의 자신을 바라보고 있었다. 마력이 깃들지 않은 평범한 거울을 향해, 그녀는 구걸하듯 애원했다.

[거울아, 거울아. 세상에서 누가 제일 아름답니. 내가 가장 아름답다고 해 줘. 제발 내가 아름답다는 사실을 인정해 줘.]

아비게일은, 백합은, 그녀는 하염없이 자신을 채찍질했다. 아름다워져야만 한다는 저주에 걸린 채 끊임없이 제 숨통을 조여 갔다.

그리고, 죽었다.

"······설마."

아비게일의 사인은 불명이었다. 아니, 정말 불명이었을까? 코르셋을 찬 채로 잠을 자다 죽었는데. 이 왕궁의 그 누구보다도 마르고 얇은 허리를 가졌는데.

그녀는 직감할 수 있었다. 아비게일의 사인은 아름다움이었다. 그렇다면 범인은 누구지? 그녀를 죽인 사람들은, 아비게일을 죽인 사람들은…….

"아비게일, 제발 정신 좀 차려라!"

케인이 뻣뻣하게 굳은 아비게일을 향해 악다구니를 지르고 있었다.

"이렇게 추한 모습으로 살아가는 네가 부끄럽지도 않아? 차라리 이렇게 살 바에야 죽어. 추하게 사느니 아름답게 죽으라고!"

그 외침에 정신이 번쩍 들었다. 두려움으로 굳어 있던 그녀의 얼굴에 증오가 번져 나갔다. 그녀는 제 팔을 붙들고 있는 케인의 손목을 꽉 붙들었다.

"살면 안 돼?"

가늠할 길 없는 분노가 음성에 담겨 흘러나왔다. 윽박지르던 케인마저 흠칫해서 뒤로 물러섰다.

이 와중에도 그 분노는 백합을 위한 것이 아니었다. 아비게일이 가여웠다. 자신을 위해 화를 내지는 못했지만, 타인을 위해 분노할 수는 있었다.

"그냥 못생기고 추한 채로 살아가면 안 돼? 네가 뭔데 내가 살아도 좋은지, 어떻게 살아야 할지 결정해?"

"아비게일, 왜 화를 내는 거야? 나는 네가 걱정돼서 조언해 준 건데!"

"조언? 누가 조언 같은 거 해 달라고 했어? 내 얼굴에 대해, 내 몸에 대해 네가 뭔데 감히 떠들어!"

만약 사람들이 아름다워지지 않아도 괜찮다고 했더라면. 만약 그랬더라면 그녀는 살아 있었을까?

"내가 부끄럽지도 않으냐고? 난 부끄러울 이유가 하나도 없어! 내가 천박하고 추해도 네 영혼만 할까!"

제 여동생에게 추하게 사느니 죽으라 소리치고, 두 눈에 독을 넣으라 강요하는 사람보다 자신이 못할 이유가 하나도 없었다.

"내가 다리를 드러내서 창녀 같다고? 아랫도리 함부로 놀리는 새끼가 말이 많네! 이 여자 저 여자 건드리고 다니는 너보다 창녀가 고결할 거다!"

아비게일은 있는 힘껏 이죽거렸다. 케인이 얼굴이 터질 듯이 벌게지더니 손을 들어 올렸다.

"이 계집애가……!"

그는 아비게일의 뺨을 갈기려 했다. 하지만 그와 동시에 아비게일이 있는 힘껏 케인의 딕을 후려쳤다.

급습을 예상치 못한 케인은 그대로 얻어맞고 쓰러져 버렸다. 아비게일은 케인의 멱살을 잡고 올라타 있는 힘껏 주먹을 갈겨댔다.

"말이 안 통하니까 주먹질이야? 네 여동생한테, 네 아내에게 늘 이렇게 살았어? 쓰레기 새끼!"

태어나서 단 한 번도 사람을 때려본 적이 없었다. 하지만 지금 물러난다면 평생을 후회할 것 같았다.

"이 미친년이! 그만 안 둬?!"

"미친 거 이제 알았냐!"

이런 세상을 살아가는데 미치지 않고 버틸 수 있을 리가 없었다. 정신없이 얻어맞는 와중 케인은 팔을 휘저어 아비게일의 머리채를 잡았다.

"악!"

아비게일의 머리가 휘청 뒤로 꺾였다. 케인이 나머지 손으로 아비게일의 목을 움켜쥐려는 찰나 목소리가 들려왔다.

"당장 그 손 놔."

고조가 거의 없는 목소리임에도 거의 고함처럼 들렸다. 문장 사이사이마다 칼날이 꽂혀 있는 것만 같았다. 그 목소리에 흠칫 놀라 케인도, 아비게일도 소리가 난 쪽을 돌아보았다.

문가에 세이블리안이 서 있었다. 세이블리안의 눈동자가 본 적 없이 날카로웠다. 저토록 날 선 분노를 본 적이 없다. 그 모습을 보자 아비게일은 덜컥 두려워졌다. 저도 모르게 케인의 멱살을 놓았다.

방금 전 파도처럼 밀려온 아비게일의 감정이, 기억이 뒤섞여 백합에게 아직 남아 있었다.

여자는 조신하고 정숙해야 했다. 어린 시절 케인과 싸울 때마다 부친에게 얼마나 혼이 났는가. 이유를 불문하고 케인에게 대들 경우, 아버지에게 회초리나 벨트로 맞곤 했다.

아비게일은 제 꼴을 내려다보았다. 왕비라는 여자가 체통도 잊고 이게 뭐 하는 짓인가. 제 친오빠를 두들겨 패고 있는 여자가 달가울 리 없었다.

그녀가 주춤거리자 케인도 슬그머니 손을 놓았다.

"국왕 전하께 부끄러운 모습을 보였군요."

케인은 이제야 살았다는 듯이 자리에서 일어나 제 옷에 붙은 먼지를 툭툭 털어냈다. 아비게일이 힘껏 주먹질을 했지만 얼굴에는 잔상처가 고작이었다.

"제 동생의 품행이 방정하지 못해 교육하고 있던 중이었습니다. 저로서도 어쩔 수 없이……."

세이블리안은 성큼 걸어 아비게일 앞에 우뚝 섰다. 그녀의 꼴이 본적 없이 엉망이었다. 머리는 산발에 옷은 잔뜩 주름이 가 있었다. 시선마저 불분명해 광인처럼 보였다.

그녀는 두려워서 얼어붙어 있었다. 뭐라 변명의 말도 나오지 않았다. 세이블리안의 서늘한 목소리가 흘러나왔다.

"이게 대체 무슨 꼴입니까."

그는 그리 말하며 천천히 혁대를 풀었다. 꾹 다문 입술, 그리고 흉흉한 눈빛. 세이블리안의 증오가 여실히 느껴졌다.

아비게일은 그 모습을 멍하게 올려다보았다. 벨트는 대체 왜 푸는 거지? 설마 나를 때리려는 것일까? 케인이 그랬던 것처럼? 아버지가 그랬던 것처럼?

이비게일이 굳은 채로 그 모습을 바라보고만 있던 중, 세이블리안의 나지막한 목소리가 들려왔다.

"주먹질은 익숙지 않은 사람이 해 봐야 손만 다칩니다."

세이블리안이 혁대를 꾹 쥐는 모습이 보였다. 그리고는 뻣뻣하게 굳어 있는 아비게일의 앞에 한쪽 무릎을 꿇었다.

"그러니 이걸로 패십시오."

"……네?"

"아직 덜 때린 것 아니었습니까?"

그는 들고 있던 혁대를 아비게일에게 쥐여 주었다. 아비게일은 상황 파악이 되지 않았다.

그러다 문득 아비게일은 제 손을 내려다보았다. 그녀의 손등과 엄지가 피와 상처로 범벅이 되어 있었다. 제대로 주먹을 쥐지 못한 탓이었다.

"당신께서 힘드시면 제가 때릴까요."

그 말에 케인도 뒤늦게 사태를 파악했다. 황당함과 분노 때문에 얼굴이 붉으락푸르락 해졌다.

"세이블리안 프리드킨! 나는 크로넨버그의 제2 왕위 계승자입니다! 그런데 어떻게 이리 나를 하대할 수 있단……."

"입 닥쳐. 죽여 버리기 전에."

혀를 씹듯 내뱉은 말에는 예의도, 체면치레도 없이 오로지 분노뿐이었다. 세이블리안은 지금 당장 케인을 찔러 죽이고 싶은 것을 간신히 참고 있었다. 복수는 아비게일의 것이기에 케인을 내버려 두고 있는 것이다. 만일 그녀가 허한다면 당장 그의 심장에 칼을 꽂아 넣었으리라.

케인 역시 그 사실을 본능적으로 깨달았다. 저것은 허세도, 협박도 아니며 오로지 진실이었다. 알량한 자존심보다 본능이 앞섰다. 세이블리안의 광기 어린 눈빛에 그는 부들부들 떨다가 결국 뒷걸음질을 치고 말았다.

세이블리안은 그것을 잡아 무릎 꿇리려다가 멈춰 섰다. 죽이는 것은 언제라도 할 수 있다. 그보다 아비게일이 중요했다.

그녀는 혁대를 쥔 채 혼이 빠진 사람처럼 앉아 있었다. 방금 전까지만 해도 살인자의 얼굴을 하고 있던 세이블리안의 표정이 걱정으로 누그러졌다.

"비비, 괜찮습니까? 곧 주치의를 불러오겠습니다."

"……언제부터 계셨어요?"

아비게일이 힘없는 목소리로 물었다. 세이블리안은 잠시 망설이다 입을 열었다.

"당신께서 새로운 옷을 보이셨을 때부터 있었습니다."

그 말에 아비게일이 허탈하게 웃었다. 왠지 모르게 모든 것이 끝난 느낌이었다. 그때부터 봤다면 다 봤다는 뜻이다.

그녀는 횡설수설 두서없이 말을 늘어놓았다.

"그냥 오라버니랑 좀 싸웠어요. 오랜만에 봤는데 제가 살이 많이 쪄서 놀랐나 봐요. 전하가 보기에도 제가 예전보다는 살이 많이 쪘죠?"

"예. 예전보다는."

그 말에 아비게일은 덜컥 좌절했다. 그렇구나. 역시 세이블리안의 눈에 자신은 추하고 뚱뚱해 보이는구나. 그는 역시 나를······.

"그런데 그게 뭐가 문제입니까?"

그 말에 순간 자책이 멈췄다. 뭐가, 문제냐니······. 모든 것이 문제일 텐데. 내 겉모습이 당신의 눈에 비치는 전부일 텐데.

"뚱뚱한 사람은 싫지 않으세요?"

"당신의 외모가 변한다고 해서 제 태도가 바뀐다면, 그때는 이 눈을 제 손으로 멀게 만들 겁니다."

세이블리안이 빈말을 하지 않는 성격이라는 걸, 그 누구보다 아비게일이 잘 알고 있었다. 그라면 망설임 없이 제 눈을 찌를 위인이었다.

얼떨떨해 뭐라 말도 나오지 않았다. 내가 뭐라고 그 귀한 눈을 멀게 하겠다고 그러나. 도대체 왜.

세이블리안은 여전히 그녀 앞에 무릎을 꿇고 있었다. 손과 얼굴에 난 상처를 조심히 살피던 그가 입을 열었다.

"비비, 안아 봐도 괜찮겠습니까?"

그의 목소리가 눈물이 날 정도로 다정해, 아비게일은 그저 고개를 끄덕였다.

세이블리안이 묵묵히 아비게일을 끌어안았다. 그 온기가 너무 홧홧해 몸속에 고여 있던 눈물이 다 증발해 버리는 것 같았다.

"내가…… 부끄럽지 않으세요?"

"당신께서 말씀하시지 않았습니까. 부끄러울 이유가 하나도 없습니다."

"이런 꼴을 하고 있는데……. 발목도 드러내고……."

모든 것이 부끄러웠다. 얼굴도, 몸도, 입고 있는 옷과 제 입에서 흘러나오는 말 한마디조차 모든 것이 부끄러웠다. 그런데 그는 그것이 부끄러울 이유가 아니라고 했다. 부끄러울 이유는 하나도 없다고 했다.

"당신의 발목을 보고 비난하는 이가 있다면, 그것은 보는 이의 마음이 음험하고 부덕한 탓일 뿐이지 당신의 탓이 아닙니다."

비가 내리듯 고즈넉한 목소리였다. 구멍 사이로 흘러나갔던 영혼이 다시 채워지는 것만 같았다.

아. 큰일이다. 아비게일은 울 것 같은 기분이 되어 세이블리안을 마주 안았다. 온 힘을 다해 그를 끌어안았다.

그녀는 저주에 걸리지 않으려 애썼다. 정말 애썼다. 답이 없는 사랑에 빠지는 것만큼 괴로운 저주가 또 어디 있단 말인가.

하지만 이제는 인정할 수밖에 없었다. 지금 이 순간, 그녀는 그 무엇보다 지독한 저주에 걸렸다. 그녀는 세이블리안을 사랑하고 있었다. 부정조차 할 수 없을 정도로 명확하게.

자물쇠 걸리는 소리가 들리는 것 같았다. 열쇠조차 없는 걸쇠였다. 풀 방법이 없다는 사실에 절망하기에는 그의 온기가 너무 따스하여, 아비게일은 한참이나 그를 끌어안고 있었다.

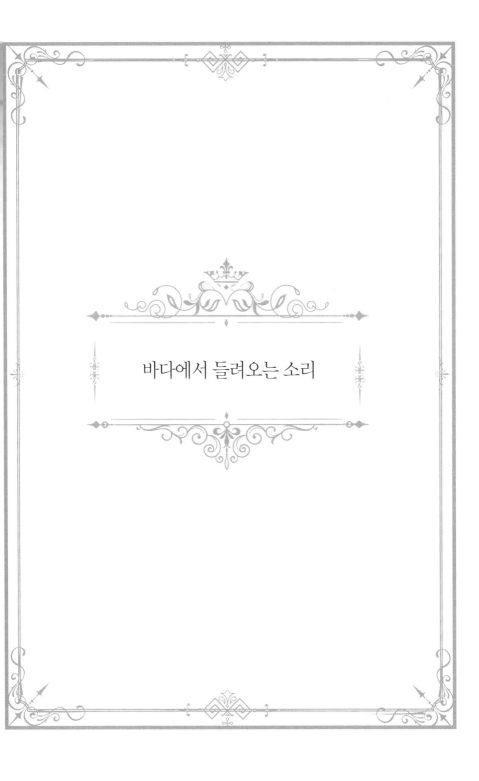

바다에서 들려오는 소리

# 10

## 바다에서 들려오는 소리

눈을 감고 어둠 속을 바라보았다. 어둠은 극채색이었다. 빛 얼룩들이 빔빅된 사이로 이떤 문지들이 보였다.

문자라는 말이 정확할까? 문양이라고 하는 편이 어울릴지도 몰랐다. 눈의 결정을 닮은 그 문자들은 어둠 속에서 검게 빛나고 있었다.

"수식이 보여?"

"응. 보여."

나는 눈을 감은 채 수식을 읽어 내려갔다. 외국어를 처음 배우는 사람처럼 한 자 한 자 신중히 더듬어 내려갔다.

[이 물을 마신 자는 저주를 받아…….]

펜을 쥐고 문자를 적는 이미지를 상상했다. 검게 빛나는 마력이 마치 잉크처럼 보였다.

나는 아이처럼 서툴게 뒤 문장을 마무리한 뒤 눈을 떴다. 내 앞에는 물 한 잔이 놓여 있었다. 이거 잘 된 건가?

"성공했…… 나?"

"한 번 봐봐."

베리테의 지시에 따라 나는 마력을 두 눈에 집중했다. 눈두덩이가 뜨거워지는가 싶더니, 이내 차가운 공기가 어른거렸다.

수면에 수식이 떠오르는 게 보였다. 어둠 속에 본 것과 마찬가지로 검게 발광하는 문자였다.

"오, 보여! 보인다!"

"축하해. 아비게일."

선생님, 제가 해냈어요! 저주를 거는 것도 수식을 읽는 것도 드디어 성공했어!

정말 힘들었다. 베리테가 도와줘서 어떻게든 해냈지, 혼자였으면 엄두도 못 냈을 거야.

이 친구, 내 시대에 태어났으면 프로 강사가 되었을 것 같다. 믿고 맡기는 베리테 선생님. 베리테도 감격한 눈치였다.

"아비게일, 정말 장하다! 정말 장해! 이렇게 저주도 걸게 됐고! 올해 안에만 성공시켜도 굉장한 거였는데!"

베리테에게 마법을 배우는 사이 어느새 여름도 끝을 고하고 있었다. 그사이 내 실력도 크게 늘어 있었고.

어느새 저주를 거는 두 가지 방법을 터득하게 되었다. 저주에는 크게 두 종류가 있는데, 하나는 사람에게 직접 거는 방법이었다. 그리고 다른 하나는 사물을 촉매 삼아 저주를 거는 방법. 오늘 내가 사용한 저주이기도 했다.

"이렇게 저주의 촉매로 사용되는 물건도 일종의 마도구인 셈이야. 대상을 특정할 수는 없지만 마력이 없는 사람도 사용할 수 있지."

"그렇구나. 그럼 이거 먼 곳으로 보낼 수도 있어?"

"지금 이건 물이니까 무리겠지만, 파손되지 않는 거라면 괜찮아. 왜, 누구한테 보내게?"

잠시 케인에게 저주받은 마도구를 보낼까 고민했다. 지난번, 세이블리안에게 살해 예고를 받은 뒤 그는 다음날 곧장 크로넨버그로 돌아갔다.

시간이 지나고 나니 아쉬웠다. 더 패야 했는데. 발기 부전의 저주라도 걸어버릴 걸 그랬다.

"아비게일, 처음에는 저주 거는 거 싫어하더니 이젠 아주 그냥……."

"아, 아냐! 나쁜 생각 안 했어."

"그런 것 치고는 열심히 하던데?"

"일단 저주를 푸는 연습을 하려면 저주받은 대상이 필요하잖아. 그래서 열심히 한 거지."

어디서 기출 문제집 파는 것처럼 저주받은 마도구들을 팔아주면 참 좋겠지만 없으니 셀프 제작하는 수밖에 없었다. 그리고…….

"하아. 마셔야겠지."

나는 물컵을 내려다보았다. 무색투명한 물이지만 내 눈에는 맹독처럼 보였다.

저주를 풀려면 저주에 걸린 대상이 필요한 법. 나는 인체 실험의 실험체가 되어야만 했다. 물을 쭉 들이켰다.

물은 다행히 아무 맛도 없었다. 저주가 잘 걸린 거려나. 확인을 위해 미리 가져다 둔 초콜릿을 하나 집어 먹었다.

"음, 이 맛은……!"

초콜릿이 혀에 닿은 순간, 우주가 보이는 것 같았다. 마치 이것은 미뢰에 일어나는 빅뱅.

입안에 머금은 순간 진흙을 삼킨 듯한 텁텁함이 느껴지고, 목 뒤로 넘어가는 초콜릿은 마치 황천길의 오수 같은 맛이었다. 즉…….

"더럽게 맛없어!"

크아악, 용서할 수 없는 맛이다! 나는 다른 과자도 집어 먹어보았다. 마카롱은 마치 스펀지를 먹는 듯한 느낌이었고, 아몬드 쿠키는 나무뿌리가 더 나을 것 같은 맛이었다.

"어때? 아비게일?"

"으윽, 흙 맛이 난다……."

"흙 먹어 본 적 있어?"

"없어! 그나저나 잠깐 거울 좀 보여줘."

곧 베리테가 거울에서 사라졌다. 그곳에는 아비게일의 모습이 비치고 있었다. 그녀의 몸 주위를 검은색의 마력이 희미하게 감싸고 있었다. 눈에 집중을 해서 그 마력을 읽어 보자, 내가 만든 마법 수식이 보였다.

[이 저주에 걸린 자는 무엇을 먹어도 제대로 된 맛을 느끼지 못할 것이다.]

휴, 잘 걸렸구나. 거는 건 성공했으니, 이제 푸는 것도 확인해 봐야겠지.

"베리테. 이제 저주를 풀어 줘."

"알았어."

베리테는 잠시 표정을 가다듬었다. 그리고 마치 결선 무대에 오르는 사람처럼 크게 심호흡을 하고 외쳤다.

"세상에서 가장 차밍하고 현명하고 귀엽고 멋진 아비게일! 네가 최고야!"

미리 만들어 둔 열쇠 문구를 베리테는 성심성의껏 읽었다. 그러자 순간 무언가가 내 몸에서 훅하고 빠져나가는 듯한 기분이 들었다. 손을 내려다보자 희미하게 일렁거리던 검은 기운이 사라지고 있었다.

잘 풀린 건가? 나는 다시 한번 초콜릿을 먹어보았다. 초콜릿에서는 다시 달콤한 맛이 나고 있었다.

이로써 세 파트를 모두 통과했다. 저주 읽기, 저주 만들기, 저주 해제하기. 이제 계속 복습만 꾸준히 하면 되는 거겠지.

나는 안도의 한숨을 내쉬다 물었다.

"베리테, 그나저나 해제 조건 너무 민망해. 다른 건 없었어?"

해제 문구는 베리테가 추천한 것이었다. 해제 방법을 만드는 것도 일정한 패턴이 있었다.

우선 저주는 저주받은 사람이 스스로 풀 수 없다. 반드시 다른 사람의 도움을 받아야 했다. 그리고 또한 해제 조건은 우호적인 행동이나 말로 지정하는 것이 편했다.

저주가 아무래도 부정적인 감정이 크다 보니, 그걸 상쇄하기 위해서는 친애의 감정이 필요하다고 했다. 그렇다고 해서 해제 조건을 '차밍하고, 현명하고, 귀엽고, 멋지다는 말을 듣는다'로 지정하다니. 부끄러워 죽겠네.

"누구랑 뽀뽀하는 걸 해제 조건으로 하는 것보다는 낫잖아?"

"그건 그래."

동화 속에서 저주를 풀기 위한 방법으로 키스를 선택하는 이유도 알게 되었다. 전체 연령가 기준에서 가장 강도 높은 스킨십이니까.

"그나저나 다른 사람이 건 저주도 보면 좋을 텐데. 어디서 저주받은 물건 못 사려나."

"그건 왜?"

"아무래도 네가 만든 문제는 답이 잘 보이니까. 다른 사람이 건 저주는 안 보일 수도 있거든."

하지만 어딜 가서 저주받은 물건을 찾는단 말인가. 흠, 다른 나라를 찾아보면 저주받은 물레 같은 게 있지 않을까. 찔리면 100년 동안 잠드는.

"뭐 일단은 계속 연습하자. 그런데 왜 미각을 바꾸는 저주를 건 거야? 너 다이어트 아직도 해?"

"아니. 그런 거 아냐. 딱히 생각나는 게 없었거든."

나는 허둥대며 변명했다. 외모나 체형이 신경 쓰이지 않는다면 거짓말이겠지만 그래도 예전보다는 한결 부담이 덜어졌다.

그리고 또 다른 고민이 생겼다. 세이블 때문이었다. 나는 이제 그를 향한 내 마음을 인정하기로 했다. 내가 그를 사랑한다고.

하지만 문제는 이제 뭘 어떻게 해야 할지 모르겠다는 것이었다. 여자답게 화끈하게 고백하고 화끈하게 차일까 생각하기도 했지만……. 그 뒤가 문제다. 이혼하지 않는 이상 평생 얼굴 보고 살아야 하는데.

어색한 사이로 백년해로할 자신은 없었다. 때문에 여전히 나는 짝사랑 중이었다.

"그나저나 이제 슬슬 수업 끝내자. 블랑슈 밖에서 기다린다."

앗, 벌써 온 거야? 생각보다 시간이 많이 지체된 모양이었다.

나는 황급히 거울방 밖으로 나왔다. 블랑슈가 오도카니 앉아 있는 게 보였다.

"블랑슈, 미안해요. 많이 기다렸죠?"

"아니에요, 저도 방금 왔어요!"

오늘도 블랑슈는 반짝반짝 웃고 있었다. 평소에도 늘 웃는 상이지만 오늘은 특히 설레하는 것 같았다.

블랑슈는 자리에서 일어나며 옆에 둔 물건을 집어 들었다. 액자처럼 얇고 넙데데한 물건이었는데, 천으로 둘둘 싸고 있어 내용물은 알 수 없었다.

제 몸통만 한 물건을 들고 블랑슈는 낑낑대고 있었다. 아니, 얘는 왜 이걸 혼자 들고 그래!

"내가 들어줄게요. 이건 대체 뭐예요?"

"앗, 그게 베리테 선물이에요."

선물? 무슨 선물이려나. 느낌상으로는 캔버스 같았다. 일단 블랑슈를 데리고 거울방 안으로 들어왔다.

베리테는 블랑슈를 보자마자 함박웃음을 지었다. 매일매일 보는 사이인데도 꽤나 반가운 눈치였다.

"블랑슈, 왔어? 초콜릿 먹어. 아비게일이 가져다 놨어."

"와! 고마워. 나도 네 선물 가져왔어."

"응? 선물?"

"헤헤, 내가 보여 줄게."

블랑슈는 주섬주섬 매듭을 풀었다. 그러자 그 안에서 나온 것은 예상대로 캔버스였다.

거기에 그려진 것은 풍경화였다. 여름 호수를 그린 것으로 보자마자 눈이 시원해지는 것 같았다.

"궁정 화가에게 부탁해서 이 근방을 그려달라고 했어. 베리테에게도 보여 주고 싶어서. 직접 보는 것만 못하지만……."

아, 그 말을 들은 순간 감탄과 후회가 동시에 들었다. 베리테 맨날

궁전만 보고 지내서 지겨웠을 텐데, 진작 그림이라도 가져다줄걸.

베리테는 대답 없이 그림만 바라보고 있었다. 어느새 거울에 바짝 붙어 선 채였다. 블랑슈가 보기 좋게 더 가까이 가져다주었다.

"저건 바다야?"

"어, 아냐. 이건 호수야."

"그렇구나. 호수구나……."

베리테의 은색 눈동자가 호수 수면처럼 반짝였다. 이렇게 좋아하는 모습을 본 게 거의 처음 같았다.

크흑, 베리테. 미안하다! 내가 너를 짊어지고서라도 바깥나들이를 가야 했는데! 와중에 두 아이는 재잘재잘 이야기를 나누었다.

"블랑슈는 바다 본 적 있어? 호수랑은 뭐가 달라?"

"나도 사실 바다는 가 본 적이 없어서 잘 모르겠어. 어마마마, 어마마마께서는 혹시 바다를 보신 적 있으세요?"

바다라. 백합일 적에는 본 적이 있었지만 아비게일은 봤으려나? 나중에 말이 꼬일 수도 있으니 솔직하게 답하기로 했다.

"본 적 있어요. 오래전이라 잘 기억은 안 나지만."

"그렇구나. 바다는 어때요? 호수랑 뭐가 달라요?"

"일단 모래사장이 있고, 파도가 치고, 물이 짜고요……."

호수와 바다는 극명히 다르지만 그걸 말로 설명하기가 어려웠다. 햇빛을 머금은 모래알과 그 위로 쏟아지는 파도의 포말에 대해 하루 종일 이야기해도 한 번 보는 것만 못했다.

"직접 보러 가면 좋을 텐데요. 바다에 가면 무척 즐거울 텐데."

차라리 이럴 때는 귀족들이 부러웠다. 왕족이 함부로 멀리 떠날 수는 없는 노릇이었다. 블랑슈가 눈을 깜빡이며 물었다.

"어마마마도 바다에 가고 싶으세요?"

"네. 가면 좋겠네요."

가족끼리 함께 바다에 놀러 갈 수 있다면 즐거울 것 같네.

그 와중 블랑슈는 무척이나 진중한 표정을 짓고 있었다. 무슨 생각을 하고 있는 거려나?

긴 복도에 세이블리안은 홀로였다. 그는 시종도 대동하지 않은 채 벽을 바라보고 있었다. 정확히 말하자면 벽에 걸린 그림을 보고 있었다. 아비게일과의 결혼 기념으로 그린 초상화였다. 그는 그림 속의 자신과 눈싸움을 하는 중이었다.

칼 같은 얼굴이로군. 그는 그렇게 생각했다. 자신의 얼굴에 큰 감상을 가져본 적이 없었으나 호감형이 아니라는 것은 잘 알았다. 그리고 그는 시선을 틀어 아비게일을 바라보았다. 화가의 솜씨가 워낙 뛰어났던지라, 그녀의 살벌한 미소도 완벽하게 고증을 해 놓은 채였다.

그는 초상화를 바라보며 케인과 아비게일이 말다툼하던 장면을 떠올렸다. 아니, 다툼이라고 하기에는 케인의 일방적인 폭력이었다. 평소에도 그는 아비게일을 그렇게 대한 것일까. 그녀가 결혼을 하기 전부터 그런 말들을 했던 것일까.

그 모습을 보고 나자 결혼 초 아비게일의 행동들이 다시 보이기 시작했다. 어째서 그녀가 그토록 간절했는지 조금은 이해가 되는 것 같았다.

세이블리안은 한숨을 내쉬었다. 늦은 후회를 머금은 한숨이었다.

조금 더 그녀에게 다정했더라면 좋았을 것을.

'내가 당신을 멀리하는 건 외모 때문이 아니라, 내 개인 사정 때문이었다고 진즉 이야기했더라면 그녀가 덜 고통받지 않았을까.'

그러나 답은 알 수 없었다. 시간은 발판이 떨어지는 외길과도 같았다. 뒤돌아서서 다른 길을 선택할 수는 없는 노릇이었다.

'비비는 나를 원망하고 있겠지.'

아직까지 두 사람의 침대 사이에는 붉은 선이 그어져 있었다. 신혼 초에 자신이 했던 업보가 그대로 돌아오고 있었다.

어떻게 하면 좋을까. 어떻게 해야 아비게일의 용서를 구할 수 있을까. 또다시 한숨을 내쉬던 중, 문득 복도 끝에 작은 실루엣이 보였다.

블랑슈가 벽 뒤로 몸을 숨긴 채, 고개만 빼꼼 내밀어 그를 보고 있었다. 허술한 은신이었기에 눈이 마주쳤다.

"블랑슈. 이리 오거라."

세이블리안은 나지막이 제 딸을 불렀다. 표정은 무뚝뚝했으나 온화한 분위기가 풍겼다. 블랑슈는 기죽은 기색 없이 헤실 웃었다. 아이가 발소리도 내지 않고 가까이 다가왔다.

"그림을 보러 왔느냐?"

"아, 그게 아바마마를 찾고 있었어요."

"나를?"

예전보다는 오붓한 사이가 되었으나, 여전히 블랑슈가 자신을 찾는 것이 어색한 세이블리안이었다. 무슨 용무인가 싶어 가만 바라보았다.

"무슨 용건이냐."

"아바마마는 바다를 본 적이 있으세요?"

바다? 언제나 뜬금없는 용건을 들고 왔기에 딱히 놀라지는 않았다. 그는 고개를 끄덕였다.

"어린 시절 한 번 가 본 적이 있다. 왜 그러느냐?"

"아까 어마마마랑 이야기하다가 바다 이야기가 나왔는데요, 어떻게 가 볼 수 없을까요……? 어마마마도 바다가 보고 싶다 하시고……."

"그래, 알겠다."

예상외로 흔쾌히 수락이 떨어지자 블랑슈의 얼굴이 밝아졌다.

세이블리안으로서는 굳이 바다를 보고 싶어 하는 기분은 이해하지 못했지만 어쨌든 딸과 아내가 원하는 일이었다. 더군다나 아비게일의 호감을 살 방법을 생각하고 있던 참이었다. 세이블리안은 묵묵히 말을 이어 갔다.

"바닷가에 여름 별장이 있을 거다. 아비게일과 둘이 다녀오거라."

"네? 아바마마는요……?"

블랑슈의 계획에는 자신도 포함이 된 모양이었다. 아이가 머뭇거리며 말을 이어 갔다.

"바쁘신 건 알지만 아바마마도 같이 가실 수는 없을까요?"

"나는……."

아까와는 달리 대답이 시원하게 나오지 않았다. 한 나라의 왕이 쉽사리 궁을 떠날 수는 없는 노릇이었다. 게다가 그는 이런 식으로 여가를 갖는 것이 익숙지 않았다. 세이블리안이 곤란한 기색이 되자 블랑슈는 다급히 말했다.

"저어, 무리하지는 마세요. 바쁘신 거 잘 알고 있고……."

이 와중에도 자신을 신경 써 주는 블랑슈가 기특하면서도 미안했다. 세이블리안이 뒷짐을 진 채 엄숙히 말했다.

"어리광 부려도 괜찮다고 한 것, 기억나지 않느냐?"

희미하게 장난기가 섞인 목소리였다. 블랑슈는 제 아버지를 올려다보다가 쑥스러운 듯이 고개를 떨구었다.

"억지인 건 알지만, 역시 아바마마랑도 같이 가면 좋겠어요. 가족끼리 여행을 가 보고 싶어요."

세이블리안은 큰 손을 들어 블랑슈의 머리를 말없이 쓰다듬었다. 빈말이라도 좋으니 언젠가는 꼭 바다에 가자 약조하면 좋으련만, 그는 확실하지 않은 것은 확답하지 않는 성미였다.

"일단 나는 처리 해야 할 일이 있어 가 봐야 할 것 같구나. 내려갈 테냐?"

"네, 네. 저도 이만 물러가 보겠습니다. 평안하세요, 아바마마."

블랑슈는 정중히 인사를 올린 뒤 다시 계단을 내려갔다. 타박타박 가벼운 발소리가 기분 좋았다. 세이블리안은 그 발소리를 듣다가 천천히 발을 옮겼다. 집무실로 돌아오자마자 그는 밀러드를 찾았다.

"무슨 일이십니까, 전하?"

"지난번, 동부 쪽으로 군대를 보내 치안을 강화했었지?"

"예. 그렇습니다만."

"시찰을 가야겠다."

밀러드는 어리둥절한 얼굴이었다. 다소 뜬금없는 시찰이었다.

"시찰이라면 저나 다른 사람이 가도 되지 않습니까?"

"그럼 순방으로 하지."

세이블리안은 확실하지 않은 것은 말하지 않는다. 그렇다면 확실하게 명분을 만들어 이행하면 될 일이다.

왕가의 일원들이 순방하기 위해 바다에 갈 뿐이다. 좋은 변명이었기에 밀러드는 더 이상 토를 달지 않고 고개를 숙였다.

국정 회의에서 뭐라 할 대신들이 있겠지만, 그를 설득할 만한 이유는 없을 것이었다. 세이블리안은 지도를 꺼내 들며 순방 일정을 머릿속으로 계산하기 시작했다.

"블랑슈, 방금 보인 게 바다야?"

"어마마마, 바다예요?"

"아니에요. 저건 강이에요."

"뭐? 그게 강이라고? 엄청 크던데?"

마차에서 재잘재잘 떠드는 두 아이의 목소리가 들려왔다. 블랑슈는 마차 창문에 매달려 바깥을 보고 있었다. 베리테와 함께.

로켓에 있는 거울로는 보기 답답할 거라며, 블랑슈는 작은 책 정도 크기의 거울을 든 채 창밖을 보여 주고 있었다.

저 멀리 물빛이 한 조각 보였다. 나도 미리 듣지 못했다면 바다라고 착각할 법한 규모로, 작은 배들이 떠다니는 게 보였다.

"우와, 바다는 저것보다 더 크다고? 상상이 안 가."

신이 난 목소리가 바람과 함께 흩어졌다. 마차 여행을 하는 내내 베리테는 창밖 풍경을 보며 좋아서 어쩔 줄 몰라 했다.

진작 데리고 나오지 못한 것이 너무도 미안했다. 우리 애가 저렇게 강을 보고 좋아하는데! 블랑슈도 들뜬 얼굴이 되어 말했다.

"그래도 다행이에요. 본체가 근처에 있으면 베리테가 편히 볼 수 있어서."

"그러게. 순방에 따라갈 수 있어서 다행이야."

우리는 동부로 순방을 가는 길이었다. 이 순방이 오로지 정치적인 목적은 아니라는 사실은 말하지 않아도 알 수 있었다. 아마 나랑 블랑슈가 바다에 가고 싶다고 해서 세이블이 무리한 거겠지. 바쁜 와중에도 이렇게 신경을 써 주다니. 하, 정말 사람이 이렇게 다정해서 어떡하나.

블랑슈는 순방에 베리테를 꼭 데려가고 싶어 했다. 때문에 지금 다른 마차에는 베리테의 본체가 실려 있었다.

베리테의 능력은 건물에 속하는 것이 아니라 일정 거리 내에서 발동하는 것이었다. 그 커다란 궁을 모두 살필 수 있을 정도이니, 밖으로 나오면 꽤 멀리까지 볼 수 있다는 사실에 블랑슈가 무척 기뻐했다.

"베리테, 앞으로 자주 바깥 구경 가자!"

"사양하지는 않을게."

베리테는 실실 웃으며 말했다. 밖으로 나와서 기뻐하는 것이 절실하게 느껴졌다. 그 와중, 블랑슈가 조금 걱정되는 어조로 말했다.

"그나저나 아바마마는 외롭지 않으실까요?"

"걱정하지 말아요, 블랑슈. 이제 곧 목적지에 도착하니 곧 뵐 수 있을 거예요."

나는 가만히 웃으며 블랑슈의 머리를 쓰다듬었다. 세이블이랑 같은 마차를 쓰지 않으니 걱정이 되는 모양이었다.

왕궁을 떠나 마차를 타고 이동한 지도 꽤 여러 날이 되었다. 세이블도 처음에는 우리와 같은 마차를 타려고 했다. 하지만 아무래도 여자들끼리 있는 게 편할 것 같다며 다른 마차로 바꾸었다.

세이블의 섬세함이 너무도 고맙고 사랑스러웠다. 덕분에 이 짝사랑은 식을 기세를 보이지 않았다. 사실 이대로 지내도 괜찮지 않을까 싶기도 했고.

지금 상황도 충분히 만족할 법하다. 세이블과는 이미 결혼을 했고, 그가 다른 애인을 만들겠다고 하지도 않았으니까.

거의 사귀는 거랑 같은 거 아닌가? 이 상태로 평생 짝사랑하며 살아도 충분할 것 같았다.

"와, 저기 뭐 보인다. 저기가 별장인가?"

베리테의 말에 나도 창밖을 슬쩍 보았다. 저 멀리 절벽 위에 세워진 별장이 보였다. 어쩐지 동화 속에 나오는 궁전처럼 보였다.

한참을 달리던 수 대의 마차가 별장 앞에서 멈춰 섰다. 밖으로 내리자 시원한 바람이 내 옷자락을 흔들고 사라졌다.

미묘하게 짠기가 섞여 있는 바람이었다. 바닷가는 보이지 않았어도 충분히 그 정취를 느낄 수 있었다.

마음 같아서는 당장 바다로 달려가고 싶었지만 일단은 순방 일정을 따라야 했다.

첫날에는 동부 지역의 영주와 늦은 오찬을 갖기로 했다. 짧은 휴식을 취한 뒤, 의상을 갈아입고 만찬회장으로 향했다.

"국왕 전하, 왕비 전하. 이렇게 동부에 방문해 주셔서 정말 감사합니다! 저는 동부의 영주인 하르폰 운디나라고 합니다."

풍채 좋은 영주가 우리에게 다가와 고개를 숙였다. 중년 여성이었는데 체구가 크고 뼈대가 굵어 뱃사람이라는 표현이 잘 어울리는 사람이었다.

그리고 실제로도 험한 바다 생활을 한 듯싶었다. 얼굴에 크게 남은 흉터와 부상이 그녀가 살아온 세월을 말해 주는 것 같았다. 한쪽 손은 갈고리, 한쪽 다리는 의족. 마치 『피터팬』에 나오는 후크 선장을 연상케 하였다.

다소 위압감을 줄법한 외양이었지만 너털웃음을 짓는 운디나의 얼굴이 너무도 호감형이라, 크게 무섭지는 않았다.

"환영에 감사하오, 운디나 영주."

세이블이 무뚝뚝하게 응답해도 영주는 기쁜 기색이었다. 나 역시 짧게 감사 인사를 전했다.

"머무는 동안 잘 부탁할게요, 운디나 영주. 저는 블랑슈 프리드킨이라고 해요."

"영광입니다, 공주님. ……아니?"

영주는 블랑슈를 보고 눈이 휘둥그레졌다. 그녀는 한참이나 넋을 놓고 있다가 짐짓 감격한 어조로 말했다.

"공주님. 정말 멋진 옷을 입으셨군요. 이건 대체 무엇입니까? 마치 우리 군의 의복과도 닮았군요."

블랑슈는 새로운 의상을 입고 있었다. 이번에 동부 순방을 기념하여 어떤 의상을 만들까 하다가, 바다를 콘셉트로 하기로 했다.

바다라면 모름지기 세일러 슈트지! 내가 살던 시대로 따지면 1850년경에 만들어진 옷인데, 영국 해군이 왕자에게 아동용 세일러 슈트를 선물해 주면서부터 유행이 시작됐다.

순방 전 알아보니 네르겐의 해군 군복이 세일러 슈트와 유사한 형태기에 마음 놓고 제작을 했다. 게다가 세일러 슈트는 아동의 활동을 고려하여 만들어졌기에 블랑슈에게도 딱 맞는 옷이었다.

흰 원단으로 드레스를 만들고, 큰 사각형의 칼라는 남색으로 포인트를 주었다. 동그란 선원 모자가 참으로 앙증맞았다.

치마는 종아리 중간 기장으로 만들었다. 내가 만들었던 로브 아라 시르카시엔느는 케인으로부터 악평을 받았지만, 다수의 사람들은 신선한 유행으로 받아들였다. 그로 인해 현재 사교계에서는 발목을 드러낸 옷이 유행 중이었다.

"어마마마께서 만들어 주셨어요! 예쁘고 멋지죠?"

블랑슈가 옷을 자랑하려는 듯, 가볍게 한 바퀴 빙그르 돌았다. 팔랑거리는 치마가 마치 파도처럼 보였다.

영주는 입을 틀어막은 채 그 모습을 보고 있었다. 좋아, 블랑슈 팬클럽 동부 지부가 생기는 건 시간 문제겠군. 영주에게는 지부장을 맡겨야지.

"훌륭합니다! 정말 멋진 옷이에요. 왕비 전하께서 우리 군의 의복까지 신경 써 주시다니……."

영주는 블랑슈가 귀여워 어쩔 줄 모르는 한편, 내게 고마운 눈치였다. 어라, 이런 것까지 의도한 건 아니었는데.

하긴. 생각해보면 자기네 지역을 신경 써서 만든 옷이니까 영주 입장에서 좋아할 법하겠다.

세이블도 뿌듯한 표정이 되어 있었다. 마치 내가 무척 자랑스럽다는 듯이.

"무엇으로 보답해야 할지 모르겠군요. 우선 식사부터 하시죠! 저희 요리장이 솜씨를 부려, 동부의 특산물로 오찬을 마련했습니다. 부디 입에 맞으시면 좋겠군요."

블랑슈의 옷을 본 뒤부터 분위기는 순식간에 화기애애해져 있었다. 그 분위기에 내 마음도 들뜨던 와중, 차례대로 나오는 요리를 보자 환호성이라도 지르고 싶어졌다.

"저희 지방의 자랑인 부야베스입니다. 트러플을 곁들인 가리비 관자, 아귀 메달리온도 일품이지요. 고등어 리예뜨도 드셔 보십시오."

낯선 요리에서는 하나같이 먹음직스러운 향기가 풍겨왔다. 역시 여행은 먹어야지. 나는 침착하게 포크와 나이프를 장전했다. 살은 좀 찌겠지만 예전만큼의 두려움은 없었다.

나 저주 마법 걸 줄 아는 여자야. 또 누가 와서 살쪘다고 뭐라 하면 저주 풀코스를 대접해 버릴 테다.

나는 우선 부야베스를 한 스푼 떠먹었다. 와, 이 부야베스 너무 맛있다!

열심히 요리들을 맛보는데 하나같이 모두 훌륭했다. 관자도 쫄깃한 게 최고야. 고등어 리예뜨를 빵에 발라 먹고 있는데, 문득 시선이 느껴졌다.

세이블이 나를 바라보고 있었다. 내가 너무 먹었나······? 그만 먹으려 하는데 세이블이 말했다.

"식사가 입에 맞으시는가 보군요. 블랑슈도, 당신도 기뻐하시는 것 같아 다행입니다."

블랑슈도 열심히 문어를 넣은 파스타를 먹고 있었다. 처음 먹어보는 맛이라 눈이 초롱초롱 빛나고 있었다. 나는 쑥스러워 입가를 냅킨으로 닦으며 말했다.

"요리들이 몹시 훌륭하군요. 요리사에게 감사와 칭찬의 말 전해 주시오, 운디나 영주."

"영광입니다, 왕비 전하."

영주는 접시가 비어 가는 만큼 만족하는 눈치였다. 식사에 큰 의미를 두지 않는 세이블마저 평소보다 몇 점을 더 먹더니 건조한 목소리로 입을 열었다.

"운디나 영주, 요즘 동부의 상황은 어떠한가. 인어들로 인해 곤란을 겪고 있는 게 있다면 이야기하게."

그 말에 블랑슈가 퍼뜩 고개를 들어 세이블을 바라보았다. 어린아이답지 않게 눈빛이 영민했다. 영주가 호쾌하게 웃었다.

"다행히 군대를 보내 주신 덕분에 동부민들이 크게 안도하고 있습니다. 인어들 역시 저희 영역으로 침범하지 않기도 하고요."

블랑슈는 안도하는 기색이었다. 동부민들을 위해 정략결혼까지 생각한 아이니, 당연한 반응이었다.

"이야기를 듣자 하니 인어들이 모르카 쪽과 마찰이 거세졌다 하더군."

"예. 모르카의 도발이었다 하더군요. 그러다 보니 상대적으로는 저희 쪽은 피해가 덜한 편입니다."

모르카가 도발을……? 크로넨버그는 인어와 요정들을 정복할 계획을 하고 있었다. 혹시 모르카도 비슷한 생각을 갖고 있는 건 아닐까.

그런 생각을 하던 와중 블랑슈가 조심스레 물었다.

"저어, 운디나 영주. 인어들은 어떤 종족들인가요? 인간에게 적대적이라고 듣긴 했는데……."

영주는 블랑슈에게 시선을 돌렸다. 그녀의 얼굴에는 턱부터 눈가까지 올라가는 긴 자상 자국이 남아 있었다.

"예. 적대적이고 오만한 종족이지요. 아름다운 노랫소리로 사람들을 홀려, 그 배를 침몰시키는 경우도 많이 있고요. 이 상흔도 인어가 낸 것입니다."

갈고리로 제 얼굴을 가리키며 영주는 부드럽게 웃었다. 인어가 마냥 낭만적인 종족은 아니구나. 그나저나 그 상처도 인어가 낸 거라니. 나는 그녀의 얼굴을 조심히 살피다 물었다.

"예전에 인어와 싸운 적이 있는가?"

"예. 젊었을 적 배를 타고 나갔을 때 인어들과 싸움이 일었습니다. 제 얼굴에 칼자국을 낸 놈은 수장당했지만."

영주는 껄껄 웃었다. 신기하다. 보통 이 시대는 여자들이 배를 못타지 않나? 부정 탄다고 꺼려 했다 들은 것 같은데.

"그리고 보니 여자가 배를 타고 다녀도 괜찮은 건가?"

"오히려 여자 선원을 태우는 게 편한 점도 있습니다. 남자 선원은 인어의 노래에 홀려 실수를 할 때가 많거든요."

아니? 그런 사정이 있었구나. 그녀는 호탕하게 껄껄 웃고는 말을 이어 갔다.

"인어를 마주칠까 봐 걱정하실 필요는 없습니다. 가끔 철없는 인어들을 제외하면 해안가에 오는 경우는 없거든요. 예전에는 인어들이 자주 놀러 와 인간들을 도와줬다고 하는데 옛날이야기입니다."

한 번쯤은 인어를 보고 싶었지만 설명을 들으니 마주치지 않는 편이 좋을 듯했다. 세이블이 조용히 와인을 마시며 말했다.

"운디나 영주. 일단 내일 거리행진에 관해서 이야기를 나눠야 할 것 같군. 준비는 다 된 건가?"

"예. 이곳 별장에서 출발하여 시가를 지나 광장으로 가시게 될 겁니다."

둘째 날 일정은 거리 행진과 연설이었다. 나와 블랑슈, 세이블이 함께 마차를 타고 동부민들에게 얼굴을 보이기로 했다.

내일도 아마 하루 종일 바쁠 것 같다. 모레도 일정이 있었던 것 같은데. 함께 바다를 보러 가면 좋겠지만 시간상 무리이려나. 블랑슈만이라도 놀게 하면 좋을 텐데 말이지.

이야기를 나누다 보니 어느새 접시는 거의 다 비고, 후식으로 나온 디저트도 다 먹어치웠다. 세이블이 입가를 닦으며 말했다.

"내일도 바쁠 테니, 오늘은 이만 자리를 파하는 게 좋을 것 같군."

"예. 그러면 저는 내일 뵙도록 하지요."

유쾌한 식사 시간은 생각보다 일찍 끝이 났다. 후우, 음식은 맛있었지만 확실히 좀 피곤했다.

푹 쉬고, 내일 행진과 연설을 준비하고 그러면 하루가 끝나려나. 좀 아쉬운데. 나는 잠시 고민을 하다 두 사람을 불렀다.

"블랑슈, 세이블리안."

그러자 꼭 빼닮은 부녀가 나를 돌아보았다. 진짜 담비 같네. 그 모습이 귀여워 쿡쿡 웃으며 나는 입을 열었다.

"아직 해가 떠 있으니, 바다 구경이라도 갈까요?"

다들 피곤할 텐데 쉬는 게 나으려나. 하지만 앞으로 계속 바쁠 예정이니 짬이 날 때 바다에 가고 싶었다. 다행히 두 사람은 흔쾌하게 답했다.

"좋습니다."

"좋아요!"

두 사람이 거의 동시에 말했다. 블랑슈는 헤헤 웃다가 밝은 목소리로 말했다.

"베리테도 함께요!"

여름 별장 뒤편으로는 잘 관리된 산책로가 길게 트여 있었다. 절벽 쪽으로 향하는 길목 앞에 경비병들이 버림받은 개처럼 서 있었다.

왕과 왕비, 공주가 산책을 가겠다는 말에 당연히 그 뒤를 따르려 했다. 그러나 세이블리안이 그들을 물렸기 때문에, 별장으로 돌아가지도 못한 채 덩그러니 서 있었다.

숲길 사이로 보이던 사람의 뒷모습은 이제는 보이지 않았다. 서서히 해가 지고 있었기 때문에 바닥에 인영이 진하게 드리워져 있었다. 어른의 그림자 둘, 아이의 그림자 하나. 그림자는 셋이었으나 목소리는 넷이었다.

"우리 어디로 가는 거야? 블랑슈."

블랑슈의 가슴께에서 베리테의 목소리가 들려오고 있었다. 블랑슈는 책 크기의 거울을 꼭 안고 있었다. 거울 면을 안쪽으로 하고 있었기에 베리테가 볼 수 있는 것은 어둠뿐이었다.

"바다 구경 가는 거야."

"바다? 나도 볼 수 있어?"

"응. 절벽에서는 볼 수 있을 것 같아."

베리테의 본체는 현재 별장에 위치해 있었다. 본궁에 비교하면 별장은 새집처럼 작은 크기였기에 베리테의 시야는 별장을 넘어서 바깥까지 닿아 있었다.

처음에는 해안가를 가려 했으나, 베리테의 시야가 넓어도 거기까지는 무리일 것 같았다. 하지만 별장 뒤편의 벼랑이라면 베리테도 간신히 볼 수 있을 듯했다.

"바다……."

베리테의 목소리가 조금 긴장해 있었다. 바다를 볼 수 있다니. 책에 그려진 삽화로는 볼 수 있었으나 그것은 오로지 흑백이었다.

블랑슈가 보여준 호수의 풍경화는 아름다웠다. 하지만 바다는 그보다 더 넓다고 아비게일이 알려 주었다.

대체 어떤 곳일까. 여기까지 왔으니 반드시 바다를 보고 싶었다. 그가 어두운 거울 너머를 바라보고 있던 와중, 블랑슈가 거울을 반대로 틀었다.

"베리테. 다 왔어. 보여?"

순간 거울 너머에서 빛이 쏟아 들어왔다. 베리테의 은색 눈동자에 수많은 색채가 비쳤다. 수평선 위로 석양이 지고 있었다. 가늠할 수 없을 정도로 넓은 대양은 그 어떤 장인이 오더라도 따라 그릴 수 없는 푸른빛으로 일렁이고 있었다.

수평선의 경계 위로 드리워진 구름이 거대한 새의 날개 같았다. 새가 감싸고 있는 것은 타오르는 태양이었다. 베리테 생전 본 적 없는 강렬함이었다.

"베리테, 보여?"

베리테가 대답이 없자 블랑슈는 확인을 하기 위해 슬쩍 거울을 틀어 제 쪽을 비추었다.

석양과 하늘, 바다와 함께 블랑슈의 얼굴이 보였다. 바닷바람에 흔들리는 긴 흑발이 석양빛을 받아 가장자리가 붉게 빛나고 있었다.

바다다. 베리테는 그런 생각을 했다. 블랑슈의 상냥한 두 눈동자는 바다처럼 푸른색이었다. 오색의 바다를 등진 채 웃는 블랑슈를 보고 베리테는 저도 모르게 말했다.

"예쁘다."

"그치? 바다 너무 예쁘다."

아니, 그가 말한 것은 바다가 아니었다. 블랑슈였다. 난생처음 본 바다는 경이로웠지만 그마저도 블랑슈에게는 미치지 못했다.

예쁘다라는 말로는 부족한 표현이었다. 베리테가 알고 있는 어휘 중 블랑슈에게 적합한 것이 없었다. 블랑슈는 오로지 블랑슈답다는 말밖에 어울리지 않았다.

"베리테도 볼 수 있어 다행이야. 같이 바다를 볼 수 있어서 참 좋다."

베리테가 바다를 보고 만족한 줄 알고 블랑슈는 그저 웃었다. 푹 패인 보조개가 무척이나 사랑스러웠다. 아비게일 역시 미소 지은 채였다. 세이블은 바다에는 별 관심이 없어 보였으나, 그 역시 딸과 아내를 바라보며 만족한 것처럼 보였다.

그 사이 노을빛이 점점 바다 아래로 몸을 숨기기 시작했다. 옅은 어둠이 찾아오고 태양의 빈자리를 보름달이 채웠다. 달빛이 밤바다 위로 비쳤다. 마치 빛으로 만들어진 길이 생긴 것 같았다.

"저것 봐, 베리테. 별이 너무 예쁘다."

블랑슈는 쏟아질 듯한 별무리를 넋을 잃고 올려다보았다. 베리테는 그런 블랑슈를 바라보다가 문득 하늘을 보았다. 밤하늘은 아름다웠지만 어딘가 모르게 낯이 익은 것 같았다. 익숙한 별의 배치와 꿈에서 들은 듯한 별자리의 이름이 떠올랐다.

"에츄."

그때 블랑슈가 작게 재채기를 했다. 베리테가 당황한 목소리로 말했다.

"괜찮아? 추워?"

"조금 쌀쌀한데 괜찮아."

"일단 이것 입어요, 블랑슈."

옆에 있던 아비게일이 숄을 둘러 주었다. 베리테는 그것이 다행이라 여기면서도, 자신은 그 아이를 위해 코트를 벗어 줄 수 없다는 사실에 탄식했다.

세이블리안이 블랑슈의 어깨를 가만히 감싸며 말했다.

"이만 들어가는 게 어떻겠느냐, 블랑슈."

"그래, 슬슬 들어가자. 별은 나중에 봐도 돼. 감기 걸리면 큰일이야. 얼른 들어가자."

"응, 응. 알았어."

블랑슈는 크게 고집부리지 않고 발길을 돌렸다. 미리 챙겨온 마력 랜턴 덕분에 돌아가는 길은 밝았다.

그리고 떠나가는 그들을 바라보는 시선이 있었다.

시선의 출처는 바다였다. 절벽 아래의 바위섬에 누군가가 있었다. 치렁치렁한 붉은 머리카락이 어깨까지 드리워진 여자였다. 그 여자는 사라져 가는 세이블리안을 한참이나 바라보고 있었다. 아교처럼 진득한 시선이었다.

더 이상 절벽 끝에는 아무도 없었다. 달빛뿐이었다. 사람의 모습이 보이지 않게 되자, 여자는 바닷속으로 첨벙 들어갔다. 그리고 다시는 올라오지 않았다.

동부에 도착한 지 어느새 닷새가 흘렀다. 영주와의 회담, 연설, 거리 행진, 군대 시찰 등으로 인해 조금 정신이 없는 날들이었다.

그리고 지금은 동부에서 조금 떨어진 섬으로 이동하는 중이었다. 섬이라고는 하지만 작은 규모는 아니고, 동부 지역의 절반을 차지하는 크기라 했다.

이곳은 운디나 가문의 소영주가 다스리고 있다 들었다. 순방을 온 이상 소영주 역시 만나봐야 하는 상황. 때문에 우리는 범선을 타고 이동 중이었다.

그리고 현재. 나는 위대한 자연의 순리 앞에 무릎을 꿇고 있는 중이었다.

"우웨엑……."

뱃멀미였다. 이제 뱃속에 든 것도 없는데 자꾸 구역질이 나서 돌아 버릴 것 같았다. 흑흑, 전생에는 비행기 멀미를 하더니, 이번 생에는 뱃멀미를 하는구나.

어째서 이 세계에는 멀미약이 없는가. 나에게 반고리관이 있다는 사실이 너무도 원망스러웠다.

대야에 위액만 토한 채, 물로 입안을 헹구어 뱉었다. 아이고, 힘 빠진다. 숨만 쌕쌕 몰아쉬던 중, 노크 소리가 들려왔다.

"어마마마, 블랑슈예요. 들어가도 될까요?"

"네에, 들어와요."

허락이 떨어지자 블랑슈가 걱정 가득한 얼굴로 들어왔다. 그 뒤로는 세이블도 함께였다.

"아직도 많이 아프세요?"

"이제 괜찮아졌어요."

"얼른 나으셔야 할 텐데……."

에구구, 이렇게 걱정해 주니 얼른 나아야지. 나는 침대에서 몸을 일으켰다. 확실히 아까보다는 덜 어지러웠다. 세이블이 다급히 나를 부축했다.

"좀 더 누워 계십시오, 비비."

"너무 누워 있다 보니 좀 답답해서요. 잠깐 일어나고 싶어요."

마음 같아서는 나가서 바다도 보고 바람도 쐬고 싶지만, 그랬다간 또 토하겠지.

"방 안에만 있으니 심심하시죠? 베리테도 같이 왔으면 좋았을 텐데 말이에요."

현재 베리테는 별장에서 대기 중이었다. 섬으로 같이 데려갈까 싶었지만 베리테가 거절했다.

일단 이동할 때마다 그 큰 거울을 챙겨 다니면 사람들이 수상하게 여길 것이고, 지금은 혼자서 생각하고 싶은 것도 있다 했다.

그러고 보니 지난번 밤 산책을 한 뒤, 베리테는 급격히 말이 없어졌다. 무슨 고민거리라도 있는 걸까? 뒤늦게 사춘기라도 온 건가.

"순방 일정에 섬을 괜히 넣었나 봅니다."

세이블이 조금 자책하는 투로 말했다. 내가 멀미를 시작했을 때, 그가 배를 돌리게 하려는 걸 간신히 막았다.

"귀족들이 휴양을 하러 자주 찾는 곳이라길래 포함시켰습니다만, 이렇게 고생하실 줄 알았다면 저만 갈 걸 그랬습니다."

흑흑, 담비야. 이 와중에도 너는 왜 이리 다정하니. 담비는 잘못한 거 없어. 멀미하는 내가 나빠.

"아니에요, 세이블리안. 저도 무척 기대돼요. 그리고 백성들이 기뻐하는 모습도 보고 싶고요."

거리 행진을 할 때, 나는 백성들이 보내는 환호에 무척이나 놀랐다. 사실 나는 동부가 인어들로 인해 괴롭힘을 받는다 해서 분위기가 무척 침울할 줄 알았다.

하지만 항구로 오는 길에 본 사람들의 얼굴은 밝았으며 쇠락하거나 주눅이 든 느낌도 받지 못했다.

영주와 세금 문제로도 이야기를 나누었는데, 세이블은 바다에서 가족을 잃은 자들을 위한 예산을 추가해 주기로 했다.

좋은 왕과 좋은 영주가 있어 동부의 분위기가 밝은 거겠지. 백성들의 얼굴을 보니 내 남편의 유능함을 새삼 깨달을 수 있었다.

"그렇다면 다행입니다. 일단 좀 더 주무십시오. 방해하지 않겠습니다."

내 머리를 쓰다듬어 주는 세이블의 손길이 기분 좋았다. 나는 가만히 고개를 끄덕였다.

자다 보면 나아질 테지. 세이블이 방을 떠나려 하는데 블랑슈가 조금 망설이는 기색이 됐다.

"저기, 아바마마. 저 어마마마께 드릴 말씀이 있어서 조금 있다 나갈게요."

"그래. 알겠다."

세이블은 굳이 이유를 묻지 않고 방을 나섰다. 우리 애가 나한테 무슨 할 이야기가 있는 것일까. 블랑슈가 내 침대 위에 걸터앉았다.

"어마마마, 정말 괜찮으신 거죠?"

"응. 괜찮아요. 나 때문에 계속 여기 안 있어도 되니 걱정할 필요 없어요."

내가 심심할까 봐 옆에 있어 주는 모양이다. 그렇다고 블랑슈마저 하루 종일 방에 있을 필요는 없지.

"나가서 구경해요. 바다가 예쁘던데. 내 대신 갈매기한테 먹이도 줘요."

멀미가 나기 전에는 나도 갈매기한테 과자를 던져주며 즐거워하고 있었다. 그 이야기를 듣자 블랑슈의 표정이 조금 묘해졌다.

"저기, 어마마마. 사실 아까 조금 이상한 일이 있었어요."

"무슨 일인가요?"

"그게……. 왠지 갈매기가 하는 말이 들린 것 같아요……."

그렇구나. 갈매기가…….

응? 갈매기가 하는 이야기가 들린다고?

당황해서 머릿속이 꼬여버렸다. 어떻게 그게 가능하지? 황당한 말이지만 블랑슈가 거짓말을 할 리는 없었다.

그러다 문득 동물들이 블랑슈를 잘 따르던 일들이 떠올랐다. 토끼도 그랬고, 새들도 그랬지. 혹시 블랑슈에게 마력이 있는 건가? 그때 블랑슈가 주눅이 든 목소리로 말했다.

"진짜예요. 거짓말 아닌데……."

"아. 물론이죠. 당연히 믿어요. 깜짝 놀라서 그랬을 뿐이에요."

내가 대답을 안 하자 거짓말이라 생각한 모양이었다. 나는 자리에서 일어나 블랑슈의 머리를 쓰다듬었다.

"굉장하네요, 블랑슈. 혹시 마법에 재능이 있는 걸지도 모르겠어요."

"마법이요?"

마법이라는 이야기를 듣자 블랑슈의 안색이 밝아졌다. 베리테가 지금 여기에 있다면 당장 확인할 수 있을 텐데.

"동물의 말이 들린 걸 보면, 그럴 확률이 높지 않을까요? 돌아가서 확인해 봐요. 그나저나 갈매기가 뭐라고 했나요?"

"어, 그게 제대로 들린 건 아닌데요."

블랑슈는 갈매기의 말을 뭐라 전달해야 하나, 조금 고민하는 기색이었다. 잠시 후 블랑슈가 입을 열었다.

"곧 바람이 거칠어질 것 같다고 했어요."

배 위에서 올려다보는 밤하늘은 평소처럼 검었다. 먹구름이 꽤나 짙게 끼어 있던지라 별빛은 물론 달빛마저 흐렸다.

갑판에 나온 아비게일은 제 뺨을 스쳐 지나가는 거친 바닷바람을 느꼈다. 낮만 해도 온순하던 바다였으나, 지금은 꽤나 파도가 거세져 있었다.

마스트에 달아둔 돛이 거칠게 흩날리고 있었다. 궂은 날씨 때문인지 육지에서 멀어졌기 때문인지 바닷새는 보이지 않았다.

'정말 블랑슈의 말대로 바람이 거칠어졌네.'

혹시 몰라 선장에게 앞으로의 항해는 괜찮을지 물어보니, 밤이 되면 비바람이 좀 불 것 같지만 큰 문제는 없다고 말했다.

블랑슈 역시 갈매기가 큰 바람은 아니라 했었다. 아비게일은 안도하는 한편, 블랑슈의 능력에 감탄하고 있었다.

아비게일은 차디찬 밤바람을 들이마셨다. 하루 종일 방 안에만 있다 보니 답답했는데 바깥 공기를 마시니 상쾌했다.

멀미도 많이 가라앉은 참이었다. 그녀는 산책이라도 할 겸, 너른 갑판 위를 천천히 걷다가 후미에 도착했다.

아비게일은 난간에 몸을 기댔다. 밤바다는 아름다운 동시에 이루 말할 수 없는 압도감을 선사했다.

낮에도 끝이 보이지 않는 깊이였으나 밤에 보니 더욱 그러했다. 오로지 검정. 검정이라는 말이 무색할 정도의 검정이었다. 마치 자신의 마력 색깔 같았다.

'블랑슈의 마력은 어떤 색일까?'

블랑슈에게 마력이 있다 한들 검은색은 아닐 것이다. 그래도 불안했다. 혹여라도 검은 마력이 있다면.

만약의 사태를 대비해 동물의 말이 들린다는 사실은 주위에 알리지 않았다. 하지만 세이블리안에게는 말해도 괜찮을 것 같았다.

지금은 새벽이니, 아마 잠들어 있겠지. 굳이 잠을 깨우고 싶지는 않았기에 내일 전하기로 했다.

그때 아비게일은 문득 제 얼굴에 닿아 부스러지는 물방울을 느꼈다. 바닷물이 튄 건가 싶었는데 위를 올려다보니 비가 오고 있었다.

선장은 바람이 아니라 비바람이 올 것이라 그랬다. 아직은 부슬비였다. 파도 소리와 돛 휘날리는 소리가 요란해 빗방울 닿는 소리는 들리지도 않았다.

그러나 내내 비를 맞고 있을 수도 없는 노릇이다. 짧은 산책이 아쉬웠지만 돌아가야 했다. 그리 생각하며 몸을 튼 순간.

누군가가 확 밀치는 느낌과 동시에 양발이 공중에 붕 떴다. 아비게일의 몸이 순식간에 앞으로 고꾸라졌다. 뭐라도 잡으려 했으나 손은 허공만 움켜쥐었다.

당황한 와중, 자신을 밀친 사람이 눈에 들어왔다. 어둑한 데다 천으로 얼굴을 가리고 있어 붉은 머리카락과 선원 복장만 확인할 수 있었다.

그리고 순식간에 수면과 충돌했다. 온몸을 얻어맞은 듯 아팠지만 그 통증을 느낄 여유가 없었다. 입과 코로 들어오는 바닷물에 정신이 없었다.

"이, 이봐요! 도와줘! 도와줘요!"

아비게일이 비명을 질러댔으나 파도 소리가 그것을 삼키고, 아비게일도 삼켰다. 물을 먹은 드레스가 자꾸만 그녀를 잡아끌었다.

도움을 요청하러 소리를 치자 입안으로 짠물이 들어왔다. 거친 파도에 몸이 맥없이 흔들렸다.

고개가 물 위에 나와 있는 시간보다 잠기는 시간이 길어지기 시작했다. 바다가 점점 거칠어 지고 있었다. 그때, 누군가의 목소리가 들렸다.

"누가 바다에 빠졌다!"

선원들이 소리를 치며 뛰어다니는 것이 보였다. 아니, 보이지 않았다. 아비게일은 자맥질을 하느라 거의 혼절할 지경이었다.

선원들이 허둥대며 구명줄을 내던지려던 그때, 누군가가 밧줄을 집어 제 허리에 묶었다. 한쪽 손에는 마력 랜턴을 든 채였다. 그는 옆에 서 있던 선장에게 말했다.

"두 번 당기면 끌어올리게."

"예?"

그리고 그 말을 마치자마자 세이블리안은 바다에 뛰어들었다. 선원들이 말릴 새도 없었다. 두려움, 초조함, 흥분 때문에 그의 얼굴은 희게 질려 있었다. 냉정하게 밧줄을 매듭짓는 손이 떨리는 것을 본 이는 없었다.

파도 때문에 세이블리안이 물에 빠지는 소리조차 들리지 않았다.

그는 간신히 물속에서 눈을 뜨고 주위를 살폈다.

아비게일이 보이지 않았다. 아비게일. 그는 그 이름을 외치고 싶은 것을 힘겹게 참았다.

낮의 바다라 하더라도 시야가 불확실했을 텐데, 지금은 밤이기까지 했다. 마력 랜턴이 아니었더라면 그저 암흑일 터였다.

그때, 유령처럼 부유하고 있는 누군가가 보였다. 흰 머리카락과 옷자락이 물속에서 너울거리고 있었다.

세이블리안은 심장이 내려앉는 기분이었다. 랜턴의 손잡이 부분을 이로 악문 채, 그는 아비게일에게 다가가려 몸부림을 쳤다.

거센 물결을 헤치고 간신히 아비게일을 뒤에서 끌어안았다. 그녀는 혼절한 것처럼 보였다.

세이블리안이 있는 힘껏 밧줄을 두 번 잡아당기자, 갑판 위의 선원이 소리를 질렀다.

"당겨!"

"당겨라! 당겨!"

목청이 터질듯한 고함 소리와 함께 두 사람이 수면 위로 끌려 올라왔다. 올라오자마자 빗방울이 거세게 뺨을 때렸다.

세이블리안은 위로 올라오자마자 아비게일의 입가에 손을 가져다 댔다. 가느다란 숨이 느껴졌다. 그러나 안도하는 것도 잠시, 거대한 파도가 몰려오며 선체를 때렸다. 누군가가 새된 비명을 질렀다.

"안 돼! 밧줄이!"

그 외침은 듣지 못했지만 세이블리안은 팽팽하던 밧줄이 턱 하고 끊기는 것을 느낄 수 있었다.

두 사람은 다시 수면 아래로 끌려 내려갔다. 세이블리안은 그녀를 데리고 올라가려 발버둥 쳤으나, 바다는 고요하면서도 잔인하고 폭력적이었다.

마력 랜턴이 서서히 가라앉아 빛이 멀어지고 있었다. 세이블리안의 호흡도 점점 벅차졌다.

파도가 몰아칠 때마다 의식이 멀어지기 시작했다. 와중에도 그는 아비게일을 놓지 않은 채였다.

세이블리안은 기절하기 직전, 뿌연 시야 사이로 붉은 무언가가 다가오는 걸 보았다. 아름다운 목소리가 들린 것도 같았다.

뺨을 타고 무언가가 흘러내리고 있었다. 차가운지, 따뜻한지조차 구분할 수 없었다. 흐르는 무언가를 허우적대며 닦았다. 하지만 닦아도, 닦아도 무언가가 내 얼굴 위로 쏟아지고 있었다.

"으음……."

이게 대체 뭐지? 나는 눈꺼풀을 힘겹게 들어 올렸다. 빛이 눈을 찔러 눈꺼풀이 마구 떨렸다.

두 눈을 끔뻑거리다 보니 비가 내리고 있는 것을 깨달을 수 있었다. 내 얼굴에 빗물이 닿아 턱으로 흘러 고였다.

손에 무언가가 잡혔다. 모래였다. 한참이 지난 후, 나는 비가 내리는 해안가에 누워 있다는 사실을 눈치챘다.

왜 내가 여기에 있지? 어젯밤 나는……. 기억을 더듬다 보니 화살이 날아와 박히듯 어제의 일이 떠올랐다.

누군가가 나를 죽이려 했다.

누군가가 나를 바다에 빠트렸다.

그 사실을 떠올리자 뒤늦게 소름이 타고 올라왔다. 아무것도 보이지 않는 어둠 속에서 죽어갈 때의 느낌이 생생했다.

나, 나 산 건가? 천국인가? 아니면 죽어서 또 다른 사람의 몸에 들어온 건가? 황급히 자리에서 일어나려는데 옆에 누군가가 누워 있었다.

"세, 세이블?"

그 역시 물에 흠뻑 젖어 기절해 있었다. 세이블이 왜 여기에 있는 거지? 아니, 그건 중요한 게 아니야. 나는 황급히 그의 상태를 확인했다.

"세이블! 정신 차려봐요!"

다행히 숨은 쉬고 있었으나 의식이 없었다. 나는 그의 어깨를 거세게 흔들며 그의 이름을 계속 불렀다. 잠시 후 세이블이 쿨럭거리며 바닷물을 토해냈다.

"비비……? 다친 곳은 없습니까……?"

아직도 제대로 의식이 돌아오지 않은 듯, 그답지 않게 흐리멍텅한 눈이었다.

그 와중에도 눈 뜨자마자 내 걱정이라니. 사람이 대체 어디까지 착할 생각이야. 나도 모르게 눈시울이 붉어졌다.

"전 무사해요. 세이블은 괜찮아요?"

"저도 괜찮습니다."

세이블은 비척비척 상체를 일으켜 앉았다. 핏기없이 하얗게 질린 얼굴이었다. 물에 쫄딱 젖어 그의 검은 머리카락이 젖어 이마에 붙어 있었다. 비까지 내려 더욱 그랬다.

"대체 어떻게 된 거예요? 전하도 누가 바다에 밀었나요?"

"……밀었다고요?"

그 말에 세이블의 눈이 차갑게 빛났다. 반응을 보아하니 누군가에게 떠밀린 건 아닌가 보다.

"그, 그러면 설마 배가 난파당했나요? 블랑슈는?"

"아뇨. 당신이 물에 빠진 걸 알고 뛰어들었다가 저도 휩쓸렸습니다."

"네?"

그의 답이 너무도 담담해서 나는 바보처럼 반문했다. 답이 돌아오지 않는 사이, 내 안에 오만가지 감정이 파도처럼 밀려왔다. 고마움, 그리고 황당함, 나도 알 수 없는 분노.

"왜 그러셨어요?"

고맙다는 말보다 책망하는 말이 먼저 나왔다. 그 험한 밤바다에 뛰어들었다고? 이 나라의 국왕이?

"뭐가 말입니까."

"왜 그렇게 위험한 행동을 하셨냐고요! 하마터면 같이 죽을 뻔했잖아요!"

"같이 죽을 생각 없었습니다. 같이 살 생각이었죠."

우리는 같이 살았다. 하지만 그것은 오로지 행운 때문이었다. 우리가 이렇게 표류한 것만 봐도 알 수 있었다.

고맙다고 해야 하는데, 고마운데, 고맙다는 말이 나오지 않았다. 그가 죽을 뻔해서, 그것도 나를 살리려다 죽을 뻔했다는 사실 때문에 가슴이 꽉 막혔다.

"왜 전하가 뛰어드셨어요? 최소한 다른 사람을 시키셨어야죠."

"그건……."

사람이 없었던 것도 아니다. 바다에 능숙한 선원이 그리 많았는데 세이블이 위험을 자처해서는 안 되는 거였다.

세이블은 내 질문에 대답하지 못했다. 그의 얼굴에 명백한 당황이 떠올랐다. 그 당혹의 이유를 자신도 모르는 것 같았다.

그는 뭐라 말을 더듬어 보다가 고개를 숙였다. 그리고는 제 허리에 묶어 두었던 밧줄을 풀며 말했다.

"우선 비부터 피합시다. 몸이 식겠군요."

그는 대답을 피했으나, 나는 더 캐묻지 않았다. 세이블의 몸이 추위에 떨리고 있는 것을 보았다. 나 역시 몸이 으슬으슬 떨려 왔다.

그의 말대로 일단 비부터 피해야 했다. 주위를 둘러보니 조금 떨어진 곳에 숲이 있었고, 해안가 끝에는 동굴이 있었다.

우리는 해안 동굴 쪽으로 비를 피했다. 추적추적 내리는 비를 보고 있자니 살아 있음에 감사하기 이전에…….

"에취!"

추웠다. 표류하다가 비까지 맞았으니 춥지 않은 게 이상했다. 세이블이 재채기 소리를 듣고 시선을 틀었다.

"춥습니까?"

"……조금요."

그는 제 옷을 내려다보았다. 셔츠에 바지 한 장만 걸친 것을 보아하니, 방에서 쉬던 중 나온 모양이었다.

세이블은 셔츠의 단추를 끄르기 시작했다. 옷 틈 사이로 그의 맨 가슴이 보였다. 내가 휘둥그레져서 바라보고 있자, 그가 시선을 피했다.

"……그렇게 계속 보시면 부끄럽습니다만."

"핫, 미안해요!"

나는 황급히 몸을 틀었다. 뒤에서 세이블이 옷 벗는 소리만이 고요히 들려왔다. 물을 짜내는 모양인지 후드득 물 떨어지는 소리가 들렸다. 그리고 잠시 후, 내 앞으로 셔츠가 불쑥 내밀어졌다.

나는 슬쩍 뒤를 돌아보았다. 그는 옷을 벗고 있는 게 민망한지 고개를 틀고 있었다.

"마른 옷은 아니지만 바닥에라도 깔고 앉으십시오. 좀 덜 추울 겁니다."

"전하도 추우시잖아요. 괜찮아요."

"별로 안 춥습니다."

"고집부리지 마세요."

생명의 은인이 건네는 옷을 냉큼 받을 정도로 나는 뻔뻔하지 않았다. 내가 알아서 해야지. 나도 일단 옷에서 물기를 짜내면 덜 추울 것이었다.

"전하, 저 잠깐 옷 좀 벗을게요. 저도 물 좀 짜려고요."

세이블은 묵묵히 고개를 끄덕이곤 바닥에 제 셔츠를 내려놓았다. 그리고 동굴 밖으로 나가려 했다.

"아니, 비도 오는데 어딜 가요!"

"편하게 옷 벗으십시오."

"그냥 뒤만 돌고 있어 줘요. 그거면 충분해요. 전하도 나가면 저도 따라 나갈 거예요."

억지에 협박까지 더하자 결국 그는 동굴로 돌아왔다. 그리곤 면벽수련이라도 하는 사람처럼 벽을 향해 앉았다.

비 내리는 소리만 고요했다. 살갗에 달라붙은 옷자락이 잘 떨어지지 않았다. 간신히 옷을 벗어 물을 짜내자 그나마 옷이 좀 가벼워졌다. 잠옷용 슈미즈라 그나마 다행이었다.

알몸에 축축한 공기가 와닿았다. 완전히 알몸은 아니었다. 속옷에 속바지까지 입고 있었으니.

그런데 하필 오늘 입은 것이 생일 선물로 받은 란제리였다. 마르려면 계속 벗고 있어야 하는데…….

뒤를 힐끗 보자 세이블은 여전히 벽을 보고 있었다. 세이블의 넓은 등이 보였다. 나도 모르게 얼굴이 후끈 달아올랐다.

아이고, 벽이 보고 싶네. 나는 황급히 반대편 벽으로 향했다. 맨살이 돌바닥에 닿는 것이 싫어, 물기를 짠 속바지는 입고 있었다.

여전히 비 내리는 소리만 들렸다. 그때, 반대편에서 작은 기침 소리가 들려왔다.

세이블도 확실히 춥겠지. 나를 구하려 하지 않았으면 겪지 않아도 될 추위였다. 나는 아직 축축한 잠옷을 들고 슬금슬금 다가갔다.

"전하, 제 잠옷이라도 깔고 앉으실래요?"

"절대로 싫습니다."

그는 벽을 향해 냉정하게 말했다. 그의 성격을 생각하면 재차 권해도 들을 것 같지가 않았다.

그 와중에도 재채기가 나올 뻔한 것을 세이블이 간신히 삼켰다. 저러다 감기라도 걸리면 어쩌지. 어렸을 때는 몸도 약했다는데.

나는 어쩔 줄 몰라 하다 슬그머니 물었다.

"그러면…… 저희 조금 붙어 있을까요?"

"예?"

"전하도 춥고, 저도 추우니까요. 붙어 있으면 조금은 따뜻하지 않을까요?"

지난번에 껴안고 자기도 했으니, 이 정도는 괜찮겠지? 좀 부끄럽긴 하지만 세이블이 아픈 것보단 낫다.

한참의 정적이 흘렀다. 내 말을 듣지 못한 건 아닐 텐데. 뒤를 힐끗 돌아본 순간, 그가 입을 열었다.

"⋯⋯괜찮겠습니까? 우리 좀 떨어져 있기로 했잖습니까."

"비상 상황이니까요. 등만 붙이고 있으면 괜찮을 것 같은데, 역시 불편하시려나요?"

"저는⋯⋯ 괜찮습니다만."

그가 어물어물 답했다. 주저하는 기색은 있지만 싫어하는 것 같지는 않았다.

"그러면 등 좀 빌릴게요."

나는 젖은 옷을 꼭 껴안은 채 그와 등을 붙였다. 세이블이 흠칫 떠는 게 느껴졌지만 곧 고요해졌다.

나도, 세이블리안도 젖어 있었다. 젖은 살갗은 제 짝이라도 찾은 듯 들러붙었다. 확실히 살을 맞대자 온기가 조금 도는 것 같았다.

세이블은 아무 말도 없었다. 몸에 온기가 도는 것과 함께 부끄러움도 퍼져나갔다. 아무 말 없이 이러고 있으니 민망해 죽겠다. 으음, 끝말잇기라도 하자 그럴까?

그때 세이블이 잠긴 목으로 말했다.

"잠시 생각해 봤는데⋯⋯."

"네."

"등만 대고 있는 건 좀 비효율적이지 않습니까?"

이건 또 무슨 소리지? 나는 슬그머니 뒤를 돌아보았다. 그의 귀 끝이 빨갛게 변해 있었다.

"그게 무슨 말씀이세요?"

"그러니까, 제가 그대를 안으면 서로가 좀 더 따뜻하지 않을까요."

나는 순간 넋이 나가 버렸다. 내가 환청을 듣고 있는 건가? 지금 속옷 차림으로 껴안고 있자고 한 거야?

"제가 음험한 목적으로 이러는 것이 절대 아닙니다. 비상시이기에 드리는 제안입니다. 비비의 몸을 보지 않도록 눈도 감고 있겠습니다."

그의 목소리가 평소보다 조금 빠른 듯하면서도 늘 그랬듯이 담담했다.

그, 그래! 세이블 말이 맞아! 순수한 세이블의 호의를 음탕하게 해석하다니. 잠시 반성의 시간을 가졌다. 비상시라서 어쩔 수 없는 거야. 비상시니까!

"그, 그럼 잠깐 실례 좀 할게요."

나도 모르게 마른 침을 꿀꺽 삼켰다. 세이블이 슬그머니 내 쪽으로 몸을 돌렸다. 여전히 눈을 감은 채였다.

세이블 운동 열심히 하는구나. 가슴이 나보다 큰 것 같은데……. 아니, 이런 생각을 할 때가 아니다.

이제 어떻게 하지? 껴안으면 되나? 하지만 그렇게 하면 가슴과 가슴이 맞닿을 터였다.

나는 망설임 끝에 그를 등지고 앉았다. 세이블의 가슴과 내 등이 닿았다. 그것만으로도 나에게는 자극이 너무 심했다.

속으로 온갖 기도문을 외우던 와중, 세이블이 슬그머니 내 허리를 끌어안았다. 부드럽고 단단한 팔이었다.

그에게 안기자 확실히 아까보다 따뜻했다. 아니, 지나치게 뜨거웠다. 얼굴이 익어서 터질 것 같고, 심장이 마구 널을 뛰었다.

제발, 제발 진정해. 물러가라 음란마귀야! 이상한 생각, 하지 마! 세이블이 나를 꼭 끌어안은 채, 내 어깨 위에 고개를 툭 기댔다.

"비비, 따뜻합니까?"

그의 목소리와 숨결이 내 귓가를 간지럽혔다. 귀가 녹아 버릴 것만 같았다. 온몸이 오싹거리며 등줄기가 짜릿해졌다. 미쳐 버리겠다.

이를 악문 채 고개만 끄덕였다. 내 안의 음란마귀가 자꾸 튀쳐나올 것만 같았다. 차라리 혀를 깨물고 기절을 해 버릴까 고민하던 중, 세이블의 손이 덜덜 떨리는 게 보였다.

아, 역시 무리하고 있구나. 알몸의 여자를 안는 게 그에게 얼마나 큰 부담일지 상상이 가지 않았다.

그럼에도 제 온기를 내게 나눠 주려고 참고 있다. 나를 구하려 바다에 뛰어들고, 내가 감기에 들까 봐 나를 안고 있다.

그런 와중, 나는 그에게 고맙다는 인사 한마디 하지 않았다는 걸 뒤늦게 깨달았다. 나는 가만히 그의 손을 잡으며 말했다.

"……세이블, 고마워요. 나를 구해 줘서."

"……."

"하지만 만약 비슷한 일이 또 일어나면 그때는 그냥 내버려 둬요."

세이블이 나를 구하려 한 것은 고마운 일이다. 하지만 용납할 수는 없다. 애초에 그와 내 목숨의 무게는 다르다.

나는 이미 한 번 죽은 사람이었고, 지금의 삶은 덤이나 마찬가지였다. 나는 이 덤과 같은 삶에서 참 많은 것을 얻었다. 예정된 죽음을 피하기만 할 수 있다면 만족스러웠다. 평범하게 살 수만 있다면 그저 좋았다.

그런데 정신을 차려 보니 분에 넘치는 행복을 누리고 있었다. 귀엽고 사랑스러운 딸, 나를 이해해 주는 친구, 그리고 사랑하는 사람이 생겼다. 나는 이제 언제든 퇴장해도 좋을 정도로 행복한 사람이었다. 지금 당장 죽더라도 그저 행복할 것이었다.

그런데 당신이 나를 위해 죽는다고? 내 죽음보다 그것이 더 고통스러울 것이었다. 살아도 회한 속에 눈물 흘릴 것이 뻔했다.

이제 내 소원은 이곳에서 살아남는 것이 아니었다. 내 소원은 내가 사랑하는 이들이 행복한 결말을 맞이하는 것.

당신들이 행복할 수 있다면, 달궈진 쇠 구두를 신고 춤추다 죽어도 내게는 해피 엔딩이었다.

"앞으로는 제가 죽을 위기에 처하더라도 전하의 목숨을 가장 중요하게 여겨 주세요. 그것만이 저의 바람이에요."

나는 한 자 한 자 힘을 주어 말했다.

세이블은 그저 고요였다. 내 등에 닿은 온기가 없었더라면 그가 사라졌다고 생각할 정도의 침묵이었다.

정적 사이에서 온기만이 또렷했다. 그러다 문득 떨림이 전해져 왔다.

"어떻게……."

세이블의 목소리가 덜덜 떨리고 있었다. 아니, 그 떨림을 억누르려 애쓰고 있었다. 미처 제어하지 못한 진동이 여실히 전해져 왔다.

"어떻게 그런 말을 할 수가 있습니까, 어떻게……."

그것은 분노 같기도 하고, 슬픔 같기도 했다. 목숨 걸고 살려 준 사람에게서 들을 말이 아니라는 건 나도 알고 있었다. 하지만 이렇게까지 그가 동요할 줄은 몰랐다. 분노보다 슬픔이 더 짙을 줄 몰랐다.

"비비, 지금 당신이 얼마나 잔인한지 압니까."

잔인하다고? 차라리 무례하다 했으면 이해했을 것이었다. 그 와중에도 세이블은 나를 꽉 껴안은 채 덜덜 떨고 있었다.

"당신을 잃고 살아가는 나를 생각한다면 그런 말을 못 할 겁니다. 어떻게 그런 말을……."

나를 잃고 살아가는 당신. 내 귀에 그 말은 무척이나 이상하게 들렸다. 왕은 끝까지 살아남아야 한다. 왕비는 다른 여자를 들이면 될 일이다. 내가 사라진다 하더라도 당신은 잘살 수 있을 것이다. 당신은 선하고 따뜻한 사람이니, 새로운 아내를 맞이해도 예전처럼 아내를 박대하지는 않을 것이다.

그런데 왜 이런 나를 위해 목숨을 거나. 당신은 이 나라의 왕인데. 내가 죽어도 당신은 살아야 하는데.

"제발 그런 말 두 번 다시 하지 마십시오. 두 번 다시는, 절대로……."

그는 거의 흐느끼는 것처럼 보였다. 왜 이리 서러워하나, 왜 나 때문에 이렇게 동요하나. 이러면 내가 어떻게 당신을 포기하나.

이토록 서러워하는 것을 보니 미안해서 죽고 싶었다. 나 때문에 마음 상하게 하고 싶지 않았다.

나는 조용히 몸을 틀어 그를 마주 보았다. 그는 거의 울 것 같았다. 나는 세이블의 뺨을 조용히 쓸었다.

"미안해요, 세이블. 제가 잘못했어요."

"……."

"용서해 주세요. 네? 두 번 다시 그런 말 안 할게요."

그의 검고 긴 속눈썹이 파르르 떨려 왔다. 한참의 침묵 사이에서 천천히 눈꺼풀이 열렸다.

누군가 슬픔의 색은 파랑이라 했다. 나는 지금 그 말이 절실히 공감했다. 그의 벽안에는 오로지 슬픔이 고여 있었다. 아름다워서 더욱 서러운 파랑이었다.

"······정말 그런 말 하지 않을 겁니까?"

"네. 하지 않을게요."

그러자 그의 눈동자에서 슬픔이 조금씩 덜어져 갔다. 어쩐지 만화경을 들여다보는 것 같았다.

오색의 감정들이 제각기 다른 푸른빛으로 일렁이는 것이 너무도 아름다워 나도 모르게 그에게 입 맞추고 싶어졌다.

그러다 문득, 그도 나를 들여다보고 있는 걸 깨달았다. 그가 보석함이라도 들여다보듯 내 눈동자를 보고 있었다.

세이블의 시선이 움직이는 게 보였다. 그가 내 눈동자를 바라보다 코끝을 바라보고, 그리고 그 아래로 내려갔다. 어느새 그가 내 뺨을 어루만지고 있었다. 아직 물기가 남아 있는 부드러운 손이었다. 그가 엄지만 뻗어 가만히 내 입가에 가져다 댔다.

나는 눈을 감았다. 자연스럽고 반사적인 행동이었다. 내가 뭘 하는지도 몰랐다. 아마 세이블도 그러했을 것이다.

그의 손가락이 내 입술을 가만히 눌렀다. 세이블이 고개를 숙이는 것이 느껴졌다.

그의 숨이, 그의 온기가 내 입가로 다가오는 걸 느낀 순간.

"끼이이익!"

날카로운 울음소리가 들려 눈을 번쩍 떴다. 세이블 역시 놀라서 소리가 난 쪽을 돌아보고 있었다. 해안가에 뭔가가 있었다.

돌고래였다.

그래, 돌고래였다. 돌고래 외의 무엇일 리가 없었다. 돌고래 서너 마리가 우리를 보며 끽끽대고 있었다. 마치 재미난 구경이라도 하듯이.

"끼익?"

아니, 웬 돌고래지. 아니, 그것보다 아까 무슨 일이 일어나려 했던 거지. 설마 키로 시작해서 스로 끝나는 그런 일이 일어날 뻔한 건가?

아냐. 그럴 리가 없다. 뭐가 붙어 있어서 떼어 주려고 한 거겠지.

나는 민망함을 덜어내려고 괜히 부산을 떨었다.

"어머! 돌고래네요. 신기하네."

지금 세이블이 맨손이라는 걸 돌고래들은 다행이라 여겨야 했다. 칼이 있다면 당장 찔러 죽였을 듯한 눈빛이었다.

"이 돌고래 새……."

세이블은 말을 하다가 황급히 입을 다물고 벽을 바라보았다. 왜 저러는 거지? 마치 못 볼 꼴을 본 사람처럼.

……내가 못 볼 꼴을 하고 있구나!

나는 여전히 속옷 차림이었다. 아악, 미쳤나 봐! 나는 황급히 잠옷을 끌어 내 몸을 가렸다.

"전하! 저 몸 가렸어요! 미안해요!"

"죄송합니다, 아비게일. 제가 미쳤나 봅니다."

그는 벽에 머리를 박은 채 알 수 없는 사죄를 하고 있었다. 돌고래들은 재밌다는 듯 끽끽대는 중이었다.

그때, 저 멀리서 무언가가 다가오는 게 보였다. 작은 배였다. 누군가가 손을 크게 흔들고 있었다.

"국왕 전하와 왕비 전하를 찾았다!"

배에 타고 있던 선원들이었다. 돌고래들은 배가 가까이 다가오자

물속으로 사라져 버렸다. 세이블이 뜻 모를 한숨을 내쉬었다.

선원들의 도움을 받아 우리는 배에 올라탔다. 여자 선원들이 커다란 모포를 들고 달려와 나를 감싸 주었다. 선장이 울먹거리면서 말했다.

"두 분께서 무사하셔서서 정말 다행입니다!"

"……그래."

세이블은 뭐라 말할 수 없는 복잡한 표정을 짓고 있었다. 모포에 둘둘 싸인 채 가만히 코를 훌쩍이던 와중, 선장의 목소리가 들려왔다.

"반신반의했는데 그 여자가 하는 말이 정말 맞았군요."

"여자?"

"예. 두 분을 찾던 중, 표류해 있던 여인을 찾았습니다. 그 여자가 두 분을 보았다며 위치를 알려 준 덕에 빨리 찾을 수 있었습니다."

우리 말고도 표류한 사람이 있었던 모양이다. 그렇구나. 덕분에 빨리 찾았구나. 조금 늦게 찾아도 좋았을 텐데…….

불량한 아쉬움을 느끼는 사이 배는 본선으로 접근했다. 가까이 가자 갑판에 서 있는 작은 인영을 볼 수 있었다. 블랑슈였다.

"으아아앙! 아바마마, 어마마마! 무사하셔서 다행이에요!"

본선에 올라타자마자 블랑슈가 우리를 끌어안고 서럽게 울어댔다. 아, 아니. 아가야…….

이렇게 대성통곡을 하는 모습을 보니 마음이 찢겨 나갈 것 같았다. 얼마나 울어 댔는지 얼굴에 눈물 자국이 가득했다.

"블랑슈, 블랑슈. 우리 무사해요. 이제 괜찮아요."

"블랑슈. 울지 말아라."

우리가 아무리 달래도 블랑슈의 눈물은 그칠 생각을 하지 않았다.

그 모습을 보자, 조금 늦게 구조됐길 바랐던 내가 참으로 미워졌다.

블랑슈가 얼마나 걱정했을까. 그도 그럴 것이 부모가 둘 다 물에 빠져 실종된 것이다. 이 작은 아이에게 얼마나 큰 충격이었을지 가늠도 되지 않았다.

"블랑슈, 혼자서 많이 무서웠죠. 우리를 기다려줘서 고마워요."

"흑, 흐윽……. 그, 그래도 갈매기랑 돌고래가 도와줬어요……."

……응? 돌고래?

"돌고래가 도와줬다고요?"

"네. 어마마마랑 아바마마 찾아달라고 부탁했거든요……."

블랑슈가 아무도 듣지 못하게 작은 목소리로 속삭였다. 어쩐지 돌고래가 끽끽대던 소리가 다시금 들리는 것 같았다. 아까 그 돌고래들은 블랑슈의 부탁을 받고 온 모양이었다.

블랑슈를 달래던 세이블은 무슨 말인가 하는 얼굴로 서 있었다. 그러다 이내 선장을 향해 매섭게 말했다.

"그나저나 왜 블랑슈가 본선에 있는 거지? 설마 하룻밤 동안 여기서 지내게 한 건가?"

블랑슈를 다독이는 다정한 손과 달리, 선장을 향한 눈초리는 매서웠다. 그는 면구하다는 듯이 고개를 숙였다.

"만약의 사태를 대비해 블랑슈 공주님을 동부 항구로 모시려 했지만, 절대로 돌아가지 않겠다고 하셔서……."

우리를 두고 항구로 돌아갈 수 없었던 모양이었다. 블랑슈를 보고 있자니, 역시 내가 죽더라도 세이블은 살아야 한다는 생각이 들었다.

"마, 맞아요. 아바마마. 제가 여기 남겠다고 고집부린 거예요. 선장님의 잘못이 아니에요……."

블랑슈가 눈물 젖은 얼굴로 선장을 변호했다. 세이블이 낮게 한숨을 쉬다 입을 열었다.

"알겠다. 선장, 얼른 뭍으로 키를 돌리게."

"예, 전하. 섬보다 본토가 가까워 그쪽으로 배를 돌리겠습니다."

"그리고 선의를 불러 왕비의 상태를 살피게. 몸이 많이 식었네."

"예. 지금 구조자를 살피고 있는데 곧 불러오겠습니다."

구조자? 아까 선장이 표류한 사람이 있다고 한 것이 생각났다. 그리고 그 여자가 우리의 위치를 알려 주었다고.

"그러고 보니 아까 우리를 도와준 여자가 있다고 했지. 선의가 진찰하고 있는 사람이 그 여자인가?"

"예, 왕비님."

"그렇군. 그 여자에게 감사 인사를 하고 싶은데 볼 수 있는가?"

"아마 가능할 겁니다. 곧 데려오겠습니다."

선장의 지시에 선원이 갑판 아래로 내려갔다. 그리고 잠시 후, 선의와 함께 한 여자가 나왔다. 선장이 민망하다는 듯이 말했다.

"알몸으로 구조되었던지라, 차림새가 이렇습니다."

모포를 두르고 있는 아래로 맨발이 보였다. 덜 가려진 빗장뼈에는 목걸이 하나만이 드리워져 있었다. 파도를 닮은 묘한 문양이 새겨진 목걸이였다. 목걸이에 닿았던 시선이 이내 얼굴로 향했다.

나이는 이십 대 초반쯤 되었을까. 아비게일보다 조금 어린 것 같았다. 진하고 선명한 붉은 머리카락이 파도처럼 굽이치고, 두 눈은 말간 주홍빛으로 빛나고 있었다.

아름다운 여자였다. 어딘가 모르게 이국적인 매력이 풍겨 자꾸만 시선이 갔다. 갑판의 사람들이 홀린 것처럼 그녀를 응시하고 있었다.

그러다 문득 나는 옆을 돌아보았다. 세이블도 다른 사람들처럼 여자를 뚫어져라 바라보고 있었다.

"세이블리안 전하?"

"아."

내가 부르자 그는 그제야 제정신을 차렸다. 세이블이 답지 않게 더듬거리며 말을 꺼냈다.

"그쪽이 우리를 도와준 사람인가?"

세이블이 묻자 그녀는 환히 웃으며 고개를 끄덕였다. 선장은 마치 여자의 대변인인 것처럼 대신 입을 벌렸다.

"무례를 용서하십시오, 전하. 이 여인은 들을 수는 있지만 말을 하지는 못합니다."

말을 못 한다고? 그 말을 듣자, 나는 왠지 모를 기시감을 느꼈다. 그러고 보니 바다에 빠졌을 때 저 붉은 머리카락을 본 것도 같았다.

"그나마 글을 읽고 쓰는 것은 가능하여, 이름만 간신히 전달받았습니다. 나디아라는 여인입니다."

"고맙소, 나디아. 덕분에 목숨을 건졌군."

세이블의 감사 인사에 그녀는 빙긋이 웃었다. 곧 블랑슈가 울먹거리는 얼굴로 입을 열었다.

"고마워요, 정말 고마워요. 어마마마, 아바마마를 구해 주셔서 고마워요."

그 호칭을 듣고 나디아는 가만히 고개를 기울였다. 그러고 보니 나디아는 국왕을 앞에 두고도 주눅 든 기색이 없었다.

"나는 이 나라의 왕비인 아비게일 프리드킨이에요. 그리고 이분은 국왕이신 세이블리안 프리드킨 전하입니다."

내 말에 나디아의 눈이 놀랍다는 듯이 빛났다. 우리의 신분을 모르던 눈치였다.

"아마도 어부의 딸인 모양인지라, 두 분이 누구인지도 몰랐던 모양입니다."

선장은 나디아가 어부의 딸이라 말했지만, 아까부터 내 머릿속에는 하나의 가설이 맴돌고 있었다.

목소리를 잃어버린 여자. 바닷속에서 본 듯한 여자. 그리고 우리를 구해 준 여자.

그녀가 어떤 마법에 걸려 있다면 나도 파악할 수 있을지 모른다. 나는 두 눈에 마력을 집중했다. 그러자 나디아에게서 희미하게 검은빛이 도는 걸 볼 수 있었다. 마법에 걸렸다는 증거였다. 모두 어떤 동화를 연상케 하는 상황이었다.

이 사람……, 설마 인어공주인가?

나는 어쩐지 얼떨떨해져 버렸다. 인어를, 그것도 인어공주를 만나게 될 줄은 예상치 못했다.

어쨌거나 덕분에 목숨을 구했으니 다행이었다. 세이블은 여전히 나디아를 바라보고 있었다. 그가 조금 잠긴 목소리로 말했다.

"고맙소, 나디아. 그대가 머무르는 곳이 어딘지 알려준다면 호위와 함께 바래다주겠소."

"전하, 그것이……."

이번에도 선장이 말을 받았다. 그는 송구하다는 듯이 답했다.

"아마 충격 때문인지 기억을 잃은 듯합니다. 기억하는 건 이름뿐이고요."

기억 상실이라는 말에 세이블은 침묵했다. 한참이나 나디아를 바라보던 그가 입을 열었다.

"그렇군. 신상 불명에 기억 상실이라……. 그렇다면 우선 우리와 함께 가는 것이 어떻겠소?"

응? 데려가겠다고?

아니, 뭐 갈 곳 없는 사람이니 데려가는 게 이상하진 않지만…….
그 말에 사용인들도 술렁이는 것이 느껴졌다. 나디아만이 뛸 듯이 기뻐하는 중이었다.

"그러면 우선 치료를 잘 받고 푹 쉬시오. 그대도 고생이 많았을 테니."

나디아가 가볍게 고개를 까딱이곤 선실로 되돌아갔다. 떠나가는 와중에도 그녀는 몇 번이고 우리 쪽을 돌아보았고, 세이블 역시 그녀를 빤히 지켜보고 있었다.

발을 내디딜 때마다 모래에 가볍게 발이 파묻혔다. 해안가에는 여러 사람의 발자국이 길게 이어지고 있었다.

가장 앞에 서 있는 사람은 아비게일과 세이블리안이었다. 뒤에 서 있는 시종들이 커다란 양산을 들고 있어 따가운 태양빛은 구두코에만 간신히 닿았다.

좋은 날씨였다. 파도는 며칠 전의 폭풍을 모른다는 듯 부드럽게 쓸려와 백사장을 적시고 사라졌다.

"비비, 이제 정말 괜찮습니까?"

"네. 괜찮아요."

구조된 국왕과 왕비는 큰 탈 없이 회복했다. 그것이 큰 다행 중 하나였다. 블랑슈 역시 밝은 모습을 되찾았다.

아비게일은 저 앞에서 놀고 있는 블랑슈를 보았다. 파도와 함께 술래잡기를 하고 있었다. 파도가 밀려올 때마다 꺄아 소리를 지르며 도망가는 것이 보였다.

그리고 그 옆에 나디아가 있었다. 그녀는 치마를 허벅지 부근까지 말아 올린 뒤, 첨벙거리며 블랑슈에게 물을 튀기고 있었다.

"신비로운 여인이로군요."

그들을 바라보던 세이블리안이 입을 열었다. 평소라면 아비게일을 응시했을 시선은 나디아에게 고정된 상태였다.

"스푼을 쥐는 법도, 옷을 입는 법도 모른다 들었습니다. 기억 상실에 걸리면 그런 것까지 잊을 줄이야."

아비게일은 세이블리안을 따라 나디아를 바라보았다. 푸른 바다나 하늘과는 대조적인 붉은 머리카락이 아름다웠다.

"그나저나 좀 신경 쓰이는 일이 있습니다."

"신경 쓰이는 일이요?"

"제가 당신을 구하러 바다에 뛰어들었을 때, 나디아 양을 본 것 같습니다."

그 말에 아비게일의 눈이 휘둥그레졌다. 파도 소리 사이로 세이블리안의 목소리가 들려왔다.

"착각이었는지도 모르지만."

세이블리안은 대수롭지 않다는 듯 말을 덧붙인 뒤, 아비게일을 바라보았다.

"그나저나 갈 곳 없는 사람을 계속 여기에 둘 수도 없어, 나디아를 본궁으로 데려가려는데 어찌 생각하십니까?"

목숨을 구해 준 은인이니 궁으로 데려가 크게 상을 내리는 게 맞는 일이었다. 좋은 생각이라 답하려는데, 이상하게 말이 턱 막혔다. 때문에 대답이 한 박자 늦게 흘러나왔다.

"네. 좋은 생각이에요."

세이블리안은 그런 그녀를 보고 고개를 끄덕였다. 그러다 문득 무언가를 발견했는지 제자리에 멈춰 섰다.

"비비, 얼굴에 모래가 묻었습니다."

"네? 어디요?"

아비게일이 제 왼뺨을 문질렀으나 그곳은 그저 깨끗했다. 세이블리안이 손을 들어 아비게일의 턱을 가만히 매만졌다.

"여기에 묻어 있습니다."

얼굴이 가까워지자 아비게일의 눈동자가 떨려 왔다. 기분 좋은 긴장 때문이었다. 세이블리안도 그 사실을 뒤늦게 눈치채고 순식간에 멈춰 버린 채였다.

더듬더듬 얼굴을 매만지는 손길이 어색했다. 두 사람은 한 쌍의 새처럼 백사장에 서 있었다.

그때, 붉은 무언가가 두 사람을 덮쳤다. 세이블리안이 재빠르게 아비게일을 밀어내 그녀는 무사했다. 하지만 그는 그대로 충돌하여 넘어지고 말았다.

"세, 세이블? 괜찮아요?"

아비게일이 놀라 세이블리안의 이름을 불렀다. 나디아와 세이블리안이 한 덩어리가 되어 넘어져 있었다.

"예. 별것 아닙니다."

나디아가 두 사람을 향해 달려오다 발을 삐끗해 넘어진 탓이었다.

꽤 세게 부딪쳤는지 나디아는 미간을 찌푸리고 있었다. 아비게일은 굳은 얼굴로 나디아를 내려다보고 있었다.

'내가 아까 잘못 본 건가?'

아비게일은 나디아가 넘어지기 직전, 그녀와 눈이 마주쳤다. 축축하게 젖은 나디아의 눈빛이 날카로웠다. 그녀의 입매와 눈가가 질투에 굳어 있었다.

실수가 아니라 일부러 넘어진 것 같았다. 세이블리안과 아비게일을 방해하기 위해서.

'혹시…… 세이블리안을 좋아하나?'

아비게일은 원작의 인어공주를 떠올렸다. 사랑하는 왕자를 다시 만나고자, 목소리를 대가로 다리를 얻은 인어공주.

거기까지 원작과 같을 리 없다고 부정하고 싶었다. 하지만 나디아의 두 눈동자에 비친 것은 명백한 시샘이었다.

아비게일이 굳어 있는 사이 세이블리안은 몸을 일으켜 세웠다. 그리고는 나디아를 향해 물었다.

"괜찮소? 나디아."

그는 그렇게 말하며 나디아에게 손을 내밀었다. 크고 곧은 맨손이었다. 아비게일은 생경한 눈으로 그 모습을 보고 있었다. 세이블리안이 자신 외의 여자에게 손을 내미는 것은 처음이었다. 게다가 맨손으로.

나디아는 그 손을 잡고 힘겹게 자리에서 일어났다. 두 사람의 손이 닿자 아비게일은 저도 모르게 어깨를 떨었다.

세이블리안은 그저 담담해 보였다. 여성 공포증이 나은 걸까? 그 사이 블랑슈가 다급한 걸음으로 다가왔다.

"아바마마, 괜찮으세요? 예쁜 조개껍데기를 발견해서 선물로 드리려고 했는데……."

나디아가 가져온 조개껍데기는 바닥에 떨어져 있었다. 세이블리안이 옷에 묻은 모래를 가볍게 털어내며 말했다.

"괜찮다. 일단 옷을 갈아입어야겠구나. 돌아가도록 하지."

마침 산책을 끝낼 시간이었다. 모두들 물에 젖었거나 모래 범벅이 되어 있었기에, 별장에 도착하자마자 욕실로 향했다.

욕실에 들어선 세이블리안은 시종들을 물리고 홀로 몸을 닦았다. 몸에 묻은 소금기와 모래를 다 닦아 냈음에도 그는 욕실에 남아 있었다.

그는 불쾌하다는 듯이 손을 몇 차례나 닦아 내고 있었다. 나디아와 맞잡았던 손.

한참이나 손을 닦은 끝에 그는 찝찝한 얼굴로 욕실을 나섰다. 그때, 욕실 거울에서 볼멘 목소리가 들려왔다.

"나, 그 나디아라는 여자 마음에 안 들어."

세이블리안은 가만히 거울을 돌아보았다. 베리테는 잔뜩 얼굴을 찌푸린 상태였다.

"뭐가 마음에 안 들지?"

"……."

세이블리안의 질문에 베리테는 입술만 삐죽 내밀었다. 싫은 이유는 명확했으나 말하고 싶지 않았다.

블랑슈가 나디아를 따르는 이유는 알고 있었다. 세이블리안과 아비게일을 살린 사람이니, 베리테도 그 지점에 있어서는 감사했다.

한데 이곳에 온 지 며칠이나 됐다고 블랑슈와 단짝처럼 지내는 모양새가 싫었다. 하지만 그 사실을 세이블리안에게 말하는 것도 내키지 않아, 그는 다른 대답을 꺼냈다.

"생명의 은인이어도 생전 모르는 사람이잖아. 왜 굳이 여기서 지내게 해?"

세이블리안은 제 손을 내려다보았다. 나디아의 온기가 남아 있는 듯한 손. 그는 미간을 일그러뜨렸다.

"나 역시 저 여자를 곁에 두는 게 달갑지는 않다."

젖은 머리카락 사이로 보이는 세이블리안의 눈동자가 날카로웠다. 베리테는 이해가 안 간다는 듯이 물었다.

"달갑지 않아? 왜?"

"수상한 점이 너무 많다. 아비게일을 시해하려던 자도 아직 잡히지 않았고."

그 말에 베리테의 얼굴이 급격히 어두워졌다.

아비게일은 물에 빠지기 직전, 범인을 보았지만 얼굴은 목격하지 못했다. 간신히 보았던 것은 머리카락의 색깔과 체구 정도. 범인은 붉은 머리카락에 보통 체격, 보통 키였다. 증언을 토대로 선원들을 살펴보았으나 붉은 머리카락을 지닌 이는 없었다.

베리테가 뜨악한 목소리로 물었다.

"설마 저 여자가 범인이라 생각하는 거야? 머리카락이 붉어서?"

"머리카락 색깔 때문에 의심하는 것은 아니다. 범인이 변장을 했거나, 혹은 마법으로 모습을 변화시켰는지도 모르는 일이니까."

인간 마법사 중 대다수는 왕궁에서 일하지만 몇 마법사들은 몸을 숨긴 채 살아가기도 한다.

그들이 만든 물건이 암암리에 거래된다고 들었다. 만약 마법을 이용해 모습을 바꾸었다면……. 잡기는 거의 불가능에 가까울 것이다.

세이블리안은 낮게 한숨을 내쉰 뒤 말을 이어 갔다.

"그리고 머리 색깔을 제외하더라도 나디아는 수상한 점이 많아."

"어떤 점이?"

"아비게일을 구하러 뛰어들었을 때, 나는 물속에서 그녀를 보았다."

그 인상적인 붉은 머리카락과 이목구비는 기억 속에 또렷하게 남아 있었다. 구하려는 듯, 혹은 죽이려는 듯 제 팔을 잡던 손길도.

그것은 아무리 생각해도 이상한 일이었다. 주위는 그저 망망대해였고, 근처에 어선도 없었다. 그렇다면 그녀는 대체 어디서 나타났단 말인가? 게다가 한밤중에, 왜 그 험한 바다에 들어와 있었나. 수영을 할 법한 날씨도 아니었는데.

그런 와중 갑자기 선장에게 구조되고, 세이블리안과 아비게일이 표류한 위치를 알려 주고, 신상을 물으니 기억이 나지 않는다고 했다.

그 설명을 듣자 베리테는 침묵했다. 소년은 잠시 뒷머리를 매만지다 말했다.

"선장 말처럼 어부인 거 아냐?"

"그런 것치고 손이 너무 고와."

그는 방금 전, 나디아에게 일부러 손을 내밀었다. 손은 많은 것을 이야기한다. 기억 상실이라 하더라도 손에 새겨진 흔적만큼은 사라지지 않는다. 나디아가 정말로 어부의 딸이라면 손이 망가질 수밖에 없다. 그러나 그녀의 손은 귀족의 것처럼 매끈했다.

수상하기 짝이 없었다. 게다가 방금 전에는 일부러 제 쪽으로 넘어지지 않았던가. 암살자치고는 너무도 노골적이었으나 방심할 수는 없었다. 본궁으로 돌아가면 그대로 감옥에 가둬버릴 계획이었다.

'심문하다 보면 기억 상실증도 나을 테지.'

세이블리안이 그런 흉흉한 생각을 하고 있음을 아무도 알지 못했다. 베리테가 한숨을 내쉬며 말했다.

"확실히 이상한 점이 많긴 하네. 어부도 아닌데 바다에는 왜 있었고, 손은 왜 그리 곱고……. 블랑슈는 왜 그런 수상한 여자랑 친해진 거야."

베리테의 투덜거림을 들으며 세이블리안은 제 오른손을 내려다보았다.

나디아와 손을 잡았을 때, 그 감각이 너무도 불쾌해 그는 사뭇 놀랐다. 아비게일과 손을 잡을 때는 아무렇지도 않았는데.

아니, 아무렇지도 않은 수준이 아니라 기분이 좋았다. 손을 잡는 것 이상의 일을 할 때도 그랬다.

섬에 표류하여 속옷 차림으로 아비게일을 껴안았을 때, 그는 거의 제정신이 아니었다. 제 안에서 끓어오르는 열을 주체할 수가 없었다. 평소에 느끼던 것과는 비교도 할 수 없는 열이었다. 그 열에 취해 알몸이나 다름없는 아비게일을 껴안고도 부끄러운 줄 몰랐다.

그녀와 좀 더 붙어 있고 싶었다. 제 가슴, 팔에 와닿던 아비게일의 체온이 아직도 꿈 같았다. 그녀가 자신을 마주 본 순간, 그는 어떠한 충동을 느꼈다.

아비게일에게 입 맞추고 싶었다. 단 한 번도 누군가에게 그런 감정을 느껴본 적이 없었다. 만약 돌고래가 나타나지 않았더라면 분명 아비게일에게 키스했을 것이다.

그 입맞춤에 익사할 때까지, 그녀의 허락도 받지 않은 채.

'내가 왜 그런 생각을 했는지 모르겠군.'

그는 한숨을 내쉬었다. 사실 이해가 안 되는 것이 한두 가지가 아니었다. 세이블리안은 아비게일이 했던 말을 떠올렸다.

[왜 전하가 뛰어드셨어요? 최소한 다른 사람을 시키셨어야죠.]

그 질문에 차마 대답하지 못했다. 왜 직접 뛰어들었는지 스스로도 이해가 가지 않았다.

수영을 배워 두기는 했지만, 바다에서 평생을 살아온 선원들에 비교하면 햇병아리인 수준이다. 그런데 어째서 직접 뛰어들었을까.

아비게일의 상태를 확인하기 위해 그녀의 방에 들렀다가, 빈 침대를 보고, 누군가가 빠졌다는 소리를 들었을 때. 갑판으로 나와 물속에서 자맥질하는 은발을 보았을 때. 그의 이성은 마비된 상태에 가까웠다.

아비게일의 말대로 운이 좋아 살았을 뿐이다. 선원이 구조를 갔더라면 표류 되지 않고 끝났을지도 모른다.

아무리 생각해 봐도 그런 선택을 한 자신이 이해가 가지 않았다. 누구에게 물어봐야 답을 알 수 있을까. 하지만 물어볼 사람이 없기에 오로지 스스로 답을 찾아야 했다.

그는 피부에 남은 감각을 지우려는 사람처럼 다시 한번 손을 닦아 냈다.

순방 일정은 거의 마무리에 접어들고 있었다. 이제 이틀이 지나면 본성으로 떠나게 된다. 나디아와 함께⋯⋯.

나는 조금 멍한 기분으로 화장대 앞에 앉아 있었다. 영주와의 석찬 모임에 참석하기 위해 치장을 받는 중이었다.

어제 바닷가 산책을 다녀온 뒤, 나는 혼이 반쯤 빠져나간 상태였다. 질투심이 가득하던 나디아의 눈, 그리고 나디아에게 손을 내밀던 세이블의 모습 때문이었다.

누군가 심장에 물고기를 한 마리 풀어 놓은 듯 울렁거렸다. 왜 이렇게 기분이 이상하지?

그때 클라라의 목소리가 들려왔다.

"왕비님, 괜찮으세요?"

클라라가 내 화장을 끝낸 뒤, 걱정스러운 눈으로 보고 있었다. 그녀가 가볍게 한숨을 내쉬었다.

"역시 나디아 양 때문에 울적하신가 봐요."

나디아의 이름이 거론되자 나는 뜨끔하고 말았다. 내 마음을 읽기라도 한 것일까? 클라라가 속상하다는 듯이 말했다.

"얼마나 마음이 아프시겠어요. 나디아 양이 궁에 따라간다니. 전하도 너무하시죠. 그런 소문이 돌아도 모두 전하 때문이에요."

응? 소문? 나는 대범하게 국왕 전하를 욕하는 클라라의 의도를 알수가 없었다.

"무슨 소문?"

"네? 어, 그게……."

내 질문에 클라라가 오히려 당황한 기색이 되었다. 그녀는 어쩔줄 몰라 하다가 조심스럽게 물었다.

"전하께서 나디아 양을, 음……. 정부로 삼으시려는 거 아닌가 하는소문이요."

"뭐어?"

말도 안 되는 소리에 놀라 펄쩍 뛰어오르고 말았다. 아니, 이건 또 무슨 소리야?

"어쩌다 그런 소문이 돈 거야? 누가 그런 소문을 냈어?"

"아뇨, 누가 소문을 낸 건 아닌데요. 그냥 사용인들 사이에 그런 이야기가 돌아서요……."

기가 차서 말이 나오지 않았다. 대체 왜 그런 오해를 한 거지? 뉘앙스를 보아하니 한두 사람이 그렇게 생각하는 게 아닌 것 같았다.

"그럴 리가 없잖니. 전하가 어떤 분인지 잘 알잖아."

"그게, 아무리 기억 상실이라지만 이 동네 사람일 텐데 굳이 궁으로 데려갈 이유가 없잖아요. 그것도 보자마자. 그러다 보니 정부로 삼을 거라 생각하는 사람들이 많아요."

그 말을 듣자 나는 물벼락이라도 맞은 듯한 기분이 들었다.

그러게? 생각해 보니 이상한데? 나야 나디아가 인어라는 걸 알지만 세이블은 인간이라고 생각할 텐데.

동부 영주에게 나디아를 맡기고 가족을 찾아주는 게 일반적인 반응일 터였다. 그런데 왜 굳이 나디아를 데려가려는 거지?

그러다 문득 세이블과 나디아가 처음 마주했을 때가 떠올랐다. 세이블은 뚫어져라 그녀를 보고 있었다. 마치 사랑에 빠진 사람처럼.

게다가 넘어진 나디아에게 손을 내밀기도 했다. 나 외의 여자에겐 손끝 하나 대지 않는 사람이었는데. 설마……?

"왕비님, 준비는 다 되셨습니까?"

"어? 어어. 금방 갈게."

그 사이 노마가 나를 데리러 왔다. 이제 곧 석찬 시각이라 서두르지 않으면 늦을 터였다.

머리가 온통 뒤죽박죽인 상태로 테이블 앞에 앉았다. 첫날보다 훨씬 호화로운 음식들이 차려져 있었지만 사실 무슨 맛인지 가늠이 되지 않았다. 나디아와 세이블을 생각하느라 그랬다.

나디아가 세이블에게 관심이 있다는 사실을 눈치챘을 때는, 그냥 기분이 이상하고 찝찝하기만 했다. 하지만 만약 세이블도 나디아를 좋아한다면? 그러면 이야기가 좀 달라진다. 만약 그렇다면…….

"아비게일?"

세이블의 목소리에 나는 퍼뜩 고개를 들었다. 식탁 앞에 앉은 사람들이 모두 나를 바라보고 있었다. 블랑슈는 특히 걱정하는 눈치였다.

아이고, 내 정신 좀 봐. 생각에 잠겨서 대화에 집중을 못 하고 있었다. 나는 황급히 미소 지으며 말했다.

"네. 무슨 일이신가요?"

"영주가 왕비에게 드릴 선물이 있다는군요."

선물? 어느새 영주가 벨벳으로 감싼 작은 상자를 하나 들고 있었다. 그녀는 내 부주의함을 탓하지 않고 웃는 얼굴로 입을 열었다.

"이 먼 곳까지 방문해 주신 것에 감사하는 의미로 선물을 준비했습니다. 부디 마음에 드시면 좋겠군요."

그렇게 말하며 운다나 영주는 상자 안의 내용물을 꺼냈다. 그것은 꽤 고풍스러운 디자인의 브로치였다. 수많은 진주로 장식된 가운데에 파도와 삼지창을 형상화한듯한 문양이 새겨져 있었다.

"대대로 내려오던 가보입니다. 수백 년 전, 인어가 저희 가문에 선물해 준 물건이라고 하더군요. 이 물건을 왕비 전하께 바치고 싶습니다."

뭐? 가보? 브로치라고 해서 방심하고 있었는데 가보라니. 나는 황급히 손사래를 쳤다.

"아니. 이런 귀한 것은 받을 수 없네."

"저희 지역을 상징하는 옷까지 만들어 주지 않으셨습니까. 그 보답입니다."

기껏해야 블랑슈의 옷을 한 벌 만들어 준 것뿐인데? 실제로 영주가 받은 것조차 아니었다. 그러나 그녀는 뚝심 있게 나를 바라보았다.

"또한 전하의 무사 귀환을 기념하는 의미도 있으니, 부디 받아 주셨으면 합니다."

으음, 이걸 어쩌지······. 마음 같아서는 거절하고 싶은데, 그랬다간 영주가 크게 실망할 것 같았다. 나는 결국 브로치를 받았다.

"고맙군. 소중히 간직하겠네. 그나저나 인어가 준 보물이라 했는가?"

"예. 그렇습니다."

"인어와 인간은 적대 관계라 들었다만."

그 물음에 영주는 푸근한 미소를 지었다. 바닷바람을 오랫동안 맞아 온 거친 손가락이 브로치를 가리켰다.

"여기에 새겨진 것은 인어 왕가의 문양이라고 합니다. 수백 년 전에는 인어 왕가에서 선물을 보낼 정도로 교류가 있었죠. 저희 가문이 번영한 것은 인어의 도움을 받은 덕이라는 이야기도 있을 정도입니다."

영주는 사람 좋아 보이는 미소를 띤 채 말을 이어 갔다.

"인어는 어선을 침몰시키지만, 암초를 피해가게 해 줄 수도 있지요. 인어들의 도움을 받아 만선으로 돌아왔다는 이야기 역시 고문에 적혀 있습니다."

그것은 아련하고 낡은 이야기였다. 한때는 현실이었지만 이제는 꿈과 같은 이야기. 블랑슈가 그 이야기를 듣다가 아쉽다는 듯이 말했다.

"인어와 사이가 좋아질 수 있다면 좋을 텐데요."

블랑슈가 아쉽다는 듯이 말했다. 그러게 말이다. 인어와 인간이 우호적인 관계가 된다면, 여러모로 도움이……

순간 무언가가 뇌리를 스치고 지나갔다. 나는 손에 쥐고 있는 브로치를 내려다보았다. 그것은 동부에 번영을 안겨다 준 인어의 유산이었다.

나디아는 별장 내부를 어슬렁거리고 있었다. 맨발 차림의 나디아는 꽃을 들고 있는 채였다. 정원에서 꺾어온 것이었다. 소박한 들꽃임에도 불구하고 그녀는 그것이 무척이나 마음에 드는 눈치였다.

지나가는 하인들이 그녀를 이상한 눈으로 바라보았다. 그도 그럴 것이 맨발에 꽃을 들고 콧노래까지 부르고 있는 나디아였다. 전하께서 정부로 삼을 여자를 데려왔다고 들었는데, 미친 여자를 고르셨나. 그런 의미를 담은 시선이었다.

그렇게 도둑처럼 나디아를 흘겨보던 중, 그녀가 휙 몸을 틀어 그들을 바라보았다.

눈이 마주치자 하인들의 어깨가 움찔 떨렸다. 나디아는 그들이 그랬던 것처럼 하인들을 위아래로 흘겨보았다.

'인간들은 참 이상한 꼴을 하고 있단 말이야.'

나디아는 그들의 발치를 내려다보았다. 하인들은 정갈하고 단아한 구두를 신고 있었다. 그럼에도 나디아는 못 볼 꼴을 본 듯한 눈을 하고 있었다.

'어떻게 저런 걸 신는 것일까.'

별장에 들어온 뒤, 신발을 받기는 했지만 영 불편해서 버틸 수가 없었다.

하녀와의 실랑이 끝에 그녀는 결국 맨발을 택했다. 인간의 발바닥은 갓 태어난 새끼처럼 부드럽고 말랑해서 조금 아프긴 했지만.

'뭐, 괜찮아. 곧 바다로 돌아가게 될 거니까.'

그녀는 히죽 웃으며 들고 있는 꽃다발을 내려다보았다. 이 꽃다발을 전해 주면 기뻐할까?

'빨리 전해 주고 싶은데 보이질 않네. 대체 어디 있는 거람.'

나디아는 작게 한숨을 내쉬었다. 별장에 오게 되어 같이 지내게 된 것까지는 좋았는데, 얼굴을 마주하는 것이 무척 어려웠다.

그렇게 높은 계급일 줄은 몰랐다. 조금 번거롭게 되었다고 생각하면서도 나디아는 부지런히 돌아다녔다. 아직 낮이라 마주칠 가능성은 낮지만 일단 세이블리안의 침소로 향했다.

"······무슨 일입니까?"

입구에는 경비병이 서 있었다. 그는 나디아를 위아래로 살펴보고는 복잡한 표정을 지었다.

국왕과 왕비의 목숨을 구했다는 은인이라 들었으니, 막대할 수는 없었다. 나디아가 배실 웃으며 꽃을 내밀었다.

"저한테 주시는 겁니까?"

이상한 여자지만 미인이 꽃을 내밀자 경비병은 순간 미소를 지었다. 그러나 나디아가 격하게 고개를 내저었다. 무슨 말도 안 되는 소리를 하냐는 듯이.

그녀는 문 쪽을 가리켰다. 경비병은 머쓱해 하다가 입을 열었다.

"전하께 꽃을 드리고 싶은 겁니까?"

이번에는 고개를 끄덕였다. 나디아가 순박하게 웃자, 그는 어찌해야 하나 고민하는 기색이 되었다.

"전하는 계시지 않습니다."

그러자 이번에는 울상. 경비병은 곤란해하다가 손을 내밀었다.

"일단 주십시오. 하녀에게 전달하라고 하겠습니다."

나디아는 조금 시무룩한 기색이 되어 그것을 건넸다. 가능하면 자신이 전달하고 싶었지만 어쩔 수 없었다.

힘없이 왔던 길을 되돌아갔다. 메시지라도 적어서 같이 전달할 걸 그랬나 고민하던 중, 누군가의 목소리가 들렸다.

"나디아 양."

그녀는 자신의 이름을 듣고 자리에 우뚝 멈춰 섰다. 맞은편에 아비게일이 서 있었다.

"잠깐 이야기할까요?"

목소리는 그저 고요하여 속내를 가늠키 어려웠다. 그럼에도 나디아는 고개를 끄덕였다.

곧 두 사람은 아비게일의 방으로 자리를 옮겼다. 안에 있던 하녀들을 물리자, 방 안에는 오로지 둘뿐이었다.

다소 어색한 공기가 흘렀다. 목숨을 구하고 구해진 사이였건만, 처음 만난 사람처럼 데면데면한 분위기였다.

나디아는 자신이 말을 할 수 있다면 무슨 이유로 자신을 불렀는지 물었을 터였다. 하지만 입에서 흘러나오는 것은 그저 숨소리이기에 조용히 아비게일의 말을 기다렸다.

아비게일은 제 손을 만지작거리다 입을 열었다.

"놀라지 말고 들어줬으면 좋겠어요. 나디아, 당신⋯⋯."

나디아는 가만히 눈만 깜빡였다. 약간의 망설임 후, 아비게일이 뒷말을 이었다.

"어떤 마법이나 저주에 걸려 있죠?"

직설적인 물음에 나디아의 어깨가 흠칫 떨렸다. 대답은 없었으나, 표정에 고스란히 감정이 드러났다.

그 사실을 어떻게 알았지? 그렇게 묻는 듯했다. 그 표정을 보고 아비게일은 침착하게 설명을 더했다.

"저주가 걸려 있는지 확인하는 마도구가 있어요. 그걸로 알게 됐죠."

나디아는 부정할까 망설였지만 곧 고개를 끄덕였다. 이토록 확신하고 있는 걸 보아하니 부정해 봐야 소용없는 짓 같았다.

긍정의 답이 들려오자 아비게일은 곧바로 두 번째 질문을 꺼냈다. 첫 번째 질문보다 더욱 놀라운 것이었다.

"나디아 양은 인어공주인가요?"

저주의 유무는 마도구를 통해서 파악할 수도 있다. 하지만 자신이 공주라는 사실까지 알려 주는 마도구가 있을 리 없었다.

나디아에게선 놀라움에 부정도, 긍정도 흘러나오지 않았다. 아비게일이 꾹 쥐고 있던 손을 내밀었다. 아비게일의 손에는 영주로부터 받은 선물이 들려 있었다. 파도 문양이 새겨진 브로치.

"목걸이에 있는 그 문양, 인어 왕가의 문양이라 들었어요."

나디아는 반사적으로 옷 아래에 숨겨진 목걸이를 감싸 쥐었다. 브로치와 똑같은 문양이 새겨져 있었다.

이 여자, 예리하구나. 이번에도 부정할 수 없었다. 나디아는 감탄하다가 한 번 더 고개를 끄덕였다.

"글은 쓸 줄 아나요?"

끄덕. 고갯짓을 하자 아비게일은 연필과 종이를 내밀었다. 나디아는 어설프게 연필을 잡았다.

마치 작은 몽둥이를 쥐고 있는 듯한 모양새였다. 끼적끼적 악필이 적혀 내려갔다.

[날 어떻게 할 생각이야?]

아비게일은 그 필담을 가만히 내려보다 말했다.

"도와주고 싶어요. 저주를 푸는 방법은 무엇인가요?"

그 방법이 무엇인지 짐작하고 있지만 만약을 위해 한 번 더 물어보았다.

다른 사람이 건 마법은 확인이 어렵다더니 나디아에게 걸려 있는 저주는 읽기가 어려웠다. 간신히 읽을 수 있는 건 자물쇠 부분뿐. '이 저주에 걸린 자는 인간의 모습을 취하게 된다'라는 것까지만 확인했다.

나디아가 다시 무언가를 적어 종이를 내밀었다. 아비게일은 건조한 눈으로 그것을 내려다보았다.

[사랑하는 사람과의 입맞춤.]

예상을 벗어나지 않는 답이었다. 아비게일은 종이를 조용히 반으로 접었다.

"도와줄게요. 일단 방으로 돌아가 있을래요? 곧 갈게요."

나디아는 무언가를 적으려는 듯 망설이다가 고개를 끄덕이고 자리에서 일어났다.

방에 아비게일만이 남게 되자, 베리테가 슬그머니 말을 걸었다.

"아비게일. 거기에 뭐라고 적혀 있어?"

상황을 듣긴 했지만 미처 필담까지는 보지 못한 베리테였다. 아비게일이 무심하게 종이를 펼쳐 내용을 보여 주었다. 베리테의 얼굴이 경악으로 물들었다.

"아비게일, 너 미쳤어?"

"안 미쳤어."

베리테의 미간이 사정없이 일그러졌다. 마음 같아서는 소리 지르고 싶은 것을 꾹 참는 눈치였다.

"너 지금 나디아랑 세이블리안을 강제로 키스하게 하려는 거잖아!"

"강제 아냐. 세이블리안도 나디아를 좋아하는걸?"

두 사람이 이루어진다면 모두에게 해피 엔딩이었다. 나디아는 세이블리안과 이루어지면 저주에서 풀려난다.

세이블리안에게도 이득이었다. 만약 인간의 왕과 인어의 공주가 혼인을 하게 된다면 네르겐으로서는 둘도 없는 우군을 얻게 된다.

"참 다행이지 뭐야. 서로 좋아하니까. 두 사람 모두 해피 엔딩……."

"너는?"

"응?"

"왜 그 두 사람만 생각하고 너는 신경 안 써?"

베리테는 어쩐지 울 것 같은 얼굴이 되어 말했다. 아비게일은 아무 말이 없다가 작게 웃었다.

"난 괜찮아."

포기와 인내는 익숙한 일이었다. 애초에 이 사랑이 이루어질 거라고 기대하지 않았기에 금방 태연해질 수 있었다.

도리어 축하할 일이었다. 그렇게 여자를 싫어하던 세이블리안이

비로소 좋아하는 사람을 찾았으니.

그동안 세이블리안을 지켜봐 온 아비게일로서는 그것이 얼마나 큰 의미를 갖고 있는지 잘 알 수 있었다. 그녀가 스스럼없이 웃으며 말했다.

"그래도 이혼은 안 했으면 좋겠다. 이혼하면 블랑슈랑도 헤어져야 하니까. 세이블리안도 그 정도는 허락해 주겠지?"

"……."

베리테는 대답하지 않았다. 차마 뭐라 말을 해야 할지 모르는 사람처럼 보였다. 그녀는 잠시 대답을 기다리다 작게 웃었다.

"그럼 나 잠깐 다녀올게."

아비게일은 브로치를 꼭 쥐고 방을 나섰다. 마치 막에서 퇴장하려는 사람처럼.

세이블리안은 소파에 앉아 깊은 한숨을 내쉬고 있었다. 오전부터 바쁘게 시찰을 다니느라 피로가 몰려왔다.

이제 곧 궁으로 돌아갈 터였다. 짧은 순간 잊지 못할 기억들이 참으로 많았다. 가족들과 함께 바다를 본 순간은 정말 잊지 못할 것이다. 또한 아비게일이 바다에 빠지던 순간도.

그저 좋은 기억만 있다면 좋았을 텐데. 낮은 한숨이 흘러나오던 중, 노크 소리가 들려왔다.

"전하, 계신가요?"

아비게일의 목소리가 들리자마자 그는 자리에서 벌떡 일어났다.

그는 손수 문을 열며 아비게일을 반겼다.

"비비. 들어오십시오."

문 너머로 아비게일이 보이자 그저 좋았다. 세이블이 그녀를 자리에 앉히며 말했다.

"무슨 일로 오셨습니까?"

"나디아 양의 일로 왔어요. 막 이야기를 나누고 오는 길이에요."

"이야기를요? 말을 하지 못한다 들었는데."

"필담은 가능하더군요."

"그렇습니까. 저도 다음에 이야기를 나눠보고 싶군요."

감옥에서 말이지. 세이블리안은 태연한 얼굴로 말을 이어 갔다.

"그래서 그녀와 무슨 이야기를 나누었습니까?"

"저기, 그게……. 나디아 양이 저주에 걸린 것 같아요."

"저주?"

"베리테가 말해 주더군요. 저주에 걸린 기운이 느껴진다고."

세이블리안은 두 가지 지점에서 놀라움을 느꼈다. 나디아가 저주에 걸렸다는 것, 그리고 베리테가 그것을 알아냈다는 것.

그는 마도구에 대해서 잘 알지 못하지만, 뭔가 이상하긴 했다. 베리테는 지나치게 뛰어나다. 요정들이 만든 것이라 그런 것일까.

하지만 그보다 나디아 쪽의 이야기가 더욱 중요했다. 저주에 걸렸다니. 차라리 암살자라는 소식이었다면 덜 놀랐을 터였다.

"그렇군요. 어떤 저주에 걸린 것입니까?"

"사람의 모습으로 바뀌는 저주라고 해요. 원래는 인어이고, 공주라 하더군요. 말을 하지 못하는 것은 저주의 영향 때문이고."

그 말에 세이블리안의 눈썹이 일그러졌다. 갑작스러운 이야기에 사고가 정리되지 않았다. 인어? 게다가 공주라고?

그러나 곧 머리는 차분해졌다. 인어라는 이야기를 듣자 의문 중 몇 가지가 대번에 해소되었다.

어째서 그 험한 바다 아래에 있었는지, 손은 왜 그리 고운지 등등.

그녀가 왜 자신과 아비게일을 구했는지는 모른다. 하지만 그는 직감적으로 이것이 기회임을 깨달았다. 자신과 아비게일을 구해 준 걸 보아하니 인간에게 호의적인 인어인 것이 분명하다.

과거에는 인어가 인간에게 우호적인 종족이라 들었다. 만약 나디아와 잘 교섭한다면······.

"······라는데, 입 맞추실 수 있으시겠어요?"

생각에 골똘히 잠겨 있던 터라 미처 아비게일의 말을 제대로 듣지 못했다. 그가 뒤늦게 고개를 들었다.

"죄송합니다. 뭐라고 하셨죠?"

"입 맞추실 수 있으시겠냐고 여쭤봤어요."

그는 갑자기 빛에 노출된 사람처럼 굳어 버렸다. 아비게일의 입에서 흘러나온 목소리는 무척 또렷하건만, 그 내용을 이해하기에는 시간이 걸렸다.

그는 조금 멍한 얼굴로 그녀를 바라보다가 입을 열었다. 혀가 바짝 말라 있었다.

"······은유적인 표현입니까?"

"키스하실 수 있느냐는 말이에요."

세이블리안은 저도 모르게 아비게일의 입술을 바라보았다. 도톰한 입술을 보니, 지난번 돌고래들에게 방해받았던 순간이 떠올랐다.

일국의 왕이 어수룩한 소년이 되는 것은 한순간의 일이었다. 와중에 아비게일의 입술이 벌어지는 것이 또렷하게 보였다.

"힘드실까요?"

"아뇨. 할 수 있습니다."

반사적으로 흘러나온 대답이었다. 제가 무슨 말을 하는지도 몰랐다. 어떤 유령이 몸에 들어와 제멋대로 떠들어대는 것 같았다. 아까 전까지 나디아 이야기를 하다가 왜 갑자기 키스 이야기가 나오는지 감이 잡히지 않았지만 중요하지 않았다.

아비게일의 얼굴이 굳은 걸 보니 그녀도 꽤나 긴장한 눈치였다. 그 말을 꺼내기 위해 얼마나 용기를 냈을까. 그녀가 자신과 입 맞추고 싶어 한다는 사실에 놀랐고, 고맙고, 기뻤다. 세이블리안이 더듬대며 말했다.

"그……. 지금 당장 할까요?"

손에 땀이 차는 것이 느껴졌다. 이제 어떻게 해야 하는가. 결혼을 하고 아이도 낳았지만, 정작 입맞춤은 해본 적이 없었다. 아비게일을 끌어안아야 하나? 지난번에 굿나잇 키스를 할 때처럼 뺨을 감싸면 되는 건가?

그의 머릿속이 바삐 돌아가는 와중, 아비게일은 한참 동안 말이 없었다.

"지금도 괜찮으신가요?"

"예."

혹 아비게일이 내일 하고 싶다 말한다면 참기야 하겠지만 심장이 전부 타서 재만 남을 것 같았다.

지금 하고 싶었다. 세이블리안이 간절한 눈으로 바라보자, 아비게일은 가만히 미소 지었다.

"알겠어요. 그러면 나디아 양을 불러올게요."

"……예?"

나디아? 그 여자 이름이 왜 지금 나오는 건지 알 수 없었다. 세이블리안이 얼떨떨하게 바라보는 와중, 아비게일은 자리에서 일어나 밖으로 나가 버렸다.

혼자 남게 된 세이블리안은 그저 어리둥절해졌다. 방금 전까지만 해도 축제가 벌어지던 거리가 텅 비어 버린 것만 같았다. 대체 무슨 일인지 이해가 가지 않았다.

반 시간 가까이 흐른 뒤, 아비게일은 나디아를 데리고 왔다. 나디아는 눈만 깜빡이며 두 사람을 보고 있었다. 아비게일이 입술을 꾹 깨물고는 다시 문가로 다가갔다.

"그럼 전 이만 가 볼게요."

"비비, 잠시만."

세이블리안이 당황해서 성큼 다가가 아비게일의 팔을 잡았다. 어째서 이 여자랑 자신만을 남겨두고 떠나려 하는가. 도대체 왜?

"아비게일. 무슨 일입니까. 설명을 좀……."

그러다 세이블리안이 말을 뚝 멈췄다. 아비게일이 울고 있었다. 그녀의 뺨을 타고 눈물이 하염없이 흘러내리고 있었다. 서러움에 코까지 빨개졌는데 기이할 정도로 소리는 없었다.

"비비, 왜 울고 있습니까."

"아니에요. 저는 괜찮아요. 나가 볼게요."

아비게일은 몇 번이고 스스로를 달랬다. 괜찮다고, 이거면 됐다고. 이제 퇴장만 하면 된다고.

축복해야 한다. 세이블리안이 드디어 사랑하는 사람을 찾았으니까. 그가 흔쾌히 나디아와 입 맞추겠다고 했으니까.

아까까지만 해도 정말 괜찮다고 생각했는데 왜 이렇게 눈물이 나는지 모를 일이었다. 왜 죽을 것처럼 가슴이 아플까. 참고 포기하는 것은 분명 자신의 특기였는데. 모두에게 해피 엔딩인 이야기인데.

울고 있는 자신이 수치스러워 그녀는 고개를 떨구었다. 울음을 참으려 했는데 소리만 참는 것이 고작이었다.

아비게일은 방을 빠져나가려 했다. 하지만 세이블리안은 그녀를 놓아주지 않았다.

"나디아 양. 잠깐 나가 계시오."

정작 그가 내보낸 사람은 나디아였다. 그녀는 눈치를 보다가 조용히 방을 떠나갔다.

둘만이 남게 되자 아비게일의 입에서 그제야 숨소리가 새어 나왔다. 세이블리안은 그녀의 눈물을 닦아 주며 물었다.

"아비게일. 저는 이 상황이 이해되지 않습니다. 저 여자는 왜 데려온 겁니까? 그리고 왜 울고 계신 겁니까?"

세이블리안이 걱정되어 죽을 것 같은 얼굴로 그녀를 바라보았다. 아비게일이 울음을 참으려 애쓰며 말했다.

"그야, 나디아 양의 저주를 풀기 위해서죠."

"어떻게 풀어야 하는 겁니까?"

"입맞춤이요. 그래서 데려온 건데……."

세이블리안은 뺨이라도 맞은 듯한 기분이었다. 그가 기가 막히다는 듯이 말했다.

"제가 나디아 양과 키스를 하라고요?"

"아까 할 수 있다고 하셨잖아요."

어이가 없어서 말이 나오지 않았다. 그가 입 맞추고 싶은 사람은 오로지 아비게일 뿐이었다. 그녀가 훌쩍이며 말했다.

"혹시 저 때문에 그러시는 거라면 괜찮아요. 나디아 양은 인어공주니까, 왕비로 맞이하면 모두가 기뻐할 거예요. 그러니까……."

"비비."

세이블리안이 그녀의 말을 뚝 끊었다. 조금 화가 난 것 같기도 했다. 아비게일이 눈물 고인 얼굴로 그를 올려다보았다.

"지금 저에게 나디아 양과 결혼하라 하시는 겁니까?"

그는 일순간 배신감을 느꼈다. 어떻게 당신이 나에게 그런 말을 할 수 있단 말인가. 당신이 아닌 다른 여자와 입을 맞추고, 결혼까지 하라고?

하지만 화를 낼 수는 없었다. 아비게일이 너무 서러워 보였기 때문이었다. 이렇게 울다가 말라 죽을 사람처럼 두 눈에서 계속해서 물방울이 떨어졌다.

"전하께서 원하시면 저는 반대하지 않아요."

"전 원하지 않습니다."

단 한 번도 그런 것을 원한 적이 없다. 오로지 원한 것은 당신뿐이었는데. 그가 이를 악물었다.

"저 여자가 인어공주라고요? 상관없습니다. 저 여자와 입 맞추지 않아서 인어와 전쟁이 일어난다 해도 상관없습니다."

세이블리안이 고개를 푹 숙였다. 그리고 애원이라도 하는 사람처럼 간절하게 아비게일을 붙들었다.

"나는 당신 외의 반려를 들이고 싶지 않습니다. 그러니 제발……. 저 여자와 입을 맞추라느니, 결혼하라느니 그런 말씀 하지 마십시오."

비참하고 서운했다. 아비게일이 정녕 자신의 재혼을 원한다고 해도, 절대로 그러고 싶지 않았다. 그러나 그 와중에도 그녀를 진심으로 미워할 수 없었다.

그는 고개를 떨구었다. 아비게일의 입에서 그래도 저 여자와 결혼하라는 말이 흘러나올까 봐, 사형 선고라도 기다리는 사람처럼 침음했다.

"나디아 양을 사랑하지 않으세요?"

"사랑하지 않습니다! 나는……."

그러다 세이블리안은 불현듯 말을 잃고 말았다. 제 안에서 완성된 문장에 그는 당황하고 있었다.

그는 사랑을 알지 못했다. 그럼에도 지금 이 순간, 그는 본능적으로 깨달을 수 있었다.

나는 아비게일을 사랑하고 있다.

불의 이름을 모르는 짐승이라 할지라도 그것이 지니는 온기를 안다. 사랑을 몰라도 지금 이 마음속의 온기만은 또렷했다.

사랑이었다. 이것이 사랑이 아니라면, 도대체 이 감정을 무엇이라 부르겠는가.

현명한 왕을 순식간에 아둔한 겁쟁이로 만들고, 차가운 피가 흐르는 몸뚱이에 봄을 가져다주고, 메마른 땅에 꽃을 피우게 하는 이 감정이 사랑이 아니라면.

이 감정을 뭐라 표현해야 할지 몰라 그는 입만 벙긋거렸다. 이 귀한 감정을 허술한 말로 표현하고 싶지는 않았다.

그러다 아비게일의 걱정 어린 표정이 보였다. 그는 우선 이 오해를 풀기로 했다.

"저는 나디아 양에게 조금의 관심도 없습니다. 그러니 안심하십시오."

그 말에 아비게일이 고개를 푹 떨구었다. 그녀의 몸이 작게 떨려와, 세이블리안은 놀라 어깨를 감싸 안았다.

"왜 우십니까, 비비. 제가 나디아 양을 사모하지 않는 것이 싫으십니까?"

"아니에요. 그게 아니라……."

세이블리안이 조심스레 그녀의 고개를 들게 했다. 아비게일은 웃는지 우는지 모를 얼굴로 훌쩍였다.

"저는 전하가 나디아 양을 사모한다 생각해서, 그래서……."

그 모습을 본 뒤에야 세이블리안은 호흡을 할 수 있었다. 그가 어이없다는 듯이 물었다.

"대체 어떻게 그런 오해를 할 수 있습니까?"

"그야 계속 나디아 양에게 관심을 가지시고, 손도 막 잡고. 전하는 분명히 여성과 스킨십을 못하는데……."

"나디아가 진짜 어부인지 확인해 보려고 손을 잡은 겁니다. 돌아와서 바로 손 씻었습니다. 기분 나쁘더군요."

세이블리안은 그렇게 말하고 그녀를 끌어안았다. 내게 닿을 수 있는 사람은 오로지 당신뿐이라는 듯이.

한 번 사랑을 자각하니 그녀가 사랑스러워서 어찌해야 할 바를 몰랐다. 저 눈물 젖은 눈꺼풀 위에, 그녀의 진주 같은 코끝에, 흐느끼던 입술에 입 맞추고 싶은 것을 간신히 참았다.

훌쩍이는 소리가 작게 이어졌다. 조금 진정한 뒤에 그녀는 민망하다는 듯이 말했다.

"그나저나 큰일이네요. 나디아 양의 저주를 풀긴 해야 할 텐데……. 안 그러면 죽을지도 몰라요."

"죽든지 말든지 상관없습니다."

"그, 그래도 사람 목숨이 걸린 일인데……."

"그러면 제게 입 맞추라 명하실 겁니까?"

세이블리안이 짓궂게 물었다. 정말 그리할 거냐고 떠보는 것처럼. 아비게일은 도리도리 고개를 저었다.

"저주를 푸는 방법이 또 있을 겁니다. 궁에 돌아가면 마법사들에게 명을 내리죠."

그가 가만히 아비게일의 등을 도닥이며 말했다. 한참을 안겨 있자 가까스로 눈물이 멎었다. 아비게일이 코를 훌쩍이며 슬그머니 그를 밀어냈다.

"그러면 저 잠깐 나디아 양과 이야기를 할게요. 아마…… 전하와 입 맞출 생각에 기대했을 거예요."

"하아."

그는 깊게 한숨을 내쉬었다. 그리고는 자신의 사랑스러우면서도 바보 같은 아내의 뺨을 살짝 꼬집었다.

"두 번 다시 이런 생각하지 마십시오. 혼자 고민하지도 마시고요. 알겠습니까?"

"알겠어요."

아비게일은 그제야 웃었다. 그 모습이 귀여워 세이블리안은 차마 화도 내지 못했다.

"그러면 일단 나디아 양에게 이야기하고 올게요. 잠시만요."

족히 이십 여분은 밖에서 기다리고 있을 나디아였다. 슬그머니 밖으로 나가자, 그녀는 문가에 오도카니 서 있었다. 종이에 낙서를 하고 있는 중이었다.

아비게일은 경비병에게 비켜달라는 듯 시선을 주었다. 그는 눈치 빠르게 계단 쪽으로 물러났다.

"아, 저기…… 나디아 양."

그 목소리가 들리자 나디아는 물고기가 튀어 오르듯 뒤를 돌아보았다. 꽤나 오래 기다린 눈치였다. 아비게일은 손을 만지작거리며 말했다.

"미안해요. 도와주겠다고 했는데……. 무, 물론 저주가 풀리게 도와줄게요!"

나디아는 허둥대는 아비게일을 그저 응시하고만 있었다. 아비게일이 조금 주눅이 들어 말했다.

"전하와 키스하는 건 안 되지만, 다른 일이라면 뭐든 도울게요. 그러니까……."

그 말에 나디아는 더욱 의아한 표정이 되었다. 그러다 잠시 후, 그녀가 종이에 무언가를 슥슥 적었다.

[저 남자와 키스하는 게 안 된다는 거지?]

"네? 그렇죠."

[다른 일이라면 뭐든 돕는 건가?]

아비게일이 고개를 끄덕였다. 왕궁의 모든 마법사를 이 일에 투입한다면, 다른 방법을 찾을 수 있을 것이었다.

다행히 나디아는 더 고집부리지 않고 그저 웃었다. 아비게일이 안도의 한숨을 내쉬었다.

"이해해 줘서 고마워요, 나……."

어느 틈엔가 나디아가 그녀에게 가까이 다가와 있었다. 사락사락 드레스가 서로 부딪치는 소리가 기분 좋게 들려왔다.

들고 있던 종이와 연필이 툭 떨어졌다. 나디아가 아비게일의 뺨을 감싸는 동시에, 입술에 부드러운 무언가가 닿았다.

아비게일은 지금 무슨 일이 일어나고 있는지 이해할 수가 없었다. 뭔가 따뜻하고 말랑한 것이 제 입술에 포개졌다.

아비게일은 뒤늦게 사태 파악을 했다.

"읍…… 으으읍?!"

나디아가 자신에게 입 맞추고 있었다. 어째서 자신에게? 처음 해 보는 키스에 당황하고 있던 와중, 뒤에서 무언가가 자신을 강하게 끌어당겼다.

"지금 내 아내에게 무슨 짓인가!"

세이블리안이 기겁하여 아비게일을 껴안았다. 그의 얼굴이 충격과 공포로 희끗하게 질려 있었다.

"비비, 괜찮습니까?"

"어, 어어……."

아비게일은 넋이 나가 제 입만 더듬거렸다. 세이블리안은 그녀를 안은 채, 파들파들 떨며 나디아를 노려보았다.

"경비병! 당장 이 자를 투옥하라!"

그 부름에 경비병이 황급히 뛰어왔다. 그리고 명 받은 대로 나디아를 잡으려는 순간, 제 눈 앞에 펼쳐진 기묘한 광경에 우뚝 멈춰 서고 말았다.

나디아의 몸에서 푸른빛이 새어 나오고 있었다. 어디선가 바람이라도 불어오듯 그녀의 머리카락과 드레스가 흩날리는 것이 보였다.

그녀의 몸에서 빠져나온 빛은 푸른 물방울이 되었다. 물방울은 나디아의 주위를 맴돌더니 이내 그녀의 입으로 향했다.

보석처럼 일렁이는 푸른 구체가 나디아의 입에 닿는가 싶더니 순식간에 사라졌다.

해풍이 불어오듯 바람에 물기가 섞여 있었다. 머리카락과 옷자락이 흩날리는 가운데, 나디아의 목소리가 들려왔다.

"하아, 이제 좀 살 것 같군."

생전 들어본 적 없는 아름다운 목소리였다. 그 신비로운 광경을 보고도 프리드킨 부부는 여전히 굳어 있는 상태였다.

나디아가 눈을 뜨자, 그녀의 동공이 세로로 길게 찢어져 있었다. 목덜미에는 물고기의 아가미 같은 것이 생겨나고, 피부 곳곳에 비늘이 반짝였다.

진짜 인어였단 말인가. 세이블리안은 그 와중에도 아비게일을 보호하려는 듯 그녀를 더욱 강하게 끌어안았다. 아비게일은 넋이 나간 채로 나디아를 바라보다가 입을 틀어막고 울먹였다.

"처, 첫 키스였는데!"

"그래? 영광이로군."

나디아는 흡족한 목소리로 말했다. 아비게일은 여전히 이 상황이 이해가 가지 않았다.

"그나저나 왜, 왜 저주가 풀린 거지? 당신은 세이블리안을 사랑……."

"내가 저 인간을? 너무하네. 내가 얼마나 어필을 했는데."

나디아가 경비병을 힐끗 바라보았다. 경비병은 놀라운 광경에 입을 헤벌리고 있었다. 그녀는 한쪽 허리에 손을 올린 채, 도도한 얼굴로 물었다.

"이봐, 내가 지난번에 아비게일에게 전해 달라고 한 꽃다발. 전해 준 거 맞나?"

"예? 전하께 드리는 꽃다발이요……?"

"그래. 왕비 전하."

그 말에 아비게일과 경비병은 넋이 나가 버렸다. 그 와중에 세이블리안은 잔뜩 털을 곤두세운 파수견처럼 으르렁대고 있었다.

나디아는 그 반응이 재밌다는 듯 웃고는 쪽 하고 손 키스를 날렸다. 그리고는 아직도 혼란에 빠져 있는 프리드킨 부부를 향해 태연하게 말했다.

"나 왕궁에 데려가 준댔지? 그러면 앞으로도 잘 부탁할게, 아비게일."

> 3권에서 계속

# 계모인데, 딸이 너무 귀여워 2

**초판 인쇄** 2020년 11월 28일
**초판 발행** 2020년 12월 10일

**지은이** 이르
**펴낸이** 최재호
**펴낸곳** 주식회사 에이템포미디어

**편집 디자인** s:now* **표지 디자인** RAEHA
**교정·교열** 에이템포미디어 출판부

**등록번호** 2019년 2월 27일 제 2019-000012호
**주소** 경기도 부천시 부천로 198번길 18, 202동 1101호(춘의동, 춘의테크노파크 2차)
**전화** 070-4100-0600

**전자우편** atempo_media@naver.com
**블로그** atempomedia.com
**인스타그램** instagram.com/atempomedia_books
**트위터** twitter.com/atempomedia

**ISBN** 979-11-6428-377-4